MARCADA.

MARCADA

UNA *CASA DE LA NOCHE* NOVELA

P. C. CAST y KRISTIN CAST

ST. MARTIN'S GRIFFIN

NEW YORK

MARCADA. Copyright © 2009 por P. C. Cast y Kristin Cast. Traducción copyright © 2008 por Jaime Ortiz Núñez. Todos los derechos reservados. Impreso en los Estados Unidos de América. Para información, escriba a St. Martin's Press, 175 Fifth Avenue, New York, N.Y. 10010.

www.stmartins.com

Adaptación para America por Susana C. Schultz

ISBN 978-0-312-63830-6

Primera edición en español publicada en España por La Factoría de Ideas.

Primera edición en Estados Unidos: Noviembre 2009

10   9   8   7   6   5   4   3   2   1

Para nuestra agente literaria, Meredith Bernstein, quien dijo las palabras mágicas: escuela de señoritas vampyra.
¡Nosotros ♥ a ti!

AGRADECIMIENTOS

Me gustaría dar las gracias a un maravilloso alumno mío, John Maslin, por su ayuda en la investigación y por leer y compartir sus opiniones sobre las muchas versiones provisionales del libro. Su aportación fue inestimable.

Un enorme "¡Gracias, chicos!" va para mis clases de escritura creativa del curso 2005–2006. Su lluvia de ideas fue de gran ayuda (y muy divertida).

También quiero dar las gracias a mi fantástica hija, Kristin, por asegurarse que sonáramos como adolescentes. No podría haberlo hecho sin ti. (Me ha obligado a ponerlo).　　　　　—P. C.

Quiero dar las gracias a mi adorable "mam", más conocida como P. C., por ser una autora de tan increíble talento y alguien con quien es sencillo trabajar. (Sí, me ha obligado a ponerlo).

　　　　　—Kristin

Tanto P. C. como Kristin dan las gracias a su padre/abuelo, Dick Cast, por ayudar a crear la hipótesis biológica en la que se basan los vampyros de *La Casa de la Noche*. ¡Te queremos, Papá y Abuelo!

Del poema de Hesíodo a Nyx, personificación griega de la noche:

También se encuentra allí la tenebrosa casa de la Noche,
terribles nubes la envuelven en la oscuridad.
Ante ella, Atlas se mantiene firme y sostiene con solidez
el ancho cielo sobre su cabeza e infatigables brazos,
allí donde la Noche y el Día se acercan más
y se saludan al cruzar el umbral de bronce.
—Hesíodo, *Teogonía*, 744

MARCADA

Justo cuando pensaba que el día no podía ir peor, vi al tipo muerto de pie junto a mi casillero. Kayla hablaba sin parar con su habitual parloteo y ni siquiera se percató de su presencia. Al principio. En realidad, ahora que lo pienso, nadie más se fijó en él hasta que habló, lo cual es, por desgracia, una prueba más de mi extraña incapacidad para encajar.

—No, de verdad, Zoey, te juro por Dios que Heath no estaba tan borracho después del partido. En serio, no deberías ser tan dura con él.

—Ya —contesté de forma distraída—. Claro. —Entonces tosí. De nuevo. Me sentía como la mierda. Debía estar cayendo bajo lo que el señor Wise, mi "más que un poco loco" profesor de biología avanzada llamaba la Plaga Adolescente.

Si moría, ¿me libraría eso del examen de geometría de mañana? Solo quedaba esa esperanza.

—Zoey, por favor. ¿Acaso me estás escuchando? Creo que sólo se tomó unas cuatro, no sé, quizá seis cervezas y tal vez unos tres tragos. Pero en realidad eso no importa. Es probable que no hubiera tomado casi nada si tus estúpidos padres no te hubiesen obligado a volver a casa después del partido.

Compartimos una mirada de resignación, en total acuerdo sobre la última injusticia cometida contra mí por mi madre y el perdedor con el que se había casado hacía tres largos años. Luego, tras una pausa de apenas un suspiro, K siguió con su parloteo.

—Además, estaba celebrándolo. ¡Me refiero a la victoria sobre los de Unión! —K me sacudió el hombro y acercó su cara a la mía—. ¡Hola! Tu novio...

—Mi casi novio —corregí, haciendo todo lo posible por no toser en su cara.

—Lo que sea. Heath es nuestro *quarterback,* así que es normal que lo celebre. Hacía como un millón de años que Broken Arrow no ganaba a Unión.

—Dieciséis. —Soy lo peor en matemáticas, pero los problemas de K con los números hacen que yo parezca un genio.

—Está bien, lo que sea. El caso es que estaba contento. Deberías dejar al chico en paz.

—El caso es que estaba hasta el culo por quinta vez al menos esta semana. Lo siento, pero no quiero salir con un tipo cuyo principal objetivo en la vida ha cambiado de querer jugar al fútbol universitario a intentar engullir un *pack* de seis cervezas sin vomitar. Por no hablar del hecho de que se va a poner gordo con tanta cerveza. —Tuve que parar para toser. Me sentía un poco mareada y me obligué a respirar lenta y profundamente cuando pasó el ataque de tos. K, con su parloteo, ni se dio cuenta.

—¡Aj! ¡Heath gordo! No es algo que una quiera ver.

Me las arreglé para evitar nuevas ganas de toser.

—Y besarlo es como chupar pies empapados en alcohol.

K arrugó el gesto.

—Sí, enferma. Qué pena que esté tan bueno.

Puse los ojos en blanco, sin molestarme en intentar ocultar mi enfado ante su típica superficialidad.

—Siempre estás de mal humor cuando te pones enferma. Da igual, no tienes ni idea de la cara de perrito abandonado que Heath tenía cuando lo ignoraste en la comida. Ni siquiera pudo...

Entonces lo vi. El tipo muerto. Sí, me di cuenta enseguida que no estaba técnicamente "muerto". Era un no muerto. O un no humano. Lo que fuera. Los científicos decían una cosa, la gente decía otra, pero al final el resultado era el mismo. No había confusión sobre qué era él, e incluso aunque no hubiera sentido el poder y la oscuridad que emanaban de él, no había maldita forma de que me pasase desapercibida su Marca, una luna creciente de color azul zafiro en la frente, además del tatuaje de nudos entrelazados que enmarcaba sus ojos igualmente azules. Era un vampyro. Era algo peor, un rastreador.

Pues, joder, estaba ahí de pie junto a mi casillero.

—¡Zoey, que no me estás haciendo caso!

Entonces el vampyro habló y sus ceremoniales palabras fluyeron a través del espacio que nos separaba, peligrosas y seductoras, como sangre mezclada con chocolate derretido.

—¡Zoey Montgomery! La Noche os ha escogido, vuestra muerte será vuestro renacer. La Noche os llama, escuchad su dulce llamada. ¡El destino os aguarda en La Casa de la Noche!

Levantó un dedo largo y pálido y me señaló. Con el estallido de dolor en mi frente, Kayla abrió la boca y gritó.

Cuando las manchas brillantes desaparecieron al fin de mis ojos, levanté la mirada hacia el rostro sin color de K, que me observaba.

Como de costumbre, dije la primera tontería que se me vino a la cabeza.

—K, los ojos se te salen como los de un pez.

—Te ha marcado. ¡Oh, Zoey! ¡Tienes el perfil de esa cosa en la frente! —Entonces se llevó la mano temblorosa a sus blancos labios e intentó, sin éxito, contener un sollozo.

Me incorporé y tosí. Tenía un tremendo dolor de cabeza y me froté el entrecejo. Notaba una punzada, como si me hubiera picado una avispa y el dolor se iba extendiendo alrededor de los ojos y bajaba hasta mis mejillas. Me sentía como si fuese a vomitar.

—¡Zoey! —K ahora sí que lloraba y hablaba entre pequeños hipos húmedos—. Oh... Dios... mío. Ese tipo era un rastreador. ¡Un rastreador de vampyros!

—K. —Guiñé los ojos con fuerza, en un intento de despejar el dolor de cabeza—. Deja de llorar. Ya sabes que odio que llores. — Estiré los brazos para intentar tranquilizarla tocándole los hombros.

Ella se encogió de forma instintiva y se alejó de mí.

No podía creerlo. Se había apartado, como si me tuviese miedo. Debió ver el dolor en mis ojos, porque al momento empezó de nuevo con su cháchara incesante.

—¡Oh, Dios, Zoey! ¿Qué vas a hacer? No puedes ir a ese lugar. No puedes ser una de esas cosas. ¡Esto no está pasando! ¿Con quién se supone que voy a ir ahora a los partidos de fútbol?

Me percaté de que no se había acercado a mí en ningún momento durante su arranque. Me aferré a ese sentimiento de dolor y malestar en mi interior que amenazaba con hacerme romper a llorar. Mis ojos se secaron al instante. Era buena ocultando las lágrimas. Tenía que serlo, había tenido tres años para practicar.

—No pasa nada. Lo solucionaré. Es probable que no sea más que un... extraño error —mentí.

En realidad no conversaba, tan solo hacía que salieran palabras de mi boca. Todavía haciendo una mueca por el dolor de cabeza, me puse en pie. Al mirar a mi alrededor tuve una ligera sensación de alivio al ver que K y yo éramos las únicas en el salón de matemáticas y tuve que contener lo que sabía que era una risa histérica. Si no hubiese estado totalmente atacada con el dichoso examen de geometría que tenía al día siguiente, razón por la que había corrido hacia mi casillero para recoger el libro con la intención de intentar estudiar de forma obsesiva (e inútil) por la noche, el rastreador me hubiese encontrado frente a la escuela con la mayoría de los 1,300 chicos que iban al Instituto Sur de Secundaria de Broken Arrow, esperando a lo que el estúpido clon de Barbie que tengo por hermana llama "la gran limusina amarilla". Tengo un coche, pero estar allí con los menos afortunados que tienen que ir en los autobuses es la tradición, por no mencionar que es una excelente manera de observar quién está seduciendo a quién. Por lo que parecía, tan solo había otro chico en el salón de matemáticas; un tonto alto y delgado con los dientes torcidos, de los que por desgracia tenía un primer plano porque estaba allí de pie con la boca abierta, y mirándome como si yo acabase de dar a luz a una piara de cerdos voladores.

Tosí de nuevo, en esta ocasión una tos realmente húmeda y desagradable. El tonto emitió un leve chillido y se escabulló por la sala hacia el aula de la señora Day, aferrando un fino tablero contra su huesudo pecho. Supongo que el club de ajedrez había cambiado su hora de reunión a los lunes después de clase.

¿Juegan los vampyros al ajedrez? ¿Había vampyros tontos? ¿Y qué hay de porristas vampyras tipo Barbie? ¿Tocaba algún vampyro en la banda? ¿Había vampyros Emo con su raro estilo "chico con pantalón de chica" y esos horribles flequillos cubriéndoles media cara? ¿O eran todos esos extraños chicos góticos a los que no les gustaba demasiado lavarse? ¿Me iba a convertir en una chica gótica? O peor, ¿en una Emo? No me gustaba particularmente ir de negro, al menos no solo de negro, ni sentía una repentina aversión hacia el agua y el jabón, ni tampoco tenía un deseo obsesivo de cambiar mi peinado y llevar demasiado lápiz de ojos.

Todo esto se arremolinaba en mi cabeza mientras sentía que otro pequeño ataque de risa histérica intentaba escapar de mi garganta, y casi estuve agradecida cuando salió en forma de tos.

—¿Zoey? ¿Estás bien? —La voz de Kayla sonaba demasiado alta, como si alguien la pellizcase, y se había alejado otro paso de mí.

Suspiré y sentí mi primera semilla de ira. Yo no había pedido nada de esto. K y yo habíamos sido las mejores amigas desde tercero y ahora me miraba como si me hubiese transformado en un monstruo.

—Kayla, soy yo. La misma de hace dos segundo y hace dos horas y hace dos días. —Hice un gesto de frustración hacia el dolor punzante de mi cabeza—. ¡Esto no cambia quién soy!

Los ojos de K se llenaron otra vez de lágrimas, pero, afortunadamente, su teléfono comenzó a sonar con el *Material Girl* de Madonna. De forma automática, miró el identificador de llamada. Adiviné por su expresión de cordero degollado que se trataba de su novio, Jared.

—Ya —dije con voz floja y cansada—. Vete a casa con él.

Su mirada de alivio fue como una bofetada en la cara.

—¿Me llamas luego? —lanzó por encima del hombro, mientras emprendía una rápida retirada por la puerta lateral.

La observé correr por el césped del lado este hacia el estacionamiento. Pude ver cómo llevaba el teléfono móvil aplastado contra la oreja y hablaba con Jared en pequeñas y animadas ráfagas. Estoy segura de que ya le estaba contando que me estaba convirtiendo en un monstruo.

El problema, por supuesto, era que convertirse en un monstruo era la más atractiva de mis dos opciones. Opción número uno: me convierto en un vampyro, que es igual que un monstruo para cualquier ser humano. Opción número dos: mi cuerpo rechaza el cambio y muero. Para siempre.

Así que las buenas noticias eran que no tendría que hacer el examen de geometría al día siguiente.

Las malas noticias eran que tendría que mudarme a La Casa de la Noche, un internado privado en la periferia del centro de Tulsa, conocido por todos mis amigos como Escuela de Adiestramiento Vampýrico, en la que pasaría los próximos cuatro años sufriendo extraños e innombrables cambios físicos, así como un cambio de vida radical y permanente. Y todo eso solo si aquel proceso no me mataba.

Genial. No quería hacer ninguna de las dos cosas. Tan solo quería intentar ser normal, a pesar de la carga que suponían mis padres ultraconservadores, el trol que tenía por hermano pequeño y mi "soy tan perfecta" hermana mayor. Quería aprobar geometría. Quería seguir teniendo notas altas para que me aceptasen en la escuela de veterinaria de la Ohio State y largarme de Broken Arrow, Oklahoma. Pero, por encima de todo, quería encajar; al menos en la escuela. Lo de mi casa era una tarea imposible, así que lo único que me quedaba eran mis amigos y mi vida lejos de la familia.

Ahora también se me estaba arrebatando eso.

Me froté la frente y luego me revolví el pelo hasta que casi me cubrió los ojos y, con un poco de suerte, la Marca que había aparecido sobre ellos. Me apresuré hacia la puerta que conducía al estacionamiento de alumnos con la cabeza gacha, como si estuviera fascinada con la porquería que se había acumulado en mi bolso.

Pero me detuve poco antes de salir. A través de los cristales que se juntaban en las puertas de aspecto institucional podía ver a Heath. Las chicas se arremolinaban a su alrededor, haciendo poses y lanzando el pelo al aire, mientras que los chicos daban ridículos acelerones a sus enormes camionetas e intentaban (y en la mayoría de los casos fracasaban) parecer geniales. ¿Quién iba a pensar que yo elegiría sentirme atraída por eso? No, en honor a la verdad debo recordarme a mí misma que Heath solía ser increíblemente dulce, e incluso tenía sus momentos. La mayoría de ellos cuando tenía el detalle de estar sobrio.

Las risillas tontas y agudas de las chicas llegaban revoloteando hasta mí desde el estacionamiento. Genial. Kathy Richter, el putón de la escuela, intentaba dar un manotazo a Heath. Incluso desde mi posición era obvio que ella pensaba que golpearle era una especie de ritual de apareamiento. Como de costumbre, el despistado Heath no hacía otra cosa que quedarse allí sonriendo. Bueno, qué diablos, mi día no iba a ir mucho mejor. Y ahí estaba mi Volkswagen Escarabajo color turquesa de 1966, justo en medio del grupo. No. No podía salir ahí. No podía caminar entre ellos con esta cosa en la frente. Nunca más podría volver a formar parte de ellos. Sabía demasiado bien lo que harían. Recordé al último chico al que un rastreador había elegido en el Instituto Sur de Secundaria.

Sucedió al inicio de curso del año pasado. El rastreador había venido antes del comienzo de las clases y había identificado al chico cuando se dirigía a su primera hora de clase. No pude ver al rastreador, pero vi al chico después, durante un instante, después de que soltara sus libros y saliera corriendo del edificio, con la Marca brillando en su pálida frente y las lágrimas empapando sus blanquísimas mejillas. Nunca olvidaré lo abarrotados que habían estado los pasillos aquella mañana y cómo todo el mundo se había apartado de él como si tuviera la peste cuando corrió para huir por la puerta principal de la escuela. Yo había sido uno de esos chicos que se apartaron de su camino y se lo quedaron mirando, a pesar de que sentía auténtica lástima por él. Lo único que no quería era ser etiquetada como "esa chica que es amiga de esas cosas extrañas". Ahora resulta bastante irónico, ¿verdad?

En vez de ir hacia mi coche, me dirigí hacia el baño más cercano, que por suerte estaba vacío. Había tres puertas de inodoro. Sí, comprobé cada una por si había pies. En una pared había dos lavabos, sobre los cuales colgaban dos espejos de tamaño medio. Frente a los lavabos, la pared opuesta estaba cubierta por otro enorme espejo que tenía una repisa debajo para dejar los cepillos, el maquillaje y qué sé yo qué más. Puse el bolso y el libro de geometría en la repisa, respiré hondo y de un solo movimiento levanté la cabeza y me puse el pelo hacia atrás.

Era como mirar a la cara de un desconocido que te es familiar. Ya sabes, esa persona que ves entre la multitud y que jurarías que conoces, pero que en realidad no es así. Ahora esa persona era yo: la desconocida familiar.

Tenía mis mismos ojos. Eran del mismo color avellana que nunca podía decirse si tendía al verde o al marrón, pero mis ojos nunca habían sido tan grandes y redondos. ¿O sí? Tenía el mismo pelo que yo. Largo y liso y casi tan oscuro como había sido el de mi abuela antes de que empezara a volverse canoso. La desconocida tenía mis mismos pómulos elevados, mi nariz larga y fuerte y mi boca ancha; más rasgos heredados de mi abuela y de sus ancestros cheroqui. Pero mi cara nunca había sido así de pálida. Siempre había tenido un tono oliváceo, con la piel más oscura que nadie de mi familia. Aunque tal vez no era que mi piel estuviese de repente muy blanca... Quizá solo parecía pálida en contraste con el contorno azul oscuro de la luna creciente perfectamente situada en el centro de mi frente. O quizá era aquella horrible luz fluorescente. Esperaba que fuera por la luz.

Observé el tatuaje de aspecto exótico. Unido a mis fuertes rasgos cheroqui, parecía otorgarme un toque salvaje... como si perteneciese a un tiempo antiguo en el que el mundo era más grande... más primitivo.

A partir de aquel día mi vida no volvería a ser la misma. Y por un momento —solo un instante— me olvidé del miedo a no encajar y sentí un inesperado arrebato de placer, mientras muy dentro de mí la sangre de la gente de mi abuela se regocijaba.

2

Cuando imaginé que ya había pasado el tiempo suficiente para que todo el mundo hubiese abandonado la escuela, volví a dejar caer el pelo sobre mi frente y salí del baño en dirección a las puertas que llevaban al estacionamiento de los alumnos. Todo parecía despejado. Tan solo había un chico al final del estacionamiento con esos pantalones anchos para nada atractivos en plan: "quiero ser parte de una banda". Tenía toda su concentración puesta en evitar que se le cayeran los pantalones a medida que caminaba, así que ni se percataría de mi presencia. Apreté los dientes ante las punzadas de dolor en la cabeza, abrí la puerta y fui directa hacia mi Escarabajo.

En el momento en que puse un pie en la calle el sol comenzó a azotarme. Lo digo porque no era un día particularmente soleado. Había muchas de esas nubes grandes e hinchadas que parecían tan bonitas en las fotos, flotando en el cielo, medio tapando el sol. Pero eso no importaba. Tuve que entrecerrar los ojos con dolor y mantener la mano en alto para tapar la intermitente luz. Supongo que estaba tan concentrada en el dolor que la luz solar normal me causaba, que no me fijé en la furgoneta hasta que chirrió con un frenazo frente a mí.

—¡Oye, Zo! ¿Es que no has visto mi mensaje?

¡Oh, mierda mierda mierda! Era Heath. Levanté la vista,

mirándolo entre los dedos como si estuviera viendo una de esas estúpidas películas de terror. Estaba sentado en la parte trasera de la *pickup* de su amigo Dustin. A su espalda podía ver la cabina de la camioneta, en la que Dustin y su hermano Drew hacían lo que hacían de forma habitual: pelearse y discutir sobre Dios sabe qué chorrada de chicos. Por suerte me ignoraban. Miré de nuevo a Heath y suspiré. Tenía una cerveza en la mano y una sonrisa bobalicona en la cara. Olvidando por un momento que acababa de ser marcada y que estaba destinada a convertirme en un monstruo chupasangre marginado, lo miré con el ceño fruncido.

—¡Estás bebiendo en la escuela! ¿Estás loco?

Su sonrisa de niño se hizo más grande.

—Sí, estoy loco, ¡loco por ti, nena!

Negué con la cabeza mientras le daba la espalda, abrí la puerta chirriante de mi Escarabajo y lancé los libros y la mochila al asiento del acompañante.

—¿Y por qué no estás entrenando al fútbol? —dije, manteniendo la cara lejos de su vista.

—¿Es que no te has enterado? ¡Nos han dado el día libre por la paliza que le dimos a Unión el viernes!

Dustin y Drew, que después de todo sí que parecían habernos estado prestando atención, lanzaron un par de "¡Yu-juuu!" y "¡Sííí!" desde dentro de la camioneta.

—Oh. Uh, no. Debo haberme perdido el anuncio. He estado muy liada todo el día. Ya sabes, el gran examen de geometría de mañana. —Intenté sonar normal y despreocupada. Entonces me entró la tos y añadí:—Además, estoy agarrando un maldito resfriado.

—Zo, en serio. ¿Estás mosqueada o algo? Yo que sé, ¿te ha dicho Kayla alguna chorrada sobre la fiesta? Sabes que yo no te he puesto los cuernos.

¿Eh? Kayla no había dicho ni una sola palabra referente a que Heath me hubiera puesto los cuernos. Como una imbécil, me olvidé (OK, temporalmente) de mi nueva Marca. Giré la cabeza de golpe para poder mirarle a la cara.

—¿Qué es lo que hiciste, Heath?

—Zo, ¿yo? Ya sabes que yo nunca... —Pero su acto inocente y sus excusas se apagaron para formar una poco atractiva mirada boquiabierta de asombro cuando se fijó en mi Marca.

—¿Pero qué...? —comenzó a decir, pero le corté.

—¡Chsss! —Hice un gesto con la cabeza hacia los todavía distraídos Dustin y Drew, que ahora cantaban a pleno pulmón las canciones del último CD de Toby Keith.

Los ojos de Heath aún estaban abiertos de par en par con asombro, pero bajó la voz.

—¿Es eso algún tipo de maquillaje que estás probando para la clase de teatro?

—No —susurré—. No lo es.

—Pero no puedes estar marcada. Estamos saliendo.

—¡No estamos saliendo! —Y así es como terminó mi medio tregua con la tos. Casi me doblé por completo, intentando aguantar una tos con flemas realmente desagradable.

—¡Oye, Zo! —gritó Dustin desde la cabina—. Vas a tener que dejar esos cigarrillos.

—Sí, suena como si fueses a echar un pulmón o algo —dijo Drew.

—¡Caramba, déjala en paz! Sabes que ella no fuma. Es que es un vampyro.

Genial. Maravilloso. Heath, con su habitual falta total y absoluta de cualquier cosa parecida al sentido común, pensó que estaba defendiéndome al gritar a sus amigos, que de forma instantánea sacaron la cabeza por las ventanillas abiertas y me miraron embobados como si fuese un experimento científico.

—Oh, mierda. ¡Zoey es un puto extraño! —dijo Drew.

Las insensibles palabras de Drew hicieron que la ira, que había estado hirviendo a fuego lento en algún lugar de mi interior desde que Kayla se apartara de mí, bullese y se desbordase. Ignorando el dolor que el sol me causaba, miré fijamente a los ojos de Drew.

—¡Cállate la puta boca! He tenido un muy mal día y no necesito más mierda también por tu parte. —Hice una pausa para mirar de Drew, ahora callado y con los ojos como platos, a Dustin y añadí:

—Ni de la tuya. —Y mientras mantenía el contacto visual con Dustin me di cuenta de algo. Algo que me asombró y al mismo tiempo me produjo una extraña excitación: Dustin parecía asustado. Asustado de verdad. Volví a mirar a Drew. También parecía asustado. Entonces lo sentí. Una sensación de cosquilleo que recorrió mi piel e hizo que mi nueva Marca ardiese.

Poder. Sentí poder.

—¿Zo? ¿Pero qué mierda...? —La voz de Heath interrumpió mi concentración e hizo que apartase la mirada de los hermanos.

—¡Vámonos de aquí! —dijo Dustin, metiendo la marcha de la camioneta y pisando el acelerador. La camioneta dio una sacudida hacia delante, haciendo que Heath perdiese el equilibrio y se deslizara, haciendo el molino con los brazos y la cerveza, contra el asfalto del estacionamiento.

Automáticamente, corrí hacia él.

—¿Estás bien? —Heath estaba apoyado sobre manos y rodillas y me agaché para ayudarlo a ponerse en pie.

Entonces fue cuando lo olí. Había algo que olía maravilloso; cálido, dulce y delicioso.

¿Llevaba Heath una nueva colonia? ¿Una de esas cosas raras de feromonas que se supone que atraen a las mujeres como un gran cazainsectos manipulado genéticamente? No me di cuenta de lo cerca que estaba de él hasta que se estiró del todo y nuestros cuerpos estuvieron casi pegados. Bajó la vista y me miró con ojos interrogantes.

No me aparté de él. Debería haberlo hecho. Lo hubiera hecho antes... pero no ahora. Hoy no.

—¿Zo? —dijo suavemente, con voz profunda y ronca.

—Hueles muy bien —no pude evitar decir. El corazón me latía con tanta fuerza que podía escuchar su eco en mis palpitantes sienes.

—Zoey, te he extrañado mucho. Tenemos que volver a estar juntos. Sabes que te quiero de verdad. —Acercó la mano a mi cara y ambos nos dimos cuenta de la sangre que cubría la palma de su mano—. Ah, mierda. Supongo que me he... —Su voz se apagó cuando me miró a la cara. Solo podía imaginar el aspecto que tendría, con la cara toda blanca, mi nueva Marca delineada con un brillo azul zafiro y los ojos mirando fijamente la sangre de su mano. No podía moverme, ni apartar la mirada.

—Quiero... —Susurré—. Quiero... —¿Qué es lo que quería? No podía expresarlo con palabras. No, no era eso. No quería expresarlo con palabras. No quería hablar en voz alta de la sobrecogedora oleada de deseo candente que intentaba ahogarme. Y no era porque Heath estuviese tan cerca. Ya había estado así de cerca antes. Demonios, llevábamos enrollándonos desde hacía un año, pero nunca me había hecho sentir así... Nunca así. Me mordí el labio y gemí.

La *pickup* chirrió hasta detenerse dando un coletazo junto a nosotros. Drew bajó de un salto, rodeó a Heath por la cintura y tiró de él hacia atrás para meterlo en la cabina de la camioneta.

—¡Suéltame! ¡Estoy hablando con Zoey!

Heath intentó forcejear con Drew, pero el chico era un defensa veterano del equipo de Broken Arrow, y realmente enorme. Dustin tiró de ellos y cerró de un golpe la puerta de la camioneta.

—¡Déjalo en paz, monstruo! —me chilló Drew mientras Dustin pisaba a fondo el acelerador, y esta vez salieron pitando de verdad.

Entré en mi Escarabajo. Las manos me temblaban con tanta fuerza que tuve que intentarlo tres veces antes de conseguir poner el motor en marcha.

—Tan solo ve a casa. Tan solo ve a casa. —Repetí esas palabras una y otra vez entre toses desgarradoras mientras conducía. No quería pensar en lo que acababa de ocurrir. No podía pensar en lo que acababa de ocurrir.

Tardé quince minutos en llegar a casa, pero me pareció que pasaban en un abrir y cerrar de ojos. Me encontraba en el paseo de entrada demasiado pronto, intentando prepararme para la escena que me esperaba dentro, tan segura como que el rayo precede al trueno.

¿Por qué había estado deseando llegar allí? Supongo que técnicamente no lo deseaba tanto. Supongo que tan solo estaba huyendo de lo que había sucedido en el estacionamiento con Heath.

¡No! No iba a pensar en aquello ahora. Además, probablemente había algún tipo de explicación racional para todo, una explicación racional y sencilla. Dustin y Drew eran unos retrasados, cerebros totalmente inmaduros llenos de cerveza. No había usado un nuevo poder espeluznante para intimidarlos. Tan solo los había asustado ver mi Marca. Era simplemente eso. Es decir, la gente tenía miedo a los vampyros.

—¡Pero yo no soy un vampyro! —dije. Entonces tosí mientras recordaba la hipnótica belleza de la sangre de Heath y el arrebato de deseo que había sentido hacia él. No hacia Heath, sino hacia la sangre de Heath.

¡No! ¡No! ¡No! La sangre no era bella ni deseable. Debía estar bajo los efectos de una conmoción. Eso era. Tenía que ser eso. Estaba en estado de *shock* y no podía pensar con claridad. OK... OK... Distraídamente, me toqué la frente. Había dejado de quemar, pero aún la sentía diferente. Tosí por enésima vez. De acuerdo. No pensaría en Heath, pero no podía seguir negándolo. Me sentía diferente. Mi piel estaba ultrasensible. Me dolía el pecho y, a pesar de que llevaba puestas mis gafas de sol Maui Jim, seguía abriendo los ojos con dolor.

—Me estoy muriendo... —gemí, y entonces cerré la boca al instante. Puede que efectivamente me estuviese muriendo. Levanté la vista hacia la gran casa de ladrillo que, después de tres años, aún no sentía como mi hogar. "Supéralo. Simplemente supéralo". Al menos mi hermana no habría llegado aún a casa. Ensayo de porristas. Con un poco de suerte, el trol estaría hipnotizado con su nuevo videojuego *Fuerza Delta: Black Hawk Derribado*. Puede que tuviera a Mamá para mí sola. Quizá ella lo entendería... Quizá ella sabría qué hacer...

Ah, diablos. Tenía dieciséis años, pero de repente me di cuenta de que no quería a nada tanto como a mi madre.

—Por favor, que lo entienda —susurré en una sencilla oración a cualquier dios o diosa que pudiera estar escuchándome.

Como de costumbre, entré por el garaje. Recorrí el pasillo hacia mi habitación y tiré el libro de geometría, el bolso y la mochila sobre la cama. Luego, respiré hondo y fui, un poco temblorosa, en busca de mi madre.

Estaba en el cuarto de estar, acurrucada en el borde del sofá, bebiendo una taza de café y leyendo *Sopa de pollo para el alma de la mujer*. Parecía tan normal, tanto como solía parecer. Salvo porque solía leer romances exóticos y llevaba maquillaje de forma habitual. Aquellas eran dos cosas que su nuevo marido no permitía (menudo cerdo).

—¿Mamá?

—¿Hum? —No levantó la mirada.

Tragué con fuerza.

—Mamá. —Usé el nombre con el que solía llamarla antes de que se casara con John—. Necesito tu ayuda.

No sé si fue el uso inesperado de "Mamá" o si algo en mi voz activó una pizca de intuición materna que aún quedaba en algún lugar de su interior, pero los ojos que levantó de inmediato del libro eran dulces y estaban llenos de preocupación.

—¿Qué es, cariño...? —empezó a decir, pero las palabras se congelaron en sus labios cuando sus ojos descubrieron la Marca en mi frente.

—¡Oh, Dios! ¿Qué es lo que has hecho ahora?

El corazón comenzó a dolerme de nuevo.

—Mamá, yo no he hecho nada. Esto es algo que me ha ocurrido, no lo he provocado yo. No es culpa mía.

—¡Oh, por favor, no! —gimió como si yo no hubiera dicho una sola palabra—. ¿Qué va a decir tu padre?

Yo quería gritar: *¡Cómo íbamos ninguno a saber lo que iba a decir mi padre si no lo habíamos visto u oído nada de él desde hacía catorce años!* Pero sabía que no serviría para nada y siempre la enloquecía cuando le recordaba que John no era mi verdadero padre. Así que probé una táctica diferente. Una que había abandonado hacía tres años.

—Mamá, por favor. ¿No podrías ocultárselo? Al menos durante un día o dos. Mantenerlo en secreto entre nosotras dos hasta que... no sé... nos acostumbremos a ello o algo. —Contuve el aliento.

—Pero, ¿qué le diré? Ni siquiera puedes tapar esa cosa con maquillaje. —Sus labios hicieron una mueca extraña cuando lanzó una mirada nerviosa a la luna creciente.

—Mamá, no me refería a quedarme aquí mientras nos acostumbramos a ello. Tengo que irme, ya lo sabes. —Tuve que hacer una pausa cuando una fuerte tos hizo temblar mis hombros—. El rastreador me marcó. Tengo que mudarme a La Casa de la Noche o me pondré más y más enferma. —*Y entonces moriré*, intenté decir con los ojos. Ni siquiera podía decir las palabras—. Tan solo quiero un par de días antes de tener que enfrentarme a... —Me callé para no tener que pronunciar su nombre, en esta ocasión provocando la tos a propósito, lo cual no era difícil.

—¿Qué le voy a decir a tu padre?

Sentí un ataque de miedo ante el pánico en su voz. ¿No era ella la madre? ¿No se suponía que ella tenía las respuestas en lugar de las preguntas?

—Solo... solo dile que voy a pasar los próximos dos días en casa de Kayla porque tenemos que entregar un proyecto enorme de biología.

Observé el cambio en los ojos de mi madre. La preocupación se disipó y dio paso a la dureza que conocía demasiado bien.

—Así que lo que estás diciendo es que quieres que le mienta.

—No, Mamá. Lo que estoy diciendo es que quiero que, por una vez, antepongas lo que yo necesito a lo que él quiere. Quiero que seas mi mamá. ¡Que me ayudes a hacer el equipaje y me acompañes a esta nueva escuela porque estoy asustada y enferma y no sé si puedo hacerlo yo sola! —Acabé a toda prisa, respirando con fuerza y tosiendo en la mano.

—No sabía que había dejado de ser tu madre —dijo con frialdad.

Me hizo sentir aún más agotada que Kayla. Suspiré.

—Creo que ese es el problema, Mamá. No te importa lo suficiente como para darte cuenta. No te ha importado nada salvo John desde que te casaste con él.

Sus ojos se estrecharon al mirarme.

—No sé cómo puedes ser tan egoísta. ¿No te das cuenta de todo lo que ha hecho por nosotros? Gracias a él dejé aquel horrible trabajo en Dillard's. Gracias a él no tenemos que preocuparnos por el dinero y tenemos esta casa grande y bonita. Gracias a él tenemos seguridad y un brillante futuro.

Había escuchado aquellas palabras tan a menudo que podía haberlas recitado con ella. Era en este punto de nuestras no conversaciones cuando yo solía disculparme y volvía a mi habitación. Pero hoy no podía disculparme. Hoy era diferente. Todo era diferente.

—No, Madre. La verdad es que por culpa de él no has prestado la más mínima atención a tus hijos durante tres años. ¿Sabías que tu hija mayor se ha convertido en una putilla taimada y malcriada que se ha tirado a medio equipo de fútbol? ¿Sabes qué sangrientos y desagradables videojuegos esconde Kevin? ¡No, pues claro que no! Los dos actúan como si fuesen felices y fingen que les gusta John y todo este rollo de familia de ensueño, así que tú les sonríes, rezas por ellos y los dejas hacer lo que sea. ¿Y yo? Crees que soy la mala porque no finjo, porque soy honesta. ¿Sabes qué? ¡Estoy tan harta de mi vida que me alegro de que el rastreador me haya marcado! Llaman a esa escuela de vampyros La Casa de la Noche, ¡pero no puede ser más oscura que esta casa "perfecta"! —Antes de que pudiera llorar o gritar, me di la vuelta y me fui sin decir palabra a mi habitación, cerrando la puerta de un golpe tras de mí.

Ojalá se ahoguen todos.

A través de aquellas paredes demasiado delgadas pude oír a mi madre haciendo una histérica llamada a John. No había duda que vendría a toda velocidad a casa para ocuparse de mí, "el problema". En lugar de caer en la tentación que sentía de sentarme en la cama y llorar, vacié la mochila de la porquería de la escuela. ¿Para qué lo necesitaba a donde iba? Probablemente ni siquiera tienen clases normales. Es probable que tengan clases como "Desgarrar la garganta de la gente" e... e... "Introducción a cómo ver en la oscuridad". Lo que sea.

No importaba lo que mi madre hubiera hecho o no, no podía quedarme allí. Tenía que irme.

Así que, ¿qué necesitaba llevar conmigo?

Mis dos pares de vaqueros favoritos, aparte de lo que llevaba puesto. Un par de camisetas negras. En fin, ¿qué otra cosa llevan los vampyros si no? Además, te hacen parecer más delgada. Estuve a punto de dejar mi bonita blusa de color celeste brillante, porque todo ese negro iba a deprimirme más con toda probabilidad, así que también la incluí. Luego llené la bolsa lateral de sujetadores, tangas y cosas de maquillaje y para el pelo. Estuve a

punto de dejar mi peluche, Otis *el Pez*, sobre la almohada, pero...
bueno... vampyro o no, no creía que fuese a dormir muy bien sin
él, así que lo metí con cuidado en la maldita mochila.

Entonces oí llamar a mi puerta y aquella voz me habló desde
fuera.

—¿Qué? —chillé, y a continuación me convulsioné con un desagradable ataque de tos.

—Zoey. Tu madre y yo tenemos que hablar contigo.

Genial. Estaba claro que no se habían ahogado.

Acaricié a Otis *el Pez*.

—Otis, esto es una mierda. —Estiré los hombros, tosí otra vez
y salí a hacer frente al enemigo.

3

A primera vista, el perdedor de mi padrastro, John Heffer, parecía un buen tipo, casi normal. (Sí, ese es su verdadero nombre; y por desgracia también es ahora el apellido de mi madre. Es la señora Heffer. ¿Te lo puedes creer?). Cuando él y mi madre comenzaron a salir, incluso escuché a alguna de las amigas de Mamá decir que era "guapo" y "encantador". Al principio. Por supuesto, ahora Mamá tiene todo un nuevo grupo de amigas, unas que el señor Guapo y Encantador encuentra más apropiadas que el grupo de mujeres solteras y divertidas con las que acostumbraba a salir.

Nunca me gustó. De verdad. No lo digo solo porque no pueda soportarlo ahora. Desde el primer día que lo conocí tan solo vi una cosa: un farsante. Finge ser un tipo majo. Finge ser un buen marido. Incluso finge ser un buen padre.

Tiene el mismo aspecto de cualquier otro padre. Tiene el pelo oscuro, piernas delgadas y está echando barriga. Sus ojos son como su alma, de un color pardo pálido y frío.

Entré en la sala de estar y lo encontré de pie junto al sofá. Mi madre estaba acurrucada al borde, agarrándose las manos. Sus ojos ya estaban enrojecidos y acuosos. Fantástico. Iba a hacer de madre histérica y dolida. Es un papel que interpreta muy bien.

John intentó atravesarme con la mirada, pero mi Marca lo distrajo. Torció el gesto con desagrado.

—¡Aléjate de mí, Satanás! —citó, con lo que a mí me gusta llamar su voz de sermón.

Suspiré.

—No es Satanás. Tan solo soy yo.

—Ahora no es momento de sarcasmo, Zoey —dijo Mamá.

—Yo me ocuparé de esto, cari —dijo el perdedor, acariciando su hombro distraídamente antes de volver a centrar su atención sobre mí.

—Te dije que tu mal comportamiento y tu problema de actitud te pasarían factura. Ni siquiera estoy sorprendido de que haya ocurrido tan pronto.

Negué con la cabeza. Me lo esperaba. Es justo lo que esperaba y aun así fue un golpe. El mundo entero sabía que no había nada que pudiera hacerse para provocar el cambio. Todo ese "si te muerde un vampyro, mueres y te conviertes en uno" no es más que pura ficción. Los científicos han intentado durante años descubrir qué causa la secuencia de eventos físicos que llevan al vampyrismo, con la esperanza de que si lo descubrían podrían curarlo, o al menos inventar una vacuna para luchar contra ello. Hasta el momento no había habido suerte. Pero resulta que ahora John Heffer, el perdedor de mi padrastro, había descubierto de repente que el mal comportamiento adolescente —en especial mi mal comportamiento, que en su mayoría consistía en alguna mentira ocasional, algunas ideas cabreantes y comentarios de listilla dirigidos principalmente contra mis padres, y quizá algo de lujuria medio inofensiva hacia Ashton Kutcher (es triste que le gusten las mujeres mayores)— era de hecho lo que provocaba esta reacción física en mi cuerpo. *¡Bueno, joder! ¿Quién sabe?*

—Esto no es algo que yo haya provocado —conseguí decir finalmente—. Esto no ha sucedido por mi culpa. Me lo han hecho. Cualquier científico del planeta estaría de acuerdo con eso.

—Los científicos no lo saben todo. No son hombres de Dios.

MARCADA

Me lo quedé mirando. Él era un *elder* de las "Gentes de Fe", una posición de la que estaba, oh, tan orgulloso. Era una de las razones por las que Mamá se había sentido atraída por él, y a un nivel estrictamente lógico podía entender por qué. Ser un patriarca significaba que un hombre tenía éxito. Tenía el trabajo adecuado. Una bonita casa. La familia perfecta. Se suponía que hacía lo correcto y creía en lo correcto. Sobre el papel tenía que ser una gran elección como nuevo marido y como padre. Qué lástima que el papel no hubiese mostrado la historia al completo. Y ahora, con toda probabilidad, iba a jugar la carta del patriarca y a lanzarme a Dios a la cara. Apostaría mis nuevos zapatos Steve Madden a que aquello irritaba a Dios tanto como me cabreaba a mí.

Lo intenté de nuevo.

—Lo hemos estudiado en biología avanzada. Es una reacción fisiológica que tiene lugar en los cuerpos de algunos adolescentes cuando se eleva su nivel hormonal. —Hice una pausa, pensando con detenimiento y totalmente orgullosa de mí misma por recordar algo que había aprendido el semestre pasado—. En cierta gente las hormonas desencadenan esto y lo otro en un... un... —Hice un esfuerzo y recordé—: Un hilo de ADN desechado, que inicia todo el cambio. —Sonreí, no a John en realidad, sino porque me asombraba mi capacidad para recordar cosas de un tema con el que habíamos acabado hacía meses. Sabía que la sonrisa fue un error cuando observé aquella mandíbula familiarmente apretada.

—El saber de Dios supera a la ciencia y es una blasfemia por tu parte decir lo contrario, jovencita.

—¡Nunca he dicho que los científicos sean más listos que Dios! —dije lanzando las manos hacia arriba, al tiempo que trataba de contener la tos—. Tan solo intento explicarte todo esto.

—No necesito que alguien de dieciséis años me explique nada.

Bueno, llevaba puestos esos pantalones realmente feos y aquella horrible camisa. Estaba claro que necesitaba que una adolescente

23

le explicase algunas cosas, pero pensé que no era el momento adecuado para mencionar su evidente y desafortunado problema con la moda.

—Pero, John, cariño, ¿qué vamos a hacer con ella? ¿Qué dirán los vecinos? —Su cara palideció aún más y contuvo un sollozo—. ¿Qué dirá la gente en la iglesia el domingo?

John frunció el ceño cuando abrí la boca para contestar y me interrumpió antes de que pudiese hablar.

—Vamos a hacer lo que debe hacer cualquier familia de bien. Lo dejaremos en manos de Dios.

¿Me iban a mandar a un convento? Por desgracia, tuve que ocuparme de otra serie de ataques de tos, así que siguió hablando.

—También vamos a llamar al doctor Asher. Él sabrá qué hacer para apaciguar esta situación.

Maravilloso. Fantástico. Iba a llamar al loquero de la familia, el Increíble Hombre Inexpresivo. Perfecto.

—Linda, llama al número de emergencias del doctor Asher y luego creo que sería sensato activar la cadena telefónica de oraciones. Asegúrate de que los otros patriarcas saben que tienen que reunirse aquí.

Mi madre asintió y empezó a levantarse, pero las palabras que salieron de mi boca hicieron que se dejara caer de nuevo en el sillón.

—¡Qué! ¿Tu solución es llamar a un loquero que no tiene ni idea sobre adolescentes y traer a todos esos viejos estirados aquí? ¡No! ¿No lo entiendes? Tengo que irme. Esta noche. —Tosí con un sonido desgarrado que me hizo daño en el pecho—. ¡Lo ves! Esto irá a peor si no me voy con los... —Dudé. ¿Por qué era tan difícil decir "vampyros"? Porque sonaba tan extraño y, parte de mí lo admitía, tan fantástico—. Tengo que ir a La Casa de la Noche.

Mamá se puso en pie de un salto y por un instante pensé que iba a salvarme. Entonces John le puso un brazo posesivo alrededor del hombro. Ella lo miró y, cuando volvió la mirada de nuevo hacia mí, sus ojos casi parecían pedir disculpas, pero sus palabras, como era típico, reflejaron solo lo que John hubiese querido que dijera.

—Zoey, seguro que no hará daño que te quedes aunque solo sea esta noche en casa.

—Claro que no —le dijo John—. Estoy seguro que el doctor Asher verá necesario hacer una visita a domicilio. Con él aquí ella estará perfectamente. —Acarició su hombro, intentando parecer afectuoso, pero en lugar de dulce sonó viscoso.

Los miré a los dos. No iban a dejarme marchar. No esta noche, y quizá nunca, o al menos no hasta que tuviera que ser sacada de allí por los camilleros. De repente comprendí que no era solo por la Marca y por el hecho de que mi vida hubiera cambiado del todo. Era una cuestión de control. Si me dejaban ir, de alguna manera perdían. En el caso de Mamá, me gustaba pensar que tenía miedo de perderme. Y sabía lo que John no quería perder. No quería perder su preciada autoridad y la ilusión de que tenía una pequeña familia perfecta. Como ya había dicho Mamá: *¿Qué pensarían los vecinos y qué pensaría la gente en la iglesia el domingo?* John tenía que preservar la ilusión, y si eso significaba permitir que yo me pusiera muy, muy enferma, pues bien, ese era un precio que estaba dispuesto a pagar.

Yo no estaba dispuesta a pagar, sin embargo.

Supongo que había llegado el momento de que tuviera el control en mis manos (después de todo, tenían muy bien hecha la manicura).

—De acuerdo —dije—. Llamen al doctor Asher. Pongan en marcha la cadena telefónica. Pero ¿les importa que vaya a recostarme hasta que todo el mundo esté aquí? —Tosí de nuevo por si acaso.

—Pues claro que no, cariño —dijo Mamá, que parecía claramente aliviada—. Puede que un poco de descanso te haga sentir mejor. —Entonces se apartó del brazo posesivo de John. Sonrió y luego me abrazó—. ¿Quieres que te dé algo para el catarro?

—No, estaré bien —dije, aferrándome a ella durante solo un segundo, deseando con todas mis fuerzas que estuviésemos tres años atrás y aún fuera mía... todavía de mi lado. Entonces respiré hondo y di un paso atrás—. Estaré bien —repetí.

Me miró y asintió, diciéndome que lo sentía de la única forma que podía, con los ojos.

Me di vuelta y comencé a alejarme de ella en dirección a mi dormitorio. A mi espalda, el perdedor dijo:

—¿Y por qué no nos haces un favor a todos y miras a ver si puedes encontrar algunos polvos para tapar esa cosa que tienes en la frente?

Ni siquiera me detuve. Simplemente seguí caminando. Y no pensaba llorar.

Voy a recordar esto, me dije a mí misma con seriedad. *Voy a recordar lo terriblemente mal que me han hecho sentir hoy. Así, cuando esté asustada y sola y lo que quiera que vaya a ocurrirme empiece a ocurrir, voy a recordar que nada puede ser tan malo como estar atrapada aquí. Nada.*

4

Me senté en la cama y tosí mientras escuchaba a mi madre hacer una llamada desesperada al número de emergencias del loquero, seguida por otra llamada igual de histérica que activaría la cadena de oraciones de las temidas Gentes de Fe. En unos treinta minutos nuestra casa comenzaría a llenarse de mujeres gordas y de sus maridos pedófilos de ojos brillantes. Me llamarían a la sala de estar. Mi Marca sería considerada un gran y embarazoso problema, así que seguro que me untarían con cualquier porquería que me obstruiría los poros y me provocaría un grano como el ojo de un cíclope, para luego plantar sus manos sobre mí y rezar. Pedirían a Dios que me ayudase a dejar de ser una adolescente tan horrible y un problema para mis padres. Ah, y el pequeño asunto de mi Marca también debía ser resuelto.

Si fuese todo tan sencillo. Con mucho gusto haría un trato con Dios para ser una buena chica en lugar de cambiar de escuela y de especie. Incluso haría el examen de geometría. Bueno, está bien. Quizá el examen de geometría no. Pero que conste que yo no pedí convertirme en un monstruo. Todo esto significaba que tendría que irme y comenzar otra vida en un lugar donde sería una chica nueva. Un lugar en el que no tenía amigos. Cerré los ojos con fuerza, haciendo un esfuerzo para no llorar. La escuela era el único lugar en el que me sentía verdaderamente en casa. Mis amigos eran mi única familia. Me apreté la cara con los puños para evitar llorar. Paso a paso. Haría esto paso a paso.

No iba a poder lidiar con todos los clones del perdedor de mi padrastro de ninguna manera. Y, por si las Gentes de Fe no fueran suficiente problema, la horrible sesión de oraciones sería seguida por otra sesión igualmente insoportable con el doctor Asher. Me haría un montón de preguntas sobre cómo me sentía sobre esto y lo otro. Entonces, seguiría parloteando más y más sobre la rabia adolescente y lo normal que era la angustia, pero que solo yo podía decidir el impacto que tendría en mi vida... bla... bla... y ya que esto era una "emergencia", era probable que quisiera verme dibujar algo que representase mi niña interior o lo que fuera.

Estaba claro que tenía que irme de allí.

Por suerte siempre había sido la niña mala y estaba preparada para una situación así. OK, no estaba pensando precisamente en escaparme de casa para huir y unirme a los vampyros cuando puse una llave adicional del coche bajo la maceta que había fuera de mi ventana. Tan solo consideré que podría querer escaparme para ir a casa de Kayla. O, si quería ser mala de verdad, podría encontrarme con Heath en el parque y enrollarme con él. Pero entonces Heath había empezado a beber y yo a convertirme en un vampyro. A veces la vida no tiene ningún sentido.

Levanté la mochila, abrí la ventana y con una facilidad que decía más de mi naturaleza pecaminosa que las aburridas charlas del perdedor de John, me asomé al exterior. Me puse las gafas de sol y eché un vistazo. No eran más de las cuatro y media o así y aún no había oscurecido, por lo tanto me alegré de que la valla protectora me ocultase de nuestros horriblemente ruidosos veci-nos. En ese lado de la casa las únicas otras ventanas que había pertenecían a la habitación de mi hermana y ella seguro que es-taba todavía en el ensayo de porristas. (El Infierno debía estarse congelando, porque por una vez estaba verdaderamente contenta de que el mundo de mi hermana girase alrededor de lo que ella llamaba "el deporte de animar"). Dejé caer la mochila primero y luego la seguí despacio fuera de la ventana, teniendo cuidado de no hacer ni el más mínimo ruido al caer sobre el césped. Me detuve allí durante demasiados minutos, enterrando la cara en los brazos para silenciar mi horrible tos. Después me agaché, levanté el borde de la maceta que contenía la planta de lavanda que la abuela Redbird me había regalado y tanteé con los dedos hasta que encontré la llave de metal cubierta por el césped aplastado.

La verja ni siquiera chirrió cuando la abrí y la crucé lentamente como uno de los ángeles de Charlie. Mi precioso Escarabajo estaba ahí donde siempre había estado, justo frente a la tercera puerta de nuestro garaje de tres plazas. El perdedor no me dejaba estacionarlo dentro porque decía que la cortadora de césped era más importante. (¿Más importante que un Volkswagen clásico? ¿Cómo? Eso apenas tenía sentido. Madre mía, casi sonaba como un chico. ¿Desde cuándo me importaba lo clásico que fuese mi Escarabajo? Sí que debía estar Cambiando). Miré a ambos lados. Nada. Corrí hacia el Escarabajo, entré, puse punto muerto y me sentí realmente afortunada de que el camino de entrada estuviera inclinado de esa forma tan absurda cuando mi maravilloso coche rodó con suavidad y en silencio hacia la calle. A partir de ahí, no tenía más que ponerme en marcha hacia el este y salir pitando del vecindario de las casas grandes y caras.

Ni siquiera miré por el retrovisor.

Estiré el brazo y apagué el teléfono móvil. No quería hablar con nadie.

No, eso no era del todo verdad. Había una persona con la que sí me apetecía hablar. Ella era la única persona del mundo que estaba segura que no miraría mi Marca y pensaría que era un monstruo o una persona verdaderamente horrible.

Como si el Escarabajo me leyese la mente, pareció desviarse solo hacia la autopista que llevaba a Muskogee Turnpike y, al final, al lugar más maravilloso de este mundo: la granja de lavanda de mi abuela Redbird.

A diferencia del camino de la escuela a casa, el viaje de hora y media hacia la granja de la abuela Redbird pareció eterno. Para cuando dejé la autopista de doble carril para entrar la compacta y sucia carretera que llevaba a casa de la abuela, el cuerpo me dolía incluso más que la vez que contrataron a aquella profesora de gimnasia loca que pensaba que debíamos hacer descabellados circuitos de pesas mientras ella chasqueaba su látigo y se reía. Bueno, a lo mejor no llevaba un látigo, pero aun así. Los músculos me dolían a rabiar. Eran casi las seis y el sol al fin empezaba a ocultarse, pero los ojos todavía me escocían. De hecho, incluso la luz solar ya debilitada hacía que sintiese en la piel un hormigueo extraño. Me alegré de que estuviésemos a finales de octubre y que al fin el tiempo se hubiera vuelto lo suficientemente fresco para que pudiese llevar mi sudadera con capucha de la Invasión Borg en 4D (lo sé, es una atracción de *Star Trek: La nueva generación* en Las Vegas y, por triste que parezca, a veces soy una friki total de *Star Trek*) que, por suerte, me cubría la mayor parte de la piel. Antes de salir del Escarabajo, rebusqué en el asiento de atrás hasta que encontré mi vieja gorra de *Oklahoma State* y me la planté en la cabeza para protegerme la cara del sol.

La casa de mi abuela se encontraba entre dos campos de lavanda y le daban sombra enormes y viejos robles. Fue construida en 1942 con pura piedra de Oklahoma y tenía un cómodo porche y ventanas de un inusual gran tamaño. Me encantaba aquella casa. Solo el hecho de subir las pequeñas escaleras de madera que llevaban al porche me hacía sentir mejor... Segura. Entonces vi la nota pegada en la puerta. Era fácil reconocer la bonita letra de la abuela Redbird: *Estoy en el acantilado recogiendo flores salvajes.*

Toqué el suave papel con esencia de lavanda. Ella siempre sabía cuándo yo iba a ir a visitarla. Cuando era pequeña solía pensar que era extraño, pero a medida que fui creciendo aprecié ese sexto sentido que ella tenía. Toda mi vida había sabido, no importaba lo que pasara, que podía contar con la abuela Redbird. Durante aquellos horribles primeros meses después de que Mamá se casara con John creo que me hubiese marchitado y muerto si no hubiera podido escapar cada fin de semana a casa de la abuela.

Durante un segundo consideré entrar en la casa (la abuela nunca cerraba las puertas) y esperarla allí, pero necesitaba verla, que me abrazase y me dijera lo que habría querido oír decir a Mamá. *No tengas miedo... No va a pasar nada... Haremos que no pase nada.* Así que, en lugar de ir dentro, me dirigí al pequeño camino de venados al borde del campo de lavanda situado más al norte. Este llevaba a los acantilados y lo seguí, dejando que mis dedos recorriesen la parte de arriba de las plantas más cercanas a medida que caminaba, de forma que liberaran su esencia dulce y plateada hacia el aire que me rodeaba como si me diesen la bienvenida a casa.

Parecía que habían pasado años desde la última vez que estuve allí, a pesar de que sabía que solo habían pasado cuatro semanas. A John no le gustaba la abuela. Pensaba que era extraña. Incluso le había oído decir a Mamá que la abuela era "una bruja que iría al Infierno". Es todo un cretino.

Entonces me llegó un pensamiento repentino y me detuve por completo. Mis padres ya no controlaban lo que yo hacía. No iba a vivir nunca más con ellos. John ya no podía decirme lo que tenía que hacer.

¡Uau! ¡Qué flipe!

Tan flipante que me produjo un espasmo de tos que hizo que me rodease a mí misma con los brazos, como si intentara mantener mi pecho en su sitio. Necesitaba encontrar a la abuela Redbird, y necesitaba encontrarla ya.

5

El camino que subía por un lado de los acantilados siempre había estado empinado, pero lo había subido una infinidad de veces, con y sin mi abuela, y nunca me había sentido así. Ya no era solo la tos. Y tampoco eran los músculos doloridos. Estaba mareada y el estómago ya me comenzaba a rugir de tal manera que yo misma me recordaba a Meg Ryan en la película *French Kiss* después de comerse todo el queso y tener un ataque de intolerancia a la lactosa. (Kevin Kline está realmente mono en esa peli... Bueno, para ser un tipo mayor).

Y encima moqueaba. No me refiero a sorberse un poco la nariz. Me refiero a que me limpiaba la nariz en la manga de la sudadera (qué asco). No podía respirar sin abrir la boca, lo que me hacía toser más, ¡y no podía creer lo mucho que me dolía el pecho! Intenté recordar qué era lo que de manera oficial había matado a los chicos que no habían completado el cambio a vampyros. ¿Habían tenido ataques al corazón? ¿O era posible que hubiesen tosido y moqueado hasta morir?

¡Deja de pensar en ello!

Necesitaba encontrar a la abuela Redbird. Si la abuela no tenía las respuestas, las encontraría. La abuela Redbird comprendía a la gente. Ella decía que era porque no había perdido el contacto con su herencia cheroqui y el conocimiento tribal de las ancestrales sabias que llevaba en su sangre. Incluso en esos momentos sonreía al recordar el ceño fruncido en la cara de la abuela cuando salía el tema del perdedor de mi padrastro (ella es el único adulto que sabe que lo llamo así). La abuela Redbird decía que era obvio que la herencia de la sangre sabia Redbird se había saltado a su hija, pero solo porque se había reservado para proporcionarme a mí una dosis extra de antigua magia cheroqui.

Cuando era pequeña yo había subido por este camino cogida de la mano de la abuela más veces de las que podía contar. En la pradera de hierba alta y flores salvajes extendíamos una manta de colores brillantes y merendábamos mientras la abuela me contaba historias de los cheroqui y me enseñaba las palabras de sonido misterioso de su lengua. Mientras subía con dificultad por el curvado camino, aquellas viejas historias parecían dar vueltas y vueltas dentro de mi cabeza, como el humo de una hoguera ceremonial... Incluida la triste historia de cómo se formaron las estrellas cuando un perro fue descubierto robando harina de maíz y la tribu lo azotó. Cuando el perro corrió aullando hacia su casa en el norte, la harina se esparció por el cielo y la magia que había en ella creó la Vía Láctea. O cómo el Gran Águila hizo las montañas y los valles con sus alas. Y mi favorita, la historia de la joven Sol, que vivía en el este, y su hermano, Luna, que vivía en el oeste, y Redbird, que era la hija de Sol.

—¿No es extraño? Soy una Redbird, hija del Sol, pero me estoy convirtiendo en un monstruo de la noche. —Me oí a mí misma hablando en voz alta y me sorprendió que mi voz sonara tan débil, en especial cuando mis palabras parecieron hacer eco alrededor, como si hablase dentro de un vibrante tambor.

Tambor...

Pensar en aquella palabra me hizo recordar las asambleas tribales a las que la abuela me había llevado cuando era pequeña, y luego, mis pensamientos, de alguna manera, insuflaron vida a los recuerdos, incluso pude oír el golpeteo rítmico de los tambores ceremoniales. Miré alrededor, entrecerrando los ojos incluso ante la débil luz del agonizante día. Los ojos me ardían y tenía una visión casi nula. No hacía viento, pero las sombras de las rocas y los árboles parecían moverse... expandirse... alargarse hacia mí.

—Abuela, estoy asustada... —grité entre convulsiones por la tos.

Los espíritus de la tierra no son algo a lo que debas temer, Zoeybird.

—¿Abuela? —¿Había escuchado su voz llamarme por mi apodo o no eran más que ecos misteriosos que esta vez llegaban desde mis recuerdos?

—¡Abuela! —llamé de nuevo, y entonces me detuve, esperando escuchar una respuesta.

Nada. Nada salvo el viento.

U-no-le... La palabra cheroqui para el viento cruzó mi mente como un sueño casi olvidado.

¿Viento? ¡No, espera! No había viento hacía un segundo, pero ahora tenía que sujetar mi gorra con una mano y apartar con la otra el pelo que me golpeaba con furia en la cara. Entonces pude escucharlo: el sonido de numerosas voces cheroqui cantando al unísono con el redoblar de los tambores ceremoniales. A través del velo de cabello y lágrimas vi humo. La dulce esencia almendrada de la madera de pino me llenó la boca abierta y saboreé las hogueras de mis ancestros.

—Únete a nosotros, *U-we-tsi a-ge-hu-tsa...* Únete a nosotros, hija...

Fantasmas cheroqui... ahogarme por mis propios pulmones... la pelea con mis padres... el adiós a mi antigua vida...

Aquello era demasiado. Eché a correr.

Supongo que lo que nos enseñan en biología sobre que la adrenalina te domina durante las situaciones de pelea es cierto porque, aunque me sentía como si el pecho me fuese a estallar y parecía que intentaba respirar bajo el agua, subí corriendo la última y más empinada parte del camino como si hubiesen abierto todas las tiendas del centro comercial y estuvieran regalando zapatos.

Respirando con dificultad, continué subiendo a trompicones por el camino —cada vez más y más alto—, luchando por librarme de los temibles espíritus que flotaban a mi alrededor como si fueran niebla, pero en vez de dejarlos atrás parecía que corría a adentrarme en su mundo de humo y sombras. ¿Estaba muriendo? ¿Era así como ocurría? ¿Era por eso que podía ver fantasmas? ¿Dónde estaba la luz blanca? Dominada por el pánico, corrí hacia delante, moviendo los brazos con violencia como si pudiese rechazar el terror que me perseguía.

No vi la raíz que sobresalía en el duro terreno del camino. Desorientada por completo, intenté mantener el equilibrio, pero había perdido todos los reflejos. Caí con fuerza. El dolor en la cabeza fue agudo, pero tan solo duró un instante antes que la oscuridad me engullese.

El despertar fue extraño. Esperaba que me doliese el cuerpo, en especial la cabeza y el pecho, pero en vez de dolor sentía... bueno... me sentía bien. De hecho, me sentía mejor que bien. Ya no tosía. Mis brazos y piernas estaban sorprendentemente ligeros, con hormigueo y cálidos, como si me acabara de meter en un burbujeante baño caliente en una noche fría.

¿Eh?

La sorpresa me hizo abrir los ojos. Estaba mirando hacia una luz que de forma milagrosa no me hacía daño en los ojos. En lugar de la brillante luz del sol, esta era más como una suave lluvia de luz de velas que se filtraba desde arriba. Me senté y me di cuenta de que estaba equivocada. La luz no bajaba. ¡Yo subía hacia ella!

Voy al cielo. Bueno, eso será una sorpresa para algunos.

Miré hacia abajo y vi... ¡mi cuerpo! Yo o él o... o... lo que fuese que yacía de forma aterradora al borde del acantilado. Mi cuerpo estaba muy quieto. Tenía un corte en la frente y sangraba mucho. La sangre goteaba sin cesar sobre una hendidura del terreno rocoso, dejando un rastro de lágrimas rojas que caía en el corazón del acantilado.

Era increíblemente extraño verme a mí misma desde arriba. No estaba asustada. Pero debería estarlo, ¿no? ¿No significaba esto que había muerto? Quizá ahora podría ver mejor a los fantasmas cheroqui. Ni siquiera ese pensamiento me asustó. En realidad, más que tener miedo era una sensación de ser una observadora, como si nada de aquello pudiera afectarme. (Algo así como esas chicas que practican el sexo con cualquiera y creen que no se van a quedar embarazadas o que no van a contraer una desagradable enfermedad de transmisión sexual que les devore el cerebro y eso. Bueno, ya veremos dentro de diez años, ¿verdad?).

Disfrutaba del aspecto que tenía el mundo, resplandeciente y nuevo, pero mi cuerpo seguía captando toda mi atención. Me acerqué flotando a él. Respiraba con jadeos cortos y profundos. Bueno, mi cuerpo era el que respiraba así, no mi propio yo. (Hablemos de la confusión en el uso de los pronombres). Y yo/ella no tenía buen aspecto. Yo/ella estaba pálida del todo y con los labios azules. ¡Oye! ¡Cara blanca, labios azules y sangre roja! ¿Soy patriótica o no?

Me reí, ¡y fue asombroso! Juro que vi cómo mi risa flotaba alrededor como esas cosas hinchadas que soplas de los dientes de león, salvo que en lugar de ser blanca era del color azul glaseado de las tortas de cumpleaños. ¡Uau! ¿Quién iba a decir que golpearme en la cabeza y perder el conocimiento iba a ser tan divertido? Me preguntaba si era así como se sentía uno estando colocado.

La risa glaseada de diente de león se difuminó y pude oír el sonido cristalino del agua corriente. Me acerqué más a mi cuerpo y pude ver que lo que en un primer momento me había parecido un pequeño corte en el suelo era en realidad una estrecha grieta. El sonido vivo del agua provenía del fondo de su interior. Llevada por la curiosidad, eché un vistazo hacia abajo y el brillante contorno plateado de las palabras surgió de dentro de la roca. Hice un esfuerzo por escuchar, y como recompensa capté un débil y susurrante sonido de plata.

—Zoey Redbird... ven a mí...

—¡Abuela! —chillé en el corte de la roca. Mis palabras fueron de un color púrpura brillante y llenaron el aire que me rodeaba—. ¿Eres tú, Abuela?

—Ven a mí...

La plata se mezcló con el púrpura visible de mi voz, volviendo las palabras del refulgente color de las flores de lavanda. ¡Era una profecía! ¡Una señal! De alguna manera, igual que los espíritus guías en los que los cheroqui habían creído durante siglos, la abuela Redbird me decía que debía bajar por la roca.

Sin dudarlo un instante más, lancé mi espíritu hacia delante y bajé por la grieta, siguiendo el rastro de mi sangre y el recuerdo plateado del susurro de mi abuela hasta que llegué al suave suelo de un cuarto con aspecto de cueva. En medio de la habitación, una pequeña corriente de agua burbujeaba, emitiendo fragmentos tintineantes de sonido visible, brillantes y de un tono cristalino. Mezclada con las gotas escarlata de mi sangre, iluminaba la cueva con una luz parpadeante que era del color de las hojas secas. Quería sentarme junto al agua burbujeante y dejar que mis dedos tocasen el aire a su alrededor y jugar con la textura de su música, pero la voz me llamó de nuevo.

—Zoey Redbird... sígueme hacia tu destino...

Así que seguí la corriente y la llamada de la mujer. La cueva se estrechó hasta convertirse en un túnel redondeado. Se curvaba y serpenteaba más y más, en ligera espiral, para acabar de forma abrupta en una pared cubierta de símbolos tallados que me resultaban familiares y extraños al mismo tiempo. Confundida, observé cómo el arroyo se vertía por una grieta en la pared y desaparecía. ¿Y ahora qué? ¿Se suponía que debía seguirlo?

Volví la mirada hacia el túnel. No había nada allí salvo la luz que bailaba. Me giré de nuevo hacia la pared y sentí como una sacudida eléctrica de asombro. ¡Joder! ¡Había una mujer sentada con las piernas cruzadas apoyada en la pared! Llevaba un vestido blanco con flecos adornado con los mismos símbolos que había en las paredes del muro a su espalda. Era increíblemente bella, con un pelo largo y liso, tan negro que parecía como si tuviera resplandores azules y púrpuras, como las alas de un cuervo. Sus labios generosos se curvaron hacia arriba cuando habló, llenando el aire con el poder plateado de su voz.

—*Tsi-lu-gi U-we-tsi a-ge-hu-tsa.* Bienvenida, hija. Lo has hecho bien.

Hablaba en cheroqui, pero aunque no había practicado demasiado aquella lengua en los últimos años, comprendía las palabras.

—¡Tú no eres mi abuela! —espeté, sintiéndome extraña y fuera de lugar cuando mis palabras de color púrpura se unieron a las suyas, formando increíbles patrones de centelleante lavanda en el aire a nuestro alrededor.

Su sonrisa era como el sol naciente.

—No, hija, no lo soy, pero conozco a Sylvia Redbird muy bien.

Respiré hondo.

—¿Estoy muerta?

Temí que se riese de mí, pero no lo hizo. En vez de eso, sus ojos oscuros mostraron ternura y preocupación.

—No, *U-we-tsi a-ge-hu-tsa.* Estás lejos de haber muerto, aunque tu espíritu ha sido liberado de forma temporal para vagar por el reino de los Nunne'hi.

—¡Las gentes espíritu! —Observé el túnel, en un intento de ver rostros y formas entre las sombras.

—Tu abuela te ha enseñado bien, *u-s-ti Do-tsu-wa...* pequeña

Redbird. Eres una conjunción única de las viejas costumbres y del nuevo mundo... de la antigua sangre tribal y el latido de los que son ajenos.

Sus palabras me hicieron sentir calor y frío al mismo tiempo.

—¿Quién eres? —pregunté.

—Soy conocida por muchos nombres... La Mujer Cambiante, Gaea, A'akuluujjusi, Kuan Yin, la Abuela Araña, e incluso el Amanecer...

A medida que pronunciaba cada nombre su rostro se transformaba, mareándome con su poder. Debió darse cuenta, ya que se detuvo y me mostró su bella sonrisa de nuevo, haciendo volver su rostro a la mujer que había visto al principio.

—Pero tú, Zoeybird, hija mía, puedes llamarme por el nombre con el cual se me conoce hoy en tu mundo, Nyx.

—Nyx. —Mi voz apenas superaba un susurro—. ¿La diosa vampyra?

—En realidad, fueron los antiguos griegos tocados por el cambio los primeros en adorarme como la madre que buscaban en su Noche infinita. Me ha complacido llamar a sus descendientes mis niños durante muchas eras. Y, sí, en tu mundo a esos niños se les llama vampyros. Acepta ese nombre, *U-we-tsi a-ge-hu-tsa*. En él encontrarás tu destino.

Podía sentir cómo la Marca me ardía en la frente, y de pronto quise llorar.

—No... no lo entiendo. ¿Encontrar mi destino? Tan solo quiero encontrar la forma de saber qué hacer con mi nueva vida, de hacer que vaya bien. Diosa, solo quiero encajar en algún sitio. No creo que esté preparada para encontrar mi destino.

El rostro de la diosa se suavizó de nuevo y cuando habló su voz era como la de mi madre, salvo porque parecía haber rociado sus palabras con el amor de todas las madres del mundo.

—Cree en ti misma, Zoey Redbird. Te he marcado como uno de los míos. Serás mi primera y verdadera *U-we-tsi a-ge-hu-tsa v-hna-i Sv-no-yi...* Hija de la Noche... en esta era. Eres especial. Acepta eso de ti misma y comenzarás a comprender que hay verdadero poder en tu singularidad. En tu interior se combinan la sangre mágica de los antiguos ancianos y mujeres sabias, así como la capacidad de observar y comprender el mundo moderno.

La diosa se puso en pie y caminó con gracilidad hacia mí, mientras su voz pintaba símbolos plateados de poder en el aire que nos rodeaba. Cuando llegó hasta mí, secó las lágrimas de mis mejillas antes de tomar mi cara entre sus manos.

Zoey Redbird, Hija de la Noche, te nombro mis ojos y oídos en el mundo actual, un mundo en el que el bien y el mal luchan por encontrar el equilibrio.

—¡Pero si tengo dieciséis años! ¡Ni siquiera sé estacionar en línea! ¿Cómo se supone que voy a saber cómo ser tus ojos y tus oídos?

Ella se limitó a sonreír con serenidad.

—Eres mucho mayor de lo que indican tus años, Zoeybird. Cree en ti misma y encontrarás la manera. Pero recuerda, la oscuridad no siempre es lo mismo que el mal, igual que la luz no siempre trae el bien.

Entonces, la diosa Nyx, la antigua personificación de la Noche, se inclinó hacia delante y me besó en la frente. Y, por tercera vez en ese día, perdí el conocimiento.

6

Hermosa, ves la nube, la nube aparecer.
Hermosa, ves la lluvia, la lluvia acercarse...

Las palabras de la antigua canción flotaron en mi cabeza. Debía estar soñando con la abuela Redbird de nuevo. Me produjo una sensación de calidez, seguridad y felicidad, lo cual era especialmente agradable, dado que me había sentido tan mal últimamente... aunque no podía recordar con exactitud por qué. *Hum.* Qué raro.

¿Quién habló?
La pequeña espiga de maíz,
En lo más alto del tallo...

La canción de mi abuela continuó y me acurruqué sobre el costado, suspirando mientras frotaba la mejilla contra la suave almohada. Por desgracia, mover la cabeza provocó que un intenso dolor me atravesara las sienes y, como una bala a través de un cristal, hizo añicos mi sentimiento de felicidad cuando los recuerdos del día anterior me abrumaron.

Me estaba convirtiendo en un vampyro.

Había huido de casa.

Había tenido un accidente y luego algún tipo de extraña experiencia cercana a la muerte.

Me estaba convirtiendo en un vampyro. *Oh, Dios mío.*

Caramba, cómo me dolía la cabeza.

—¡Zoeybird! ¿Estás despierta, cariño?

Guiñé los borrosos ojos hasta que todo se aclaró y vi a la abuela Redbird sentada en una pequeña silla junto a mi cama.

—¡Abuela! —grazné, y me estiré para tomar su mano. Mi voz sonaba tan horrible como el dolor de cabeza—. ¿Qué ha ocurrido? ¿Dónde estoy?

—Estás a salvo, pajarito. Estás a salvo.

—Me duele la cabeza. —Levanté el brazo y me toqué en la zona de la cabeza que notaba tirante y dolorida, y palpé con los dedos los agujeros de los puntos.

—Debería. Me has quitado diez años de vida del susto. —La abuela me frotó el dorso de la mano con suavidad—. Toda esa sangre... —Se estremeció y luego meneó la cabeza y me sonrió—. ¿Qué hay de tu promesa de no volver a hacer eso de nuevo?

—Promesa —dije—. Así que, me encontraste...

—Sangrando e inconsciente, pajarito. —La abuela me peinó el pelo de la frente hacia atrás y sus dedos recorrieron levemente mi Marca—. Y tan pálida que la oscura media luna parecía brillar sobre tu piel. Sabía que tenía que llevarte a La Casa de la Noche, que es exactamente lo que hice. —Se rió y el brillo travieso en sus ojos hizo que pareciese una niña—. He llamado a tu madre para decirle que iba a llevarte a La Casa de la Noche y he tenido que fingir que se me cortaba el teléfono para poder colgar. Me temo que no está muy contenta con ninguna de las dos.

Le devolví la sonrisa a la abuela Redbird. Ji ji, Mamá también estaba enojada con ella.

—Pero, Zoey, ¿qué hacías fuera durante el día? ¿Por qué no me dijiste antes que te habían marcado?

Hice un esfuerzo para sentarme, gruñendo por el dolor en la

cabeza. Pero, por suerte, parecía que había dejado de toser. *Puede que sea porque finalmente estoy aquí, en La Casa de la Noche...* Pero el pensamiento desapareció cuando mi mente procesó todo lo que había dicho la abuela.

—Espera, no podía habértelo dicho antes. El rastreador vino a la escuela hoy y me marcó. Fui primero a casa. Esperaba de verdad que Mamá lo comprendiese y se pusiera de mi lado. —Hice una pausa, recordando de nuevo la horrible escena con mis padres. En un gesto de total comprensión, la abuela me frotó la mano—. Ella y John se limitaron a encerrarme en mi habitación mientras llamaban a nuestro loquero y comenzaban la cadena de oraciones.

La abuela hizo una mueca.

—Así que me escurrí por la ventana y vine directa hasta ti — concluí.

—Me alegro que lo hicieras, Zoeybird, pero no tiene ningún sentido.

—Lo sé —dije con un suspiro—. Tampoco puedo creer que tenga la Marca. ¿Por qué yo?

—No me refiero a eso, cariño. No estoy sorprendida de que fueses rastreada y marcada. La sangre Redbird siempre ha albergado una fuerte magia. Tan solo era cuestión de tiempo antes de que uno de nosotros fuese elegido. A lo que me refiero es a que no tiene sentido que acabes de ser marcada. La media luna no es un mero contorno. Está completamente llena.

—¡Eso es imposible!

—Míralo tú misma, *U-we-tsi a-ge-hu-tsa.* —Usó la palabra cheroqui para hija, de repente recordándome mucho a una misteriosa y antigua diosa.

La abuela buscó en su bolso la polvera antigua de plata que siempre llevaba con ella. Sin decir nada más, me la tendió. Pulsé el pequeño cierre. Se abrió de golpe y mostró mi reflejo... la extraña familiar... la yo que no era del todo yo. Sus ojos eran grandes y la piel demasiado blanca, pero apenas me fijé en eso. Era la Marca lo que no podía dejar de mirar, la Marca que ahora era una luna creciente completa, perfectamente rellena con el color azul zafiro del tatuaje de vampyro. Sintiéndome como si todavía me moviera en un sueño, alcé la mano, dejé que mis dedos recorriesen la Marca de aspecto exótico y me pareció sentir los labios de la diosa de nuevo sobre mi piel.

—¿Qué significa? —dije, incapaz de apartar la mirada de la Marca.

—Esperábamos que tuvieses una respuesta a esa pregunta, Zoey Redbird.

Su voz era asombrosa. Incluso antes de levantar la vista de mi reflejo sabía que sería única e increíble. Tenía razón. Era preciosa como una estrella de cine, preciosa como una Barbie. Nunca había visto a nadie de cerca que fuese tan perfecto. Tenía unos enormes ojos almendrados profundos y de un color verde musgo. Su cara era un corazón casi perfecto y su piel tenía esa cremosidad impecable que se ve en televisión. Su pelo era de un rojo profundo. No ese horrible rojo anaranjado de zanahoria o un rubio rojizo pálido, sino un oscuro y brillante color caoba que caía en pesadas ondas más abajo de sus hombros. Su cuerpo era, bueno, perfecto. No era delgada como esas chicas extravagantes que vomitaban y se mataban de hambre, a lo que ellas pensaban que era el estilo Paris Hilton. ("Eso es fabuloso". Sí, perfecto, lo que tú digas, Paris). El cuerpo de esta mujer era perfecto porque era fuerte pero con curvas. Y tenía unas tetas fantásticas. (Ojalá yo tuviese unas tetas así).

—¿Eh? —dije. Hablando de tetas, pareció como si yo tuviese el cerebro en ellas, ji ji.

La mujer me sonrió y mostró unos increíbles dientes rectos y blancos... sin colmillos. Oh, supongo que he olvidado mencionar que, además de su perfección, tenía una luna creciente de zafiro perfectamente tatuada en el centro de la frente y, desde ahí,

líneas en espiral que me recordaban a las olas del mar enmarca-
ban sus cejas, extendiéndose por encima de sus pómulos.

Era un vampyro.

—Decía que esperábamos que tuvieses alguna explicación de
por qué un vampyro iniciado que aún no ha superado el cambio
tiene la Marca de un ser maduro en la frente.

Sin aquella sonrisa ni la amable preocupación en su voz, sus
palabras hubieran parecido duras. En lugar de eso, lo que dijo
sonó a preocupación y algo de confusión.

—¿Así que no soy un vampyro? —espeté.

Su risa era como música.

—Aún no, Zoey, pero yo diría que tener la Marca completa es
un excelente augurio.

—Oh... yo... bueno, bien. Eso es bueno —balbucí.

Por suerte, la abuela me salvó de una humillación total.

—Zoey, esta es la alta sacerdotisa de La Casa de la Noche, Neferet.
Ha estado cuidándote mientras estabas... —la abuela hizo una
pausa, siendo obvio que no quería decir la palabra inconsciente—,
mientras estabas dormida.

—Bienvenida a La Casa de la Noche, Zoey Redbird —dijo calu-
rosamente Neferet.

Miré a la abuela y luego otra vez a Neferet. Sintiéndome algo
más que un poco perdida, tartamudeé:

—Ese... ese no es mi verdadero nombre. Mi apellido es Montgomery.

—¿Ah, sí? —dijo Neferet, levantando sus cejas teñidas de ám-
bar—. Una ventaja de comenzar una nueva vida es que tienes la
oportunidad de empezar desde cero, de hacer elecciones que no
pudiste hacer con anterioridad. Si pudieras elegir, ¿cuál sería tu
verdadero nombre?

No lo dudé.

—Zoey Redbird.

—Entonces, desde este momento, serás Zoey Redbird. Bienvenida a tu nueva vida. —Estiró el brazo como si quisiera estrecharme la mano y yo le ofrecí la mía de manera automática. Pero, en lugar de tomar mi mano, agarró mi antebrazo, lo cual resultó extraño pero de alguna manera me pareció bien.

Su tacto era cálido y firme. Su sonrisa resplandecía en señal de bienvenida. Era asombrosa e imponente. Sin duda, era lo que son todos los vampyros, algo más que humanos: más fuertes, más listos, con más talento. Parecía alguien que había encendido una resplandeciente luz interior, lo cual me doy cuenta de que es en realidad una descripción llena de ironía, teniendo en cuenta los estereotipos del vampyro (alguno de los cuales sabía que eran por completo verdad): evitan la luz del sol, son más poderosos de noche, necesitan beber sangre para sobrevivir (¡aj!) y adoran a una diosa que es conocida como la Noche personificada.

—G-gracias. Es un placer conocerte —dije, haciendo un esfuerzo por parecer al menos medio inteligente y normal.

—Como le decía a tu abuela antes, nunca hemos recibido antes un iniciado de esta manera tan inusual, inconsciente y con la Marca completa. ¿Puedes recordar lo que te ocurrió, Zoey?

Abrí la boca para decir que lo recordaba por completo: caer y golpearme la cabeza... verme a mí misma como si fuera un espíritu flotante... seguir las extrañas palabras visibles dentro de la cueva... y finalmente conocer a la diosa Nyx. Pero justo antes de decir las palabras tuve un raro presentimiento, como si alguien acabara de golpearme el estómago. Era claro y explícito, y me decía que me callase.

—Y-yo, la verdad es que no recuerdo demasiado... —me detuve y mi mano encontró la zona dolorida en la que sobresalían los puntos—. Al menos después de golpearme la cabeza. Quiero decir, hasta ahí recuerdo todo. El rastreador me marcó. Se lo dije a mis padres y tuve una descomunal pelea con ellos. Luego huí hacia la casa de mi abuela. Me sentía realmente enferma, así que cuando subí por el sendero hacia los acantilados... —Recordé lo demás —todo lo demás— los espíritus de los cheroqui, las danzas y la hoguera. *¡Cállate!*, me gritó el presentimiento—. Y-yo supongo que resbalé porque tosía mucho y me golpeé la cabeza. Lo siguiente que recuerdo es a la abuela Redbird cantando y entonces me desperté aquí. —Acabé a toda prisa. Quería apartar la vista de la intensidad de su mirada de ojos verdes, pero el mismo sentimiento que me ordenaba que permaneciese callada también me decía con claridad que debía mantener el contacto visual con ella, que tenía que hacer un esfuerzo por aparentar que no ocultaba nada, a pesar de que no tenía la menor idea de por qué ocultaba algo.

—Es normal experimentar pérdida de memoria con una herida en la cabeza —dijo la abuela con total naturalidad, rompiendo el silencio.

La hubiera besado.

—Sí, claro que lo es —repuso Neferet con rapidez, perdiendo dureza en el rostro—. No temas por la salud de tu nieta, Sylvia Redbird. Estará bien.

Habló a la abuela con respeto, y algo de la tensión que se había estado acumulando en mi interior se liberó. Si le agradaba la abuela Redbird, entonces tenía que ser buena persona, o vampyro o lo que fuera. ¿No?

—Como estoy segura de que ya sabes, los vampyros —Neferet hizo una pausa y me sonrió—, incluso los vampyros iniciados, tienen poderes de recuperación fuera de lo normal. Su proceso de curación va tan bien que puede abandonar la enfermería sin peligro. —Su mirada fue de la abuela hasta mí—. Zoey, ¿quieres conocer a tu nueva compañera de habitación?

No. Tragué con fuerza y asentí.

—Sí.

—¡Excelente! —dijo Neferet. Afortunadamente, ignoró el hecho de que yo estaba plantada allí como un estúpido gnomo de jardín sonriente.

—¿Estás segura de que no deberías mantenerla aquí otro día en observación? —preguntó la abuela.

—Comprendo tu preocupación, pero te aseguro que las heridas físicas de Zoey ya se están curando a un ritmo que encontrarías extraordinario.

Me sonrió de nuevo y, aunque estaba asustada, nerviosa y alucinada, devolví la sonrisa. Ella parecía estar feliz de que yo estuviese allí. Y, la verdad, hizo que pensara que convertirse en vampyro podía no ser algo tan malo.

—Abuela, estoy bien. En serio. La cabeza me duele muy poco y el resto está mucho mejor. —Me di cuenta al decirlo de que era cierto. Había dejado de toser por completo. Los músculos ya no me dolían. Me sentía perfectamente normal, salvo por el pequeño dolor de cabeza.

Entonces Neferet hizo algo que no solo me sorprendió, sino que hizo que me gustase al instante... y comenzara a fiarme de ella. Se acercó a la abuela y habló despacio y con cuidado.

—Sylvia Redbird, te juro solemnemente que tu nieta está a salvo aquí. Cada iniciado es emparejado con un mentor adulto. Para reforzar mi juramento, yo seré la mentora de Zoey. Y ahora debes confiarla a mi cuidado.

Neferet se puso el puño sobre el corazón e hizo una reverencia, inclinándose ante la abuela. Mi abuela dudó solo un instante antes de contestarla.

—Cuento con que cumplirás tu promesa, Neferet, alta sacerdotisa de Nyx. —Después imitó los gestos de Neferet poniendo su propio puño en el pecho e inclinándose antes de volverse hacia mí y abrazarme con fuerza—. Llámame si me necesitas, Zoeybird. Te quiero.

—Lo haré, Abuela. Yo también te quiero. Y gracias por traerme aquí —susurré, respirando su familiar esencia de lavanda e intentando no llorar.

Me besó con dulzura en la mejilla y luego salió de la habitación con sus pasos rápidos y confiados, dejándome sola por primera vez en mi vida con un vampyro.

—Bueno, Zoey, ¿estás preparada para comenzar tu nueva vida?

Levanté la vista hacia ella y pensé de nuevo en lo increíble que era. Si al final completaba el cambio a vampyro, ¿tendría su confianza y su poder, o eso era algo que solo una alta sacerdotisa tenía? Durante un instante cruzó por mi cabeza lo fantástico que sería ser una alta sacerdotisa... y luego volvió mi sensatez. No era más que una niña. Una niña confundida y no precisamente hecha para ser alta sacerdotisa. Tan solo quería saber cómo encajar allí, pero la verdad es que Neferet hizo que lo que me estaba ocurriendo pareciera más fácil de sobrellevar.

—Sí, lo estoy. —Me alegró sonar más confiada de lo que en realidad me sentía.

7

—¿Qué hora es?

Recorríamos un estrecho pasillo que se curvaba ligeramente. Las paredes estaban hechas de una rara mezcla de piedra oscura y ladrillo visto. Cada poco rato, las parpadeantes lámparas de gas que colgaban de anticuados apliques de hierro negro sobresalían de la pared, proporcionando un suave resplandor amarillo que era, por suerte, muy agradable para mis ojos. No había ventanas en el pasillo y no nos encontramos con nadie más (a pesar de que no paraba de mirar nerviosa alrededor, imaginando mi primera visión de niños vampyro).

—Son cerca de las cuatro de la madrugada, lo que significa que las clases han acabado hace casi una hora —dijo Neferet, y luego sonrió levemente ante lo que estoy segura era mi expresión de absoluto asombro.

—Las clases comienzan a las ocho y terminan a las tres de la madrugada —explicó—. Los profesores están disponibles hasta las tres y media para dar ayuda extra a los estudiantes. El gimnasio está abierto hasta el amanecer, cuya hora exacta siempre sabrás en cuanto hayas completado el cambio. Hasta entonces, la hora del amanecer está indicada de forma clara en todas las aulas, salas comunes y áreas de reunión, incluidos el comedor, la biblioteca y el gimnasio. El templo de Nyx está abierto, por supuesto, a todas horas, pero los rituales formales tienen lugar dos veces a la semana justo después de las clases. El próximo ritual será mañana. —Neferet me miró y su leve sonrisa se animó—. Ahora te parece abrumador, pero te acostumbrarás con rapidez. Y tu compañera de habitación te ayudará, igual que yo.

Estaba a punto de abrir la boca para hacerle otra pregunta cuando una bola de pelo naranja apareció corriendo por el pasillo y, sin hacer ruido, se arrojó a los brazos de Neferet. Di un brinco e hice un ruidito estúpido. Después me sentí como una total imbécil cuando vi que la bola de pelo naranja no era el hombre del saco volador o lo que fuese, sino un descomunal gato.

Neferet rió y rascó las orejas de la bola de pelo.

—Zoey, te presento a Skylar. Normalmente merodea por aquí esperando a lanzarse a mis brazos.

—Es el gato más grande que jamás he visto —dije, acercando la mano para que pudiera olerme.

—Ten cuidado, tiene fama de morder.

Antes de que pudiese apartar la mano, Skylar comenzó a frotar su cara contra mis dedos. Contuve el aliento.

Neferet inclinó la cabeza a un lado, como si escuchara palabras en el viento.

—Le gustas, lo cual es desde luego poco habitual. No le gusta nadie salvo yo. Incluso mantiene a los otros gatos alejados de este extremo del campus. Es un verdadero matón —dijo con cariño.

Rasqué las orejas de Skylar con cuidado, como había estado haciendo Neferet.

—Me gustan los gatos —dije con ternura—. Antes tenía uno, pero cuando mi madre volvió a casarse tuve que darlo al hogar de gatos callejeros para que lo adoptasen. A John, su nuevo marido, no le gustan los gatos.

—He descubierto que lo que una persona siente hacia los gatos —y cómo estos se comportan delante de ella— suele ser un excelente indicador del carácter de la gente.

Desplacé la mirada desde el gato a sus ojos verdes y vi que sabía mucho más sobre asuntos familiares raros de lo que decía. Hizo que me sintiera unida a ella, y de forma automática mi nivel de estrés bajó un poco.

—¿Hay muchos gatos aquí?

—Sí, los hay. Los gatos siempre han sido aliados cercanos de los vampyros.

Bien, de hecho ya lo sabía. En la clase de historia del mundo del señor Shaddox (más conocido como Puff Shaddy, pero no se lo digas) aprendimos que en el pasado los gatos habían sido masacrados porque se pensaba que de alguna manera convertían a la gente en vampyros. *Ya, por supuesto, hablando de cosas ridículas. Más pruebas de la estupidez de los humanos...* El pensamiento asaltó mi mente, sorprendiéndome por la facilidad con la que ya había empezado a pensar en los humanos como gente "normal" y, por tanto, algo diferente a mí.

—¿Crees que podría tener un gato? —pregunté.

—Si alguno te elige, le pertenecerás a él o a ella.

—¿Elegirme?

Neferet sonrió y acarició a Skylar, que cerró los ojos y ronroneó en alto.

—Los gatos nos eligen, no los poseemos. —Como para demostrar que lo que decía era cierto, Skylar bajó de un salto de sus brazos y, con un coletazo altivo, desapareció por el pasillo.

Neferet rió.

—Es malísimo, pero lo adoro. Creo que lo adoraría aunque no fuera parte de mi don otorgado por Nyx.

—¿Don? ¿Skylar es un don de la diosa?

—Sí, algo así. A toda alta sacerdotisa le es otorgada una afinidad —lo que tú probablemente denominarías poderes especiales— por parte de la diosa. Es una forma de identificar a nuestra alta sacerdotisa. Las afinidades pueden ser habilidades cognitivas fuera de lo corriente, como leer la mente o tener visiones y ser capaz de predecir el futuro. O la afinidad puede ser por algo del plano físico, como una conexión especial con uno de los cuatro elementos o con animales. Yo tengo dos dones de la diosa. Mi afinidad principal es con los gatos. Tengo una conexión con ellos poco común, incluso para un vampyro. Nyx también me ha otorgado poderes extraordinarios de curación. —Sonrió—. Y por eso sé que te estás curando bien, mi don me lo ha dicho.

—Uau, es increíble —es todo lo que se me ocurrió decir. La cabeza aún me daba vueltas con los acontecimientos del día anterior.

—Ven conmigo, vayamos a tu habitación. Seguro que tienes hambre y estás cansada. La cena empezará dentro de —Neferet inclinó la cabeza hacia un lado de forma rara, como si alguien le estuviese susurrando la hora— una hora. —Me dedicó una sonrisa de comprensión—. Los vampyros siempre sabemos la hora que es.

—Eso también es fabuloso.

—Eso, mi querida iniciada, tan solo es la punta del gran iceberg.

Esperaba que su analogía no tuviese nada que ver con desastres del tamaño del *Titanic*. A medida que avanzábamos por el pasillo, medité sobre la hora y esas cosas, y recordé la pregunta que había empezado a hacer cuando Skylar había interrumpido el hilo de mis pensamientos, ya de por sí fácil de desviar.

—Entonces, espera. ¿Has dicho que las clases empiezan a las ocho? ¿De la noche? —Ya lo sé, por lo general no soy así de corta, pero parte de aquello me resultaba como si me hablase en un idioma extranjero. Me estaba costando seguirla.

—No tienes más que dedicar un momento a pensarlo para darte cuenta de que tener las clases por la noche es lo más lógico. Desde luego sabrás que los vampyros, adultos o iniciados, no explotan, o cualquier otra tontería de ficción, si se ven expuestos a la luz directa del sol, pero nos resulta incómoda. ¿No te resultaba ya la luz solar difícil de soportar hoy?

Asentí.

—Mis Maui Jim no fueron de gran ayuda. —Después añadí

seguidamente, sintiéndome una imbécil de nuevo— Eh, las Maui Jim son gafas de sol.

—Ya, Zoey —dijo Neferet con paciencia—. Conozco las gafas de sol. Muy bien, de hecho.

—Oh, Dios, lo siento, yo... —interrumpí, preguntándome si estaba bien decir "Dios". ¿Ofendería eso a Neferet, una alta sacerdotisa que llevaba la Marca de su diosa con tanto orgullo? Mierda, ¿ofendería a la propia Nyx? *Oh, Dios.* ¿Y que hay de decir "mierda"? Era mi palabrota favorita. (OK, era la única palabrota que utilizaba de forma habitual). ¿Podría seguir usándola? Las Gentes de Fe predicaban que los vampyros adoraban a una falsa diosa y que en su mayoría eran criaturas egoístas y oscuras a las que no les importaba otra cosa que no fuesen el dinero, el lujo y beber sangre, y estaba claro que todos irían directos al Infierno, así que, ¿no significaría eso que debía tener cuidado, cómo y dónde usaba...?

—Zoey.

Levanté la vista y encontré a Neferet estudiándome con una mirada de preocupación y me di cuenta que era probable que hubiese estado intentando captar mi atención mientras yo murmuraba por dentro.

—Lo siento —repetí.

Neferet se detuvo. Me puso las manos sobre los hombros y me giró de forma que tuviese que mirarla de frente.

—Zoey, deja de disculparte. Y recuerda, todos aquí han estado donde estás tú ahora. Esto fue nuevo para todos nosotros en una ocasión. Sabemos lo que se siente —el miedo al cambio—, el impacto de ver tu vida transformada en algo ajeno.

—Y no ser capaz de controlar nada de ello —añadí con calma.

—Eso también. No siempre será así de malo. Cuando seas una vampyra adulta, tu vida parecerá que vuelve a ser tuya de nuevo. Tomarás tus propias decisiones, irás por tu propio camino, seguirás el sendero por el que tu corazón, tu alma y tu talento te lleven.

—Eso si llego a ser un vampyro adulto.

—Lo serás, Zoey.

—¿Cómo puedes estar tan segura?

Los ojos de Neferet encontraron la oscurecida Marca de mi frente.

—Nyx te ha elegido. Para qué, no lo sabemos. Pero su Marca ha sido claramente situada sobre ti. No te hubiese tocado solo para verte fallar.

Recordé las palabras de la diosa, "Zoey Redbird, Hija de la Noche, te nombro mis ojos y mis oídos en el mundo de hoy, un mundo en el que el bien y el mal luchan por encontrar el equilibrio", y desvié con rapidez la mirada de los ojos inquisitivos de Neferet, deseando de forma desesperada saber por qué mis tripas aún me decían que mantuviera la boca cerrada sobre mi encuentro con la diosa.

—S-son demasiadas cosas de golpe en un solo día.

—Desde luego, sobre todo con el estómago vacío.

Habíamos comenzado a caminar de nuevo cuando el sonido del tono de un teléfono móvil me hizo dar un brinco. Neferet suspiró, me sonrió a modo de disculpa y luego sacó un pequeño teléfono del bolsillo.

—Neferet —dijo. Escuchó durante un instante y observé cómo fruncía el ceño y estrechaba los ojos—. No, has hecho bien en llamarme. Volveré e iré a verla. —Cerró la tapa del teléfono—. Lo siento, Zoey. Una de las iniciadas se ha roto la pierna hoy. Parece que está teniendo problemas para descansar y debo volver y comprobar que todo va bien. ¿Por qué no sigues este pasillo hacia la izquierda hasta que llegues a la puerta principal? No tienes cómo perderte, es grande y está hecha de madera muy vieja. Justo fuera hay un banco de piedra. Puedes esperarme allí. No tardaré.

—Perfecto, no hay problema. —Pero antes de que hubiera terminado de hablar, Neferet ya había desaparecido por el curvado pasillo. Suspiré. No me gustaba la idea de quedarme sola en un lugar lleno de vampyros adultos y adolescentes. Ahora que Neferet no estaba, las pequeñas luces parpadeantes no parecían tan acogedoras. Parecían raras, lanzando sombras fantasmales sobre el viejo pasillo de piedra.

Decidida a que no me entrase el pánico, comencé a andar con lentitud por el pasillo en la dirección a la que nos habíamos estado dirigiendo. Muy pronto, casi deseé haberme encontrado con otra gente (incluso aunque fueran vampyros). Estaba demasiado tranquilo. Y escalofriante. En un par de ocasiones, el pasillo se ramificó hacia la derecha, pero, como me había dicho Neferet, me mantuve a la izquierda. Además, también mantuve la mirada a la izquierda porque aquellos otros pasillos apenas tenían luces.

Por desgracia, en el siguiente giro a mano derecha no aparté los ojos. De acuerdo, el motivo tenía sentido. Escuché algo. Para ser más específica, escuché una risa. Era una risa suave y algo cursi que por alguna razón hizo que se me erizase el cabello. También hizo que me detuviese. Observé hacia el fondo del pasillo y me pareció ver un movimiento en las sombras.

—*Zoey*... Mi nombre surgió en un susurro de las sombras.

Parpadeé con sorpresa. ¿Había escuchado mi nombre en realidad o estaba imaginando cosas? La voz me era casi familiar. ¿Podría ser Nyx de nuevo? ¿Me estaba llamando la diosa? Casi tan asustada como intrigada, contuve el aliento y di algunos pasos hacia el pasillo lateral.

Mientras recorría el suave giro, vi algo frente a mí que hizo que me detuviese y me acercara a la pared. En un pequeño cuarto, no muy lejos de mí, había dos personas. Al principio, no conseguí que mi cabeza procesara lo que estaba viendo. Después, entendí de golpe lo que pasaba.

Debería haber salido de allí en aquel momento. Debería haberme retirado en silencio y haber intentado no pensar en lo que había visto. Pero no hice ninguna de esas cosas. Era como si mis pies fuesen de repente tan pesados que no podía levantarlos. Lo único que podía hacer era mirar.

El hombre —y entonces, con una pequeña sacudida de sorpresa adicional, me di cuenta que no era un hombre sino un adolescente— no era más de un año mayor que yo. Se encontraba con la espalda contra la piedra de la pared. Tenía la cabeza echada hacia atrás y respiraba con dificultad. La cara estaba oculta por las sombras pero, aunque solo se le veía de forma parcial, podía ver que era guapo. Entonces, otra risilla entrecortada atrajo mi mirada hacia abajo.

Ella estaba de rodillas frente a él. Todo lo que podía ver de ella era su pelo rubio, gran parte del cual parecía llevar como si fuera algún tipo de velo antiguo. Después sus manos se movieron hacia arriba, recorriendo los muslos del tipo.

¡Vete!, oía gritar dentro de mi cabeza. *¡Sal de ahí!* Comencé a dar un paso hacia atrás y entonces su voz me dejó paralizada.

—¡Para!

Los ojos se me abrieron como platos porque durante un segundo pensé que él me hablaba a mí.

—En realidad no quieres que pare.

Casi sentí un mareo de alivio cuando ella habló. Se dirigía a ella, no a mí. Ni siquiera sabían que yo estaba allí.

—Sí, sí quiero. —Sonó como si lo estuviera diciendo con los dientes apretados—. Levántate.

—Te gusta... Sabes que te gusta. Igual que sabes que aún me deseas.

Su voz estaba algo ronca e intentaba sonar sexi, pero pude notar un lloriqueo en ella. Sonaba casi desesperada. Vi cómo movía los dedos y se me abrieron los ojos de asombro cuando ella recorrió el muslo hacia abajo con la uña del dedo índice. Sorprendentemente, su uña rajó los vaqueros, como si fuese un cuchillo, y apareció un hilo de sangre fresca con su líquido brillo rojo.

No quería que ocurriese, y hasta me dio asco, pero al ver la sangre se me hizo la boca agua.

—¡No! —dijo él con brusquedad poniendo las manos sobre los hombros de ella, e intentó apartarla.

—Oh, deja de fingir —rió ella de nuevo, con sarcasmo—. Sabes que siempre estaremos juntos. —Se acercó y su lengua lamió a lo largo del hilo de sangre.

Me estremecí. Contra mi voluntad, estaba hipnotizada del todo.

—¡Para ya! —dijo él, aún empujando sus hombros—. No quiero hacerte daño, pero estás empezando a hartarme de verdad. ¿Por qué no puedes entenderlo? No vamos a hacer esto nunca más. No te deseo.

—¡Sí que me deseas! ¡Siempre me desearás! —Le bajó la cremallera.

Yo no debería estar allí. No debería estar viendo aquello. Aparté los ojos de su muslo sangrante y di un paso atrás.

El tipo levantó la mirada. Me vio.

Entonces ocurrió algo verdaderamente extraño. Sentí como si me tocase a través de la mirada. No podía apartar los ojos de él. La chica que había frente a él pareció desaparecer y todo lo que había en el pasillo éramos él y yo y el dulce y maravilloso aroma de su sangre.

—¿No me deseas? Eso no es lo que parece ahora —dijo ella con un sucio ronroneo en la voz.

Sentí cómo mi cabeza se tambaleaba adelante y atrás, adelante y atrás. En ese mismo momento él gritó "¡No!" e intentó apartarla de su camino para poder venir hacia mí.

Aparté los ojos de los suyos y tropecé hacia atrás.

—¡No! —dijo él de nuevo. Esta vez supe que se dirigía a mí y no a ella. Ella debió darse cuenta también, porque con un gritó que sonó desagradable como el gruñido de un animal salvaje, comenzó a dar vueltas. Mi cuerpo dejó de estar paralizado. En ese mismo instante, me di la vuelta y corrí por el pasillo.

Pensaba que me seguirían, así que continué corriendo hasta que llegué a las enormes puertas viejas que Neferet había descrito. Entonces me detuve allí, apoyándome contra su fría madera, intentando controlar la respiración de forma que pudiese escuchar el sonido de pies corriendo.

¿Qué iba a hacer si me atrapaban? La cabeza me daba dolorosas punzadas de nuevo y me sentí débil y completamente asustada. Y también del todo asqueada.

Sí, ya sabía de qué iba todo el tema del sexo oral. No creo que haya un solo adolescente en el país hoy en día que no sea consciente de que la mayoría de los adultos piensan que hacemos mamadas a los tipos como antes se les daban pirulís (o, para ser más explícitos, Chupa-chups). OK, eso es una chorrada, pero siempre me ha cabreado. Desde luego que hay chicas que piensan que es algo fabuloso comérsela a los tipos. Pues, están equivocadas. A las que nos funciona el cerebro sabemos que no es fabuloso ser utilizada de esa manera.

De acuerdo, yo también sabía de qué iba lo de las mamadas, pero desde luego nunca había visto una. Así que, lo que acababa de ver me había dejado alucinada. Pero lo que me había alucinado, más que el hecho de que la rubia le estuviese dando una mamada a él, fue el modo en que reaccioné al ver la sangre del tipo.

Quería lamerla también.

Y eso no es algo normal.

Luego estaba el asunto de haber cruzado esa extraña mirada con él. ¿De qué había ido todo aquello?

—Zoey, ¿te encuentras bien?

—¡Mierda! —grité, dando un brinco. Neferet estaba detrás, mirándome con un gesto de confusión total.

—¿Te sientes enferma?

—Y-yo... —La cabeza me daba vueltas. De ninguna manera

podía contarle lo que acababa de ver—. La verdad es que me duele mucho la cabeza —conseguí decir por fin. Y era cierto. Tenía un dolor de cabeza brutal.

Su cara era de total preocupación.

—Deja que te ayude. —Neferet colocó su mano con suavidad sobre la línea de puntos de mi frente. Cerró los ojos y escuché cómo susurraba algo en una lengua que no pude entender. Después, comencé a notar cálida su mano y fue como si esa calidez se convirtiera en líquido y mi piel lo absorbiese. Cerré los ojos y suspiré con alivio a medida que el dolor de cabeza comenzaba a remitir.

—¿Mejor?

—Sí —apenas susurré.

Retiró la mano y abrí los ojos.

—Eso debería alejar el dolor. No sé por qué volvió de repente con tanta fuerza.

—Yo tampoco, pero ahora ya se ha ido —dije con rapidez.

Me estudió en silencio durante un instante más mientras yo contenía el aliento. Entonces dijo:

—¿Hay algo que te haya disgustado?

Tragué saliva.

—Estoy un poco asustada por lo de conocer a mi nuevo compañera de habitación. —Lo cual, técnicamente, no era una mentira. No es lo que me había alterado, pero sí me asustaba.

La sonrisa de Neferet fue amable.

—Todo irá bien, Zoey. Ahora deja que te muestre tu nueva vida.

Neferet abrió la gruesa puerta de madera y salimos al extenso patio que había frente a la escuela. Se hizo a un lado y me quedé boquiabierta. Los adolescentes, con uniformes que parecían tan lindos y personalizados al mismo tiempo que similares, camin-

aban en grupos pequeños por el patio y a lo largo de la acera.
Podía escuchar el sonido en apariencia normal de sus voces cuando reían y hablaban. Continué observándolos a ellos y a la escuela, no muy segura de a cuál mirar primero con la boca abierta.
Elegí la escuela, era la que menos intimidaba de los dos (y yo tenía
miedo de verlo a él).

El lugar era como algo sacado de un sueño escalofriante. Estábamos en mitad de la noche y debería estar profundamente
oscuro, pero había una resplandeciente luna brillante sobre los
enormes robles viejos que daban sombra a todo. Las lámparas de
gas acopladas en aparatos de cobre deslustrados seguían la acera
paralela al enorme edificio de ladrillo rojo y piedra negra. Contaba con tres pisos de altura y un tejado demasiado elevado que
tenía un relieve y luego se aplanaba en la parte superior. Observé
que las pesadas cortinas habían sido abiertas y las suaves luces
amarillas hacían danzar las sombras por las habitaciones, dando
al conjunto un aspecto vivo y acogedor. Había una torre redonda
unida a la parte frontal del edificio principal, intensificando la
ilusión de que el lugar parecía más un castillo que una escuela. Te
lo juro, un foso hubiera pegado más allí que una acera rodeada
por espesos arbustos de azalea y un cuidado césped.

Al otro lado del edificio principal, había otro más pequeño que
parecía más antiguo y tenía pinta de iglesia. Detrás de él y de los
viejos robles que daban sombra al patio de la escuela, podía verse
la sombra del enorme muro de piedra que rodeaba toda la escuela.
Frente al edificio de la iglesia había una estatua de mármol de una
mujer que llevaba unas vestiduras largas y sueltas.

—¡Nyx! —espeté.

Neferet levantó una ceja con sorpresa.

—Sí, Zoey. Esa es la estatua de la diosa, y el edificio que hay tras
ella es su templo. —Me hizo un gesto para que la acompañara por
la acera y señaló hacia el impresionante campus que se extendía
ante nosotros—. Lo que hoy se conoce como La Casa de la Noche

se construyó al estilo neofranco-normando, con piedras importadas de Europa. Tiene su origen a mediados de los años veinte como monasterio agustino para las Gentes de Fe. Con el tiempo, acabó convirtiéndose en Cascia Hall, un colegio privado de secundaria para adolescentes humanos de familia acomodada. Cuando decidimos que debíamos abrir una escuela para los nuestros en esta parte del país, se lo compramos a Cascia Hall hace cinco años.

Tan solo recordaba vagamente los días en los que había sido una escuela privada de estirados. De hecho, la única razón por la cual había siquiera pensado en ello era porque recordaba haber oído en las noticias que unos cuantos chicos que iban a Cascia Hall habían sido arrestados por drogas y lo escandalizados que habían estado los padres. Lo que fuera. Nadie más se había sorprendido de que aquellos niños ricos anduvieran en su mayoría con drogas.

—Estoy sorprendida de que se lo vendiesen a ustedes —dije distraídamente.

Lanzó una risa baja y algo peligrosa.

—No querían, pero hicimos a su arrogante director una oferta que ni siquiera él pudo rechazar.

Quería preguntar a qué se refería, pero su risa me produjo una sensación que me erizó la piel. Y, además, estaba ocupada. No podía parar de observar. Bueno, lo primero de lo que me di cuenta fue que todos los que tenían el tatuaje de vampyro completo eran increíblemente guapos. Quiero decir, era una locura. Sí, ya sabía que los vampyros eran atractivos. Todo el mundo sabe eso. Los actores y actrices de mayor éxito en el mundo eran vampyros. También eran bailarines y músicos, escritores y cantantes. Los vampyros dominaban las artes, lo cual era una razón para que tuviesen tanto dinero... Y también una razón (de muchas) para que las Gentes de Fe los considerasen egoístas e inmorales. *Pero en realidad lo que les pasa es que están celosos porque ellos no son tan guapos.* Las Gentes de Fe van a ver sus películas, obras de teatro, conciertos, compran sus libros y su arte, pero al mismo tiempo hablan de ellos y los miran por encima del hombro, y Dios sabe que nunca jamás se mezclarían con ellos. Hola, ¿no son un poco hipócritas?

En fin, que estar rodeada de tanta gente tan increíblemente bella hacía que me quisiera esconder debajo de un banco, a pesar de que muchos de ellos saludaban a Neferet y luego sonreían y me decían "hola" también. Entre las dubitativas respuestas a sus saludos, lanzaba miradas furtivas a los niños que pasaban caminando junto a nosotros. Cada uno de ellos hacía un respetuoso gesto de saludo a Neferet. Varios de ellos hacían una inclinación formal ante ella y cruzaban los puños sobre sus corazones, lo cual hacía a Neferet sonreír e inclinarse ligeramente en respuesta. OK, los jóvenes no eran tan bellos como los adultos. Por supuesto, eran guapos —interesantes, de hecho, con la luna creciente perfilada y sus uniformes que parecían más diseños de pasarela que ropa de escuela—, pero no tenían esa luz brillante e inhumanamente atractiva que irradiaba del interior de cada uno de los vampyros adultos.

Oh, me di cuenta de que, como sospechaba, los uniformes tenían mucha base de color negro (yo pensaba que un grupo de personas tan puestas en las artes reconocerían como un cliché el que uno vaya por ahí vestido con el soso color negro gótico. Digo yo...). Pero supongo que para ser honesta tendría que admitir que les sentaba bien. El negro se combinaba con pequeñas filas de cuadros de color morado profundo, azul oscuro y verde esmeralda. Cada uniforme tenía un bordado dorado o plateado de elaborado diseño, tanto en el bolsillo pectoral de la chaqueta como en el de la camisa. Observé que algunos de los diseños eran los mismos, pero no pude distinguir con exactitud lo que eran. También había una extraña abundancia de chicos con el pelo largo. En serio, las chicas tenían el pelo largo, los muchachos tenían el pelo largo, los profesores tenían el pelo largo, incluso los gatos que merodeaban por la acera de vez en cuando eran bolas de pelo largo. Qué raro. Menos mal que me había convencido a mí misma de no cortarme el pelo al estilo culo de pato que Kayla se había hecho la semana pasada.

También me di cuenta que los niños y los adultos tenían otra cosa más en común: sus ojos se quedaban observando mi Marca con obvia curiosidad. Genial. Parece que iba a comenzar mi nueva vida como una anómala, lo cual destacaba tanto como que era un asco.

8

La parte de La Casa de la Noche que albergaba los dormitorios estaba al otro lado del campus, por lo que teníamos una caminata bastante larga por delante y Neferet parecía caminar despacio a propósito, dándome tiempo de sobra para hacer preguntas y seguirme asombrando. No es que me importase. Caminar a lo largo del extenso grupo de edificios tipo castillo, con Neferet explicando los pequeños detalles sobre qué era qué, me dio una idea del lugar. Era algo extraño, pero para bien. Además, me sentía bien caminando. En verdad, aunque suene raro, me sentía yo misma de nuevo. Ya no tosía. El cuerpo no me dolía. Incluso había dejado de dolerme la cabeza. Ni siquiera pensaba en ningún momento en la perturbadora escena de la que había sido testigo por accidente. La estaba olvidando... a propósito. Lo último que necesitaba era otra cosa de la que preocuparme además de una nueva vida y una extraña Marca. Así que, mamada... olvidada.

Intentando apartarlo de mi cabeza, me dije a mí misma que, si no hubiese estado caminando por el campus de una escuela a una hora intempestiva de la noche junto a un vampyro, casi podría fingir que era la misma persona que el día antes. Casi.

Bueno, está bien. Quizá ni siquiera casi, pero tenía la cabeza mejor y estaba casi preparada para conocer a mi compañera de habitación cuando Neferet al fin abrió la puerta que daba a los dormitorios de las chicas.

El interior fue una sorpresa. No estoy segura de lo que esperaba, quizá que todo fuese negro y escalofriante. Pero era bonito, decorado en azul claro y amarillo pálido, con cómodos sofás y un puñado de cojines muy mullidos lo bastante grandes para sentarse sobre ellos y salpicar el cuarto de M&Ms gigantes color pastel. La suave luz de gas procedente de varios candelabros antiguos de cristal hacía que el lugar pareciese el castillo de una princesa. En las paredes color crema había enormes pinturas al óleo, todas ellas de mujeres ancianas con aspecto exótico y poderoso. Flores recién cortadas, en su mayoría rosas, llenaban floreros de cristal en mesitas auxiliares de salón que estaban abarrotadas de libros y bolsos y cosas bastante normales de chicas adolescentes. Vi algunas pantallas planas de televisión y reconocí el sonido del *Real World* de la MTV, proveniente de una de ellas. Asimilé todo aquello con rapidez, mientras intentaba sonreír y parecer amigable ante las chicas que se habían callado en el instante en que entré en la habitación y ahora me miraban. Bueno, borra eso. No me miraban exactamente a mí. Miraban la Marca de mi frente.

—Señoritas, esta es Zoey Redbird. Salúdenla y denle la bienvenida a La Casa de la Noche.

Durante un segundo pensé que nadie iba a decir nada y quise morir por la mortificación de ser una chica nueva. Entonces, una chica se levantó de entre las integrantes de un grupo que estaba apiñado frente a uno de los televisores. Era una rubia pequeña y casi perfecta. En realidad, me recordaba a una versión joven de Sarah Jessica Parker (la cual no me gusta, por cierto; es tan... tan... irritante y tan forzadamente desenfadada).

—Hola, Zoey. Bienvenida a tu nuevo hogar. —La sonrisa del clon de Sarah Jessica Parker era cálida y genuina, y estaba haciendo un claro esfuerzo por mantener el contacto visual para no mirar sorprendida a mi Marca oscurecida. Al instante me sentí mal por hacer aquella comparación tan negativa con ella—. Soy Afrodita —dijo.

¿Afrodita? En serio, quizá no me había precipitado tanto al hacer la comparación. ¿Cómo podía alguien normal elegir llamarse Afrodita? Por favor. Hablando de delirios de grandeza. Coloqué una sonrisa en mi cara, sin embargo, y dije un radiante:

—¡Hola, Afrodita!

—Neferet, ¿quieres que le enseñe a Zoey su habitación?

Neferet dudó, lo cual me resultó algo raro. En lugar de responder en el momento, permaneció allí y cruzó una mirada con Afrodita. Entonces, casi tan rápido como habían comenzado las miradas silenciosas, el rostro de Neferet mostró una amplia sonrisa.

—Gracias, Afrodita, eso sería estupendo. Soy la mentora de Zoey, pero estoy segura que se sentirá mucho mejor recibida si alguien de su edad le muestra el camino hacia su habitación.

¿Fue ira lo que me pareció ver en los ojos de Afrodita? No, debí haberlo imaginado... O al menos hubiera creído que lo había imaginado si no fuese porque aquella extraña nueva sensación en el estómago que tenía me decía lo contrario. Y tampoco necesitaba mi nueva intuición para darme cuenta de que algo no iba bien, porque Afrodita se rió... *y reconocí el sonido de su risa.*

Sintiendo como si alguien me hubiese golpeado en el estómago, me di cuenta que esta chica —Afrodita— ¡había sido la que había visto con el tipo en el pasillo!

La risa de Afrodita, seguida de su desenfadado "¡Por supuesto que estaré encantada de mostrarle el lugar! Ya sabes que para mí siempre es un placer ayudarte, Neferet", era tan falsa y fría como las descomunales tetas de Pamela Anderson, pero Neferet se limitó a asentir como respuesta y luego se volvió hacia mí.

—Ahora te dejo, Zoey —dijo Neferet, frotándome el hombre—. Afrodita te llevará a tu habitación y tu nueva compañera podrá darte una mano para que te prepares para la cena. Te veré en el comedor. —Me dedicó su sonrisa cálida y maternal y tuve el ridículo impulso de abrazarla y rogarle que no me dejase sola con

Afrodita—. Estarás bien —dijo, como si pudiese leer mi mente—. Ya verás, Zoeybird. Todo irá bien —susurró, sonando igual que mi abuela, que tuve que parpadear para no llorar. Entonces hizo un gesto rápido de despedida hacia Afrodita y las otras chicas y abandonó el dormitorio.

La puerta se cerró con un ruido sordo. Oh, mierda... ¡quería irme a casa!

—Vamos, Zoey. Las habitaciones están por aquí —dijo Afrodita. Me hizo un gesto para que la siguiese por las anchas escaleras que se curvaban a nuestra derecha. Mientras subíamos, intenté ignorar el zumbido de voces que al instante estalló a nuestra espalda.

Ninguna de nosotras habló, y me sentía tan incómoda que quise gritar. ¿Me había visto antes en el pasillo? Bueno, yo desde luego no tenía ninguna intención de mencionarlo. Jamás. Por lo que a mí respecta, nunca había ocurrido.

Me aclaré la voz y dije:

—Los dormitorios parecen bonitos. Es decir, es todo realmente precioso.

Me miró de reojo y contestó:

—Aquí todo es más que bonito o realmente precioso, es increíble.

—Oh. Bien. Es bueno saberlo.

Ella se rió. El sonido era del todo desagradable —casi con sorna— y me produjo un escalofrío por la espalda como lo tuve cuando lo oí por primera vez.

—Y es increíble sobre todo gracias a mí.

La miré, pensando que debía estar de broma, y me encontré con sus fríos ojos azules.

—Sí, has oído bien. Este sitio es fabuloso porque yo soy fabulosa.

Oh... Dios... Mío. Qué extraño era oírla decir eso. No tenía ni la más mínima idea de cómo debía responder a esa declaración tan estirada. Es decir, como si me hiciese falta añadir ahora la tensión de una pelea con la señorita "putita que se cree lo mejor" a mi cambio de vida/especie/escuela. Y además, no tenía la certeza de si ella sabía que era yo la que vio lo que sucedía en el pasillo.

De acuerdo. Lo que yo quería era encontrar la forma de encajar. Quería poder llamar a esta nueva escuela hogar. Por tanto, decidí tomar el camino más seguro y mantener la boca cerrada.

Ninguna de las dos dijo nada más. Las escaleras llevaban a un interminable pasillo a lo largo del cual se alineaban puertas. Contuve el aliento cuando Afrodita se detuvo frente a una que estaba pintada de un bonito color morado claro, pero en vez de llamar se volvió hacia mí. Su rostro perfecto se volvió de repente odioso y frío y desde luego no tan bonito.

—Bueno, este es el asunto, Zoey. Tienes esa extraña Marca, así que todo el mundo habla de ti y se preguntan qué mierda pasa contigo. —Puso los ojos en blanco y se agarró las perlas de modo dramático, cambiando la voz de forma que sonase realmente tonta y efusiva—. ¡Oooh! ¡La chica nueva tiene la Marca completa! ¿Qué puede significar eso? ¿Es ella especial? ¿Tiene fabulosos poderes? ¡Madre mía, madre mía! —Dejó caer la mano del cuello y me miró frunciendo el ceño. Su voz se volvió tan directa y llena de maldad como su mirada—. Te lo dejaré claro. Yo soy la que manda aquí. Las cosas funcionan a mi manera. Si quieres que te vaya bien, más te vale recordar eso. Si no, prepárate a pasarlo mal.

Bueno, ya estaba empezando a hartarme.

—Mira —dije—, acabo de llegar. No busco problemas y no tengo ningún control sobre lo que la gente opine de mi Marca.

Su mirada se endureció. Ah, mierda. ¿Es que iba a tener que pelear con esta chica? ¡No había tenido una pelea en toda mi vida! Se me hizo un nudo en el estómago y me preparé para agacharme o correr o lo que fuera que evitase que me dieran una paliza.

Entonces, casi tan rápido como se había puesto odiosa y aterradora, su rostro se relajó hasta formar una sonrisa y volvió a ser la dulce rubita de nuevo. (Aunque no me engañaba).

—Bien. Veo que nos entendemos.

¿Eh? Lo único que entendía es que había olvidado tomarse las pastillas, eso es todo lo que entendía.

Afrodita no me dio tiempo a decir nada. Con una última y extrañamente cálida sonrisa, llamó a la puerta.

—¡Adelante! —dijo una voz alegre con marcado acento de Oklahoma.

Afrodita abrió la puerta.

—¡Hola! Ohdiosmío, entren. —Con una enorme sonrisa, mi nueva compi, también una rubia, se acercó a toda prisa como un tornado rústico. Pero, en cuanto vio a Afrodita, la sonrisa desapareció de su cara y dejó de correr hacia nosotras.

—Te he traído a tu nueva compañera de habitación. —No había nada malo en las palabras de Afrodita, pero su tono era odioso y estaba fingiendo un malísimo y falso acento de Oklahoma—. Stevie Rae Johnson, esta es Zoey Redbird. Zoey Redbird, esta es Stevie Rae Johnson. Fíjate, ¿no somos todas agradables y acogedoras como tres pequeños granos en una mazorca?

Miré a Stevie Rae. Parecía un conejillo aterrorizado.

—Gracias por enseñarme el camino hasta aquí, Afrodita. —Hablé con rapidez, moviéndome hacia Afrodita, que de forma automática retrocedió un paso, lo cual la situó de nuevo en el pasillo—. Nos vemos. —Cerré la puerta mientras su expresión de sorpresa comenzaba a cambiar a ira. Después, me volví hacia Stevie Rae, que todavía estaba pálida.

—¿Qué le pasa? —pregunté.

—Ella es... ella es...

Aunque no la conocía en absoluto, estaba claro que Stevie Rae intentaba decidir qué es lo que debía o no debía decir. Así que me presté a ayudarla. Es decir, íbamos a ser compañeras de habitación.

—¡Ella es una zorra! —dije.

Stevie Rae volvió los ojos y soltó una risilla tonta.

—No es muy agradable, eso está claro.

—Necesita ayuda farmacológica, eso es lo que está claro —añadí, haciéndola reír un poco más.

—Creo que nos vamos a llevar bien, Zoey Redbird —dijo, sonriendo todavía—. ¡Bienvenida a tu nuevo hogar! —Se apartó a un lado e hizo un gesto con el brazo hacia la pequeña habitación, como si me estuviera recibiendo en un palacio.

Eché un vistazo y parpadeé. Varias veces. Lo primero en lo que me fijé fue en el póster tamaño natural de Kenny Chesney que había colgado sobre una de las dos camas y el sombrero de vaquero (¿de vaquera?) que había sobre una de las mesillas de noche; la misma que tenía la lámpara de gas de aspecto anticuado con la base con forma de bota de vaquero. Madre mía. ¡Stevie era pura raza de Oklahoma!

Entonces me sorprendió con un enorme abrazo de bienvenida y me recordó a un cachorro entrañable con su pelo corto rizado y su sonriente cara redonda.

—¡Zoey, me alegro que te encuentres mejor! Me preocupé mucho cuando oí que te habías lastimado. Me alegro de verdad de que estés al fin aquí.

—Gracias —dije, todavía observando la que era también ahora mi habitación y me sentí completamente abrumada y de nuevo al borde de las lágrimas.

—Da un poco de miedo, ¿no? —Stevie Rae me miraba con unos ojos azules grandes y serios que se habían llenado de lágrimas de comprensión. Asentí, desconfiando de mi voz.

—Lo sé. Yo lloré durante toda la primera noche.

—Me tragué mis propias lágrimas y pregunté:

—¿Cuánto hace que estás aquí?

—Tres meses. ¡Y madre mía lo que me alegré cuando me dijeron que iba a tener una compañera de habitación!

—¿Sabías que iba a venir?

Asintió enérgicamente.

—¡Oh, sí! Neferet me dijo anteayer que el rastreador te había detectado y que te iba a marcar. Pensé que llegarías ayer, pero luego oí que habías tenido un accidente y que te habían llevado a la clínica. ¿Qué ocurrió?

Me encogí de hombros y dije:

—Estaba buscando a mi abuela, me caí y me golpeé en la cabeza. —No tuve la extraña sensación de que tuviera que cerrar la boca, pero no estaba segura todavía de cuánto podía contarle a Stevie Rae y me sentí aliviada cuando ella asintió como si lo comprendiera y no me hizo más preguntas sobre el accidente... ni tampoco mencionó mi Marca.

—¿Se asustaron tus padres cuando te marcaron?

—Mucho. ¿Los tuyos no?

—La verdad es que mi madre lo aceptó bien. Dijo que cualquier cosa que me sacase de Henrietta sería algo bueno.

—¿Henrietta, Oklahoma? —pregunté, contenta de cambiar a otro tema que no fuese yo.

—Por desgracia, sí.

Stevie Rae se dejó caer sobre la cama frente al póster de Kenny Chesney y me hizo un gesto para que me sentase en la que había frente a la suya. Así lo hice y entonces sentí un pequeño escalofrío de sorpresa cuando me di cuenta que estaba sentada sobre mi edredón preferido de casa, el rosa fosforito y verde de Ralph Lauren. Miré a la pequeña mesita auxiliar de roble y parpadeé. Ahí estaba mi feo e irritante despertador, mis gafas de tonta para cuando estoy harta de llevar las lentillas y la foto de la abuela y yo del verano pasado. Y en la estantería de detrás de la computadora que había en mi lado de la habitación estaban mis libros de la colección *Cosas de chicas* y *Bubbles* (junto con algunos otros de mis favoritos, incluido el *Drácula* de Bram Stoker, lo cual era algo más que irónico), algunos CDs, mi portátil y —*oh madre mía de mi vida*— mis figuras de *Monstruos, S.A.* Qué vergüenza más grande. Mi mochila estaba en el suelo junto a mi cama.

—Tu abuela trajo tus cosas aquí. Es muy agradable —dijo Stevie Rae.

—Es algo más que agradable. Es valiente que te cagas por haber plantado cara a mi madre y a su estúpido marido para traerme estas cosas. Solo puedo imaginar la escena dramática que habrá montado mi madre. —Suspiré, negando con la cabeza.

—Sí, supongo que soy afortunada. Al menos mi madre fue comprensiva con todo esto. —Stevie Rae señaló el contorno de una luna creciente en su frente—. Incluso mi papá perdió la cabeza, siendo su nenita y todo eso. —Se encogió de hombros y soltó una risilla—. Mis tres hermanos pensaron que era genial y querían saber si les ayudaría a ligarse chicas vampyro. —Puso los ojos en blanco—. Estúpidos chicos.

—Estúpidos chicos —repetí y sonreí. Si pensaba que los chicos eran idiotas, ella y yo nos llevaríamos bien.

—En general me las arreglo bien con todo esto. Es decir, las clases son raras pero me gustan... Sobre todo la clase de taekwondo. Me gusta patear culos. —Sonrió con malicia, como una pequeña elfo rubia—. Me gustan los uniformes, aunque me asombraron al principio. Es decir, ¿quién esperaba que fueran a gustarle los uniformes escolares? Pero podemos añadirles cosas y hacerlos más personales, para que no parezcan los típicos sosos y de estirados. Y hay unos cuantos muchachos por aquí que están bastante buenos... aunque sean unos idiotas. —Los ojos le brillaron—. En general, estoy tan contenta de estar lejos de Henrietta que no me importa todo lo demás, incluso aunque Tulsa me dé un poco de miedo por ser tan grande.

—Tulsa no da miedo —dije de forma automática. Al contrario que la mayoría de los chicos de mi vecindario de Broken Arrow, yo ya me conocía Tulsa, gracias a lo que a la abuela le gustaba llamar "excursión por el campo" con ella—. No tienes más que saber dónde ir. Hay una galería de collares fantástica en la zona centro, en la calle Brady, en la que puedes hacerte tus propias joyas, y en la puerta de al lado está Lola's en la Arquería... Tiene los mejores postres de la ciudad. La calle Cherry también está genial. No estamos muy lejos de ella. De hecho, estamos justo al lado del increíble museo Philbrook y la plaza Útica. Hay también unas tiendas buenísimas allí y...

De repente me di cuenta de lo que estaba diciendo. ¿Los jóvenes vampyros llegaban a relacionarse con los chicos normales? Hice memoria. No. Yo nunca había visto chicos con el perfil de una luna creciente recorriendo el Philbrook, el espacio Útica, el Banana Republic o el Starbucks. Nunca había visto a ninguno en el cine. ¡Mierda! Nunca había visto un joven vampyro antes hasta hoy. Entonces, ¿nos tendrán encerrados aquí durante cuatro años? Notándome un poco sin aliento y con sensación de claustrofobia, pregunté:

—¿Salimos alguna vez de aquí?

—Claro, pero hay todo tipo de normas que debes cumplir.

—¿Normas? ¿Como cuáles?

—Bueno, no puedes llevar puesta ninguna parte el uniforme de la escuela... —Paró de repente—. ¡Mecachis! Eso me recuerda que tenemos que darnos prisa. La cena es dentro de pocos minutos y tienes que cambiarte. —Se levantó de un salto y comenzó a rebuscar en el armario que estaba a mi lado de la habitación, parloteando conmigo por encima del hombro todo el tiempo—. Neferet envió algo de ropa aquí anoche. No te preocupes de si las tallas son las adecuadas. De algún modo saben qué talla tendremos antes casi de vernos. Es de locos cómo las vampyras adultas saben mucho más de lo que deberían. Da igual, no te asustes. Lo decía en serio antes cuando comenté que los uniformes no son tan horribles como pensabas que iban a serlo. Siempre puedes añadirles cosas de tu propia cosecha... Como yo.

La miré. Es decir, la miré de verdad. Llevaba puestos un par de vaqueros Roper como Dios manda. Ya sabes, de esos que llevan los chicos de campo y que son demasiado ajustados y no tienen bolsillos atrás. Honestamente, nunca entenderé cómo puede alguien considerar que no llevar bolsillos atrás e ir apretado queda bien. Stevie Rae estaba en los huesos y aun así los vaqueros hacían que su culo pareciese ancho. Antes de mirar a sus pies ya sabía lo que llevaría puesto: botas de vaquero. Miré hacia abajo y suspiré. Sí. Botas de vaquero de cuero marrón, tacón plano y punta afilada. Por dentro de los rústicos vaqueros, llevaba una blusa de algodón negra de manga larga que tenía el aspecto caro que encontrarías en Saks o Neiman Marcus, en oposición a las camisas transparentes más baratas que Abercrombie pone demasiado caras intentando convencernos de que no son de putilla. Cuando me miró, me di cuenta que llevaba doble agujero en las orejas, con pequeños aros negros. Se dio vuelta y sostuvo en una mano una blusa negra como la que llevaba puesta y un jersey en la otra, y me pareció que, aunque el *look* de pueblo no era mi estilo, a ella le quedaba bastante mona esa mezcla entre pueblerina y chic.

—¡Aquí tienes! Tú ponte esto encima de los vaqueros y ya estamos listas.

La luz parpadeante de la lámpara con forma de bota de *cowboy* iluminó una raya bordada en plata que había en la parte delantera del jersey que ella sostenía en el aire. Me puse en pie y tomé las dos camisas, sujetando el jersey en alto para poder ver mejor su parte delantera. El bordado tenía la forma de una espiral que emitía destellos alrededor de un delicado círculo que se situaría a la altura de mi corazón.

—Es nuestro símbolo —dijo Stevie Rae.

—¿Nuestro símbolo?

—Sí, cada clase —aquí son los de tercera, los de cuarta, los de quinta y los de sexta— tiene su propio símbolo. Nosotros somos de tercera, así que nuestro símbolo es el laberinto plateado de la diosa Nyx.

—¿Qué significa? —pregunté, más a mí misma que a ella, mientras recorría los finos círculos con el dedo.

—Representa nuestro nuevo comienzo, cuando empezamos a recorrer el Camino de la Noche y aprendemos los caminos de la diosa y las posibilidades de nuestra nueva vida.

Levanté la mirada y la observé, sorprendida por escuchar de repente aquel tono tan serio en ella. Me sonrió con cierta timidez y se encogió de hombros.

—Es una de las primeras cosas que aprendes en sociología vampýrica de primero. Esa es la clase que enseña Neferet, y desde luego es mil veces más interesante que las clases aburridas que tenía en el instituto de Henrietta, hogar de las gallinas de pelea. Aj. ¡Gallinas de pelea! ¿Qué clase de mascota es esa? —Meneó la cabeza y puso los ojos en blanco mientras reía—. En fin, he oído que Neferet es tu mentora, lo cual te convierte en afortunada. Apenas toma bajo su tutela a chicos nuevos y, además de ser alta sacerdotisa, es por mucho la profesora más fabulosa de por aquí.

Lo que no dijo fue que yo no solo era afortunada, sino "especial" por mi extraña Marca completada. Lo cual me recordaba...

—Stevie Rae, ¿por qué no me has preguntado por mi Marca? Es decir, te agradezco que no me hayas bombardeado con cientos de preguntas, pero en el camino hacia aquí todo el mundo que me veía se quedaba mirando mi Marca. Afrodita lo mencionó casi en el primer segundo en que estuvimos a solas. En realidad ni la has mirado. ¿Por qué?

Entonces, ella fijó al fin sus ojos en mi frente antes de encogerse de hombros y mirarme de nuevo.

—Eres mi compañera de habitación. Supuse que me contarías lo que pasaba con ella cuando estuvieses lista para hacerlo. Si hay una cosa que aprendes al crecer en un pequeño pueblo como Henrietta es que lo mejor es ocuparte de tus propios asuntos si quieres que alguien siga siendo tu amigo. Bueno, vamos a estar compartiendo habitación durante cuatro años... —Hizo una pausa y, en el silencio entre sus palabras, yació la gran y fea verdad silenciada de que seríamos compañeras de habitación durante cuatro años solo si ambas sobrevivíamos al cambio. Stevie Rae tragó saliva y terminó con rapidez—. Supongo que lo que quiero decir es que me gustaría que fuésemos amigas.

Le sonreí. Parecía tan joven y esperanzada, tan simpática y normal... y para nada lo que había imaginado que sería una joven vampyro. Sentí un pequeño indicio de esperanza. Quizá podría encontrar un modo de encajar allí.

—Yo también quiero que seamos amigas.

—¡Hurra por eso! —Juro que volvió a parecer un cachorro inquieto—. ¡Ven, vamos! Date prisa, no queremos llegar tarde.

Me dio un empujón hacia la puerta que había entre los dos armarios antes de ir corriendo hacia un espejo de su mesa de computadora y empezar a cepillar su pelo corto. Al entrar me encontré con un pequeño baño y me quité con rapidez la camiseta de *BA Tigers* y me puse la blusa de algodón y sobre ella el jersey de punto, que era de un color morado bastante oscuro y con pequeñas líneas rectas negras que lo atravesaban. Ya me disponía a volver a la habitación para recoger mi mochila y arreglarme la cara y el pelo con el maquillaje y las cosas que había traído, cuando miré al espejo que había sobre el lavabo. Mi cara todavía estaba blanca, pero había perdido aquella palidez aterradora y poco saludable que tenía antes. Tenía pelo de loca, todo revuelto y sin peinar, y apenas podía ver la delgada línea de oscuros puntos, justo encima de mi sien izquierda. Pero fue la Marca de color zafiro lo que captó mi mirada. Mientras la observaba, en trance a causa de su exótica belleza, la luz del baño se reflejó sobre el laberinto plateado que llevaba tejido a la altura del corazón. Llegué a la conclusión de que ambos símbolos se complementaban, aunque tuviesen formas distintas... colores distintos...

Pero, ¿iba yo a juego con ellos? ¿Encajaba en este extraño nuevo mundo?

Cerré los ojos con fuerza y desee de forma desesperada que lo que fuese que íbamos a tomar en la cena (oh, por favor, que no haya nada relacionado con beber sangre) no fuese incompatible con mi ya jodido y nervioso estómago.

—Oh, no... —susurré para mí—. Solo me faltaría tener un ataque de diarrea galopante.

9

Bueno, la cafetería era linda... Ups, quiero decir "comedor",
como proclamaba la placa plateada que había fuera en la entrada.
No tenía nada que ver con la monstruosa y gélida cafetería del ISS,
en la que la acústica era tan mala que aunque me sentase al lado
de Kayla no podía oír lo que me murmuraba la mitad de las veces.
Esta sala era cálida y acogedora. Las paredes estaban hechas de la
misma mezcla de ladrillos vistos y roca negra que el exterior del
edificio y estaba repleta de pesadas mesas de comedor de madera
que tenían bancos a juego con asientos y respaldos acolchados. En
cada mesa cabían unos seis chicos y se extendía en forma radial
desde una mesa grande y sin bancos situada en el centro de la sala
que casi rebosaba con fruta, queso y carne, y una enorme copa de
cristal que contenía algo que se parecía sospechosamente al vino
tinto. (¿Eh? ¿Vino en la escuela? ¿Qué?). El techo era bajo y la
pared trasera estaba hecha de ventanas con una puerta de cristal
en el centro. Las pesadas cortinas de terciopelo color burdeos estaban abiertas, así que podía ver fuera el pequeño y bonito patio
con bancos de piedra, sendas sinuosas y arbustos y flores decora-
tivas. En mitad del patio había una fuente de mármol que escupía
agua por la punta de algo que se parecía muchísimo a una piña.
Era preciosa, especialmente iluminada por la luz de la luna y las
ocasionales farolas de gas antiguas.

La mayoría de la mesas ya estaban llenas de chicos comiendo y hablando que miraron con obvia curiosidad cuando Stevie Rae y yo entramos en la sala. Respiré hondo y mantuve la cabeza alta. Así de paso les ofrecía una visión clara de la Marca que tanto parecía obsesionarles. Stevie Rae me condujo al lado de la sala donde estaba el típico personal de cafetería dando la comida tras unas mamparas de cristal tipo bufé.

—¿Para qué es esa mesa en el centro de la sala? —pregunté mientras caminábamos.

—Es la ofrenda simbólica a la diosa Nyx. Siempre hay un sitio en la mesa preparado para ella. Se hace un poco raro al principio, pero enseguida te parecerá menos extraño y te resultará algo normal.

En realidad, no me parecía algo tan extraño. De alguna manera, tenía sentido. La diosa estaba muy viva allí. Su marca estaba en todas partes. Su estatua se elevaba orgullosa frente a su templo. También estaba empezando a fijarme que por toda la escuela había pequeños cuadros y figuras que la representaban. Su alta sacerdotisa era mi mentora y, tenía que admitirlo, ya me sentía conectada con Nyx. Haciendo un esfuerzo, evité tocarme la Marca de la frente. En vez de eso, tomé una bandeja y me puse a la fila detrás de Stevie Rae.

—No te preocupes —me susurró—. La comida es realmente buena. No te hacen beber sangre o comer carne cruda o cualquier cosa de esas.

Aliviada, relajé la mandíbula. La mayoría de los chicos ya estaban comiendo, así que la fila era corta y cuando Stevie Rae y yo llegamos a la altura de la comida noté cómo empezaba a salivar. ¡Espaguetis! Inhalé con fuerza: ¡Con ajo!

—Todo eso de que los vampyros no soportan el ajo es una mierda total... Perdona la mala palabra —me decía Stevie Rae entre dientes mientras llenábamos nuestros platos.

—OK, ¿y qué hay de eso de que los vampyros tienen que beber sangre? —contesté en un susurro.

—No —dijo con suavidad.

—¿No, qué?

—No es una tontería.

Genial. Maravilloso. Fantástico. Justo lo que quería oír: "No".

Intentando no pensar en la sangre y otros mitos, levanté un vaso de té junto con Stevie Rae y después la seguí hasta una mesa en la que otros dos chicos ya hablaban de forma animada mientras comían. Por supuesto la conversación paró por completo cuando me uní a ellos, lo cual no pareció afectar a Stevie Rae para nada. Cuando me deslicé en el asiento frente al suyo, hizo las presentaciones en su acento nasal de Oklahoma.

—Ey, chicos. Les presento a mi nueva compañera de habitación, Zoey Redbird. Zoey, esta es Erin Bates —dijo señalando a la rubia terriblemente bonita que estaba sentada en mi lado de la mesa. (Vaya, joder... ¿Cuántas rubias bonitas puede haber en una escuela? ¿Es que no hay algún tipo de límite?). Todavía con su acento natural de Oklahoma, continuó, haciendo pequeños gestos de entrecomillado en el aire para dar énfasis—. Erin es "la belleza". También es divertida e inteligente y tiene más zapatos de los que nadie se haya imaginado.

Erin apartó sus ojos azules de mi Marca el tiempo suficiente para decir un rápido "Hola".

—Y este es el representante masculino del grupo, Damien Maslin. Pero es gay, así que no creo que cuente como un muchacho.

En vez de enojarse con Stevie Rae, Damien siguió sereno y sin inmutarse.

—De hecho, dado que soy gay, debería contar como dos muchachos en lugar de solo como uno. Es decir, tienen por mi parte el punto de vista masculino y además no tienen que preocuparse de que quiera tocarles las tetas.

Tenía el rostro liso sin un solo grano, el cabello castaño oscuro y unos ojos que me recordaron a los de un cervatillo. La verdad es que era mono. Y tenía ese aire demasiado femenino que muchos adolescentes tienen cuando deciden salir del armario y decirle a todo el mundo lo que todos ya sabían (bueno, todos menos sus típicos padres que no se daban cuenta y/o lo negaban). Damien no era un tipo afeminado, tan solo era un chico mono con una sonrisa simpática. También noté que intentaba no mirar mi Marca, lo cual agradecí.

—Bueno, puede que tengas razón. No se me había ocurrido verlo de esa manera —dijo Stevie Rae mientras masticaba un enorme trozo de pan de ajo.

—Tú no le hagas caso, Zoey. Los demás somos casi normales —dijo Damien—. Y estamos contentísimos de que al fin estés aquí. Stevie Rae ha estado volviéndonos locos a todos preguntándose cómo serías, cuándo llegarías...

—Si serías uno de esos adolescentes raros que huelen mal y piensan que ser un vampyro significa ver quién puede ser el mayor perdedor —interrumpió Erin.

—O preguntándose si serías una de ellas —dijo Damien, lanzando una mirada hacia una mesa a nuestra izquierda.

Seguí su mirada y tuve una sensación de nervios cuando me di cuenta de quiénes estaban hablando.

—¿Te refieres a Afrodita?

—Sí —dijo Damien—. Y a su rebaño de adláteres estiradas.

¿Eh? Lo miré, parpadeando.

Stevie Rae suspiró.

—Te acostumbrarás a la obsesión de Damien con el vocabulario. Por suerte, esta no es una palabra nueva, así que algunos de nosotros incluso sabemos de lo que está hablando sin tener que rogarle que lo traduzca. De nuevo. *Adlátere:* Un pelota servil —dijo orgullosa con su acento nasal como si estuviese dando una respuesta en la clase de lengua.

—Lo que sea. Ellas hacen que me den arcadas —repuso Erin sin levantar la vista de sus espaguetis.

—¿Ellas? —pregunté.

—Las Hijas de la Oscuridad —dijo Stevie Rae, y me di cuenta de que bajaba la voz automáticamente.

—Piensa en ellas como una hermandad —comentó Damien.

—De brujas del Infierno —añadió Erin.

—Escuchen, chicos, no creo que debamos crearle prejuicios a Zoey en su contra. Puede que se lleve bien con ellas.

—Y una mierda. Son brujas del Infierno —dijo Erin.

—Cuida esa lengua, Er. Tienes que contenerte —dijo Damien en un tono algo remilgado.

Increíblemente aliviada de que a ninguno le gustase Afrodita, estaba ya a punto de hacer alguna pregunta más cuando una chica llegó a toda prisa y, con un gran resoplido, se deslizó dentro del banco junto a Stevie Rae. Era del color del capuchino (del que tienen en las tiendas de café de verdad y no eso asqueroso y demasiado dulce que te dan en Quick Trip) y curvilínea, con labios carnosos y pómulos altos que la hacían parecer una princesa africana. También tenía un pelo precioso. Era espeso y le caía en brillantes bucles sobre los hombros. Sus ojos eran tan negros que parecían no tener pupilas.

—¡Vamos, por favor! Por favor. ¿Es que nadie —y miró fijamente a Erin— se ha tomado la puta molestia siquiera de pensar en despertarme y decirme que íbamos a cenar?

—Juraría que soy tu compañera de habitación y no tu madre —dijo Erin con pereza.

—No me obligues a cortarte ese pelo de rubia a lo Jessica Simpson en mitad de la noche —respondió la princesa africana.

—En realidad, la forma consuetudinaria de elaborar esa frase sería "No me obligues a cortarte ese pelo de rubia a lo Jessica Simpson en mitad del día". Técnicamente, el día es la noche para nosotros y, por tanto, la noche sería el día. El tiempo aquí está invertido.

La chica negra lo miró frunciendo el ceño.

—Damien, me pones de los putos nervios con tu mierda de vocabulario.

—Shaunee —interrumpió Stevie Rae a toda prisa—. Mi compañera de habitación ha llegado al fin. Esta es Zoey Redbird. Zoey, esta es la compañera de Erin, Shaunee Cole.

—Hola —dije con la boca llena de espaguetis cuando Shaunee se giró de Erin hacia mí.

—Oye, Zoey, ¿cómo es que tu Marca está completa? ¿Eres todavía una iniciada, no? —Todos los de la mesa permanecieron en un silencio de asombro por la pregunta de Shaunee. Ella los miró—. ¿Qué? No finjan que ninguno de ustedes no se está preguntando lo mismo.

—Puede que sí, pero también puede que tengamos la suficiente educación para no preguntarlo —dijo Stevie Rae con firmeza.

—Oh, por favor. No fastidies. —Hizo caso omiso de la protesta de Stevie Rae—. Esto es demasiado importante para eso. Todo el mundo quiere saber lo de su Marca. No hay tiempo para juegos cuando hay un buen cotilleo de por medio. —Shaunee volvió a preguntarme—. Entonces, ¿qué pasa con esa extraña Marca?

Es tan buen momento como otro cualquiera para hacer frente a esto. Di un rápido sorbo de té para aclararme la garganta. Los cuatro me miraban, aguardando impacientes mi respuesta.

—Bueno, todavía soy una iniciada. No creo que sea muy diferente del resto de ustedes. —Y luego solté algo en lo que había estado pensando mientras todos los demás hablaban. Es decir, sabía que iba a tener que contestar aquella pregunta en algún momento. No soy estúpida (quizá estaba algo confundida, pero no estúpida) y mi estómago me decía que tenía que decir algo diferente de la verdadera historia de mi experiencia extracorpórea con Nyx—. La verdad es que no sé con seguridad por qué mi Marca está completa. No era así cuando el rastreador me marcó. Pero más tarde aquel día tuve un accidente. Tuve una caída y me di un golpe en la cabeza. Cuando me desperté, la Marca estaba como la ven ahora.

He pensado en ello y lo único que se me ocurre es que debió suceder como consecuencia de aquel accidente. Estaba inconsciente y perdí mucha sangre. Quizá eso provocó que se acelerase el proceso de oscurecimiento de la Marca. No es más que una conjetura, de todas formas.

—Uf —resopló Shaunee—. Esperaba que fuese algo más interesante. Algo bueno para chismorrear.

—Lo siento... —masculle.

—Ten cuidado, gemela —dijo Erin a Shaunee, haciendo un gesto con la cabeza hacia las Hijas de la Oscuridad—. Empiezas a sonar como si debieras sentarte en aquella mesa.

Shaunee torció el gesto.

—No me pillarías con esas zorras ni muerta.

—Están volviendo loca a Zoey —dijo Stevie Rae.

Damien soltó un sufrido suspiro.

—Te lo voy a explicar, demostrando una vez más lo valioso que soy para este grupo, con pene o sin él.

—Me gustaría que no usases esa palabra con pe —dijo Stevie Rae—, especialmente cuando estoy tratando de comer.

—A mí me gusta —comentó Erin—. Si todo el mundo llamase a las cosas por su nombre estaríamos todos mucho menos confusos. Por ejemplo, ya sabes que cuando tengo que ir al baño afirmo lo evidente: tengo orina que necesita salir por mi uretra. Simple. Sencillo. Claro.

—Desagradable. Asqueroso. Ordinario. —Stevie Rae añadió.

—Estoy contigo, gemela —dijo Shaunee—. Es decir, si hablásemos de forma clara sobre cosas como la orina, la menstruación y eso, la vida sería mucho más sencilla.

—Claro. Se acabó el hablar de menstruación mientras comemos espaguetis. —Damien levantó una mano como si pudiese parar de forma física la conversación—. Puede que sea gay, pero incluso yo tengo mis límites. —Se inclinó hacia mí y se lanzó a dar su explicación—. Primero, Shaunee y Erin se llaman entre ellas "gemela" porque, aunque está claro que no son familia —Erin es una chica extremadamente blanca de Tulsa y Shaunee es de Connecticut, de descendencia jamaicana y tiene un encantador color moca...

—Gracias por apreciar mi negrura —dijo Shaunee.

—No hay de qué —contestó Damien, y luego continuó sin problemas con su explicación—. Aunque no tienen una relación sanguínea, son inusualmente parecidas.

—Es como si las hubieran separado al nacer o algo —apuntó Stevie Rae.

En ese mismo instante, Erin y Shaunee se sonrieron la una a la otra y se encogieron de hombros. Fue entonces cuando me percaté de que iban conjuntadas igual: cazadoras vaqueras oscuras con unas preciosas alas doradas bordadas en los bolsillos pectorales, camisetas negras y pantalones negros de cintura baja. Incluso llevaban los mismos pendientes: enormes aros de oro.

—Tenemos la misma talla de pie —dijo Erin, sacando el pie para que pudiésemos ver que llevaba botas de cuero negro con la punta afilada y tacón de aguja.

—¿Y qué es una pequeña diferencia de melanina cuando hay por medio un amor profundo y verdadero por las botas? —Levantando el pie, Shaunee mostró otro gran par de botas, salvo que estas eran de suave cuero negro con elegantes hebillas de plata que cruzaban los tobillos.

—¡Más cosas! —interrumpió Damien, poniendo los ojos en blanco—. Las Hijas de la Oscuridad. La versión corta es que son un grupo formado en su mayoría por estudiantes de último año que dicen estar a cargo del espíritu de la escuela y todo eso.

—No, la versión corta es que son unas brujas del Infierno —dijo Shaunee.

—Eso es exactamente lo que yo había dicho, gemela —rió Erin.

—Ustedes dos no están ayudando precisamente —les dijo Damien—. A ver, ¿dónde estaba?

—El espíritu de la escuela y todo eso —apunté.

—Es verdad. Sí, se supone que son así de geniales, defensoras de la escuela, una organización defensora de los vampyros. Es más, parece que a su líder la están preparando para ser una alta sacerdotisa, así que se supone que debe ser el corazón, la mente y el espíritu de la escuela, además de una futura líder en la sociedad vampýrica, etcétera, etcétera, bla, bla, bla. Piensa en una ganadora del premio nacional al Mérito Escolar a cargo de la Sociedad de Honor y mézclalo con porristas y algunos maricas serviles.

—Ey, ¿no es irrespetuoso hacia tu propia homosexualidad llamarlos maricas serviles? —preguntó Stevie Rae.

—Uso la palabra de forma cariñosa —dijo Damien.

—Y jugadores de fútbol. No olvides que hay Hijos de la Oscuridad también —añadió Erin.

—Ajá, gemela. La verdad es que es un crimen y una vergüenza que esos muchachos tan macizos sean succionados...

—Y eso lo dice literalmente —dijo Erin con una sonrisa traviesa.

—Por brujas del Infierno —concluyó Shaunee.

—¡Hola! ¿Iba a olvidarme yo de los chicos? Lo que pasa es que no hacen más que interrumpirme.

Las tres chicas le dedicaron sonrisas de disculpa. Stevie Rae imitó el cerrar con cremallera su boca y tirar la llave. Erin y Shaunee gesticularon con la boca la palabra "idiota", pero permanecieron calladas para que Damien pudiese terminar.

Me di cuenta que habían jugado con la palabra "succionar", lo cual me hizo pensar que aquella escenita que había presenciado no había sido algo tan inusual.

—Pero lo que en realidad son las Hijas de la Oscuridad es un grupo de zorras estiradas a las que pone calientes el poder de dominar sobre los demás. Quieren que todo el mundo las siga y se ajusten a sus extravagantes ideas de lo que significa convertirse en vampyro. Sobre todo, odian a los humanos, y si no sientes lo mismo no quieren saber nada de ti.

—Salvo para hacerte la vida imposible —agregó Stevie Rae. Podía decirse por su expresión que debía saber de primera mano lo de era "hacer la vida imposible" y recordé lo pálida y asustada que pareció cuando Afrodita me había llevado a nuestra habitación. Hice una nota mental para recordar preguntarle más tarde lo que había ocurrido.

—No dejes que te asusten, de todas formas —dijo Damien—. Tan solo vigila tu espalda cuando estén cerca y...

—Hola, Zoey. Me alegro de verte de nuevo tan pronto.

No tuve ningún problema para reconocer su voz esta vez. Me resultaba como la miel, pringosa y demasiado dulce. Todo el mundo en la mesa dio un brinco, incluida yo. Llevaba un jersey como el mío, salvo que sobre el corazón aparecían bordadas las siluetas de tres divinidades femeninas, una de ellas sosteniendo lo que parecían unas tijeras. Tenía puesta una falda negra de tablas cortísima, medias negras que tenían brillos plateados y botas negras hasta la rodilla. Había dos chicas detrás de ella, vestidas de forma muy parecida. Una era negra, con un imposible pelo largo (debía tener una raíz fantástica) y la otra era de nuevo una rubia (la cual, después de observar con atención sus cejas, llegué a la conclusión de que con toda probabilidad era tan rubia como yo).

—Hola, Afrodita —dije cuando vi que todos los demás estaban demasiado asombrados para hablar.

—Espero no estar interrumpiendo nada —dijo con poco sinceridad.

—Para nada. Tan solo discutíamos sobre la basura que tenemos que sacar esta noche —repuso Erin con una enorme sonrisa falsa.

—Bueno, seguro que tú sabes de eso —dijo ella con sorna, y luego le dio la espalda a propósito a Erin, que apretaba los puños y parecía a punto de saltar por encima de la mesa contra Afrodita—. Zoey, debí haberte dicho algo antes, pero supongo que se me fue de la cabeza. Quiero invitarte a que te unas a las Hijas de la Oscuridad en nuestro Ritual de la Luna Llena privado de mañana por la noche. Sé que no es habitual que alguien que lleva tan poco tiempo aquí participe en un ritual tan pronto, pero tu Marca demuestra con claridad que eres, bueno, diferente del típico iniciado. —Miró desde encima de su perfecta nariz a Stevie Rae—. Ya se lo he comentado a Neferet y está de acuerdo en que sería bueno para ti unirte a nosotras. Te daré los detalles más tarde, cuando no estés tan ocupada con la... eh... basura. —Dirigió al resto de la mesa su hermética sonrisa sarcástica, se echó el pelo hacia atrás y ella y su séquito se alejaron.

—Zorras brujas del Infierno —dijeron Shaunee y Erin a la vez.

10

—Sigo pensando que la *hybris* terminará haciendo caer a Afrodita —dijo Damien.

—*Hybris* —explicó Stevie Rae— es tener arrogancia divina.

—Esa ya me la sabía —dije, todavía siguiendo con la mirada a Afrodita y su banda—. Acabábamos de terminar de leer *Medea* en clase de lengua. Es lo que hizo caer a Jasón.

—Me encantaría quitarle la *hybris* de una leche en esa cabeza pomposa —comentó Erin.

—Yo te la sujeto, gemela —dijo Shaunee.

—¡No! Ya saben que hemos hablado de esto otras veces. El castigo por pelearse es malo. Muy malo. No vale la pena.

Observé a Erin y Shaunee ponerse pálidas al mismo tiempo y quise preguntar qué podía ser tan malo, pero Stevie Rae siguió hablando, esta vez a mí.

—Tú ten cuidado, Zoey. Las Hijas de la Oscuridad, y Afrodita en especial, pueden parecer fabulosas en ocasiones, y ahí es cuando son más peligrosas.

Negué con la cabeza.

—Oh, no no. No pienso ir a su rollo de la luna llena.

—Creo que tienes que ir —dijo Damien con calma.

—Neferet lo aprobó —dijo Stevie Rae mientras Erin y Shaunee asentían mostrándose de acuerdo—. Eso significa que ella espera que vayas. No puedes decir que no a tu mentora.

—Especialmente cuando tu mentora es Neferet, alta sacerdotisa de Nyx —añadió Damien.

—¿No puedo decir simplemente que no estoy preparada para... para... lo que sea que quieran que haga y pedirle a Neferet si puedo —no lo sé, cómo lo dirían— ser excusada de su cosa de la luna llena por esta vez?

—Bueno, podrías, pero entonces Neferet se lo contaría a las Hijas de la Oscuridad y pensarían que tienes miedo de ellas.

Pensé en toda la mierda que había ocurrido ya entre Afrodita y yo en tan corto espacio de tiempo.

—Eh, Stevie Rae, puede que ya tenga miedo de ellas.

—Nunca dejes que lo sepan. —Stevie Rae bajó la vista, intentando esconder su vergüenza—. Eso es peor que hacerles frente.

—Cariño —dijo Damien, dando palmaditas en la mano de Stevie Rae—, deja de machacarte con eso.

Stevie Rae contestó a Damien con una dulce sonrisa de agradecimiento. Después me dijo:

—Tú ve. Sé fuerte y ve. No harán nada demasiado feo en el ritual. Es aquí en el campus, no se atreverían.

—Claro, hacen todas sus perrerías lejos de aquí, donde es más difícil que las vampys las pillen —dijo Shaunee—. Por aquí fingen ser todas asquerosamente dulces para que nadie sepa cómo son en realidad.

—Nadie salvo nosotros —dijo Erin, haciendo un arco con la mano de forma que no solo incluyera a nuestro pequeño grupo, sino también a todos los demás en la sala.

—No sé, chicos, quizá Zoey acabará llevándose bien con alguna de ellas —comentó Stevie Rae sin ningún atisbo de sarcasmo o celos.

Negué con la cabeza.

—No. No me llevaré bien con ellas. No me gusta cómo son. Esa clase de personas que intenta controlar a otros y los hacen parecer malos solo para sentirse mejor consigo mismas. ¡Y no quiero ir a su Ritual de la Luna Llena! —dije con firmeza, pensando en mi padrastro y sus colegas, y en lo irónico que era que pareciesen tener tanto en común con un grupo de adolescentes que se llamaban a sí mismas hijas de una diosa.

—Iría contigo si pudiera —cualquiera de nosotros iría—, pero, a menos que seas una de las Hijas de la Oscuridad, solo puedes entrar si has sido invitada —dijo Stevie Rae con tristeza.

—No pasa nada. M-me las arreglaré. —De pronto noté que ya no tenía hambre. Tan solo estaba muy, muy cansada y la verdad era que quería cambiar de tema—. Entonces, cuéntenme lo de los diferentes símbolos que llevan aquí. Me hablaste del nuestro, la espiral de Nyx. Damien lleva una espiral también, lo cual supongo que significa que es... —Hice una pausa para recordar cómo había dicho Stevie Rae que se llamaba aquí a los novatos— de tercera. Pero Erin y Shaunee llevan alas y Afrodita tenía algo más.

—¿Te refieres aparte de una mazorca bien metida por su estrecho ano? —murmuró Erin.

—Se refiere a las tres Parcas —intervino Damien, adelantándose a lo que quiera que fuese a decir Shaunee—. Las tres Parcas son hijas de Nyx. Todos los de sexto llevan el emblema de las Parcas, con Átropos sosteniendo unas tijeras para simbolizar la finalización de la escuela.

—Y para algunos de nosotros, el fin de la vida —dijo Erin de forma sombría.

Eso hizo callar a todos. Cuando ya no pude soportar por más tiempo el incómodo silencio, me aclaré la voz y dije:

—¿Y qué hay de las alas de Erin y Shaunee?

—Las alas de Eros, que es producto de la semilla de Nyx...

—El dios del amor —dijo Shaunee, añadiendo un giro de sus caderas en el asiento.

Damien la miró frunciendo el ceño y siguió hablando:

—Las alas doradas de Eros son el símbolo de los de cuarto.

—Porque somos la clase del amor —cantó Erin, levantando los brazos sobre la cabeza y haciendo bailar sus caderas.

—De hecho, es porque se supone que debe recordarnos la capacidad de Nyx para amar y las alas simbolizan nuestro continuo avance hacia delante.

—¿Cuál es el símbolo de los de quinto? —pregunté.

—El carro dorado de Nyx tirando de una estela de estrellas —dijo Damien.

—Creo que es el más bonito de los cuatro símbolos —dijo Stevie Rae—. Las estrellas brillan como locas.

—El carro muestra que seguimos el viaje de Nyx. Las estrellas representan la magia de los dos años que ya han pasado.

—Damien, eres un pequeño tontuelo —dijo Erin.

—Te dije que recurriéramos a él para que nos ayudase a estudiar para el examen de mitología humana —dijo Shaunee.

—Pensaba que fui yo quien lo dijo, y...

—En fin. —Damien elevó la voz por encima de la discusión—, que eso es todo lo que tienes que saber sobre los cuatro símbolos de clase. Pan comido, en realidad. —Miró fijamente a las ahora calladas gemelas—. Bueno, eso si prestas atención en clase en lugar de escribir notitas y quedarte mirando a tipos que crees que están buenos.

—Eres un auténtico mojigato, Damien —dijo Shaunee.

—Sobre todo para ser un chico gay —añadió Erin.

—Erin, hoy tienes el pelo bastante encrespado. No es por ser malo, pero quizá deberías pensar en cambiar de productos. Nunca se es lo bastante cuidadoso con esas cosas. Lo próximo será que se te abran las puntas.

Los ojos azules de Erin se hicieron enormes y se llevó la mano de forma automática al pelo.

—Oh, nonono. No puedo creer que hayas dicho eso, Damien. Ya sabes lo histérica que se pone con su pelo. —Shaunee empezó a hincharse como un pez globo color moca.

Mientras, Damien se limitó a sonreír y volvió a sus espaguetis. La imagen perfecta de la inocencia.

—Eh, chicos —dijo Stevie Rae de repente, poniéndose de pie y tirando de mí por el codo—. Zoey parece estar molida. Todos recuerdan cómo fue cuando llegaron aquí por primera vez. Vamos a volver a nuestra habitación. Tengo que estudiar para el examen de sociología vampýrica, así que es probable que no los vea hasta mañana.

—De acuerdo, nos vemos —dijo Damien—. Zoey, ha sido estupendo conocerte, de verdad.

—Sí, bienvenida al "Instituto Infierno" —dijeron a la vez Erin y Shaunee antes de que Stevie Rae me sacase de allí.

—Gracias. La verdad es que estoy cansada —dije a Stevie Rae mientras volvíamos por un pasillo que me alegró reconocer como el que llevaba a la entrada principal del edificio central de la escuela. Nos detuvimos cuando un gato de pelaje gris plata lacio y brillante apareció ante nosotras persiguiendo a un gato atigrado más pequeño y con aspecto nervioso.

—¡Belcebú! ¡Deja a Cammy en paz! ¡Damien te va a arrancar el pelaje!

Stevie Rae intentó agarrar al gato gris y falló, pero este dejó de perseguir al atigrado y se esfumó como un rayo de vuelta por el pasillo, justo por donde había venido. Stevie Rae lo observó alejarse con el ceño fruncido.

—Shaunee y Erin tienen que enseñar modales a su gato, siempre está haciendo alguna. —Me miró mientras abandonábamos el edificio y salíamos a la suave oscuridad previa al amanecer—. El pequeño y adorable Cameron es el gato de Damien. Belcebú es de Erin y Shaunee, las eligió a las dos, juntas. Sí. Es tan raro como suena, pero en breve serás como el resto de nosotros y empezarás a pensar que deben ser gemelas de verdad.

—Son una belleza, la verdad.

—Oh, son geniales. Discuten a menudo, pero son del todo

leales y nunca permitirán que se hable de ti. —Sonrió—. OK, puede que ellas sí hablen de ti, pero eso es diferente, y nunca será a tus espaldas.

—Y también me cae bien Damien.

—Damien es un encanto y también es muy listo. Aunque a veces me siento mal por él.

—¿Y eso?

—Verás, él tenía un compañero de habitación cuando llegó por primera vez aquí hace seis meses, pero en cuanto el tipo se enteró que Damien era gay —bueno, no es que el chico intente ocultarlo— se quejó a Neferet y dijo que no iba a compartir habitación con un marica.

Hice una mueca. No soporto a los homófobos.

—¿Y Neferet estuvo de acuerdo con esa actitud?

—No, Neferet dejó claro que el chico... oh, se cambió el nombre a Thor al llegar aquí. —Negó con la cabeza y puso los ojos en blanco—. ¿No es apropiado? En fin, que Neferet dejó claro que Thor estaba fuera de onda y le dio a Damien la opción de cambiarse a otra habitación él solo o quedarse con Thor. Damien eligió cambiarse. Bueno, ¿no harías tú lo mismo?

Asentí.

—Sí. De ninguna manera compartiría habitación con Thor, *el Homófobo*.

—Eso es lo que pensamos también los demás. Así que Damien ha estado solo en una habitación desde entonces.

—¿No hay más chicos gay aquí?

Stevie Rae se encogió de hombros.

—Hay algunas chicas que son lesbianas y no lo disimulan, pero aunque un par de ellas son bellísimas y se relacionan con el resto de nosotros, casi todo el tiempo van juntas. Están muy metidas en el aspecto religioso del culto a la diosa y pasan la mayor parte de su tiempo en el templo de Nyx. Y, por supuesto, están las chicas del grupo de las imbéciles, que piensan que es fabuloso montárselo entre ellas, pero por lo general solo si hay algunos chicos guapos mirando.

Negué con la cabeza.

—Sabes, nunca he entendido por qué las chicas piensan que enrollarse entre ellas es la manera de cazar un novio. En realidad debería ser contraproducente.

—Como si quisiera un novio que solo piensa que estoy buena si me beso con alguna chica. Lamentable.

—¿Y qué hay de los chicos?

Stevie lanzó un suspiro.

—Hay algunos aparte de Damien, pero en su mayoría son demasiado raros y femeninos para él. Me siento mal por él. Creo que está bastante solo. Sus padres no le escriben ni nada.

—¿Todo el rollo de los vampyros los asusta?

—No, en realidad eso no les preocupa. De hecho, no le digas nada a Damien porque herirás sus sentimientos, pero creo que se sintieron aliviados cuando fue marcado. No sabían qué hacer con un hijo gay.

—¿Por que tendrían que hacer algo? No deja de ser su hijo. Lo único que pasa es que le gustan los chicos.

—Bueno, viven en Dallas y su padre es un miembro destacado entre las Gentes de Fe. Creo que es alguna clase de pastor o algo...

Alcé la mano.

—Para. No hace falta que digas nada más. Lo comprendo a la perfección. —Y así era. Estaba demasiado familiarizada con las ideas de miras estrechas del tipo "nuestro camino es el único correcto" de las Gentes de Fe. Solo de pensar en ello me sentía agotada y deprimida.

Stevie Rae abrió la puerta de los dormitorios. La zona del salón estaba vacía salvo por algunas chicas que estaban viendo reposiciones de *El Show de los 70*. Stevie Rae saludó con la mano con aire ausente.

—Oye, ¿quieres un refresco o algo para subir a la habitación?

Asentí y la seguí por el salón hacia una habitación más pequeña en el otro extremo, que tenía cuatro neveras, un fregadero grande, dos microondas, muchos armarios y una bonita mesa de madera blanca en el medio. Igual que cualquier cocina normal, salvo porque esta tenía una extraña tendencia a tener neveras. Todo estaba limpio y ordenado. Stevie Rae abrió uno de los refrigeradores. Eché un vistazo por encima de su hombro y comprobé que estaba lleno de todo tipo de bebidas: de todo, desde refrescos a multitud de jugos y ese agua con gas que sabe asquerosa.

—¿Qué quieres?

—Cualquier bebida de cola me sirve —dije.

—Estas cosas son para todos nosotros —dijo, mientras me daba dos Diet Cokes y sacó dos Frescas para ella—. Hay fruta y verduras y cosas así en esos dos refrigeradores y carne sin grasa para sándwiches en el otro. Siempre se mantienen llenos, pero las vampys están bastante obsesionadas con que comamos de forma saludable, así que no encontrarás bolsas de papas chips o Twinkies o cosas de esas.

—¿No hay chocolate?

—Claro, hay chocolate del caro en los armarios. Las vampyras dicen que el chocolate tomado con moderación es bueno para nosotros.

Sí, ¿y quién mierda quiere comer chocolate con moderación? Me callé aquel pensamiento mientras volvíamos a cruzar el salón y nos dirigimos escaleras arriba a nuestra habitación.

—Así que las, eh, vampyras —se me trabó la lengua con la palabra— son especialistas en comida sana.

—Bueno, sí, aunque creo que somos sobre todo los iniciados los que tomamos comida sana. Es decir, no se ven vampyresas gordas, pero al mismo tiempo no las ves masticando ramas de apio y zanahorias y picoteando ensaladas. La mayoría de ellas comen

juntas en sus propios comedores y se rumorea que comen bien.
—Me lanzó una mirada y bajó la voz—. He oído que comen mucha carne roja. Mucha carne roja poco común.

—Uf —dije, tras visualizar de repente la estrafalaria imagen de Neferet masticando una costilla sangrienta.

Stevie Rae se estremeció y continuó:

—En ocasiones un mentor se sienta con un iniciado en la cena, pero por lo general no toma más que un vaso o dos de vino y no come nada.

Stevie Rae abrió la puerta y, con un suspiro, me senté en mi cama y me quité los zapatos. Dios, estaba cansada. Mientras me frotaba los pies, me pregunté por qué las vampyresas adultas no comían con nosotros, y luego decidí que no quería dedicar tanto tiempo a pensar en eso. Es decir, me traía a la mente demasiadas preguntas como ¿qué comen en realidad?, o ¿qué tendré que comer cuando llegue (si llego) a ser una vampyra adulta? *Uf.*

Una parte de mi cabeza susurró que también recordaba mi reacción del día anterior al ver la sangre de Heath. ¿Había ocurrido aquello sólo ayer? Y también mi reacción más reciente a la sangre de aquel tipo en el pasillo. No. Decididamente no quería pensar en nada de eso... en absoluto. Así que enseguida volví a centrar mi atención en el tema de la dieta saludable.

—OK, y si no se preocupan demasiado por comer de forma saludable, ¿por qué esa gran obsesión con que nosotros comamos sano? —pregunté a Stevie Rae.

Sus ojos se encontraron con los míos, con gesto de preocupación y más que un poco asustada.

—Quieren que comamos sano por la misma razón que nos obligan a hacer ejercicio a diario: para que nuestros cuerpos sean lo más fuertes posible, porque si te vuelves débil, gorda o enferma, ese es el primer signo de que tu cuerpo está rechazando el cambio.

—Y entonces mueres —dije en voz baja.

—Y entonces mueres —confirmó.

11

No pensé que dormiría. Imaginé que me quedaría ahí tumbada, echando de menos mi casa y pensando en el giro estrafalario que había dado mi vida. Inquietantes destellos de los ojos del chico del pasillo cruzaron por mi mente, pero estaba tan cansada que no podía enfocarlos. Incluso la odiosa psicopatía de Afrodita era algo que aparecía a una somnolienta distancia. De hecho, la última preocupación que podía recordar antes que cualquier otra era sobre mi frente. ¿Me dolía de nuevo por la Marca y el corte sobre la sien, o era porque me estaba saliendo un descomunal grano? ¿Y tendría mi pelo buen aspecto mañana en mi primer día de escuela de vampyros? Pero cuando me acurruqué con mi edredón e inhalé el familiar aroma del plumón y el hogar, me sentí inesperadamente segura y calentita... y del todo ausente.

Tampoco tuve pesadillas. Al contrario, soñé con gatos. Imagínate. ¿Tipos buenos? No. ¿Nuevos poderes vampýricos geniales? No. Tan solo gatos. Había uno en particular, una pequeña gata naranja atigrada con diminutas zarpas y una panza con una bolsa que parecía la de un marsupial. No hacía más que chillarme con la voz de una anciana y preguntarme qué es lo que me había retrasado tanto. Luego, su voz de gato cambió a un irritante zumbido y yo...

—¡Zoey, vamos! ¡Apaga ese dichoso despertador!

—¿Qué..., eh? —Oh, mierda. Odio las mañanas. Tanteé con la mano en busca del botón de apagado del trasto. ¿Ya he mencionado que estoy total y completamente ciega sin mis lentillas? Levanté mis gafas de tonta y miré la hora. Las seis y media de la tarde, y me acababa de despertar. Hablando de cosas extravagantes.

—¿Quieres ducharte la primera o quieres que lo haga yo antes? —preguntó somnolienta Stevie Rae.

—Voy yo, si no te importa.

—Claro que no... —bostezó.

—De acuerdo.

—La verdad es que deberíamos darnos prisa porque, no sé tú, pero yo tengo que desayunar o me voy a morir de hambre hasta la comida.

—¿Cereales? —solté de repente. Me encantan los cereales, y tengo en algún sitio una camiseta de YO ♥ CEREALES para demostrarlo. Y adoro en particular los Count Chocula... Otra ironía vampýrica más.

—Claro, siempre hay un montón de esas cajas pequeñas de cereales, rosquillas, fruta, huevos duros y esas cosas.

—Me daré prisa. —De repente estaba hambrienta—. Oye, Stevie Rae, ¿me tengo que vestir de alguna forma?

—No —bostezó de nuevo—. Tú ponte una de esas sudaderas o chaquetas que llevan nuestro símbolo de tercero y con eso ya estarás.

Me di prisa, aunque estaba bastante preocupada de no tener el aspecto adecuado y deseé tener horas para arreglarme una y otra vez el pelo y el maquillaje. Utilicé el espejo de maquillaje de Stevie Rae mientras ella se duchaba y decidí que quedarme corta era mejor opción que pasarme. Era extraño cómo mi Marca parecía cambiar todo el enfoque de mi cara. Siempre había tenido unos ojos bonitos: grandes, redondos y oscuros, con muchas pestañas. Tantas que Kayla solía gimotear sobre lo injusto que era que yo tuviera pestañas suficientes para tres chicas y que ella solo tuviese unas pequeñas, cortas y rubias. (Hablando de lo cual... Echaba de menos a Kayla, en especial esa mañana mientras me preparaba para ir a una nueva escuela sin ella. Puede que la llamara más tarde. O escribiese un correo electrónico. O... recordé el comentario que Heath había hecho sobre la fiesta y decidí que mejor no). En definitiva, que la Marca de alguna manera hacía que mis ojos pareciesen más grandes y más oscuros. Me di sombra de un tono negro grisáceo que tenía pequeñas motas brillantes. No tan cargado como esas perdedoras que piensan que embadurnarse con lápiz negro hace que se vean más fabulosos. Ya, claro. Parecen mapaches aterradores. Difuminé el lápiz, añadí rímel, me di bronceador en la cara y me puse brillo de labios (para ocultar que había estado mordiéndomelos).

Después me observé.

Por suerte mi cabello se comportaba bien e incluso el extraño pico de viuda que formaba el pelo no estaba alocado y de punta como pasaba a veces. Parecía... umm... diferente y al mismo tiempo igual que siempre. El efecto que tenía la Marca en mi cara no se había difuminado. Hacía resaltar todo lo que era étnico en mis rasgos: lo ojos oscuros, los pómulos altos de cheroqui, mi nariz recta y orgullosa e incluso el color aceitunado de mi piel, que era como la de la abuela. La Marca azul zafiro de la diosa parecía haber activado un interruptor e iluminado esos rasgos. Había liberado a la chica cheroqui que llevaba dentro y la había hecho brillar.

—Tu pelo tiene un aspecto fantástico —dijo Stevie Rae cuando entró en la habitación secándose con una toalla el suyo corto—. Me gustaría que el mío fuese manejable cuando lo tengo largo. Pero no lo es. Se encrespa y parece una cola de caballo.

—Me gusta tu pelo corto —dije, apartándome de su camino y levantando mis bonitos zapatos bajos negros con brillos.

—Sí, bueno, hace que sea un algo extraño aquí. Todo el mundo lleva el pelo largo.

—Ya me he dado cuenta, pero la verdad es que no entiendo por qué.

—Es una de las cosas que ocurren cuando pasamos por el cambio. El pelo de las vampyresas crece a una velocidad anormal, igual que sus uñas.

Intenté reprimir un escalofrío al recordar la uña de Afrodita rajando vaqueros y piel.

Afortunadamente, Stevie Rae era del todo ajena a mis pensamientos y siguió hablando.

—Ya lo verás. Al cabo de poco tiempo ya no tendrás que ir mirando sus símbolos para saber de qué año son. Da igual, ya aprenderás todas esas cosas en la clase de sociología vampýrica. Oh, eso me recuerda... —Revolvió algunos papeles de su escritorio hasta que encontró lo que buscaba y me lo tendió—. Aquí tienes tu horario. Tenemos la tercera y la quinta hora juntas. Y comprueba la lista de optativas que tienes para la segunda hora. Puedes elegir cualquiera de ellas.

Mi nombre estaba al principio del horario, impreso en negrita: ZOEY REDBIRD, NUEVA ALUMNA DE TERCERO, y también la fecha, que era cinco (¿!) días antes de que el rastreador me marcase.

1.ª hora—Sociología vampýrica. Aula 215. Prof. Neferet

2.ª hora—Teatro. Centro de Artes Interpretativas. Prof. Nolan

o

Dibujo. Aula 312. Prof. Doner

o

Introducción a la música. Aula 314. Prof. Vento

3.ª hora—Literatura. Aula 214. Prof. Pentesilea

4.ª hora—Esgrima. Gimnasio. Prof. D. Lankford

DESCANSO PARA COMER

5.ª hora—Español. Aula 216. Prof. Garmy

6.ª hora—Introducción a los estudios ecuestres. Casa de Campo.
       Prof. Lenobia

—¿No hay geometría? —solté, totalmente abrumada por el horario, pero intentando mantener una actitud positiva.

—Por suerte no. Aunque el próximo cuatrimestre tendremos que dar economía. Pero no puede ser igual de malo.

—¿Esgrima? ¿Introducción a los estudios ecuestres?

—Ya te dije que les gusta que estemos en forma. La esgrima está bien, a pesar de que es dura. No soy muy buena en ello, pero te emparejan con estudiantes de último año a menudo, algo así como monitores personales, y solo te digo que algunos de esos chicos ¡están más que buenos! No tengo clase de equitación este cuatrimestre, me han puesto en taekwondo. Y debo decir que ¡me encanta!

—¿En serio? —dije sin convicción. *Me pregunto cómo será la clase de equitación.*

—Sí. ¿Qué optativa vas a elegir?

Eché un vistazo a la lista.

—¿Cuál vas a hacer tú?

—Introducción a la música. El profesor Vento es fabuloso, y yo, eh... —Stevie Rae sonrió y se puso colorada—. Quiero ser una estrella de la música *country*. Es decir, Kenny Chesney, Faith Hill y Shania Twain son todas vampyras... y solo te digo tres de ellas. Diablos, Garth Brooks creció justo aquí, en Oklahoma, y ya sabes que es el mayor vampyro de todos ellos. Así que no veo por qué no puedo yo también ser como ellos.

—Creo que tiene sentido —dije. ¿Por qué no?

—¿Quieres hacer música conmigo?

—Sería divertido si supiese cantar o tocar algo que se parezca a un instrumento. Pero no sé.

—Oh, bueno, entonces mejor no.

—En realidad, estaba pensando en anotarme en la clase de teatro. Estaba en teatro en el instituto y me gustaba. ¿Sabes algo sobre la profesora Nolan?

—Sí, es de Texas y tiene un acento muy marcado, pero estudió teatro en Nueva York y a todo el mundo le gusta.

Casi me reí a carcajadas cuanto Stevie Rae mencionó el acento de la profesora Nolan. La chica sonaba tan nasal que parecía un anuncio de caravanas, pero de ninguna manera iba a herir sus sentimientos mencionándolo.

—De acuerdo, entonces teatro.

—De acuerdo, toma tu horario y vámonos. Oye, —dijo mientras salíamos a toda prisa de la habitación y bajábamos a saltos las escaleras— ¡a lo mejor eres la futura Nicole Kidman!

Bueno, supongo que ser la futura Nicole Kidman no estaría mal (no es que planee casarme y divorciarme de un maníaco bajito). Ahora que Stevie Rae lo mencionaba, no había pensado demasiado en mi futura carrera desde que el rastreador había lanzado mi vida hacia el caos total, pero ahora que pensaba en ello todavía seguía queriendo ser veterinaria.

Un gato gordo de pelaje largo blanco y negro bajó a toda velocidad los escalones delante de nosotras en persecución de otro gato que parecía su clon. Con todos aquellos gatos cabía pensar que decididamente harían falta vampyresas veterinarias. (Jeje... vampys veterinarias... Podría llamar a mi clínica Vamp Vets y en los anuncios se leería: "¡Tomamos su sangre gratis!").

La cocina y el salón estaban repletos de chicas comiendo, hablando y moviéndose a toda prisa por el lugar. Intenté devolver algunos de los saludos que recibía mientras Stevie Rae me presentaba a lo que parecía un imposible torrente confuso de chicas y al mismo tiempo me concentré en encontrar una caja de Count Chocula. Cuando ya estaba empezando a preocuparme, la encontré, oculta entre varias cajas enormes de Frosties (no está mal como segunda opción, pero, bueno, no son de chocolate y no tienen ninguna deliciosa nube). Stevie Rae se llenó un tazón de Lucky Charms y nos sentamos en el borde de la mesa de la cocina, comiendo rápido.

—¡Hola, Zoey!

Aquella voz. Sabía quién era antes de ver a Stevie Rae agachar la cabeza, mirando fijamente su tazón de cereales.

—Hola, Afrodita —dije, intentando sonar neutral.

—Por si no te veo luego, quería asegurarme de que sabes dónde ir esta noche. El Ritual de la Luna Llena de las Hijas de la Oscuridad comenzará a las cuatro de la mañana, justo después de la escuela. Te perderás la cena, pero no te preocupes por eso. Te alimentaremos. Oh, es en el salón recreativo que está hacia el muro este. Te veré frente al templo de Nyx antes del ritual de la escuela para que podamos entrar juntas, y después puedo mostrarte el camino hacia la sala.

—En realidad ya había prometido a Stevie Rae que me quedaría con ella para ir juntas al ritual de la escuela. —Cómo odio a la gente avasalladora.

—Es verdad, lo siento. —Me complació escuchar a Stevie levantar la cabeza y decirlo.

—Oye, tú sabes dónde está el salón recreativo, ¿no? —pregunté a Stevie Rae con voz distraída y desenfadada.

—Sí, claro.

—Entonces puedes mostrarme cómo llegar allí, ¿verdad? Y eso significa que Afrodita no tiene que preocuparse de que me vaya a perder.

—Lo que sea por ayudar —dijo Stevie Rae alegremente, volviendo a sonar como su viejo yo.

—Problema resuelto —dije a Afrodita con una amplia sonrisa.

—De acuerdo. Bien. Te veré a las cuatro. No llegues tarde. —Y se fue.

—Si mueve el culo aún más al andar se va a romper algo —dije.

Stevie Rae soltó una risa y casi expulsó leche por la nariz. Tosiendo, dijo:

—¡No hagas eso cuando estoy comiendo! —Luego tragó y me sonrió—. No has dejado que te mangonee.

—Ni tú tampoco. —Sorbí la última cucharada de cereales—. ¿Lista?

—Lista. Vamos, esto será fácil. Tu primera hora es justo al lado de la mía. La mayor parte de las clases de tercero son en la misma sala. Vamos, te indicaré la dirección correcta y ya estarás preparada.

Levantamos nuestros platos, los pusimos en uno de los cinco lavaplatos y luego nos dirigimos fuera rápidamente, hacia la oscuridad de una preciosa noche de otoño. Uf, se hacía extraño ir a la escuela de noche, a pesar de que mi cuerpo me dijese que todo era normal. Seguimos el flujo de estudiantes a través de una de las gruesas puertas de maderas.

—La sala de tercero está justo ahí —dijo Stevie Rae, guiándome a la vuelta de una esquina y por un tramo corto de escaleras.

—¿Eso es un baño? —pregunté cuando pasamos a toda velocidad junto a unas fuentes de agua situadas entre dos puertas.

Sí —dijo—. Esta es mi clase y allí está la tuya, justo la siguiente puerta. ¡Te veo después de clase!

—OK, gracias —contesté.

Al menos el baño estaba cerca. Si sufría un ataque de diarrea nerviosa galopante, no tendría que correr lejos.

12

—Zoey! ¡Aquí!

Casi lloré de alivio cuando oí la voz de Damien y vi su mano indicando un pupitre vacío junto a él.

—Hola. —Me senté y le sonreí agradecida.

—¿Estás lista para tu primer día?

No.

Asentí.

—Sí. —Quise decir más, pero justo en ese momento una campana sonó cinco veces rápidas y, mientras moría su eco, Neferet se deslizó dentro de la clase. Llevaba una falda negra larga, con una abertura en el lateral que mostraba unas botas altas de tacón de aguja, y un jersey de seda de color morado oscuro. Sobre el pecho izquierdo, bordada en plata, lucía la imagen de una diosa con los brazos en alto y las manos rodeando una luna creciente. Llevaba el cabello negro hacia atrás en una espesa trenza. La delicada serie de ondas del tatuaje que enmarcaba su rostro hacía que pareciera una antigua sacerdotisa guerrera. Nos sonrió y observé que la clase entera estaba tan cautivada como yo por su poderosa presencia.

—¡Buenas noches! Estaba deseando comenzar esta unidad. Ahondar en la rica sociología de las amazonas es uno de mis temas favoritos. —Luego hizo un gesto hacia mí—. Es un momento excelente para que Zoey Redbird se haya unido a nosotros hoy. Soy la mentora de Zoey, así que espero que mis alumnos le den la bienvenida. Damien, ¿podrías darle a Zoey un libro de texto, por favor? Su armario está junto al tuyo. Mientras le explicas nuestro sistema de casilleros quiero que el resto de ustedes escriban sobre las impresiones preconcebidas que tienen de las antiguas guerreras vampyresas conocidas como amazonas.

Se escuchó el típico ruido de papeles y estudiantes susurrando mientras Damien me acompañaba al fondo de la clase, donde estaba la pared con los casilleros. Abrió uno de los armarios, el que tenía un número 13 plateado. El armario contenía unos amplios y ordenados estantes llenos de libros de texto y material escolar.

—En La Casa de la Noche no hay casilleros, como en las escuelas normales. Aquí, la de la primera hora es nuestra aula del curso y cada uno tenemos un armario individual. El aula siempre estará abierta, para que puedas volver aquí a levantar libros o lo que sea, igual que si fueras a un casillero en el pasillo. Este es el libro de sociología.

Me tendió un libro grueso de cuero con la silueta de una diosa grabada en la portada, junto con el título *Sociología Vampýrica*. Tomé un cuaderno y un par de bolígrafos. Cuando cerré la puerta del armario me quedé dudando.

—¿No hay cerradura o algo?

—No —dijo Damien bajando la voz—. Aquí no necesitan cerraduras. Si alguien roba algo, las vampys lo saben. Ni siquiera quiero pensar en lo que le ocurriría a alguien lo suficientemente estúpido como para hacerlo.

Nos volvimos a sentar y comencé a escribir sobre lo único que sabía de las amazonas —que eran mujeres guerreras que no tenían mucha necesidad de hombres—, pero no tenía la mente puesta en la tarea. En lugar de eso, me preguntaba por qué Damien, Stevie Rae e incluso Erin y Shaunee estaban tan preocupados por meterse en problemas. Quiero decir, yo soy una buena chica... Por supuesto, no soy perfecta, pero aun así. Tan solo me han castigado en la escuela una vez hasta ahora, y no fue culpa mía. En serio. Un cerdo me dijo que le chupara la pijja. ¿Qué se supone que debía hacer? ¿Llorar? ¿Soltar risitas? ¿Poner cara mohína? Eh... no... Así que en vez de eso le crucé la cara (aunque prefiero simplemente usar la palabra tortazo), y encima fui yo la castigada.

Es igual, estar castigada en realidad no fue tan malo. Acabé todos mis deberes y empecé un nuevo libro de *Gossip Girls*. Estaba claro que los castigos en La Casa de la Noche entrañaban algo más que ir al aula de un profesor durante cuarenta y cinco minutos de calma después de las clases. Tenía que acordarme de preguntárselo a Stevie Rae...

—En primer lugar, ¿qué partes de la tradición amazona aún practicamos en La Casa de la Noche? —preguntó Neferet, atrayendo mi atención de nuevo hacia la clase.

Damien levantó la mano.

—La inclinación de respeto, con el puño sobre el corazón, viene de las amazonas, al igual que el modo en el que nos damos la mano, agarrándonos el antebrazo.

—Correcto, Damien.

Ah. Aquello explicaba el saludo raro.

—Entonces, ¿qué ideas preconcebidas tienen sobre las guerreras amazonas? —preguntó a la clase.

Una rubia que se sentaba al otro lado del aula dijo:

—Las amazonas eran profundamente matriarcales, como lo son las sociedades de vampyros.

Uf, parecía lista.

—Es cierto, Elizabeth, pero cuando la gente habla sobre las amazonas, la leyenda tiende a añadir una capa más a la historia. ¿A qué me refiero con eso?

—Bueno, la gente —en especial los humanos— piensa que las amazonas odiaban a los hombres —dijo Damien.

—Exacto. Lo que sabemos es que el hecho de que una sociedad sea matriarcal, como lo es la nuestra, no quiere decir de forma automática que sea antihombres. Incluso Nyx tiene un consorte, el dios Érebo, al cual ella está muy unida. Las amazonas eran excepcionales por el hecho de que eran una sociedad de mujeres vampyras que eligieron ser sus propias guerreras y protectoras. Como muchos ya saben, nuestra sociedad, todavía hoy, es matriarcal, pero respetamos y apreciamos a los Hijos de la Noche, y los consideramos nuestros protectores y consortes. Ahora, abran su libro por el capítulo tres y vamos a ver a la más grande de las guerreras amazonas, Pentesilea, pero tengan cuidado de mantener leyenda e historia por separado en sus cabezas.

Y, a partir de ahí, Neferet se lanzó de lleno a una de las mejores clases que he escuchado en mi vida. No tenía ni idea que había pasado una hora; el sonido de la campana me tomó totalmente por sorpresa. Acababa de poner el libro de sociología de nuevo en mi cajoncillo (Sí, ya sé que Damien y Neferet los llaman armarios, pero vamos... me recuerdan un montón a esos cajoncillos que teníamos en el jardín de infancia) cuando Neferet me llamó. Tomé el cuaderno y un boli y fui a toda prisa hasta su escritorio.

—¿Cómo estás? —preguntó con una cálida sonrisa.

—Bien. Estoy bien —dije rápidamente.

Me miró y elevó una ceja.

—Bueno, supongo que estoy nerviosa y confundida.

—Pues claro que lo estás. Son muchas cosas de golpe y cambiar de escuela siempre es difícil; por no hablar de cambiar de escuela y de vida a la vez. —Miró por encima de mi hombro—. Damien, ¿puedes acompañar a Zoey a la clase de teatro?

—Claro —dijo Damien.

—Zoey, te veré esta noche en el Ritual. Oh, y ¿te ha hecho Afrodita una invitación formal para unirte a las Hijas de la Oscuridad en su posterior ceremonia privada?

—Sí.

—Quería preguntarte para confirmarlo y asegurarme de que te sentías cómoda yendo. Por supuesto, entendería tus dudas, pero te animo a que vayas. Quiero que aproveches cada oportunidad aquí, y las Hijas de la Oscuridad son un grupo muy exclusivo. Es un cumplido que ya hayan visto en ti a una posible promesa.

—No me importa ir. —Forcé la voz y una sonrisa para parecer desenfadada. Era obvio que ella esperaba que fuese, y lo último que deseaba era que Neferet se sintiera decepcionada conmigo. Además, de ninguna maldita manera iba a hacer nada que hiciese pensar a Afrodita que le tenía miedo.

—Bien hecho —dijo Neferet con entusiasmo. Me apretó el brazo y de inmediato sonreí—. Si me necesitas, mi despacho está en el mismo ala que la enfermería. —Miró mi frente—. Veo que los puntos ya casi se han caído por completo. Eso es estupendo. ¿Todavía te duele la cabeza?

Mi mano subió automáticamente hasta la sien. Hoy ya solo notaba el cosquilleo de un punto o dos cuando había tenido al menos diez ayer. Muy, muy extraño. Y, aún más extraño, no había pensado en la herida en toda la mañana.

También me di cuenta que no había pensado en mi madre o Heath o incluso en la abuela Redbird...

—No —dije, dándome cuenta de pronto que Neferet y Damien esperaban mi respuesta—. No, la cabeza no me duele nada.

—¡Bien! Bueno, será mejor que los dos se vayan antes de que lleguen tarde. Sé que te va a encantar la clase de teatro. Creo que la profesora Nolan acaba de empezar a trabajar con monólogos.

Había recorrido la mitad del pasillo, apresurándome para seguir a Damien, cuando me di cuenta.

—¿Cómo sabía que iba a tomar teatro? Lo acabo de decidir esta mañana.

—Las vampyras adultas saben demasiado a veces —susurró Damien—. Borra eso. Las vampyresas adultas saben demasiado siempre, en especial cuando la vampyresa es una alta sacerdotisa.

Teniendo en cuenta lo que había decidido no contar a Neferet, no quería pensar en ello más tiempo.

—¡Ey, chicos! —Stevie Rae vino corriendo—. ¿Qué tal ha ido sociología vampýrica? ¿Han empezado con las amazonas?

—Estuvo genial. —Me alegraba cambiar el tema de lo excesivamente misteriosos que eran los vampyros—. No tenía ni idea de que se cortaban sus pechos derechos para mantener a los hombres alejados.

—No hubiesen tenido necesidad de eso si hubieran estado tan planas como yo —dijo Stevie Rae, mirándose el pecho.

—O como yo —suspiró Damien con dramatismo.

Todavía me estaba riendo cuando me señalaron el aula de teatro.

La profesora Nolan no irradiaba poder como Neferet. En vez de eso, irradiaba energía. Tenía un cuerpo atlético, pero con algo de forma de pera. Su pelo moreno era largo y liso. Y Stevie Rae estaba en lo cierto: tenía un fuerte acento tejano.

—¡Zoey, bienvenida! Siéntate en cualquier sitio.

Dije hola y me senté junto a la chica llamada Elizabeth que reconocí de la clase de sociología vampýrica. Parecía bastante amigable y ya sabía que era lista. (Nunca hace daño sentarse junto a alguien listo).

—Estamos a punto de comenzar a elegir los monólogos que cada uno de ustedes representará ante la clase en algún momento de la próxima semana. Pero primero, he pensado que te gustaría ver una demostración de cómo debe representarse un monólogo, así que he pedido a uno de nuestros talentosos alumnos de último año que pase y recite el famoso monólogo de *Otelo,* escrito por un antiguo dramaturgo vampyro, Shakespeare. —La profesora Nolan hizo una pausa y miró por el cristal de la puerta—. Ah, ya está aquí.

La puerta se abrió y *oh dios mío de mi vida* creo que mi corazón paró por completo de latir. Estoy segura que se me quedó la boca abierta como a una imbécil. Era el tipo más guapo que había visto en mi vida. Era alto y tenía un pelo oscuro que hacía ese adorable rizo perfecto a lo Superman. Sus ojos eran de un azul zafiro increíble y...

Oh. ¡Mierda! ¡Mierda! ¡Mierda! Era el tipo del pasillo.

—Vamos, entra, Erik. Como siempre, tu tiempo de entrada es perfecto. Estamos listos para tu monólogo. —Neferet se volvió hacia la clase—. La mayoría de ustedes ya conocen al alumno de quinto, Erik Night, y saben que ganó el certamen internacional de monólogos de La Casa de la Noche del año pasado, cuya final se celebró en Londres. También está creando ya expectación en Hollywood, así como en Broadway, por su interpretación de Tony en nuestra producción de *West Side Story* el cuatrimestre pasado. La clase es toda tuya, Erik. —La profesora Nolan sonrió encantada.

Como si mi cuerpo estuviese en modo automático, aplaudí con el resto de la clase. Sonriente y confiado, Erik subió al pequeño escenario que estaba situado en el centro de la parte delantera de la gran y espaciosa clase.

—Hola. ¿Qué tal están, chicos?

Habló directamente hacia mí. Y quiero decir directamente. Noté cómo me ponía muy colorada.

—Los monólogos pueden asustar un poco, pero la clave está en plantarte ante tus versos y entonces imaginar que estás en realidad actuando con un reparto completo de actores. Engáñate pensando que no estás aquí arriba solo, así...

Y empezó el monólogo de *Otelo*. No sé mucho sobre la obra, salvo que es una de las tragedias de Shakespeare, pero la interpretación fue increíble. Era un tipo alto, es probable que al menos un metro ochenta, pero cuando empezó a hablar pareció hacerse más alto, de más edad y más poderoso. Su voz se volvió profunda y adquirió un acento que no pude ubicar. Sus increíbles ojos se oscurecieron y se estrecharon hasta reducirse a unas rendijas, y cuando dijo el nombre de Desdémona fue como si estuviese rezando. Era obvio que la amaba, incluso antes de decir los versos finales:

Ella me amó por los peligros que había corrido,
Y yo la amé por la piedad que mostró por ellos.

Mientras decía los dos últimos versos, sus ojos quedaron fijos en los míos y, al igual que en el pasillo el día anterior, pareció como si no hubiese nadie más en la sala... nadie más en el mundo. Sentí un escalofrío en mi interior muy parecido a lo que había sentido las dos veces que olí sangre desde que fui marcada, salvo que no se había derramado sangre en el cuarto. Tan solo estaba Erik. Entonces él sonrió, acercó los labios a los dedos, como si estuviese enviándome un beso, y se inclinó. Toda la clase aplaudió como loca, yo incluida. No pude evitarlo.

—Bueno, pues así es como se hace —dijo la profesora Nolan—. Así que hay libros de monólogos en las estanterías rojas en la parte de atrás de la clase. Tomen cada uno varios libros y empiecen a echarles un vistazo. Lo que tienen que intentar encontrar es una escena que signifique algo para ustedes, que llegue a alguna parte de su alma. Estaré dando vueltas y responderé a cualquier pregunta que tengan sobre los monólogos de cada uno. Cuando hayan elegido sus fragmentos, repasaré los pasos que necesitan seguir mientras preparan su presentación. —Asintiendo con una sonrisa llena de energía, vino hacia nosotros para empezar a mirar los miles de libros de monólogos.

Todavía estaba un poco colorada y sin aliento, pero me levanté con el resto de la clase, aunque no podía evitar mirar a Erik por encima del hombro. Él (por desgracia) se marchaba de la clase, pero no sin antes darse vuelta y pillarme observándolo. Me puse colorada (otra vez). Me miró a los ojos y me sonrió directamente (otra vez). Y luego se marchó.

—Está que te cagas de bueno —alguien me susurró al oído. Me

di la vuelta y, asombrosamente, la señorita Estudiante Perfecta Elizabeth se había quedado mirando a Erik, abanicándose.

—¿No tiene novia? —solté como una idiota.

—Sólo en mis sueños —dijo Elizabeth—. De hecho, se dice que él y Afrodita solían estar enrollados, pero llevo aquí varios meses y hace por lo menos ese tiempo que la relación entre ellos acabó. Aquí tienes. —Me dio un par de libros de monólogos—. Soy Elizabeth, sin apellido.

Mi cara era una interrogante.

Suspiró.

—Mi apellido era Titsworth. ¿Te imaginas? Cuando llegué aquí hace pocas semanas y mi mentora me explicó que podía cambiarme el nombre por lo que yo quisiera, supe que iba a poder librarme de la parte Titsworth, pero entonces todo el asunto de elegir un nuevo apellido me agobió demasiado. Así que decidí mantener mi nombre y no andar molestándome con un apellido. —Elizabeth Sin Apellido se encogió de hombros.

—Bueno, pues hola —dije. Había gente realmente extraña allí.

—Oye —dijo cuando volvíamos a nuestros pupitres—. Erik te estaba mirando.

—Miraba a todo el mundo —respondí, aunque noté cómo mi estúpida cara ardía y se ponía roja de nuevo.

—Sí, pero de verdad que te miraba a ti. —Sonrió y añadió:

—Oh, y creo que tu Marca coloreada es fabulosa.

—Gracias. —Seguro que tenía un aspecto raro, como de leche sobre mi cara roja como un tomate.

—¿Alguna duda sobre la elección del monólogo, Zoey? —preguntó la profesora Nolan, haciéndome dar un brinco.

—No, profesora Nolan. Los he hecho ya antes en la clase de teatro del instituto.

—Muy bien. Dime si necesitas ayuda con alguna aclaración sobre el escenario o los personajes. —Me dio una palmadita en el brazo y continuó dando vueltas por la clase. Abrí el primero de los libros y comencé a hojear las páginas, intentando (sin éxito) olvidar a Erik y concentrarme en los monólogos.

Me había estado mirando. Pero, ¿por qué? Debía saber que fui yo la que estaba en el pasillo. Entonces, ¿qué clase de interés mostraba por mí? Y, ¿quería gustarle a un tipo que había estado recibiendo una mamada de la odiosa Afrodita? Probablemente no debería. Es decir, desde luego no iba a retomarlo donde ella lo había dejado. O quizá solo sentía curiosidad por el extraño color de mi Marca, como casi todos los demás.

Pero no me lo había parecido... me pareció que me miraba a mí. Y me había gustado.

Bajé la mirada al libro que había estado ignorando. La página estaba abierta por el subcapítulo: Monólogos Dramáticos para Mujeres. El primer monólogo de la página era de *Siempre en ridículo* de José Echegaray.

Bueno, diablos. Probablemente era una señal.

13

Pude encontrar el camino a la clase de literatura yo sola. Bueno, estaba justo al otro lado del despacho de Neferet, pero de todas formas me sentía con un poco más de confianza cuando no tenía que pedir que me guiaran a todas partes como si fuese una novata tonta y desvalida.

—¡Zoey! ¡Te hemos guardado un pupitre! —gritó Stevie Rae en el mismo instante en el que entré en la clase. Estaba sentada junto a Damien y casi saltando arriba y abajo de emoción. Parecía un cachorrillo feliz de nuevo, lo cual me hizo sonreír. Estaba realmente contenta de verla—. ¡Bueno, bueno, bueno! ¡Cuéntamelo todo! ¿Cómo ha ido la clase de teatro? ¿Te ha gustado? ¿Te gusta la profesora Nolan? ¿A que su tatuaje es una pasada? Me recuerda a una máscara... algo así.

Damien cogió a Stevie Rae por el brazo.

—Respira y deja a la chica contestar.

—Lo siento —dijo avergonzada.

—Supongo que los tatuajes de Nolan están bonitos —dijo.

—¿Supones?

—Bueno, estaba distraída.

—¿Qué? —dijo. Entonces frunció el ceño—. ¿Alguien te ha hecho pasar vergüenza por la Marca? Es increíble lo maleducada que es la gente.

—No, no ha sido por eso. De hecho esa Elizabeth Sin Apellido dijo que pensaba que era fabulosa. Estaba distraída porque, bueno... —Noté cómo se me ponía la cara colorada de nuevo. Había decidido preguntarles por Erik, pero ahora que había empezado a hablar me preguntaba si debería decir algo. ¿Debería hablarles de lo del pasillo?

Damien se animó.

—Siento que viene algún cotilleo jugoso. Vamos, Zoey. ¿Estabas distraída pooooor...? —dijo, convirtiendo la palabra en una pregunta.

—Está bien. Lo resumiré en dos palabras: Erik Night.

Stevie Rae se quedó con la boca abierta y Damien fingió un desmayo, del cual tuvo que recuperarse porque en ese momento sonó la campana y la profesora Pentesilea entró en la clase.

—¡Después! —susurró Stevie Rae.

—¡Sin falta! —gesticuló con la boca Damien.

Sonreí inocentemente. Aunque solo fuera porque la simple mención de Erik los iba a tener locos toda la hora, estaba encantada de haberlo dicho.

La clase de literatura fue toda una experiencia. En primer lugar, el aula en sí era totalmente distinta de cualquiera que hubiese visto. Había pósteres y cuadros raros e interesantes y lo que parecían obras de arte originales cubriendo cada centímetro del espacio de la pared. Y del techo colgaban carillones y cristales... Muchos. La profesora Pentesilea (cuyo nombre ahora me sonaba de la clase de sociología vampýrica como perteneciente a la más reverenciada de todas las amazonas y a la que todo el mundo llamaba profesora P) era como sacada de las películas (bueno, de las que pasan en el canal Sci-Fi). Tenía un pelo rubio rojizo realmente largo, grandes ojos color avellana y un cuerpo lleno de curvas que seguro hacía babear a todos los tipos (no es que sea muy complicado hacer babear a chicos adolescentes). Sus tatuajes eran finos, con nudos celtas que bajaban por su cara hasta rodear sus pómulos, haciéndolos parecer altos y espectaculares. Llevaba unos pantalones negros cómodos de aspecto caro y una rebeca de color musgo que tenía bordada sobre el pecho la misma figura de la diosa que Neferet llevaba. Y, ahora que pensaba en ello (y no en Erik), me di cuenta que la profesora Nolan también llevaba la diosa bordada en el bolsillo de su blusa. Hmmm...

—Nací en abril del año 1902 —dijo la profesora Pentesilea, captando nuestra atención al instante. Es decir, por favor, apenas aparentaba treinta—. Así que tenía diez años en abril de 1912 y recuerdo la tragedia muy bien. ¿De qué estoy hablando? ¿Alguien tiene alguna idea?

Claro, sabía perfectamente de qué estaba hablando, pero no era porque fuera una tonta desesperada por la historia. Era porque cuando era más pequeña creía que estaba enamorada de Leonardo DiCaprio y mi madre me compró la colección completa en DVD de sus películas por mi doce cumpleaños. Esta película en particular la vi tantas veces que todavía tengo la mayor parte de ella memorizada (y no puedo decirte las veces que moqueé cuando se escurre de esa tabla y se aleja flotando como un adorable pirulí).

Miré alrededor. Nadie más parecía tener ni idea, así que suspiré y levanté la mano.

La profesora P sonrió y dijo:

—¿Sí, señorita Redbird?

—El *Titanic* se hundió en abril de 1912. Fue golpeado por un iceberg a última hora de la noche del domingo catorce y se hundió unas horas más tarde, el día quince.

Escuché a Damien aspirar a mi lado y el pequeño *um* de Stevie Rae. Dios, ¿de verdad había estado actuando de forma tan estúpida para que se asombraran de oírme contestar una pregunta de forma correcta?

—Me encanta cuando un nuevo iniciado sabe algo —dijo la profesora Pentesilea—. Absolutamente correcto, señorita Redbird. Yo vivía en Chicago cuando ocurrió la tragedia y nunca olvidaré el chismorreo y los gritos por los trágicos titulares en las esquinas de las calles. Fue un acontecimiento horrible, en especial porque la pérdida de vidas hubiera podido evitarse. También marcó el fin de una era y el principio de otra, y trajo consigo muchos cambios necesarios en las leyes de navegación. Vamos a estudiar todo esto, junto con los deliciosos y melodramáticos acontecimientos de aquella noche, en nuestra próxima obra literaria, el libro meticulosamente documentado de Walter Lord, *La última noche del Titanic*. Aunque Lord no era un vampyro, y es una pena que no lo fuera —añadió entre dientes—, sigo encontrando convincente su visión de aquella noche, su estilo es interesante y muy ameno. ¡Vamos, empecemos! La última persona de cada fila, levanten libros para la gente de su fila del armario grande.

¡Excelente, genial! Esto era desde luego más interesante que leer *Grandes esperanzas* (Pip, Estella, ¿a quién le importa!). Me situé con *La última noche del Titanic* y el cuaderno abierto para tomar, bueno, apuntes. La profesora P comenzó a leernos el capítulo uno en alto, y la verdad es que leía muy bien. Ya casi habían pasado tres horas de clases y me habían gustado todas ellas. ¿Era posible que esta escuela de vampyros fuese algo más que un lugar aburrido al que tenía que ir obligada todos los días y en el que, además, estuvieran todos mis amigos? No es que todas las clases en el ISS fuesen aburridas, pero no estudiábamos las amazonas ni el *Titanic* (¡con una profesora que estaba viva cuando se hundió!).

Miré alrededor a los otros chicos mientras la profesora P leía. Éramos unos quince, lo cual parecía también la media habitual en mis otras clases. Todos ellos tenían los libros abiertos y prestaban atención.

Entonces, algo rojo y espeso atrajo mi mirada desde el otro lado de la habitación, en la parte de atrás de la clase. Había hablado demasiado pronto: no todos los chicos estaban prestando atención. Este tenía la cabeza apoyada sobre los brazos y estaba profundamente dormido, lo cual supe porque su cara mofletuda, pecosa y demasiado blanca que estaba girada en mi dirección. Tenía la boca abierta y creo que había babeado un poco. Me pregunté qué haría la profesora P con el chico. No parecía el tipo de profesora que aguantara a una babosa que dormía al fondo del aula, pero siguió con su lectura, intercalando interesantes datos de primera mano sobre el comienzo del siglo xx, lo cual me gustó mucho (me encantaba escuchar hablar sobre las chicas de moda de la época; seguro que yo hubiese sido una si hubiera vivido en los años veinte). Hasta que no estaba a punto de sonar la campana y la profesora P nos hubo asignado el siguiente capítulo como tareas, y después de decirnos que podíamos hablar en voz baja entre nosotros, actuó como si no se hubiese percatado del chico dormido en absoluto. Él había empezado a despertarse al fin, levantando la cabeza para mostrar el círculo enrojecido en el lado de su frente donde había estado apoyado y que parecía extrañamente fuera de lugar junto a su Marca.

—Elliott, tengo que hablar contigo —dijo la profesora P desde detrás de su escritorio.

El chico se tomó su tiempo para levantarse y luego arrastró los pies, con sus zapatos desatados, hasta la mesa de la profesora.

—¿Sí?

—Elliott, estás, por supuesto, suspendiendo literatura. Pero, lo que es más importante, estás suspendiendo en la vida. Los hombres vampyros son fuertes, honorables y excepcionales. Han sido nuestros guerreros y protectores durante incontables generaciones. ¿Cómo esperas completar el cambio hacia un ser que es más guerrero que hombre si no practicas la disciplina necesaria incluso para estar despierto en clase?

Encogió sus hombros de aspecto blando.

La expresión de ella se endureció.

—Te voy a dar una oportunidad para compensar el cero en participación en clase que tienes de hoy. Vas a escribir un ensayo corto sobre cualquier tema que haya sido importante a principios del siglo veinte. La fecha de entrega del ensayo es mañana.

Sin decir nada, el chico comenzó a darse vuelta.

—Elliott. —La voz de la profesora P había bajado de tono y, tomada por la irritación, hizo que sonase mucho más aterradora de lo que había parecido mientras leía y daba la clase. Pude sentir cómo el poder irradiaba de ella, y me pregunté para qué iba a necesitar ella ningún hombre que la protegiera. El chico se detuvo y volvió a girarse.

—No te he dado permiso para irte. ¿Qué decides sobre el trabajo para compensar el cero de hoy?

El chico se limitó a quedarse ahí plantado sin decir nada.

—Esa pregunta requiere una respuesta, Elliott. ¡Ahora! —El aire a su alrededor chisporroteó con la orden, haciéndome sentir un cosquilleo en los brazos.

Sin parecer afectado, volvió a encogerse de hombros.

—Es probable que no lo haga.

—Eso dice algo de tu carácter, Elliott, y no es nada bueno. No solo te estás fallando a ti mismo, sino también a tu mentor.

Encogió los hombros una vez más y se hurgó la nariz con gesto distraído.

—El Dragón ya sabe cómo soy.

Sonó la campana y la profesora P, con un gesto de disgusto en la cara, hizo un gesto a Elliott para que abandonara la clase. Damien, Stevie Rae y yo acabábamos de levantarnos y estábamos a punto de salir por la puerta cuando Elliott pasó a nuestro lado arrastrando los pies, moviéndose más rápido de lo que creía posible en alguien tan perezoso como él. Chocó con Damien, que iba delante de nosotras. Damien soltó un *ups* y tropezó un poco.

—Puto maricón, aparta de mi camino —gruñó el perdedor, empujando a Damien con el hombro para pasar por la puerta antes que él.

—¡Debería darle una paliza a ese estúpido! —dijo Stevie Rae, corriendo hacia Damien, que nos esperaba.

Negó con la cabeza.

—No te preocupes. Ese Elliott tiene problemas graves.

—Sí, como tener caca en lugar de cerebro —dije, mirando al fondo del pasillo a la espalda de la babosa. Su pelo no era desde luego nada atractivo.

—¿Caca en lugar de cerebro? —Damien se rió y pasó un brazo a través del mío y el otro a través del de Stevie Rae, llevándonos por el pasillo a lo *Mago de Oz*—. Eso es lo que me gusta de nuestra Zoey —dijo—, que tiene un gran dominio del lenguaje vulgar.

—Caca no es vulgar —dije a la defensiva.

—Creo que se refiere a eso, cariño —Se rió Stevie Rae.

—Oh. —Me reí también, y me gustó mucho, mucho cómo había sonado cuando él dijo "nuestra" Zoey... como si perteneciera... como si estuviera en casa.

14

La esgrima era una pasada, lo cual fue una sorpresa. La clase tenía lugar en una sala enorme junto al gimnasio que parecía un salón de baile, con una pared de espejos que iban del suelo al techo. De este último colgaban a lo largo de un lado unos extraños maniquíes de tamaño natural que me recordaban a esos blancos de tiro en tres dimensiones. Todo el mundo llamaba al profesor Lankford *Dragón* Lankford o simplemente Dragón. No tardé demasiado en imaginar por qué. Su tatuaje representaba dos dragones cuyos cuerpos recorrían como serpientes la línea de su mandíbula. Las cabezas estaban sobre sus cejas y abrían la boca, escupiendo fuego sobre la luna creciente. Era algo increíble y muy difícil no mirarlo. Además, Dragón era el primer vampyro masculino adulto que había visto de cerca. Al principio me sentí confundida. Supongo que si me hubieras preguntado lo que esperaba de un vampyro masculino hubiese dicho lo opuesto a él. Para ser sincera, tenía el estereotipo del vampyro estrella de cine en mente: alto, peligroso, guapo. Ya sabes, como Vin Diesel. En fin, Dragón era bajito, tiene pelo rubio largo recogido en una trenza corta y (salvo por el tatuaje de aspecto fiero) tiene una cara agradable con una cálida sonrisa.

Sólo cuando comenzó a dirigir la clase a través de los ejercicios de calentamiento empecé a darme cuenta de su poder. Desde el momento en que sostuvo la espada (la cual más tarde descubrí que se llamaba en francés *épée*) para el tradicional saludo parecía haberse convertido en alguien distinto, alguien que se movía con increíble rapidez y gracia. Fintaba y atacaba y sin ningún esfuerzo hacía parecer al resto de la clase —incluso a los chicos que eran muy buenos, como Damien— marionetas torpes. Cuando acabó de dirigir los calentamientos, Dragón emparejó a todos e hizo que trabajaran en lo que él llamaba "los principios". Me sentí aliviada cuando indicó a Damien que fuera mi compañero.

—Zoey, me alegra que te hayas unido a La Casa de la Noche —dijo Dragón, dándome la mano según el tradicional saludo de vampyro amazónico—. Damien puede explicarte las distintas partes del traje de esgrima y yo te daré unos apuntes para que te los estudies estos próximos días. Supongo que no habrás tenido clases de este deporte con anterioridad, ¿no?

—No, no las he tenido —dije, y luego añadí algo nerviosa—, pero me gustaría aprender. Es decir, la idea de usar una espada es algo indescriptible.

Dragón sonrió.

—Florete —me corrigió—, aprenderás cómo usar un florete. Es el de peso más ligero de los tres tipos de arma que tenemos aquí y una excelente elección para las mujeres. ¿Sabías que la esgrima es uno de los pocos deportes en los que hombres y mujeres pueden competir en total igualdad de condiciones?

—No —respondí, sintiéndome intrigada al instante. ¡Qué genial sería darle una paliza a un tipo en un deporte!

—Eso se debe a que el esgrimista inteligente y concentrado puede compensar con éxito cualquier carencia perceptible que él o ella pueda tener, y puede incluso convertir esas carencias —como la fuerza o el alcance— en recursos a su favor. En otras palabras, puede que no seas tan fuerte o tan rápida como tu oponente, pero podrías ser más lista o capaz de permanecer mejor concentrada, lo cual inclinará la balanza a tu favor. ¿No es así, Damien?

Damien sonrió.

—Así es.

—Damien es uno de los esgrimistas con mayor capacidad de concentración que he tenido el privilegio de entrenar en décadas, lo cual lo convierte en un peligroso oponente.

Lancé una mirada de reojo furtiva a Damien, que se puso colorado de orgullo y satisfacción.

—Durante la próxima semana o así, voy a tener a Damien haciéndote machacar las maniobras de apertura. Recuerda siempre que la esgrima requiere el dominio de habilidades que son secuenciales y jerárquicas en su naturaleza. Si no se ha adquirido una de las habilidades, las subsiguientes serán muy difíciles de dominar y el esgrimista estará en una permanente y seria desventaja.

—Bien, lo recordaré —dije. Dragón sonrió afectuosamente de nuevo antes de volver al trabajo con cada una de las parejas que practicaban.

—A lo que se refiere es a que no te desanimes ni te aburras si te hago repetir el mismo ejercicio una y otra vez.

—¿Así que lo que en realidad estás diciendo es que vas a ser insoportable, pero que hay un propósito en ello?

—Sí. Y parte de ese propósito será ayudar a elevar tu adorable culito —dijo con descaro, dándome unos golpecitos con el lateral de su florete.

Le di una cachetada y puse los ojos en blanco, pero al cabo de veinte minutos de atacar y volver a la postura de inicio y atacar —una y otra vez— sabía que él tenía razón. El dolor de culo me iba a matar al día siguiente.

Nos dimos una ducha rápida después de la clase (por suerte había duchas separadas cubiertas con cortinas para cada una en el vestuario de las chicas y no teníamos que ducharnos de forma bárbara y trágica en un área abierta como si fuésemos presidiarias o algo así) y después fui corriendo con el resto de la gente al comedor, más conocido como el salón comedor. Y quiero decir corriendo. Estaba muerta de hambre.

La comida consistía en un bufé de preparar tu propia ensalada, que incluía de todo desde atún *(aj)* hasta ese extraño minimaíz tan raro y que ni siquiera sabe a maíz. (¿Qué es exactamente? ¿Maíz tierno? ¿Maíz enano? ¿Maíz mutante?). Me llené el plato hasta arriba, me serví un gran trozo de lo que parecía y olía como pan recién horneado y me senté en la mesa junto a Stevie Rae con Damien siguiéndome los talones. Erin y Shaunee ya estaban discutiendo sobre algo que tenía que ver con cuál de sus ensayos para la clase de literatura era el mejor, a pesar de que ambas habían sacado un 9,6.

—Bueno, Zoey, cuenta. ¿Qué pasa con Erik Night? —preguntó Stevie Rae en el mismo instante en que me metía un buen bocado de ensalada. Las palabras de Stevie Rae callaron de inmediato a las gemelas y concentraron toda la atención de la mesa sobre mí.

Había pensado en lo que iba a decir sobre Erik y decidí que no estaba preparada para contar a nadie lo de la desafortunada escena de la mamada, así que me limité a decir:

—Fe firaba fodo el frato. —Tragué y lo intenté de nuevo—. Me miraba todo el rato. En clase de teatro. Fue un poco, no sé, extraño.

—Define "me miraba" —dijo Damien.

—Bueno, ocurrió en el momento en que entró en la clase, pero se notó en particular cuando nos estaba ofreciendo un ejemplo de un monólogo. Hizo una cosa de *Otelo* y cuando dijo el verso sobre el amor y eso, me miró directamente. Hubiese pensado que era un accidente o algo, pero me miró antes de empezar el monólogo y luego otra vez mientras abandonaba la clase. —Suspiré y me dio un poco de vergüenza, incómoda con su miradas demasiado penetrantes—. No importa. Es probable que no fuese más que parte de su actuación.

—Erik Night es el tipo más bueno de toda esta escuela —dijo Shaunee.

—Olvida eso, es el tipo más bueno de todo el planeta —añadió Erin.

—No está mejor que Kenny Chesney —dijo Stevie Rae con rapidez.

—Vamos, ¡ya está bien con tu obsesión por el *country*! —dijo Shaunee a Stevie Rae frunciendo el ceño antes de volver su atención de nuevo hacia mí—. No dejes escapar esta oportunidad.

—Sí —repitió Erin—. Ni se te ocurra.

—¿Escapárseme? ¿Qué se supone que voy a hacer? Ni siquiera habló conmigo.

—Um, Zoey, cariño, ¿le devolviste la sonrisa al chico? —preguntó Damien.

Parpadeé. ¿Le había sonreído? Oh, mierda. Apuesto a que no. Apuesto a que me limité a quedarme ahí sentada y lo miré como una imbécil e incluso quizá babeé. Sí, bueno, puede que no babeara, pero aun así.

—No lo sé —dije en vez de la triste verdad, lo cual no engañó a Damien en ningún momento.

Se rió.

—La próxima vez sonríele.

—Y quizá dile hola —dijo Stevie Rae.

—Yo pensaba que Erik no era más que una cara bonita —dijo Shaunee.

—Y un bonito cuerpo —agregó Erin.

—Hasta que lo dejó con Afrodita —continuó Shaunee—. Cuando hizo eso, me di cuenta de que ese chico podría tener algo en el piso de arriba.

—¡Ya podemos decir que tiene algo en el piso de abajo! —dijo Erin, moviendo las cejas.

—¡Ahmmm! —dijo Shaunee, pasándose la lengua por los labios como si estuviera pensando en comerse un gran trozo de chocolate.

—Son las dos unas ordinarias —dijo Damien.

—Solo nos referíamos a que tiene el culo más bonito del lugar, Señorita Repipi —contestó Shaunee.

—Como si tú no te hubieras fijado —le dijo Erin.

—Si empezases a hablar con Erik, eso cabrearía a Afrodita —comentó Stevie Rae.

Todos se giraron y miraron a Stevie Rae como si acabara de abrir las aguas del Mar Rojo o algo.

—Es cierto —dijo Damien.

—Muy cierto —dijo también Shaunee mientras Erin asentía.

—Así que hay el rumor de que solía salir con Afrodita... —dije.

—Sí —dijo Erin.

—El rumor es grotesco pero cierto —dijo Shaunee—. ¡Lo cual hace aún mejor que ahora le gustes tú!

—Ay, es probable que no hiciera más que mirar mi extraña Marca —solté.

—Quizá no. Eres muy bonita, Zoey —dijo Stevie Rae con una dulce sonrisa.

—O quizá tu Marca lo hizo mirar y después pensó que eras bonita, así que siguió mirando —dijo Damien.

—Es igual, el caso es que te ha mirado y eso desde luego va a cabrear a Afrodita —dijo Shaunee.

—Lo cual está bien —dijo Erin.

Stevie Rae hizo un gesto con la mano contra sus comentarios.

—Tú olvídate de Afrodita, de tu Marca y de todo lo demás. La próxima vez que te sonría, dile "hola". Eso es todo.

—Simple —dijo Shaunee.

—Exactamente —añadió Erin.

—De acuerdo —murmuré, y volví a mi ensalada, deseando desesperadamente que el tema Erik Night fuese tan pan comido como ellos pensaban que era.

Había una cosa de la hora de la comida en La Casa de la Noche que era igual que la comida en el ISS o en cualquier otra escuela en la que alguna vez hubiera comido: se acababa demasiado pronto. Y después la clase de español fue un poco difusa. La profesora Garmy era como un torbellino hispano. Ella me gustó enseguida (sus tatuajes tenían una extraña forma de plumas, por lo que me recordaba a un pajarillo), pero daba la clase hablando todo el tiempo en español. Todo el tiempo. Probablemente debería mencionar ahora que no he tenido clase de español desde el colegio y admito con toda libertad no haberle prestado mucha atención entonces. Así que estaba bastante perdida, pero anoté las tareas y me prometí a mí misma que estudiaría el vocabulario. Odio estar perdida.

Introducción a los estudios ecuestres se daba en la Casa de Campo. Se trataba de un edificio de ladrillo alargado y de poca altura junto al muro sur y unido a un enorme ruedo cubierto para montar. Todo el lugar tenía ese olor a serrín y a caballos que se mezclaba con el cuero para formar algo que resultaba agradable, a pesar de que sabías que parte de esa "agradable" esencia era caca... caca de caballo.

Algo nerviosa, me encontraba con un pequeño grupo de chicos dentro del corral en el que un estudiante de último curso alto y de gesto serio nos había indicado que esperásemos. No éramos más de diez y todos de tercero. Oh (genial) ese irritante pelirrojo, Elliott, estaba apoyado en la pared dando patadas al serrín del suelo. Levantó el suficiente polvo como para que la chica que estaba más cerca de él estornudase. Ella le lanzó una mirada asesina y se alejó unos cuantos pasos. Dios, ¿es que era capaz de irritar a todo el mundo? Y, ¿por qué no podía usar algún producto (o quizá un peine) en ese pelo encrespado?

El sonido de cascos desvió mi atención de Elliott y levanté la mirada a tiempo de ver una magnífica yegua negra entrar en el corral a todo galope. Derrapó hasta detenerse a menos de un metro de nosotros. Mientras todos la mirábamos boquiabiertos como idiotas, el jinete de la yegua desmontó con gracilidad. Tenía un pelo espeso y abundante que llegaba hasta su cintura y que era tan rubio que casi parecía blanco, y sus ojos eran de un raro tono gris pizarra. Su cuerpo era pequeño y la postura que tenía me recordaba a esas chicas que asisten a clases de baile de forma obsesiva, de modo que incluso cuando no están en ballet permanecen rectas como si tuvieran algo metido por el culo. Su tatuaje consistía en una intrincada serie de nudos entrelazados alrededor de su cara. Casi estaba segura que dentro del diseño azul zafiro se veían caballos.

—Buenas noches. Soy Lenobia, y esto —señaló a la yegua y miró a nuestro grupo de forma despectiva antes de terminar la frase— es un caballo. —Su voz retumbó en las paredes. La yegua negra resopló por la nariz como si reafirmase sus palabras—. Y ustedes son mi nuevo grupo de tercero. Cada uno de ustedes ha sido elegido para mi clase porque nosotros creemos que podrán tener alguna aptitud para montar. La verdad es que menos de la mitad de ustedes durará este cuatrimestre, y menos de la mitad de aquellos que permanezcan terminarán siendo jinetes decentes. ¿Hay alguna pregunta? —No hizo una pausa lo suficientemente larga como para que alguien preguntase—. Bien. Entonces síganme y podrán comenzar. —Se dio vuelta y caminó otra vez hacia el establo. La seguimos.

Quería preguntar quiénes eran esos "nosotros" que pensaban que yo podía tener aptitudes para montar, pero tenía miedo de decir algo y simplemente fui detrás de ella como todos los demás. Se detuvo frente a una hilera de cubículos vacíos. Fuera de ellos había horcas y carretillas. Lenobia se volvió para mirarnos.

—Los caballos no son perros grandes. Ni tampoco son esa imagen romántica de ensueño de las niñas del perfecto mejor amigo que siempre te comprenderá.

Dos chicas que estaban a mi lado se movían nerviosas con aire de culpa y Lenobia las atravesó con sus ojos grises.

—Los caballos son trabajo. Los caballos requieren dedicación, inteligencia y tiempo. Comenzaremos con la parte del trabajo. En el cobertizo del fondo encontrarán botas para estiércol. Escojan un par con rapidez mientras traemos guantes para todos. Después, que cada uno elija su propio cubículo y se ponga a ello.

—¿Profesora Lenobia? —dijo una chica rechoncha de cara bonita, levantando la mano con nerviosismo.

—Llámame Lenobia. El nombre que escogí en honor de la antigua reina vampyra no necesita otro título.

No tenía ni idea de quién era Lenobia e hice una nota mental para mirarlo.

—Adelante. ¿Cuál es tu pregunta, Amanda?

—Claro, eh, sí.

Lenobia miró a la chica y levantó una ceja.

Amanda tragó saliva de forma audible.

—¿Ponernos a qué, profe... es decir, Lenobia?

A limpiar los cubículos, por supuesto. El estiércol se echa en las carretillas. Cuando su carretilla esté llena pueden volcarla en la zona del abono orgánico junto a la pared de los establos. Hay serrín fresco en el trastero junto al cobertizo. Tienen cincuenta minutos. Volveré en cuarenta y cinco para inspeccionar sus cubículos.

Todos la miramos estupefactos.

—Pueden comenzar. Ya.

Y comenzamos.

Sí. En serio. Sé que va a sonar extraño, pero no me importó limpiar mi cubículo. Vamos, que la caca de caballo no es tan asquerosa. En especial porque era obvio que los cubículos se limpiaban en cualquier otro instante del día. Agarré las botas (que eran grandes chanclos de goma; superfeas, pero me cubrían los vaqueros hasta la rodilla) y un par de guantes y me puse a trabajar. Sonaba música a través de los excelentes altavoces. Estaba bastante segura de reconocer el último disco de Enya (mi madre solía escuchar a Enya antes de casarse con John, pero luego él decidió que podría ser música de brujería, así que dejó de escucharla, que es por lo que siempre me gustará Enya). Así pues, escuché la letra evocadora e inquietante en gaélico mientras clavaba la horca en la caca. No parecía que hubiera pasado apenas tiempo mientras volcaba la carretilla y la rellenaba de serrín limpio. Estaba alisándolo alrededor del cubículo cuando tuve el presentimiento de que alguien me observaba.

—Buen trabajo, Zoey.

Me sobresalté y me di la vuelta para ver que se trataba de Lenobia, que estaba justo en la entrada de mi cubículo. En una mano sostenía una enorme y suave almohaza para cepillar. En la otra sujetaba la cuerda de una yegua ruana de mirada inocente.

—Ya has hecho esto antes —dijo Lenobia.

—Mi abuela solía tener un encantador caballo castrado al que llamé Conejito —dije, antes de darme cuenta de lo estúpido que sonó aquello. Con las mejillas coloradas, seguí deprisa—. Bueno, yo tenía diez años y su color me recordaba a Bugs Bunny, así que empecé a usar ese nombre y se quedó con él.

El labio de Lenobia se levantó en un ligero amago de sonrisa.

—¿Y era el cubículo de Conejito el que limpiabas?

—Sí. Me gustaba montarlo y la abuela decía que nadie debería montar un caballo a menos que limpiara para él. —Me encogí de hombros—. Así que limpié para él.

—Tu abuela es una mujer sabia.

Asentí.

—¿Y te importaba limpiar para Conejito?

—No, en realidad no.

—Bien. Te presento a Perséfone. —Lenobia hizo un gesto con la cabeza hacia la yegua que había a su lado—. Acabas de limpiar su cubículo.

La yegua entró en él y avanzó directa hacia mí, clavándome el hocico en la cara y resoplando con suavidad, lo cual me hizo cosquillas y provocó que me riera. Froté su nariz y a continuación besé el cálido terciopelo de su hocico.

—Hola, Perséfone, chica bonita.

Lenobia asintió en señal de aprobación cuando vio que la yegua y yo nos presentamos mutuamente.

—Quedan solo unos cinco minutos antes de que suene la campana para indicar el final de las clases, así que no es necesario que te quedes como parte de la clase de hoy, pero si quieres, creo que te has ganado el privilegio de cepillar a Perséfone.

Sorprendida, levanté la mirada del cuello de la yegua, en el que daba palmaditas.

—No hay problema, me quedaré —me oí decir.

—Fantástico. Puedes volver a llevar el cepillo al cobertizo cuando hayas terminado. Te veré mañana, Zoey. —Lenobia me tendió el cepillo, palmeó a la yegua y nos dejó solas en el cubículo.

Perséfone metió la cabeza en la repisa metálica que contenía heno fresco y se puso a masticar mientras yo me ponía a cepillar. Había olvidado lo relajante que era cepillar un caballo. Conejito había muerto de un terrible y súbito ataque al corazón hacía dos años y la abuela estaba demasiado triste para comprar otro caballo. Había dicho que "el conejo" (que es como ella solía referirse a él) no podía ser reemplazado. Así que habían pasado dos años desde que me había acercado a un caballo, pero todo me volvió de repente... todo ello. Los olores, el cálido y relajante sonido del caballo comiendo y el agradable *fusss* que hacía la almohaza cuando se deslizaba sobre el brillante pelaje de la yegua.

Estaba tan concentrada que apenas escuché la voz severa y enojada de Lenobia mientras echaba una tremenda bronca a un alumno que supuse que era el irritante chico pelirrojo. Miré por encima de los omóplatos de Perséfone y eché un vistazo rápido al fondo de la hilera de cubículos. Estaba claro, el pelirrojo estaba apoyado frente a su cubículo. Lenobia estaba a su lado con las manos en las caderas. Incluso desde mi perspectiva lateral pude ver que tenía estaba furiosa. ¿Es que era la misión de aquel chico fastidiar a todos los profesores del lugar? ¿Y su mentor era Dragón?

OK, el tipo parecía bonito, hasta que cogió una espada —huy, quiero decir florete— y cambió de tipo bonito a guerrero vampyro mortalmente peligroso.

—Esa babosa pelirroja debe tener ganas de morir —dije a Perséfone cuando continué con el cepillado. La yegua torció una oreja hacia a mí y resopló por la nariz —. Sí, sabía que estarías de acuerdo. ¿Quieres oír mi teoría sobre cómo mi generación podría hacer desaparecer con una sola mano a las babosas y los perdedores del país? —Parecía receptiva, así que comencé mi discurso de "no procrees con perdedores"...

—¡Zoey! ¡Estás aquí!

—¡Ohdiosmío! ¡Stevie Rae! ¡Casi haces que me cague de miedo! —Di unas palmadas y tranquilicé a Perséfone, que había dado un respingo cuando chillé.

—¿Qué demonios estás haciendo?

Moví el cepillo en su dirección.

—¿Qué te parece que estoy haciendo, Stevie Rae, la pedicura?

—Deja de hacer el tonto. El Ritual de la Luna Llena va a empezar en, ¿dos minutos?

—¡Oh, mierda! —Di a Perséfone una última palmada y salí corriendo del cubículo hacia el cobertizo.

—Se te había olvidado por completo, ¿verdad? —dijo Stevie Rae, sosteniendo mi mano para que no perdiera el equilibrio mientras sacaba los pies de las botas de goma y me ponía mis preciosas bailarinas.

—No —mentí.

Entonces me di cuenta de que también se me había olvidado del todo el posterior ritual de las Hijas de la Oscuridad.

—¡Oh, mierda!

15

A medio camino del templo de Nyx me di cuenta que Stevie Rae estaba inusualmente callada. Miré hacia ella de reojo. ¿Parecía también pálida? Tuve una escalofriante sensación que me puso la carne de gallina.

—Stevie Rae, ¿algo va mal?

—Sí, bueno, es triste y da un poco de miedo.

—¿El qué? ¿El Ritual de la Luna Llena? —Empezó a dolerme el estómago.

—No, eso te gustará... o al menos te gustará este. —Sabía que se refería a en comparación con el ritual de las Hijas de la Oscuridad al que tenía que ir después, pero no quería hablar de eso. Las siguientes palabras de Stevie Rae hicieron que el asunto de las Hijas de la Oscuridad pareciese un problemilla secundario—. Una chica ha muerto hace una hora.

—¿Qué? ¿Cómo?

—Como mueren todos. No completó el cambio y su cuerpo simplemente... —Stevie Rae hizo una pausa, estremeciéndose—. Ocurrió casi al final de la clase de taekwondo. Había estado tosiendo, como si le faltase el aliento al principio de los ejercicios de calentamiento. No le di importancia. O quizá sí, pero no le presté atención.

Stevie Rae me miró con una liviana y triste sonrisa y pareció avergonzada de sí misma.

—¿Hay algún modo de salvar a un chico? Después de que, ya sabes, empiecen a... —Me callé e hice un leve gesto de incomodidad.

—No. No hay manera de que puedan salvarte si tu cuerpo empieza a rechazar el cambio.

—Entonces no te sientas mal por no haber querido pensar en la chica que tosía. No hay nada que pudieras haber hecho de todas formas.

—Lo sé. Es solo que... fue horrible. Y Elizabeth era tan bonita.

Sentí una aguda punzada en algún lugar del centro de mi cuerpo.

—¿Elizabeth Sin Apellido? ¿Ella es la chica que ha muerto?

Stevie Rae asintió, guiñando los ojos con fuerza, obviamente tratando de no llorar.

—Eso es horrible —dije, con la voz tan débil que casi fue un susurro. Recordé lo considerada que había sido con mi Marca y cómo se había dado cuenta que Erik me estaba mirando—. Pero si la acababa de ver en la clase de teatro. Estaba bien.

—Así es como ocurre. Por un segundo parece que el chico que se sienta a tu lado aparenta estar perfectamente bien y al siguiente... —Stevie Rae se estremeció dc nuevo.

—¿Y todo va a seguir normal, como si nada? ¿A pesar de que alguien de la escuela haya muerto? —Recordé que el curso anterior, cuando un grupo de chicos de segundo había tenido un accidente de coche el fin de semana y dos de ellos habían muerto, habían traído orientadores a la escuela el lunes y todos los eventos deportivos habían sido suspendidos durante esa semana.

—Todo prosigue con normalidad. Se supone que tenemos que acostumbrarnos a la idea que le puede pasar a cualquiera. Ya lo verás. Todo el mundo actuará como si no hubiera pasado nada, sobre todo los de último curso. Tan solo los de tercero y buenos amigos de Elizabeth, como su compañera de habitación, mostrarán alguna reacción. Se supone que los de tercero —esos somos nosotros— debemos actuar de forma correcta y olvidarlo. La compañera de Elizabeth y sus amigos cercanos probablemente estarán afectados un par de días pero luego se supone que volverán a la normalidad. —Bajó la voz—. La verdad, no creo que las vampys piensen que ninguno de nosotros es real hasta que superamos el cambio.

Pensé en ello. Neferet no parecía tratarme como si fuese algo pasajero. Incluso había dicho que era una excelente señal que mi Marca ya estuviese coloreada, y no es que yo tuviera tanta confianza en mi futuro como parecía tener ella. Pero desde luego no iba a decir nada que sonase como si Neferet me estuviera dando un trato especial. No quería ser "la rara". Tan solo quería ser la amiga de Stevie Rae y encajar en mi nuevo grupo.

—Eso es horrible —es todo lo que dije.

—Ya, pero al menos si ocurre, ocurre rápido.

Una parte de mí quería conocer los detalles y otra estaba demasiado asustada incluso para preguntar.

Afortunadamente, Shaunee interrumpió antes de que pudiera obligarme a mí misma a preguntar lo que en realidad me asustaba demasiado querer saber.

—Por favor, dejen de retrasarse tanto —llamó Shaunee desde los escalones delanteros del templo—. Erin y Damien ya están dentro guardando un sitio en el círculo para nosotras, pero ya saben que una vez haya empezado el ritual no dejarán entrar a nadie más. ¡Dense prisa!

Subimos corriendo los escalones y, con Shaunee guiándonos, nos apresuramos dentro del templo. El humo del dulce incienso me rodeó cuando entré en el oscuro vestíbulo en forma de arco del templo de Nyx. En ese instante, titubeé. Stevie Rae y Shaunee se dieron vuelta hacia mí.

—No te preocupes. No hay nada por lo que debas estar nerviosa o asustada.

Stevie Rae me miró a los ojos y añadió:

—Al menos nada aquí dentro.

—El Ritual de la Luna Llena es genial. Te gustará. Oh, cuando la vampyra dibuja el pentagrama en tu frente y dice "bendita seas", todo lo que tienes que hacer es contestarle "bendita seas" —explicó Shaunee—. Luego nos sigues a nuestro sitio en el círculo. —Me sonrió de modo tranquilizador y corrió hacia el cuarto interior, iluminado por una luz tenue.

—Espera. —Agarré la manga de Stevie Rae—. No quiero sonar estúpida pero, ¿no es el pentagrama un símbolo del mal o algo así?

—Eso es también lo que yo pensaba hasta que llegué aquí, pero todo ese rollo del mal son chorradas que las Gentes de Fe quiere que creas para que... Joder —dijo encogiéndose de hombros—, ni siquiera estoy segura por qué está tan arraigada entre la gente —bueno, los humanos, se entiende— la creencia de que es un símbolo del mal. Lo cierto es que desde hace miles de años el pentagrama ha significado sabiduría, protección, perfección. Cosas buenas de ese estilo. No es más que una estrella de cinco puntas. Cuatro de las puntas representan los cuatro elementos. La quinta, la que señala hacia arriba, representa el espíritu. Eso es todo. No hay viejo de la bolsa en ello.

—Control —susurré, contenta de que tuviésemos una razón para dejar de hablar de Elizabeth y de la muerte.

—¿Cómo?

—Las Gentes de Fe quieren controlarlo todo, y parte de ese control consiste en que todo el mundo tiene que creer exactamente lo mismo. Esa es la razón por la cual quieren que la gente piense que el pentagrama es algo malo. —Negué con la cabeza con desagrado—. Da igual. Vamos. Estoy más preparada de lo que pensaba. Entremos.

Nos adentramos más en el vestíbulo y oímos un rumor de agua. Pasamos frente a una preciosa fuente y después la entrada se curvaba suavemente hacia la izquierda. En la entrada de gruesa piedra en forma de arco se encontraba una vampyra a la que no reconocí. Iba vestida por completo de negro, con falda larga y una blusa de seda con mangas acampanadas. El único elemento decorativo que llevaba puesto era la figura de la diosa bordada en plata sobre el pecho. Su pelo era largo y del color del trigo. Espirales de color azul zafiro brotaban del tatuaje de la luna creciente hacia abajo, recorriendo un rostro sin defectos.

—Esa es Anastasia. Da la clase de hechizos y rituales. Y también es la esposa de Dragón —susurró Stevie Rae rápidamente antes de acercarse a la vampyra y llevarse el puño de forma respetuosa al corazón.

Anastasia sonrió y hundió el dedo en un cuenco que sostenía en sus manos. Después, dibujó una estrella de cinco puntas en la frente de Stevie Rae.

—Bendita seas, Stevie Rae —dijo.

—Bendita seas —respondió Stevie Rae. Me dirigió una mirada de ánimo antes de desaparecer en el cuarto lleno de humo que había más adelante.

Respiré hondo y tomé la firme decisión de apartar todos los pensamientos sobre Elizabeth, la muerte y las dudas de mi cabeza... Al menos durante el ritual. Me coloqué con determinación en el espacio que había delante de Anastasia. Imitando a Stevie Rae, me llevé el puño al corazón.

La vampyra hundió su dedo en lo que ahora podía ver que era aceite.

—Encantada de conocerte, Zoey Redbird, bienvenida a La Casa de la Noche y a tu nueva vida —dijo mientras dibujaba el pentagrama sobre mi Marca—. Y bendita seas.

—Bendita seas —murmuré, sorprendida por la sacudida eléctrica que recorrió mi cuerpo cuando la húmeda estrella tomó forma en mi frente.

—Entra y únete a tus amigos —dijo con amabilidad—. No hay necesidad de estar nerviosa, creo que la diosa ya te protege.

—G-gracias —dije, y corrí al interior del cuarto. Había velas por todas partes. Enormes velas blancas suspendidas del techo en arañas de hierro. Grandes árboles de velas estaban alienados a lo largo de las paredes. En el templo, los apliques no quemaban aceite de forma insulsa en faroles, como en el resto de la escuela. Aquí los apliques eran de verdad. Sabía que este sitio fue una iglesia de las Gentes de Fe dedicada a san Agustín, pero no se parecía a ninguna iglesia que yo hubiera visto con anterioridad. Además de estar solo iluminada por la luz de las velas, no había bancos. (Y, por cierto, no me gustan para nada los bancos. ¿Pueden ser más incómodos?). De hecho, el único mobiliario en la enorme sala era una mesa antigua de madera situada en el centro que era muy parecida a la que había en el comedor... Salvo por que esta no estaba llena de comida, vino y esas cosas. Esta también tenía una estatua de mármol de la diosa, con los brazos en alto y muy parecida al diseño que llevaban bordado las vampyresas. Había un enorme candelabro sobre la mesa en el que ardían brillantes gruesas velas blancas, así como algunas varitas de humeante incienso.

En ese momento, mis ojos captaron el resplandor de las llamas que surgían de un hueco en el suelo de piedra. Las llamas bailaban con violencia y su fuego amarillo me llegaba casi a la cintura. De alguna manera, tenía esa especie de belleza de un peligro controlado y parecía atraerme hacia delante. Afortunadamente, Stevie Rae movió las manos para atraer de nuevo mi atención antes de que pudiera seguir mi impulso de acercarme a las llamas. Entonces me percaté, preguntándome cómo no me había fijado en ello desde el principio, de que había un inmenso círculo de personas —tanto estudiantes como vampyros adultos— que se extendía alrededor de los extremos del cuarto. Sintiéndome nerviosa y atemorizada al mismo tiempo, obligué a mis pies a moverse, de forma que pudiera ocupar mi lugar del círculo junto a Stevie Rae.

—Al fin —dijo Damien en un susurro.

—Siento el retraso —dije.

—Déjala en paz. Ya está suficientemente nerviosa sin tu ayuda —le dijo Stevie Rae.

—¡Shhh! Está empezando —siseó Shaunee.

Cuatro figuras parecieron materializarse de entre las oscuras esquinas del cuarto hasta convertirse en mujeres que se dirigieron a los cuatro puntos que había dentro del círculo viviente, como si fueran las direcciones de una brújula. Dos más entraron por el mismo sitio que habíamos venido nosotras. Uno era un hombre alto —bueno, borra eso— un vampyro alto (todos los adultos eran vampyros) y, *ohdiosmío,* qué bueno estaba. Así que, ahí tenía un excelente ejemplo del estereotipo del chico vampyro macizo, en persona y bien cerca. Medía más de seis pies y parecía estar sacado de la gran pantalla.

—Y ahí está la única razón por la que he elegido tomar esa maldita clase optativa de poesía —susurró Shaunee.

—Ahí estoy de acuerdo contigo, gemela —Erin suspiró en tono soñador.

—¿Quién es? —pregunté a Stevie Rae.

—Loren Blake, el laureado poeta vampyro. Es el primer poeta laureado masculino en doscientos años. Literalmente —susurró—. Y sólo tiene veintitantos, en años reales, no solo en apariencia.

Antes de que yo pudiera decir nada más, él empezó a hablar y mi boca estaba demasiado ocupada quedándose abierta al escuchar el sonido de su voz como para que hiciera otra cosa que no fuese escuchar.

Camina bella, como la noche
De cielos despejados y de cielos estrellados...

Mientras hablaba se acercó con lentitud hacia el círculo. Como si su voz fuera música, la mujer que entró con él en la sala comenzó a mover las caderas y después a bailar con gracilidad alrededor de la parte de fuera del círculo viviente.

Y todo lo mejor de la oscuridad y de la luz
Resplandece en su aspecto y en sus ojos...

La bailarina tenía toda la atención de la gente. Con un sobre-salto me di cuenta que se trataba de Neferet. Llevaba un largo vestido de seda que tenía cuentas de cristal cosidas por todas par-tes, de forma que la luz de las velas capturaba cada uno de sus movimientos y hacía que brillara como un cielo nocturno lleno de estrellas. Sus movimientos parecían traer a la vida las palabras del viejo poema (al menos mi mente aún funcionaba lo suficiente como para reconocer que era el *Camina bella* de Lord Byron).

Enriquecida así por esa tierna luz
Que el cielo niega al vulgar día.

De alguna manera, tanto Neferet como Loren consiguieron acabar en el centro del círculo en el momento en que él terminaba la estrofa. Después, Neferet tomó un cáliz de la mesa y lo elevó, como si ofreciera de beber al círculo.

—¡Bienvenidos, hijos de Nyx, a la celebración de la luna llena de la diosa!

Los vampyros adultos dijeron a coro:

—Bienvenidos.

Neferet sonrió y volvió a depositar el cáliz sobre la mesa y tomó una larga vela blanca que ya estaba encendida y puesta sobre un candelero. Luego, cruzó el círculo hasta detenerse frente a una vampyresa a la que no conocía, que estaba situada en lo que debía ser la cabecera del círculo. La vampyresa hizo el saludo con la mano sobre el pecho antes de darse vuelta de forma que le diera la espalda a Neferet.

—¡Psst! —susurró Stevie Rae—. Todos nos ponemos de cara a las cuatro direcciones mientras Neferet evoca a los elementos y conjura el círculo de Nyx. El este y el aire van primero.

En ese momento, todos, incluida yo aunque fuera algo lenta, nos giramos de cara al este. Por el rabillo del ojo pude ver cómo Neferet elevaba los brazos sobre la cabeza mientras su voz resonaba contra las paredes de piedra del templo.

—Desde el este invoco al aire y te pido que lleves a este círculo el regalo del conocimiento para que nuestro ritual esté colmado de aprendizaje.

En el mismo instante en que Neferet comenzó a hacer la invocación sentí cómo el aire cambiaba. Se movía alrededor de mí, revolviendo mi pelo y llenando mis oídos con el sonido del viento suspirando entre las hojas. Miré alrededor, esperando ver que todos los demás estaban también atrapados en un pequeño torbellino, pero no noté que a nadie más se le revolviera el pelo. Qué extraño.

La vampyra que estaba situada al este sacó una gruesa vela amarilla de entre los pliegues de su vestido y Neferet la encendió. La levantó en el aire y después la colocó, parpadeante, a sus pies.

—Gira a la derecha, para el fuego —Stevie Rae susurró de nuevo.

Nos giramos y Neferet continuó:

—Desde el sur invoco al fuego y te pido que ilumines este círculo con el regalo de la fuerza de voluntad, para que nuestro ritual sea vinculante y poderoso.

El viento que había soplado de forma suave contra mí, ahora fue sustituido por una sensación de calor. No era exactamente incómodo, sino más como ese sofoco que sientes cuando entras en una ducha caliente, aunque era suficientemente cálido para hacer que un ligero sudor cubriera mi cuerpo. Miré a Stevie Rae. Tenía la cabeza ligeramente levantada y los ojos cerrados. No había signo de sudor en su cara. La intensidad del calor subió de repente otro punto y giré la vista hacia Neferet. Había encendido una vela larga y roja que Pentesilea sostenía. Después, como había hecho la vampyresa que miraba al este, Pentesilea la levantó en ofrenda antes de depositarla a sus pies.

Esta vez no necesité que Stevie Rae me diera con el codo para que me girase de nuevo a la derecha, de cara al oeste. De alguna manera supe, no solo que teníamos que girarnos, sino también que el siguiente elemento que sería invocado iba a ser el agua.

—Desde el oeste invoco al agua y te pido que bañes este círculo en compasión para que la luz de la luna llena pueda ser usada para otorgar curación a nuestro grupo, así como comprensión.

Neferet encendió la vela azul de la vampyresa que miraba al oeste. Ella la levantó y la situó a sus pies mientras el sonido de las olas llenaba mis oídos y la esencia salada del mar inundaba mi nariz. Con entusiasmo, completé el círculo mirando al norte y supe que iba a abrazar la tierra.

—Desde el norte invoco a la tierra y te pido que hagas crecer en este círculo el regalo de la manifestación para que los deseos y oraciones de esta noche tengan su fruto.

De pronto, pude sentir la suavidad de una pradera cubierta de hierba bajo mis pies y olí el heno y escuché la canción de los pájaros. Una vela verde fue encendida y colocada a los pies de la representante de la tierra.

Supongo que debería haber estado asustada de las raras sensaciones que me recorrían, pero me llenaron de una ligereza casi insoportable... ¡Me sentía bien! Tan bien que cuando Neferet se puso frente a la llama que ardía en medio del cuarto y el resto nos volvimos hacia el interior del círculo, tuve que apretar los labios con fuerza para no reír en alto. El poeta guapo de morirse se encontraba enfrente de Neferet, al otro lado del fuego, y pude ver que sostenía una enorme vela morada en sus manos.

—Y por último, invoco al espíritu para que complete nuestro círculo y te pido que nos unas con lazos para que nosotros tus hijos podamos prosperar juntos.

De forma increíble, sentí mi propio espíritu elevarse, como si hubiera alas de pájaro aleteando por todas partes dentro de mi pecho, cuando el poeta encendió la vela con la enorme llama y luego la situó sobre la mesa. Después, Neferet comenzó a recorrer el círculo por dentro, hablándonos, mirando a nuestros ojos, incluyéndonos en sus palabras.

—Esta es la hora de plenitud de la luna. Todas las cosas crecen y menguan, incluso los hijos de Nyx, sus vampyros. Pero en esta noche, los poderes de la vida, de la magia y de la creación están en su punto culminante... igual que la luna de nuestra diosa. Este es el momento de construir... de hacer.

El corazón me latía con fuerza mientras veía a Neferet hablar y me di cuenta con un pequeño respingo que en realidad estaba dando un sermón. Este era un oficio de culto, pero el despliegue del círculo y las palabras de Neferet se unieron para emocionarme como ningún otro sermón se había siquiera acercado a hacerlo. Miré a mi alrededor. Quizá era la ambientación. La sala estaba neblinosa por el incienso y había un ambiente mágico con el parpadeo de la luz de las velas. Neferet era todo lo que una alta sacerdotisa debía ser. Su belleza era una llama por sí sola y su voz tenía una magia que captaba la atención de todos. No te encontrabas a nadie en un banco durmiendo o haciendo un *sudoku* a escondidas.

—Esta es la hora en la que el velo entre el mundo cotidiano y los reinos extraños y hermosos de la diosa se vuelve más delgado. En esta noche uno puede trascender los límites de los mundos con facilidad y conocer la belleza y el encantamiento de Nyx.

Pude sentir cómo sus palabras bañaban mi piel y cerraban mi garganta. Temblé y de repente tuve una sensación cálida y de cosquilleo en la Marca de mi frente. Luego, el poeta comenzó a hablar con su voz profunda y poderosa.

—Esta es una hora para tejer lo etéreo hasta hacerlo real, de hilar las hebras del espacio y el tiempo para traer la Creación. La vida es un círculo, así como un misterio. Nuestra diosa sabe esto, al igual que su consorte, Érebo.

Mientras lo escuchaba, me sentí mejor con respecto a la muerte de Elizabeth. De pronto no parecía dar tanto miedo, ser tan horrible. Parecía más como parte del mundo natural, un mundo en el que todos teníamos un lugar.

—Luz... oscuridad... día... noche... muerte... vida... todo está unido por el espíritu y el toque de la diosa. Si conservamos el balance y miramos a la diosa, podemos aprender a tejer un hechizo de luz de luna y a crear con él un tejido de esencia mágica pura que permanezca con nosotros durante los días de nuestras vidas.

—Cierren los ojos, Hijos de Nyx, —dijo Neferet— y envíen un deseo secreto a su diosa. Esta noche, cuando el velo entre los mundos es delgado —cuando la magia está al pie de lo mundano— quizá Nyx accederá a sus peticiones y los rociará con una vaporosa niebla de deseos cumplidos.

¡Magia! ¡Lo que hacían era rezar pidiendo magia! ¿Funcionaría... podría funcionar? ¿Había realmente magia en este mundo? Recordé el modo en que mi espíritu había sido capaz de ver palabras y cómo la diosa me había llamado con su voz audible allá abajo en la grieta y luego había besado mi frente y cambiado mi vida para siempre. Y cómo, hacía tan solo unos instantes, había sentido el poder de Neferet al llamar a los elementos. No lo había imaginado... No podía haberlo imaginado.

Cerré los ojos y pensé en la magia que parecía rodearme, y después lancé mi deseo hacia la noche. *Mi deseo secreto es esto... haber encontrado al fin un hogar que nadie puede arrebatarme.*

A pesar del inusual calor en mi Marca, notaba la cabeza ligera y más feliz de lo imaginable cuando Neferet nos dijo que abriéramos los ojos y, en una voz que era al mismo tiempo suave y poderosa —mujer y guerrera combinadas—, continuó con el ritual.

—Esta es una hora para viajar sin ser visto bajo la luz de la luna llena. Una hora para escuchar una música no creada por manos humanas o vampyras. Es hora de sentirse uno con los vientos que nos acarician —Neferet inclinó la cabeza ligeramente hacia el este— y el relámpago que imita la chispa del origen de la vida. —Ladeó la cabeza hacia el sur—. Es hora de deleitarse con el eterno mar y las cálidas lluvias que nos alivian, así como con la verde tierra que nos rodea y nos mantiene. —Saludó al oeste y al norte, respectivamente.

Y cada vez que Neferet nombraba un elemento parecía como si una sacudida de dulce electricidad recorriera todo mi cuerpo.

Después, las cuatro mujeres que personificaban los elementos se movieron como una hacia la mesa. Con Neferet y Loren, cada uno de ellos levantó un cáliz.

—¡Todos te saludamos, Oh, Diosa de la Noche y de la luna llena! —dijo Neferet—. Todos te saludamos Noche, de la cual provienen nuestras bendiciones. ¡En esta noche te damos gracias!

Todavía sosteniendo los cálices, las cuatro mujeres se dispersaron de vuelta a sus lugares en el círculo.

—En el poderoso nombre de Nyx —dijo Neferet.

—Y en el de Érebo —agregó el poeta.

—Te pedimos desde el interior de tu círculo sagrado que nos des la sabiduría para hablar la lengua de lo salvaje, volar con la libertad del pájaro, vivir el poder y la gracia del felino y encontrar el éxtasis y el gozo en la vida que agite lo más profundo de nuestro ser. ¡Bendita seas!

No pude parar de sonreír. Nunca había escuchado cosas como esas en la iglesia antes, ¡y estaba condenadamente segura que tampoco me había sentido con tanta energía!

Neferet bebió del cáliz que sostenía y luego se lo ofreció a Loren, que bebió de él y dijo "bendita seas". Imitando sus actos, las cuatro mujeres se movieron con rapidez alrededor del círculo, permitiendo a cada persona, iniciado o adulto, beber del cáliz. Cuando llegó mi turno, estaba feliz de ver el rostro familiar de Pentesilea ofrecerme la bebida y una bendición. El vino era rojo y esperaba que fuese amargo, como el sorbo del Cabernet que escondía mi madre que probé en una ocasión (y que desde luego no me gustó), pero no lo estaba. Era dulce y especiado e hizo que sintiera la cabeza aún más ligera.

Cuando a todo el mundo se le hubo ofrecido la bebida, los cálices se devolvieron a la mesa.

—Esta noche quiero que cada uno de nosotros se dedique al menos unos momentos a solas bajo la luz de la luna llena. Dejen que su luz los refresque y los ayude a recordar lo extraordinarios que son... o que se están volviendo. —Sonrió a algunos iniciados, incluida yo—. Disfruten su singularidad. Deléitense con su fuerza. Permanecemos separados del mundo por nuestros dones. Nunca se olviden de eso, porque estén seguros que el mundo no lo hará. Y ahora cerremos el círculo y abracemos la noche.

En orden inverso, Neferet dio gracias a cada elemento y los despidió a medida que cada vela era apagada y, mientras lo hacía, sentí una pequeña punzada de tristeza, como si me estuviera despidiendo de amigos. Después completó el ritual diciendo:

—Este rito ha terminado. ¡Bienvenidos, partan con bien y de nuevo bienvenidos!

La multitud repitió:

—¡Bienvenidos, partan con bien y de nuevo bienvenidos!

Y eso fue todo. Mi primer ritual de la diosa había terminado.

El círculo se rompió con rapidez, más rápido de lo que me hubiera gustado. Quería permanecer allí y pensar en las cosas increíbles que había sentido, en especial durante la llamada a los elementos, pero aquello era imposible. Fui llevada fuera del templo por una marea de parloteo. Me alegré que todo el mundo estuviera tan ocupado hablando que nadie se percató de lo callada que estaba yo; no creía que pudiera explicarles lo que acababa de sucederme. ¡Demonios! No podía ni explicármelo a mí misma.

—Oye, ¿crees que habrá comida china de nuevo esta noche?

Me encantó en la última luna llena cuando pusieron esa rica cosa gelatinosa después —dijo Shaunee—. Por no mencionar que mi galleta de la suerte dijo "te harás un nombre por tus propios méritos", lo cual es súper genial.

—Tengo tanta hambre que no me importa lo que nos den de comer, mientras lo hagan —dijo Erin.

—Lo mismo digo —añadió Stevie Rae.

—Por una vez estamos perfectamente de acuerdo —dijo Damien, juntando los brazos con los de Stevie Rae y los míos—. Vamos a comer.

Y de repente eso me lo recordó.

—Eh, chicos. —Esa agradable sensación de cosquilleo que el ritual me había provocado desapareció—. No puedo ir. Tengo que...

—Somos idiotas. —Stevie Rae se golpeó la frente con la suficiente fuerza para hacer ruido con la palma—. Lo habíamos olvidado por completo.

—¡Oh, mierda! —dijo Shaunee.

—Las brujas del Infierno —dijo Erin.

—¿Quieres que te guarde un plato de algo? —preguntó Damien con dulzura.

—No. Afrodita dijo que me darían de comer.

—Probablemente carne cruda —dijo Shaunee.

—Sí, de algún pobre chico que atrapó en su asquerosa tela de araña —dijo Erin.

—Con eso se refiere a la que hay entre sus piernas —explicó Shaunee.

—Paren, están asustando a Zoey —dijo Stevie Rae mientras empezaba a empujarme hacia la puerta—. Enseñaré a Zoey dónde está la sala de entretenimiento y los veré luego en nuestra mesa, chicos.

Ya fuera, le dije:

—Bueno, dime que están bromeando con lo de la carne cruda.

—¿Están bromeando? —dijo Stevie Rae de modo poco convincente.

—Genial. Ni siquiera me gusta el bistec poco hecho. ¿Qué voy a hacer si de verdad tratan de darme carne cruda para que la coma? —No quise pensar en el tipo de carne cruda que podría ser.

—Creo que tengo un antiácido en algún lugar de mi bolso. ¿Lo quieres? —preguntó Stevie Rae.

—Sí —dije, ya sintiendo náuseas.

16

—Es aquí. —Stevie Rae se detuvo, con gesto incómodo y de disculpa, frente a los escalones que llevaban a un edificio redondo de ladrillo situado en una pequeña colina desde la que se veía la parte este del muro que rodeaba la escuela. Enormes robles lo envolvían en una oscuridad dentro de la oscuridad, por lo que apenas pude distinguir el parpadeo de velas o de gas iluminando la entrada. Ni un solo punto de luz salía de las oscuras ventanas, que eran alargadas y con forma de arco y que parecían estar hechas de vidriera de colores.

—Sí, bueno, gracias por el antiácido. —Intenté sonar valiente—. Y guárdame un sitio. No creo que esto dure tanto. Debería darme tiempo a terminar aquí y unirme a ustedes para la cena.

—No te apresures. En serio. Puede que conozcas a alguien que te guste y con quien quieras pasar el rato. No te preocupes si es así. No me volveré loca, y le diré a Damien y a las gemelas que estás reconociendo el terreno.

—No me voy a convertir en una de ellas, Stevie Rae.

—Te creo —dijo, pero sus ojos me parecieron sospechosamente grandes y redondos.

—Así que te veré pronto.

—Sí. Nos vemos —dijo, y comenzó a recorrer la acera de vuelta al edificio principal.

No quería verla alejarse. Parecía un cachorrillo triste y apaleado. En lugar de eso, subí los escalones y me dije a mí misma que no iba a ser para tanto... No podía ser peor que aquella vez en la que mi hermana la Barbie me convenció para que fuera al campamento de porristas con ella (no sé en qué demonios estaba pensando). Al menos este fiasco no duraría una semana. Probablemente formarían otro círculo, lo cual en realidad estaba muy bien, realizarían unas peculiares oraciones como hizo Neferet y después pararían para cenar. Ese sería el momento en el que sonreiría de forma encantadora y me escabulliría. Pan comido.

Las antorchas a ambos lados de la gruesa puerta de madera estaban alimentadas con gas y no por los apliques de pura llama usados en el templo de Nyx. Estiré la mano hacia la pesada aldaba de hierro, pero, con un sonido que tenía un inquietante parecido a un suspiro, se abrió lejos de mi alcance.

—Bienvenida, Zoey.

Oh. Dios. Mío. Era Erik. Iba todo de negro y su pelo oscuro y rizado y sus ojos increíblemente azules me recordaron a Clark Kent —bueno, sí, sin las gafas de tonto y el pelo de idiota engominado hacia atrás.... así que... supongo que en realidad me recordaba (de nuevo) a Superman— bueno, sin la capa ni las medias ni la "S" en grande...

Entonces el murmullo en mi cabeza se silenció del todo cuando su dedo mojado en aceite se deslizó por mi frente, trazando los cinco puntos del pentagrama.

—Bendita seas —dijo.

—Bendito seas —respondí, y estuve eternamente agradecida de que al hablar mi voz no graznara ni se quebrara ni chillara. Ah, sí, qué bien olía, aunque no pude identificar a qué. No era una de esas típicas colonias de uso extendido que los muchachos se echan a litros. Olía como... olía como... el bosque por la noche justo después de haber llovido... algo primario y puro y...

—Puedes entrar —estaba diciendo Erik.

—Oh, eh, gracias —dije con brillantez. Pasé dentro. Y entonces, me detuve. Todo el interior era un enorme cuarto. Las paredes de forma circular estaban cubiertas con terciopelo negro, tapando por completo las ventanas y la luz plateada de la luna. Observé que bajo las pesadas cortinas había extrañas formas, que empezaron a asustarme hasta que me di cuenta de que —hola— era una sala de entretenimiento. Debían haber puesto los televisores y las cosas de jugar en los laterales de la sala y haberlas cubierto para que todo pareciera, bueno, más espeluznante. Después, el círculo en sí fue lo que captó toda mi atención. Estaba situado en mitad de la sala y había sido hecho por completo con velas albergadas en recipientes altos de cristal rojo, como las velas para oraciones que puedes comprar en la sección de comida mejicana de las tiendas de alimentos, que huelen a rosas y a viejitas. Debía haber más de un centenar de velas, que iluminaban a los chicos que se encontraban formando un amplio círculo detrás de ellas, charlando y riendo bajo una luz fantasmal teñida de rojo. Todos los chicos vestían de negro y me percaté enseguida que ninguno de ellos llevaba bordada insignia de rango alguna, aunque cada uno llevaba una gruesa cadena de plata que brillaba alrededor de su cuello de la que pendía un símbolo raro. Parecían dos lunas crecientes colocadas espalda contra espalda contra una luna llena.

—¡Ahí estás, Zoey!

La voz de Afrodita recorrió la habitación precediendo a su cuerpo. Llevaba un largo vestido negro con destellos de cuentas de ónice, trayendo de vuelta el extraño recuerdo de la versión oscura del precioso vestido de Neferet. Tenía puesto el mismo collar que los otros, pero el suyo era más grande con un contorno de joyas rojas que podían haber sido granates. Llevaba el pelo rubio suelto, que la cubría como un velo dorado. Toda ella era demasiado bonita.

—Erik, gracias por dar la bienvenida a Zoey. A partir de aquí puedo seguir yo. —Sonó normal, e incluso posó las yemas de sus dedos con manicura sobre el hombro de Erik durante un segundo en lo que alguien desinformado interpretaría como tan solo un gesto amistoso, pero su cara contaba una historia distinta. Su gesto era forzado y frío, y sus ojos parecían centellear en los de él.

Erik apenas la miró y pareció claro que apartaba el brazo de su tacto. Luego me dirigió una rápida sonrisa y, sin mirar a Afrodita de nuevo, se marchó.

Genial. Justo lo que no necesitaba era verme en medio de una desagradable ruptura. Pero parecía no poder evitar el hecho de que mis ojos lo siguieran a través de la sala.

Tonta de mí. De nuevo. Hum.

Afrodita se aclaró la voz e intentó (sin éxito) que no pareciera como si me hubiese pillado haciendo algo que no debería estar haciendo. Su estirada y malvada sonrisa decía que no había ninguna duda de que se había percatado de mi interés por Erik (y el de él por mí). Y, una vez más, me pregunté si sabría que era yo la que estaba en el pasillo el día anterior.

Bueno, no era momento de preguntárselo.

—Tienes que darte prisa, pero he traído algo para que te cambies. —Afrodita hablaba con rapidez mientras me indicaba que la siguiera al baño de las chicas. Me lanzó una mirada de desagrado por encima del hombro—. No puedes asistir al ritual de las Hijas de la Oscuridad vestida así. —Cuando entramos en los baños, me tendió de manera brusca un vestido que estaba colgando de una de las mamparas y casi me empujó dentro del cubículo—. Puedes dejar tu ropa en la percha y llevarla de vuelta a los dormitorios así.

No parecía haber discusión posible con ella y, de todos modos, ya me sentía suficientemente ajena. Vestirme diferente me hacía sentir como si apareciese en una fiesta vestida como un pato, pero nadie me había dicho que no fuese una fiesta de disfraces y que todos los demás llevaran vaqueros.

Me quité mi ropa con rapidez y me deslicé el vestido negro por la cabeza, suspirando con alivio cuando noté que me servía. Era sencillo pero favorecedor. El material era el típico que es suave y se pega al cuerpo y que nunca se arruga. Tenía mangas largas y un escote redondo que enseñaba la mayor parte de mis hombros (menos mal que llevaba mi sujetador negro). Alrededor del escote, del borde de las mangas largas y del dobladillo, que llegaba justo por encima de mi rodilla, había cosidas pequeñas cuentas rojas brillantes. La verdad es que era bonito. Me volví a poner los zapatos pensando, alegre, que un par de zapatos bajos monos pueden ir con casi cualquier conjunto y salí del cubículo.

—Bueno, al menos me sirve —dije.

Pero me di cuenta que Afrodita no miraba el vestido. Estaba mirando mi Marca, lo cual me tocó mucho las narices. De acuerdo, mi Marca está coloreada... ¡Supéralo ya! No dije nada, sin embargo. Es decir, esta era su fiesta y yo era una invitada. Traducción: Me superaban por mucho en número, así que más me valía portarme bien.

—Yo dirigiré el ritual, por supuesto, así que voy a estar demasiado ocupada para llevarte de la mano.

Sí, tenía que haber mantenido la boca cerrada, pero estaba agotando la poca paciencia que me quedaba.

—Mira, Afrodita, no necesito que me lleves de la mano.

Sus ojos se entrecerraron y me preparé para otra escena de chica psicópata. Pero en vez de eso, sonrió con una sonrisa para nada agradable que hizo que pareciera un perro gruñendo. No es que la estuviera llamando perra, pero la analogía me pareció de una precisión aterradora.

—Desde luego que no necesitas que te lleven de la mano. Pasarás sin problemas por este ritual igual que has pasado por todo lo demás aquí. Quiero decir que, después de todo, eres la nueva favorita de Neferet.

Maravilloso. Encima del asunto de Erik y del asunto de lo raro de mi Marca, Afrodita estaba celosa de que Neferet fuera mi mentora.

—Afrodita, no creo que sea la nueva favorita de Neferet. Tan solo soy nueva. —Intenté que sonara razonable, e incluso sonreí.

—Lo que sea. Entonces, ¿estás preparada?

Desistí de intentar razonar con ella y asentí, deseando que todo aquello del ritual transcurriera deprisa y acabase.

—Bien. Vamos. —Me llevó fuera de los baños y hacia el círculo. Reconocí a dos chicas a las que nos acercamos como dos de las "brujas del Infierno" que habían seguido a Afrodita por la cafetería, solo que en vez de tener el gesto fruncido de acabarse de comer un limón, me sonreían de forma afectuosa.

No. No me engañaban. Pero me obligué a sonreír también. Cuando te encuentras en territorio enemigo, lo mejor es integrarse y pasar desapercibida y/o parecer estúpida.

—Hola, soy Enyo —dijo la más alta de las dos. Era, por supuesto, rubia, pero sus rizos largos y sueltos eran más de un color trigo ondulado que dorado. Aunque a la luz de las velas era complicado estar segura de qué cliché era más apropiado para su descripción. Y todavía no me creía que fuera rubia natural.

—Hola —dije.

—Soy Deino —dijo la otra chica. Su mestizaje era obvio y tenía una preciosa combinación de piel café con mucha leche bonita de verdad y un excelente pelo espeso y rizado que probablemente no había caído jamás sobre su cara, ni siquiera estando húmedo.

Las dos eran increíblemente perfectas.

—Hola —dije de nuevo. Me trasladé al espacio que habían dejado entre ellas, sintiéndome más que un poco claustrofóbica.

—Que las tres disfruten el ritual —dijo Afrodita.

—¡Oh, lo haremos! —dijeron al unísono Enyo y Deino. Las tres cruzaron una mirada que me puso la piel de gallina. Desvié mi atención de ellas antes de que mi buen juicio venciera a mi orgullo y saliese escopetada de la habitación.

Ahora tenía una buena perspectiva del área interior del círculo, y de nuevo era similar al del templo de Nyx, salvo porque este tenía una silla al lado de la mesa y había alguien sentado en ella. Bueno, medio sentado. De hecho, quienquiera que fuese estaba hundido en la silla con la capucha de una capa cubriéndole la cabeza.

Bueno... hummm...

En fin, la mesa estaba cubierta con el mismo terciopelo negro que las paredes y encima una estatua de la diosa, un bol con fruta y pan, algunos cálices y una jarra. Y un cuchillo. Entrecerré los ojos para asegurarme de que lo veía bien. Sí. Era un cuchillo. Tenía un mango de hueso y una hoja curvada y siniestra que parecía demasiado afilada para ir a usarse para cortar fruta o pan sin peligro. Una chica que creí reconocer de los dormitorios encendía unos cuantos palos gruesos de incienso que reposaban sobre la mesa en soportes con tallados decorativos, e ignoraba por completo a quienquiera que estaba en la silla. Joder, ¿estaría la chica o el chico dormido?

De inmediato el aire comenzó a llenar la habitación de un humo fantasmal que juro que era de tono verdoso y en espirales. Esperaba que oliera dulce, como el incienso del templo de Nyx, pero cuando una ligera espiral de humo llegó hasta mí y la inspiré, me sorprendió su amargor. Me resultaba algo familiar y fruncí el ceño, intentando averiguar a qué me recordaba... mierda, ¿qué era? Era casi como una hoja de laurel, con un centro de clavo. (Tenía que acordarme de agradecer después a la abuela Redbird que me enseñara cosas sobre las especias y sus olores). Lo respiré de nuevo, intrigada, y noté la cabeza algo atontada. Qué extraño. Sí, el incienso era raro. Parecía cambiar a medida que llenaba la habitación, como el perfume caro que cambia con cada persona que lo lleva. Inspiré de nuevo. Sí. Clavo y laurel, pero había algo al final; algo que hacía que la esencia tuviera un final penetrante y amargo... oscuro, místico y seductor dentro de su... atrevimiento.

¿Atrevimiento? Entonces lo supe.

¡Vaya, mierda! Estaban llenando la habitación con humo de

marihuana mezclada con especias. Increíble. Durante años había resistido la presión y rechazado hasta la oferta más educada para probar uno de esos porros caseros de aspecto asqueroso que van pasando en las fiestas y qué sé yo qué más. (Es decir, por favor. ¿Es eso siquiera higiénico? Y además, ¿por qué iba yo a querer una droga que me hiciese querer comer de forma obsesiva comida rápida que engorda?) Y ahora aquí estaba, inmersa en humo de hierba. En fin... Kayla nunca lo creería.

Después, con sensación de paranoia (probablemente otro efecto secundario de la invasión de hierba) miré alrededor del círculo, segura de que vería un profesor que estaba listo para saltar de pronto y arrastrarnos hacia... hacia... no sé, algo insoportablemente horroroso, igual que el campamento al que se envía a todos los invitados adolescentes problemáticos en *El show de Maury*.

Pero, por fortuna, al contrario que en el círculo del templo de Nyx, aquí no había vampyros adultos, tan solo unos veinte chicos y chicas. Conversaban con tranquilidad y se comportaban como si aquel incienso de marihuana del todo ilegal no tuviera importancia (pandilla de fumados). Intentando respirar poco profundo, me giré hacia la chica que tenía a mi derecha. Cuando tengas dudas (o pánico), busca conversación trivial.

—Vaya... Deino es un nombre, bueno, diferente. ¿Significa algo en especial?

—Deino quiere decir terrible —dijo ella, sonriendo con dulzura.

Desde el otro lado, la rubia alta metió su cuchara animadamente.

—Y Enyo significa belicosa.

—Ah —dije, haciendo un esfuerzo por ser educada.

—Sí, Penfredo, que quiere decir avispa, es la que enciende el incienso —explicó Enyo—. Sacamos los nombres de la mitología griega. Eran las tres hermanas Gorgonas y Escila. El mito dice que nacieron como brujas que compartían un ojo, pero decidimos que probablemente aquello no era más que chorradas de propaganda masculina escritas por hombres humanos que querían debilitar a las mujeres fuertes.

—¿En serio? —No sabía qué más decir. De verdad.

—Claro —dijo Deino—. Los hombres humanos dan asco.

—Deberían morir todos —dijo Enyo.

Con ese encantador pensamiento la música comenzó de repente, haciendo imposible (menos mal) poder hablar.

Sí, la música era inquietante. Tenía un ritmo profundo y palpitante que era al mismo tiempo antiguo y moderno. Como si alguien hubiera mezclado una de esas canciones de menear el trasero con una danza tribal de apareamiento. Y entonces, para gran sorpresa mía, Afrodita comenzó a recorrer el círculo bailando. Sí, supongo que podría decirse que estaba buena. Me refiero a que tenía buen cuerpo y se movía como Catherine Zeta Jones en *Chicago*. Pero de algún modo a mí no me impresionaba. Y no lo digo porque yo no sea gay (aunque no soy gay). No me impresionaba porque parecía una burda imitación del baile de Neferet con el *Camina bella*. Si aquella música fuera un poema, sería más bien algo así como "La putita menea el trasero".

Durante la demostración de balanceo de pelvis de Afrodita todo el mundo, como es natural, estaba mirándola, así que eché un vistazo al círculo, fingiendo que en realidad no miraba a Erik, hasta que... oh, mierda... me le encontré casi justo enfrente de mí. Y era el único chico de la habitación que no miraba a Afrodita. Me miraba a mí. Antes de que pudiera decidir si debía apartar la mirada, sonreírle o saludar o lo que fuese (Damien había dicho que le sonriera, y Damien era un autoproclamado experto en chicos), la música se detuvo y desplacé la mirada de Erik a Afrodita. Se encontraba en medio del círculo, frente a la mesa. Con determinación, levantó un enorme cirio morado con una mano y el cuchillo con la otra. La vela estaba encendida y la llevó, sosteniéndola delante de ella como un faro, hacia un lado del círculo en el que noté una vela amarilla rodeada por las rojas. No necesitaba las indicaciones de Belicosa y Terrible *(aj)* para saber que tenía que girarme hacia el este. Mientras el viento me revolvía el pelo, por el rabillo del ojo pude ver que había encendido la vela amarilla y ahora levantaba el cuchillo, dibujando un pentagrama en el aire al tiempo que hablaba:

> *¡Oh, vientos de la tormenta, en nombre de Nyx yo os reclamo!*
> *Lanzad vuestra bendición, os lo pido,*
> *Sobre la magia que se llevará a cabo aquí.*

Debo admitir que era buena. Aunque no tan poderosa como Neferet, era obvio que había practicado el control de la voz y el fluido discurrir del sedoso sonido de sus palabras. Nos volvimos hacia el sur mientras se acercaba al largo cirio rojo que había entre los otros rojos y sentí lo que ya reconocía como el poder del fuego y del círculo mágico recubriendo mi piel.

> *¡Oh, fuego del rayo, en nombre de Nyx yo te reclamo!*
> *Causante de tormentas y del poder de la magia,*
> *Solicito tu ayuda en el encantamiento que aquí llevo a cabo.*

Nos giramos de nuevo y, junto con Afrodita, sentí rubor y una inesperada atracción hacia la vela azul rodeada por las otras rojas. A pesar de que me aterraba de verdad, tuve que obligarme a no salir del círculo y unirme a ella en la invocación del agua.

> *¡Oh, torrentes de lluvia, en nombre de Nyx yo os reclamo!*
> *Uníos a mí con vuestra fuerza asfixiante, en el discurrir de este*
> *   poderoso ritual.*

¿Qué diablos me ocurría? Estaba sudando y, en vez de sentir un poco de calor, como durante el ritual anterior, la Marca de mi frente estaba caliente —ardiendo— y juro que oía el rugir del mar en mis oídos. Atontada, volví a girarme a la derecha.

¡Oh, tierra, profunda y húmeda, en nombre de Nyx yo te reclamo!
Para que pueda sentir la tierra misma moverse con el rugido de la
  tormenta de poder
Que llegará cuando me auxilies en este rito.

Afrodita cortó el aire otra vez y sentí un cosquilleo en la palma de la mano derecha, como si esta deseara empuñar el cuchillo y hacer lo mismo. Olí césped recién cortado y escuché el chillido de un *chotacabras*, como si se acurrucara invisible en el aire junto a mí. Afrodita retrocedió hasta el centro del círculo. Colocó la todavía ardiente vela morada de nuevo en su lugar en el centro de la mesa y completó la invocación.

¡Oh, espíritu, salvaje y libre, en nombre de Nyx te llamo ante mí!
¡Respóndeme! ¡Quédate conmigo durante este poderoso ritual
Y concédeme el poder de la Diosa!

Y de alguna forma supe lo que iba a hacer a continuación. Podía oír las palabras dentro de mi cabeza... dentro de mi propio espíritu. Cuando elevó el cáliz y comenzó a andar alrededor del círculo sentí sus palabras y, aunque ella no poseía la desenvoltura y el poder de Neferet, lo que dijo encendió mi interior, como si ardiera por dentro.

—Esta es la hora de la plenitud de la luna de nuestra diosa. Hay esplendor en esta noche. Los antiguos conocían los misterios de la noche, y los usaban para fortalecerse... y para dividir el velo entre mundos y correr aventuras con las que solo podemos soñar hoy. Secreto... misterio... magia... auténtica belleza y poder en forma de vampyro... no mancillados por reglas o leyes humanas. ¡No somos humanos! —Con esto, su voz resonó contra las paredes, muy parecido a como lo había hecho antes la de Neferet—. Y todo lo que tus Hijas e Hijos de la Oscuridad te pedimos esta noche en este ritual es lo que hemos solicitado en cada luna llena durante el pasado año. Libera el poder que hay en nuestro interior para que, como los poderosos felinos de lo salvaje, conozcamos la agilidad de nuestros hermanos animales y no estemos atados por las cadenas humanas o enjaulados por sus ignorantes debilidades.

Afrodita se detuvo justo delante de mí. Sabía que estaba sofocada y que respiraba de forma pesada, igual que ella. Levantó el cáliz y me lo ofreció.

—Bebe, Zoey Redbird, y únete a nosotros en nuestra petición a Nyx de lo que nos corresponde por derecho de sangre y cuerpo y la Marca del gran cambio... la Marca con la que ya te ha tocado.

Sí, lo sé. Probablemente debiera haber dicho que no. Pero, ¿cómo? Y además, de pronto no quería. Desde luego no me gustaba o no me fiaba de Afrodita, pero ¿no era lo que decía básicamente cierto? La reacción de mi madre y de mi padrastro ante mi Marca volvió con fuerza y claridad a mi memoria, junto con la mirada de temor de Kayla y la repugnancia de Drew y Dustin. Y además nadie me había llamado o escrito un mensaje desde que me había marchado. Se habían limitado a dejarme tirada aquí para enfrentarme a una nueva vida yo sola.

Me entristeció, pero también me enfureció.

Tomé el cáliz de Afrodita y di un gran trago. Era vino, pero no sabía como el vino del otro ritual de la luna. Este era dulce también, pero había un toque especiado en él que no sabía a nada que hubiera probado con anterioridad. Provocó una explosión de sensaciones en mi boca que viajaron, cálidas y agridulces, por mi garganta y me llenaron de un vertiginoso deseo de beber más y más y más de él.

—Bendita seas —me siseó Afrodita mientras me arrebataba el cáliz, derramando parte del líquido rojo sobre mis dedos. Después me dirigió una sonrisa apretada y triunfante.

—Bendita seas —respondí automáticamente, con la cabeza todavía dándome vueltas por el sabor del vino. Se acercó a Enyo, ofreciéndole el cáliz, y no pude evitar lamerme los dedos para poder saborear una vez más el vino que se había derramado sobre ellos. Era mucho más que delicioso. Y olía... olía de una forma familiar... pero, debido a la sensación de mareo que tenía en la cabeza, no me pude concentrar lo suficiente para recordar dónde había olido algo tan increíble con anterioridad.

Afrodita apenas tardó en recorrer el círculo, dando a probar del cáliz a cada uno de lo presentes. La observé detenidamente, deseando poder tomar más mientras ella regresaba a la mesa. Levantó el cáliz de nuevo.

—Grande y mágica Diosa de la Noche y de la luna llena, la que cabalga sobre el trueno y la tempestad, dirigiendo a los espíritus y a los ancianos, bella e impresionante, aquella a quien incluso los más antiguos deben obedecer, ayúdanos en lo que te pedimos. ¡Llénanos de tu poder, tu magia y tu fuerza!

Después, inclinó el cáliz y observé, con celos, cómo bebía hasta que acabó las últimas gotas. Cuando terminó de beber, la música comenzó a sonar otra vez. Siguiéndola, Afrodita volvió a recorrer el círculo, bailando y riendo mientras apagaba las velas y despedía a cada uno de los elementos. De alguna manera, a medida que se movía alrededor del círculo, se me jodió la visión porque su cuerpo se tensó y cambió y de repente me pareció como si estuviera viendo a Neferet de nuevo... Salvo que ahora era una versión más joven e inexperta de la alta sacerdotisa.

—¡Bienvenidos y partan con bien y bienvenidos de nuevo! —concluyó. Todos respondimos mientras yo parpadeaba para despejar la vista y la extraña imagen de Afrodita transformada en Neferet se desvanecía, al igual que el calor de mi Marca. Pero aún podía saborear el vino en la lengua. Era muy raro. No me gusta el alcohol. En serio. Es que no me gusta cómo sabe. Pero había algo en aquel vino que era aún más delicioso... bueno, aún más que las trufas de chocolate negro Godiva (lo sé, es difícil de creer). Y todavía no conseguía descubrir por qué, de alguna manera, me resultaba familiar.

Entonces todo el mundo empezó a hablar y a reír mientras el círculo se rompía. La luz de las lámparas de gas brilló sobre nosotros y tuvimos que entrecerrar los ojos debido a su resplandor. Miré al otro lado del círculo, intentando ver si Erik aún estaría mirándome, y un movimiento en la mesa captó mi atención. La persona que había estado inmóvil en la silla durante todo el ritual al fin se movía. Se tambaleó de forma extraña y se quedó en una posición sentada. La capucha de la capa oscura cayó hacia atrás y me quedé muda al ver el pelo rojo anaranjado, espeso y desarreglado y la cara pecosa, rechoncha y demasiado blanca.

¡Era ese pesado de Elliott! Muy, muy raro que estuviera aquí. ¿Qué querrían tener que ver con él las Hijas e Hijos de la Oscuridad? Volví a mirar la habitación. En efecto, como había sospechado, no había ni un solo chico feo o con pinta de tonto allí. Todos, y quiero decir todos, excepto Elliott, eran atractivos. Estaba claro que no era uno de ellos.

Él parpadeaba y bostezaba y parecía como si hubiera respirado demasiado incienso. Levantó la mano para limpiarse algo de la nariz (probablemente uno de los mocos a por los que le gustaba ir haciendo espeleología) y observé el blanco de unas gruesas vendas enrolladas alrededor de sus muñecas. ¿Pero qué...?

Un terrible presentimiento me recorrió la espalda. Enyo y Deino no se encontraban muy lejos de mí, charlando de forma animada con la chica a la que llamaban Penfredo. Me acerqué a ellas y esperé hasta que hubo una pausa en la conversación. Fingiendo que el estómago me rugía de forma insoportable, sonreí y asentí en dirección a Elliott.

—¿Qué hace ese chico aquí?

Enyo miró a Elliott y luego puso los ojos en blanco.

—Él no es nada. Tan solo la nevera que hemos usado esta noche.

—Vaya perdedor —dijo Deino, con un gesto de desprecio hacia Elliott.

—Es casi humano —dijo Penfredo con desagrado—. No me extraña que lo único para lo que sirve para hacer de surtidor.

Noté como si se me revolviera el estómago.

—Espera, no lo entiendo. ¿Nevera? ¿Surtidor?

Deino la Terrible volvió sus ojos altivos de color chocolate hacia mí.

—Así es como llamamos a los humanos: neveras y surtidores. Ya sabes, desayuno, comida y cena.

—O cualquiera de las comidas entre medio —casi ronroneó la belicosa Enyo.

—Sigo sin... —comencé, pero Deino me interrumpió.

—¡Oh, vamos! No finjas que no reconociste lo que llevaba el vino y que no te encantó su sabor.

—Sí, admítelo, Zoey. Era algo obvio. Te lo hubieras tomado todo... Incluso lo deseabas más aún que nosotras. Vimos como te lo lamías de los dedos —dijo Enyo, inclinándose totalmente dentro de mi espacio vital mientras miraba mi Marca—. Eso te convierte en una especie de monstruo, ¿verdad? De algún modo eres una iniciada y una vampyra, todo en uno, y querías algo más que un mero sorbo de la sangre de ese chico.

—¿Sangre? —No reconocí mi propia voz. El eco de la palabra "monstruo" seguía dando vueltas y vueltas en mi cabeza.

—Sí, sangre —dijo Terrible.

Sentí calor y frío al mismo tiempo y aparté la mirada de sus gestos de complicidad para encontrarme frente a los ojos de Afrodita. Se encontraba en el lado opuesto de la habitación hablando con Erik. Nuestras miradas se encontraron y, de forma lenta y resuelta, sonrió. Sostenía el cáliz de nuevo y lo alzó en un casi imperceptible saludo hacia mí antes de beber de él y darse la vuelta para reír por algo que Erik acababa de decir.

Intenté mantenerme serena y puse una mala excusa a Belicosa,

Terrible y Avispa y me marché con calma del cuarto. En cuanto cerré la gruesa puerta de madera del salón de entretenimiento tras de mí, eché a correr como una loca cegada. No sabía hacia dónde iba, tan solo quería estar lejos de allí.

¡He bebido sangre —la sangre de ese horrible chico, Elliott— *y me ha gustado!* Y aún peor, el delicioso olor me había resultado familiar porque lo había olido antes cuando las manos de Heath sangraban. No era una nueva colonia lo que me había atraído, había sido su sangre. Y la había olido de nuevo en el pasillo el día anterior cuando Afrodita había hecho un corte en el muslo de Erik y yo había deseado lamer su sangre también.

Era un monstruo.

Finalmente, ya no pude respirar y me desplomé contra la fría piedra del muro protector de la escuela, jadeando sin aire y vomitando sin parar.

17

Temblorosa, me limpié la boca con el dorso de la mano y luego me alejé a trompicones de donde estaba el vómito (me negué a pensar en lo que habría vomitado y el aspecto que tendría) hasta que llegué a un enorme roble que había crecido tan cerca del muro que la mitad de sus ramas colgaban hacia el otro lado. Me apoyé contra él, concentrándome en no ponerme mala de nuevo.

¿Qué había hecho? ¿Qué es lo que me ocurría?

Entonces, de algún lugar entre las ramas del roble, oí un maullido. Bueno, no era en realidad el típico maullido de gato normal. Era más como un malhumorado mi-a-uf-mi-a-uf-bufido.

Levanté la mirada. Encaramado sobre una rama que descansaba sobre el muro había una pequeña gata anaranjada. Me miraba con sus ojos enormes y desde luego parecía descontenta.

—¿Cómo has llegado ahí arriba?

—Mi-auf —respondió ella, estornudó y avanzó con lentitud por la rama, en un claro intento de acercarse a mí.

—Bien, vamos, gatita-gatita-gatita —animé.

—Mi-a-uf-au —dijo la gata, arrastrándose hacia delante algo así como la mitad del largo de su pata.

—Eso es, vamos, pequeña. Mueve tus pequeñas patitas por aquí. —Sí, estaba apartando mi enloquecimiento y focalizándolo en salvar a la gata, pero lo cierto es que no podía pensar en lo que acababa de suceder. No ahora. Era demasiado pronto. Demasiado reciente. Así que la gata era una excelente distracción. Además, me resultaba familiar—. Vamos, pequeña, vamos... —Seguí hablándole mientras encajaba la punta de mis zapatos en el duro ladrillo del muro y conseguí alzarme lo suficiente para agarrarme a la parte más baja de la rama sobre la que estaba la gata. Entonces pude usar la rama como si fuera una especie de cuerda para poder subir más alto por el muro, hablándole a la gata todo el tiempo mientras seguía quejándose.

Al fin llegué a su altura. Nos miramos la una a la otra durante un rato largo y comencé a preguntarme si me conocería. ¿Podía adivinar que acababa de probar (y disfrutar) la sangre? ¿Me olía el aliento a vómito de sangre? ¿Parecía diferente? ¿Me habían crecido colmillos? (Sí, esa última pregunta era una estupidez. Los vampyros adultos no tienen colmillos, pero aún así).

La gata maulló de nuevo y se acercó un poco más. Estiré la mano y le rasqué la cabeza de forma que sus orejas apuntaron hacia abajo y cerró los ojos, ronroneando.

—Pareces una pequeña leona —le dije—. ¿Ves lo bonita que eres cuando no te quejas? —Entonces puse un gesto de sorpresa al darme cuenta de por qué me resultaba tan familiar—. Estabas en mi sueño. —Y una ligera felicidad atravesó el muro del malestar y el miedo en mi interior—. ¡Eres mi gata!

La gata abrió los ojos, bostezó y estornudó otra vez, como haciendo un comentario de por qué había tardado tanto tiempo en darme cuenta. Con un gruñido de esfuerzo, me aupé para sentarme sobre la parte ancha del muro junto a la rama en la que la gata estaba encaramada. Con un suspiro de gatito, saltó con delicadeza de la rama hacia la parte superior del muro y caminó con sus pequeñas patas blancas hacia mí para acurrucarse en mi regazo. No parecía que tuviera que hacer otra cosa que no fuese rascarle la cabeza un poco más. Cerró los ojos y ronroneó con fuerza. Acaricié a la gata e intenté calmar el barullo que había en mi mente. El aire olía como si fuera a llover, pero la noche tenía una inusual calidez para estar a finales de octubre y eché la cabeza hacia atrás, respirando muy hondo y dejando que la plateada luz de la luna que asomaba entre las nubes me calmase.

Miré a la gata.

—Bueno, Neferet dijo que debíamos sentarnos bajo la luz de la luna. —Miré de nuevo hacia el cielo nocturno—. Sería mejor si esas estúpidas nubes se alejaran, pero aún así...

Acababa de decir las palabras y una ráfaga de viento sopló a mi alrededor, alejando de repente las tenues nubes.

—Vaya, gracias —dije en alto a nadie en particular—. Ese ha sido un viento muy oportuno. —La gata rezongó, recordándome que había osado dejar de rascarle las orejas—. Creo que te llamaré Nala, porque eres una pequeña leona —dije, volviendo al rascado—. Sabes, pequeña, estoy muy contenta de haberte encontrado hoy. La verdad es que necesitaba que me ocurriera algo bueno después de la noche que he tenido. No te lo creerás...

Un extraño olor subió hasta mí. Era tan raro que paré de hablar. ¿Qué era aquello? Respiré y arrugué la nariz. Era un olor viejo y seco. Como una casa que ha estado cerrada durante demasiado tiempo o el viejo y aterrador sótano de alguien. No era un buen olor, pero tampoco era tan asqueroso como para hacerme sentir náuseas. Tan solo era malo. Como si no perteneciera a esta noche.

Entonces capté algo por el rabillo del ojo. Miré a lo largo del curvado muro. Allí de pie, medio girada en dirección opuesta a mí como si no supiera hacia dónde quería ir, había una chica. La luz procedente de la luna, y mi nueva y mejorada capacidad de iniciada para ver bien de noche, me permitían verla a pesar de que no había luces exteriores junto a esa parte de la pared. Me noté tensa. ¿Me había seguido una de esas odiosas Hijas de la Oscuridad? Desde luego no estaba con ánimo de afrontar más de su mierda esa noche.

Debí incluso expresar en alto el gruñido de frustración que

pensaba que solo se había oído en mi cabeza, porque la chica levantó la vista hacia donde yo estaba sentada en lo alto.

Di un grito ahogado de asombro y sentí cómo me recorría el miedo.

¡Era Elizabeth! La misma Elizabeth Sin Apellido que se suponía que estaba muerta. Cuando me vio, sus ojos, que eran de un raro rojo brillante, se agrandaron y emitió un extraño chillido antes de ponerse a dar vueltas y desaparecer a una velocidad inhumana en la noche.

En ese mismo instante, Nala arqueó la espalda y bufó con tal ferocidad que sacudió su pequeño cuerpo.

—¡Está bien! ¡Está bien! —Dije una y otra vez, intentando calmar a la gata y a mí misma. Ambas estábamos temblando y a Nala aún se le escuchaba un gruñido en la garganta—. No puede haber sido un fantasma. No puede haberlo sido. No era más que... más que... una chica extraña. Es probable que la haya asustado y que ella...

—¡Zoey! ¡Zoey! ¿Eres tú?

Di un brinco y casi me caí del muro. Fue demasiado para Nala. Lanzó otro tremendo bufido y se dejó caer desde mi regazo hasta el suelo. Totalmente histérica, agarré la rama para mantener el equilibrio y miré hacia la oscuridad con los ojos entrecerrados.

¿Qui-quién es? —llamé por encima de los fuertes latidos de mi corazón. Entonces me cegó la luz de dos linternas que apuntaban directamente hacia mí.

—¡Pues claro que es ella! ¿Cómo no iba a reconocer la voz de mi mejor amiga? Jesús, ¡no hace tanto tiempo que se ha ido!

—¿Kayla? —dije, intentando proteger mis ojos del resplandor de las linternas con la mano, la cual temblaba como una loca.

—Bueno, te dije que la encontraríamos —dijo una voz de chico—. Siempre te quieres rendir demasiado pronto.

—¿Heath? —Puede que estuviera soñando.

—¡Sí! ¡Yu-juuu! ¡Te encontramos, nena! —chilló Heath. Incluso a través de la deslumbrante luz de las linternas pude verlo lanzarse al muro y luego empezar a subir por él como un mono futbolista, alto y rubio.

Enormemente aliviada de que fuera él y no un hombre de la bolsa, le grité:

—¡Heath! Ten cuidado. Si te caes vas a romperte algo. —Bueno, a menos que aterrizara sobre la cabeza... entonces seguro que estaría perfectamente.

—¡Qué va! —dijo, aupándose hacia la parte de arriba y sentándose a mi lado, a horcajadas sobre el muro—. Oye, Zoey, fíjate... mira, ¡soy el rey del mundo! —gritó, extendiendo los brazos, sonriendo como un auténtico idiota y echándome encima un aliento con esencia de alcohol.

No me extraña que rechazara salir con él.

—OK, no es necesario reírse siempre de mi viejo y desafortunado encaprichamiento de Leonardo. —Lo miré, sintiéndome más yo misma de lo que me había sentido en horas—. En realidad, es algo parecido a mi antiguo encaprichamiento contigo. Salvo porque no duró tanto y tú no hiciste un puñado de películas malas pero entretenidas.

—Oye, no estás todavía cabreada por lo de Dustin y Drew, ¿verdad? ¡Olvídate de ellos! Son unos retrasados —dijo Heath, dirigiéndome su mirada de perrito abandonado, la cual solía ser bastante mona cuando él estaba en octavo. Qué pena que la monería hubiera dejado de funcionarle hace unos dos años—. Y, de todas formas, hemos recorrido todo este camino para sacarte de aquí.

—¿Qué? —Negué con la cabeza y los miré con los ojos entrecerrados—. Espera. Apaguen esas linternas. Me están destrozando los ojos.

—Si las apagamos no veremos nada —dijo Heath.

—Bien. Entonces apártenlas. Eh, apúntenlas hacia fuera o algo. —Hice un gesto lejos de la escuela (y de mí). Heath retiró el rayo de luz que había llevado para guiarlo a través de la noche y Kayla también hizo lo mismo. Pude bajar la mano; me alegré de ver que ya había dejado de temblar, y dejé de entrecerrar los ojos. Los ojos de Heath se abrieron de par en par al ver mi Marca.

—¡Mira eso! Ahora está coloreada. ¡Uau! Es como... como... en la tele o algo.

Bueno, era bonito comprobar que algunas cosas nunca cambian. Heath seguía siendo Heath... guapo, pero no el más brillante del grupo.

—¡Oye! ¿Y yo qué? ¡También estoy aquí, sabes! —llamó Kayla—. Que alguien me ayude a subir allí arriba, pero con cuidado. Esperen que deje mi bolso nuevo abajo. Oh, y será mejor que me quite estos zapatos. Zoey, no te creerías las rebajas que te perdiste ayer en Bakers. Todos los zapatos de verano en liquidación total. Y me refiero a liquidación de verdad. Setenta por ciento de descuento. Me compré cinco pares...

—Ayúdala a subir —dije a Heath—. Ahora. Es la única manera de que pare de hablar.

Sí. Algunas cosas desde luego no cambiaban.

Heath se tumbó sobre el estómago y luego estiró los brazos para ofrecerle las manos a Kayla. Con una risilla tonta, las agarró y la aupó hasta lo alto del muro junto a nosotros. Y fue mientras ella reía y él la subía cuando lo vi: la inconfundible forma en que Kayla sonreía y soltaba aquella risilla y se ponía colorada delante de Heath. Lo supe de forma tan clara como sabía que nunca sería una matemática. A Kayla le gustaba Heath. Sí, no solo le gustaba, le gustaba mucho.

De repente el comentario de culpabilidad de Heath sobre engañarme en la fiesta que me había perdido tuvo un sentido claro.

—¿Y cómo está Jared? —pregunté de forma brusca, parando por completo las risitas de Kayla.

—Bien, supongo —dijo ella sin mirarme a los ojos.

—¿Supones?

Se encogió de hombros y vi que bajo su preciosa chaqueta de cuero llevaba la minúscula camiseta color crema que solíamos llamar Camiseta Con Tetas, porque no solo mostraba mucho escote, sino que además era del color de la piel y por tanto parecía que enseñaba más de lo que en realidad mostraba.

—No sé. La verdad es que no hemos hablado mucho en el último par de días o así.

Seguía sin mirarme, pero sí miró a Heath, que parecía desconcertado... pero en realidad solo lo parecía. Así que mi mejor amiga iba detrás de mi novio. Eso sí que me cabreó, y durante un segundo deseé que no fuera una noche tan cálida y agradable. Deseé que fuese fría y que a Kayla se le congelaran sus sobredesarrolladas tetas.

Desde el norte, el viento azotó a nuestro alrededor de repente, con ferocidad, trayendo un frío que casi asustaba.

Intentando ser discreta, Kayla se cerró la chaqueta y rió de nuevo, en esta ocasión más nerviosa que insinuante, al tiempo que me llegaba otro tufillo de cerveza y algo más. Algo que había quedado marcado en mis sentidos tan recientemente que me sorprendió no haberlo olido antes.

—Kayla, ¿has estado bebiendo y fumando?

Se estremeció y me miró guiñando los ojos como un conejo lento.

—Solo un par. Cervezas, quiero decir. Y, bueno, eh, Heath tenía un porro pequeño medio deshecho y a mi me daba mucho mucho miedo venir aquí, así que le di un par de caladas pequeñas.

—Necesitaba algo para fortificarla —dijo Heath, pero él nunca ha sido demasiado bueno con palabras de más de dos sílabas, así que sonó a algo como for-ni-car-la.

—¿Desde cuando fumas hierba? —pregunté a Heath.

Él sonrió.

—No pasa nada, Zo. Solo me fumo un porro de vez en cuando. Son más seguros que los cigarrillos.

Odiaba de verdad cuando me llamaba Zo.

—Heath —intenté sonar paciente—. No son más seguros que los cigarrillos, e incluso aunque lo sean no quiere decir gran cosa. Los cigarrillos son desagradables y te matan. Y, en serio, los mayores perdedores de la escuela fuman hierba. Además del hecho de que la verdad es que no puedes permitirte matar más tus neuronas. —Estuve a punto de añadir "o tus espermatozoides", pero no quería ir tan lejos. Heath seguro que entendería de forma equivocada que hiciera alguna referencia a sus partes masculinas.

—Qué va —dijo Kayla.

—¿Cómo dices, Kayla?

Todavía se abrazaba la chaqueta por el frío. Sus ojos habían cambiado de los de un conejo lastimero a los de un gato astuto que agita la cola. Percibí el cambio. Lo hacía con frecuencia con la gente que no consideraba parte de su grupo de amigas. Solía ponerme histérica y le gritaba y le decía que no debería ser tan mala. ¿Y ahora usaba esa mierda conmigo?

—Digo qué va porque no solo los perdedores fuman... al menos no solo una vez de cuando en cuando. ¿Conoces a esos dos jugadores macizos de Unión, Chris Ford y Brad Higeons? Estaban en la fiesta de Katie la otra noche. Fumaban.

—Oye, no están tan buenos —dijo Heath.

Kayla lo ignoró y siguió hablando.

—Y Morgan fuma a veces.

—¿Morgan, la Morgi "quién tiene una tirita"? —Sí, estaba cabreada con K, pero un buen cotilleo es un buen cotilleo.

—Sí. Y además acaba de hacerse un pirsin en la lengua y en el... —K hizo una pausa y formó la palabra "clítoris" con la boca—. ¿Te imaginas lo que tiene que doler eso?

—¿El qué? ¿Qué se ha perforado? —preguntó Heath.

—Nada —dijimos a la vez K y yo, sonando por un extraño momento como las mejores amigas del mundo.

—Kayla, te estás desviando del tema. Insisto. Los jugadores de fútbol de Unión siempre le han dado a las drogas. ¡Hola! Acuérdate de su uso de esteroides, que es la razón por la que nos ha costado dieciséis años ganarles.

—¡Aúpa, Tigres! ¡Sí, le dimos una paliza a Unión! —dijo Heath.

Lo miré y puse los ojos en blanco.

—Y está claro que Morgan ha empezado a perder la cabeza, por eso se ha hecho un pirsin en el... —miré a Heath y lo reconsideré— cuerpo y fuma. Dime alguien normal que fume.

K pensó durante un instante.

—¡Yo!

Suspiré.

—Mira, no creo que eso sea de listos.

—Bueno, tú no siempre lo sabes todo. —El odioso brillo volvió a sus ojos.

La miré a ella y después a Heath, y luego otra vez a ella.

—Desde luego, tienes razón. No lo sé todo.

Su mirada malévola se tornó en sorpresa y luego volvió a adquirir el gesto de maldad, y de repente no pude evitar compararla con Stevie Rae, la cual, a pesar de que solo hacía un par de días que la conocía, estaba absolutamente segura que no iría detrás de mi novio, fuera un casi ex o no. Tampoco creía que huyera de mí y me tratase como si fuera un monstruo cuando más la necesitaba.

—Creo que deberías irte —le dije a Kayla.

—De acuerdo —dijo.

—Y tampoco creo que sea una buena idea que vuelvas.

Encogió un hombro de forma que la chaqueta se le abrió y vi cómo la fina tira de la camiseta se deslizaba por su hombro, haciendo evidente que no llevaba sujetador.

—Como quieras —contestó.

—Ayúdala a bajar, Heath.

Por lo general Heath era bastante bueno siguiendo instrucciones sencillas, así que bajó a Kayla. Ella tomó la linterna y levantó la vista hacia nosotros.

—Date prisa, Heath. Tengo mucho frío. —Entonces se dio la vuelta y empezó a caminar hacia la carretera.

—Bueno... —dijo Heath, algo incómodo—. Parece que ha empezado a hacer frío de repente.

—Sí, puede que pare ahora —dije de forma distraída, y no presté mucha atención cuando el viento de pronto paró.

—Oye, eh, Zo. En realidad vine a sacarte.

—No.

—¿Uh? —dijo Heath.

—Heath, mírame la frente.

—Ya, tienes esa especie de media luna. Y está coloreada, lo cual es extraño porque no lo estaba antes.

—Bueno, pues ahora lo está. Sí, Heath, concéntrate. He sido marcada. Eso quiere decir que mi cuerpo va a pasar por el cambio a vampyro.

Los ojos de Heath se posaron en la Marca y después recorrieron mi cuerpo hacia abajo. Vi cómo dudaban al llegar a mis tetas y luego a mis piernas, lo cual hizo que me diera cuenta de que estaban desnudas casi hasta la entrepierna porque la falda se me había subido al trepar a lo alto del muro.

—Zo, lo que quiera que le está pasando a tu cuerpo a mí no me molesta. Me parece que estás realmente fabulosa. Siempre has sido guapa, pero ahora pareces una auténtica diosa. —Me sonrió y tocó mi mejilla con dulzura, recordándome por qué me había gustado mucho durante tanto tiempo. A pesar de sus defectos, Heath podía ser muy dulce, y siempre me hacía sentir absolutamente guapa.

—Heath —dije con suavidad—. Lo siento, pero las cosas han cambiado.

—No, conmigo no lo han hecho. —Tomándome totalmente por sorpresa, se inclinó hacia mí, deslizó una mano por mi pierna y me besó.

Me aparté y le agarré la muñeca.

—¡Estate quieto, Heath! Estoy intentando hablarte.

—¿Y qué tal si tu hablas y yo beso? —susurró.

Empecé a decirle que no de nuevo.

Entonces lo sentí.

Su pulso bajo mis dedos.

Latía rápido y con fuerza. Juro que podía oírlo también. Y cuando se inclinó sobre mí para besarme otra vez pude ver la vena que recorría su cuello. Se movía, latiendo con fuerza a medida que la sangre era bombeada a través de su cuerpo. Sangre... Sus labios tocaron los míos y recordé el sabor de la sangre del cáliz. Aquella sangre estaba fría y había sido mezclada con vino, y era de un perdedor débil que no era nadie. La sangre de Heath sería caliente y rica... dulce... más dulce que la de la nevera Elliott...

—¡Au! Joder, Zoey. ¡Me has arañado! —Retiró la muñeca de mi mano—. Mierda, Zo, me has hecho sangrar. Si no querías que te besara, no tenías más que decirlo.

Se llevó la muñeca sangrante a la boca y chupó la gota de sangre que brillaba en ella. Después levantó la mirada hasta encontrarse con la mía y se quedó helado. Tenía sangre en los labios. Podía olerla... era como el vino, pero mejor, infinitamente mejor. Su esencia me envolvió e hizo que se me erizara el vello de los brazos.

Quería probarla. Quería probarla más que cualquier otra cosa que hubiera querido en toda mi vida.

—Quiero... —me escuché susurrar en una voz que no reconocí.

—Sí... —contestó Heath como si estuviera en trance—. Sí... lo que tú quieras. Haré lo que quieras.

Esta vez me acerqué a él y toqué su labio con la lengua, llevándome la gota de sangre a la boca donde explotó... calor, sensaciones y una oleada de placer que no había conocido antes.

—Más —dije con aspereza.

Como si hubiera perdido la capacidad de hablar y tan solo pudiera asentir, Heath me tendió la muñeca. Apenas sangraba, y cuando lamí la diminuta línea escarlata Heath gimió. El contacto de mi lengua parecía hacer algo al arañazo, porque al instante comenzó a gotear sangre, más rápido... más rápido... Las manos me temblaban cuando me acerqué su muñeca a la boca y presioné los labios contra su cálida piel. Me estremecí y gemí de placer y...

—¡Oh, Dios mío! ¡Qué le estás haciendo! —La voz de Kayla fue un grito que atravesó la niebla escarlata de mi cerebro.

Solté la muñeca de Heath como si me hubiese quemado.

—¡Aléjate de él! —chillaba Kayla—. ¡Déjalo en paz!

Heath no se movió.

—Ya —le dije—. Vete y no vuelvas nunca.

—No —dijo él, pareciendo y sonando extrañamente sobrio.

—Sí. Lárgate de aquí.

—¡Déjalo marchar! —chilló Kayla.

—¡Kayla, si no te callas voy a bajar ahí volando y voy a chupar hasta la última gota de sangre de tu cuerpo de estúpida vaca mentirosa! —grité, escupiéndole las últimas palabras.

Ella soltó un chillido y se largó. Me volví de nuevo hacia Heath, que todavía me miraba.

—Ahora tienes que irte también.

—No te tengo miedo a ti, Zo.

—Heath, ya estoy yo lo suficientemente asustada por los dos.

—Pero no me importa lo que has hecho. Te quiero, Zoey. Ahora más que nunca.

—¡Para ya! —No quería gritar, pero hice que se estremeciera con el poder del que se habían llenado mis palabras. Tragué con fuerza y calmé la voz—. Tan solo vete. Por favor. —Entonces, intentando encontrar alguna manera de hacerlo marchar, añadí:

—Seguro que Kayla está yendo a buscar a la poli en estos momentos. Ninguno de los dos queremos eso.

—Sí, me iré. Pero no me quedaré al margen. —Me besó rápido y con fuerza. Sentí una ardiente punzada de placer cuando saboreé la sangre que aún había en nuestros labios. Después, se dejó caer del muro y desapareció en la oscuridad hasta que todo lo que pude ver de él fue el pequeño punto de luz de su linterna, y luego, finalmente, ni siquiera eso.

No quería pensar en ello. Todavía no. Con movimientos metódicos, como un robot, usé la rama para mantener la estabilidad mientras descendía. Las rodillas me temblaban de tal forma que tan solo pude recorrer el medio metro que había hasta el árbol, donde me dejé caer en el suelo, pegando la espalda contra la seguridad de su vieja corteza. Nala apareció y saltó sobre mi regazo como si fuera mi gata desde hacía años en vez de minutos y, cuando comenzaron mis sollozos, se subió del regazo a mi pecho para presionar su cara cálida contra mi húmeda mejilla.

Tras lo que pareció un largo tiempo, mis sollozos se convirtieron en hipos y desee no haber salido corriendo del salón de entretenimiento sin mi bolso. Realmente necesitaba un clínex.

—Toma. Parece que necesitas esto.

Nala protestó cuando, sorprendida por la voz, di un respingo y levanté la vista entre lágrimas para ver a alguien que me ofrecía un pañuelo de papel.

—G-gracias —dije, tomándolo y sonándome la nariz.

—No hay de qué —dijo Erik Night.

18

—¿Estás bien?

—Sí, estoy bien. Del todo. Bien. —Mentí.

—No pareces estar bien —dijo Erik—. ¿Te importa si me siento?

—No, adelante —dije con apatía. Sabía que tenía la nariz roja como un tomate. Me había estado moqueando cuando él apareció y tenía la leve sospecha de que él había presenciado al menos parte de la pesadilla entre Heath y yo. La noche iba de mal en peor. Lo miré y me dije: *Qué diablos, ya puestos, dejemos que continúe la racha*—. Por si no te habías dado cuenta, era yo la que vio aquella escenita de ayer en el pasillo entre Afrodita y tú.

Ni siquiera dudó.

—Lo sé, y desearía que no lo hubieras visto. No quiero que tengas una idea equivocada sobre mí.

—¿Y qué idea sería esa?

—Que hubiera más entre Afrodita y yo de lo que en realidad hay.

—Eso no es asunto mío —dije.

Él se encogió de hombros.

—Solo quiero que sepas que ella y yo ya no salimos juntos.

Estuve a punto de decir que desde luego parecía que Afrodita no era consciente de eso, pero luego pensé en lo que acababa de suceder entre Heath y yo y, con una sensación de sorpresa, me di cuenta que quizá no debería juzgar a Erik con demasiada dureza.

—De acuerdo. Ya no salen juntos —dije.

Se sentó en silencio a mi lado durante un rato, y cuando habló de nuevo me pareció que hablaba casi con enfado.

—Afrodita no te dijo lo de la sangre en el vino.

No lo había dicho como una pregunta, pero contesté de todas formas.

—No.

Negó con la cabeza y vi cómo su mandíbula se tensaba.

—Me dijo que iba a hacerlo. Dijo que te lo contaría mientras te cambiabas de ropa para que, si no estabas de acuerdo, pudieras saltarte lo de beber del cáliz.

—Mintió.

—No estoy muy sorprendido —dijo él.

—¿Ah, no? —Sentí cómo se acumulaba la furia en mi interior—. Todo esto ha estado mal. Me presionan para que vaya al ritual de las Hijas de la Oscuridad, en el cual me engañan para que beba sangre. Después me encuentro con mi casi ex novio, que resulta que es cien por cien humano, y ni una puta persona se molestó en explicarme que la más mínima gota de su sangre me convertiría en... en... un monstruo. —Me mordí el labio y contuve mi rabia para no empezar a llorar de nuevo. También decidí no decir nada sobre que me había parecido ver el fantasma de Elizabeth... Eran ya demasiadas cosas raras en una sola noche.

—Nadie te lo explicó porque es algo que no debería haber empezado a afectarte hasta que estés en sexto —dijo con tranquilidad.

—¿Eh? —Volvía a expresarme de forma brillante.

—La sed de sangre no suele comenzar hasta que estés en sexto y ya casi has completado el cambio. En alguna ocasión oirás hablar de alguno de quinto que tiene que enfrentarse a ello antes, pero no es algo que ocurra a menudo.

—Espera, ¿qué es lo que estás diciendo? —Me sentía como si hubiera abejas zumbando alrededor de mi cabeza.

—Se empieza a tener clases sobre la sed de sangre, y otras cosas a las que los vampyros adultos tienen que enfrentarse, durante quinto curso, y luego, en el último año, la escuela está centrada sobre todo en eso... eso y lo que sea en lo que decidas especializarte.

—Pero soy de tercero... es decir, apenas lo soy, solo llevo marcada unos días.

—Tu Marca es diferente. Tú eres diferente —dijo.

—¡No quiero ser diferente! —Me di cuenta que estaba gritando y controlé mi voz—. Tan solo quiero saber cómo superar esto como los demás.

—Demasiado tarde, Z —dijo.

—¿Y entonces, ahora qué?

—Creo que lo mejor será que hables con tu mentora. Es Neferet, ¿no?

—Sí —dije abatida.

—Eh, alegra esa cara. Neferet es genial. Ya casi nunca toma iniciados como mentora, así que debe creer realmente en ti.

—Lo sé, lo sé. Es solo que esto hace que me sienta... —¿Cómo me sentía sobre tener que hablar con Neferet de lo que había pasado esa noche? Avergonzada. Como si tuviera doce años de nuevo y tuviese que decirle a nuestro profesor de gimnasia que me había venido el periodo y que tenía que ir a los vestuarios a cambiarme de pantalón. Miré de reojo a Erik. Estaba ahí sentado, guapísimo, atento y perfecto. Mierda. No podía decirle eso. Así que en su lugar solté:

—Estúpida. Hace que me sienta estúpida. —Lo cual no era en realidad mentira, aunque lo que más me sentía, además de avergonzada y estúpida, era asustada. No quería que aquello me hiciera imposible poder encajar allí.

—No te sientas estúpida. De hecho estás mucho más adelantada que el resto de nosotros.

—Entonces... —titubeé, luego respiré hondo y me lancé— ¿te ha gustado el sabor de la sangre del cáliz esta noche?

—Bueno, así es la cosa con eso: mi primer Ritual de la Luna Llena con las Hijas de la Oscuridad fue al final de mi curso de tercero. Aparte de la "nevera", esa noche yo era el único de tercero allí... igual que tú. —Soltó una leve risa forzada—. Solo me invitaron porque había llegado a la final del concurso de soliloquios de Shakespeare y me iban a llevar a Londres a competir al día siguiente. —Me miró y pareció algo nervioso—. Nadie de esta Casa de la Noche había llegado antes a Londres. Era algo importante. —Negó con la cabeza burlándose de sí mismo—. En realidad, pensé que yo era importante. Así que las Hijas de la Oscuridad me invitaron a unirme a ellas y así lo hice. Sabía lo de la sangre. Se me dio la oportunidad de rechazarla. No lo hice.

—Pero, ¿te gustó?

Esta vez su risa fue de verdad.

—Me atraganté y vomité. Era lo más asqueroso que jamás había probado.

Solté un gruñido. La cabeza me cayó hacia delante y hundí la cara en mis manos.

—No es que me estés ayudando.

—¿Porque pensaste que estaba buena?

—Mejor que buena —dije, con la cara todavía entre las manos—. ¿Dices que era lo más asqueroso que habías probado en tu vida? Yo pensé que era lo más delicioso. Bueno, lo más delicioso hasta que... —Me detuve, consciente de lo que había estado a punto de decir.

—¿Hasta que probaste sangre fresca? —preguntó con delicadeza.

Asentí, asustada de hablar.

Tiró de mis manos, haciéndome descubrir la cara. Después, puso el dedo bajo mi barbilla y me obligó a mirarle a los ojos.

—No te sientas avergonzada. Es algo normal.

—Adorar el sabor de la sangre no es normal. No para mí.

—Sí, lo es. Todos los vampyros tienen que enfrentarse a su sed de sangre —dijo.

—¡No soy un vampyro!

—Puede que no... todavía. Pero desde luego tampoco eres un iniciado medio, y no hay nada de malo en ello. Eres especial, Zoey, y ser especial puede ser increíble.

Lentamente, retiró el dedo de mi barbilla y, como había hecho con anterioridad aquella misma noche, trazó la forma de un pentagrama con suavidad sobre mi Marca oscurecida. Me gustaba la sensación de su dedo sobre mi piel: cálida y algo áspera. También me gustaba que estar cerca de él no activara todas aquellas extrañas sensaciones que había tenido estando cerca de Heath. Me refiero a que no podía oír la sangre de Erik siendo bombeada ni ver el pulso latir en su cuello. No es que me importase que me besara...

¡Mierda! ¿Me estaba convirtiendo en una fulana vampyra? ¿Qué sería lo próximo? ¿Es que ningún macho de cualquier especie (que también podía incluir a Damien) estaría a salvo cerca de mí? Quizá debería evitar a todos los tipos hasta que averiguase lo que sucedía conmigo y supiera que podía controlarme.

Entonces recordé que había estado intentando evitar a todo el mundo, que era la razón por la cual estaba allí fuera para empezar.

—¿Qué haces aquí fuera, Erik?

—Te he seguido —se limitó a decir.

—¿Por qué?

—Supongo que sabía lo que Afrodita había hecho ahí dentro y pensé que necesitarías un amigo. Compartes habitación con Stevie Rae, ¿verdad?

Asentí.

—Sí, pensé en buscarla y enviarla aquí fuera contigo, pero no sabía si querías que supiese lo de... —Se detuvo e hizo un leve gesto hacia atrás, en dirección al salón de entretenimiento.

—¡No! N-no quiero que lo sepa. —Tropecé con las palabras de lo rápido que las dije.

—Eso pensaba. Así que, por eso estoy yo contigo. —Sonrió y luego me pareció algo incómodo—. De verdad que no pretendía escuchar tu conversación con Heath. Lo siento.

Me concentré en acariciar a Nala. Así que había visto a Heath besarme y después presenció todo el asunto de la sangre. Dios, que vergüenza... Entonces un pensamiento me golpeó y lo miré, sonriendo con ironía—. Supongo que eso nos deja empatados. Yo tampoco pretendía escucharlos a Afrodita y a ti.

Me devolvió la sonrisa.

—Estamos empatados. Eso me gusta.

Su sonrisa hizo que sintiera mariposas en el estómago.

—En realidad, no hubiera bajado volando para chupar la sangre de Kayla —conseguí decir.

Se rió. (Tenía una risa realmente bonita).

—Ya lo sé. Los vampyros no pueden volar.

—Pero se puso histérica —dije.

—Por lo que vi, se lo merecía. —Esperó un instante y luego dijo— ¿Puedo preguntarte algo? Es algo un poco personal.

—Eh, me has visto beber sangre de una copa y disfrutarla, también vomitar, besar a un tipo, lamer su sangre como un cachorro y después vociferar como una loca. Y yo te he visto rechazar una mamada. Creo que puedo arreglármelas para responder a una pregunta algo personal.

—¿Estaba él realmente en trance? Eso parecía y hablaba como si lo estuviera.

Me revolví incómoda y Nala protestó hasta que la tranquilicé acariciándola.

—Parecía estarlo —conseguí decir al fin—. No sé si era un trance o no, y desde luego no pretendía tenerlo bajo mi control ni nada de eso, pero sí que cambió. No lo sé. Había estado bebiendo y fumando. Puede que simplemente estuviera puesto. —Oí de nuevo la voz de Heath, surgiendo de mi memoria como una niebla empalagosa: *Sí... lo que tú quieras... haré lo que tú quieras.* Y vi aquella mirada intensa que me había dirigido. Ni siquiera tenía idea que Heath *el Deportista* fuera capaz de esa clase de intensidad (al menos fuera del campo de fútbol). Sabía seguro que ni podía deletrear la palabra (intensidad, no fútbol).

—Había estado así todo el tiempo, o solo después de que tú... *um...* empezaras a...

—No todo el tiempo. ¿Por qué?

—Bueno, eso descarta dos cosas que podrían haberlo hecho actuar de forma extraña. Una: si estuviera simplemente colocado, entonces hubiese estado así todo el tiempo. Dos: podía haber estado actuando así porque eres realmente preciosa y eso solo puede hacer que un tipo se sienta como en trance cerca de ti.

Sus palabras hicieron que notara un revoloteo en el estómago de nuevo, algo que ningún chico había conseguido hacerme sentir antes. Ni Heath *el Deportista,* ni Jordon *el Vago* ni el Estúpido Chico de la Banda (mi historial de citas no es muy largo, pero es colorido).

—¿De verdad? —dije como una estúpida.

—De verdad. —sonrió nada estúpidamente.

¿Cómo podía gustarle a ese tipo? Soy una cretina bebedora de sangre.

—Pero no era por eso tampoco, porque debería haberse dado cuenta de lo buena que estás incluso antes de que lo besaras, y lo que dices es que no parecía en estado hipnótico hasta después que apareciese la sangre en escena.

(*Estado hipnótico* —jeje—, había dicho *estado hipnótico*). Estaba demasiado ocupada sonriendo como una idiota por su uso de vocabulario complejo como para pensar antes de responderle—. De hecho, ocurrió cuando empecé escuchar su sangre.

—¿Repite eso?

Oh, mierda. No había querido decir eso. Me aclaré la voz.

—Heath empezó a cambiar cuando oí la sangre recorriendo sus venas.

P. C. CAST y KRISTIN CAST

—Solo los vampyros adultos pueden oír eso. —Hizo una pausa y luego, con una rápida sonrisa, añadió:

—Y Heath suena a nombre de estrella gay de telenovela.

—Casi. Es el *quarterback* estrella del equipo.

Erik asintió y pareció entretenido.

—Oh, por cierto, me gusta cómo te cambiaste el nombre. Night es un apellido bonito —dije, intentando mantener mi lado de la conversación y decir algo con un mínimo de perspicacia.

Su sonrisa se volvió más amplia.

—No lo cambié. Erik Night es el nombre con el que nací.

—Oh, bueno, pues me gusta. —¿Por qué nadie me pegaba un tiro?

—Gracias.

Miró su reloj y me fijé en que eran casi las seis y media... de la mañana, lo cual todavía me resultaba raro.

—Habrá luz muy pronto —dijo.

Adivinando que aquel era el momento apropiado para que partiéramos en direcciones opuestas, empecé a colocar los pies debajo de mi cuerpo y sujeté bien a Nala para poderme poner en pie. Entonces noté la mano de Erik bajo mi codo, ayudándome a mantener el equilibrio. Me echó una mano para levantarme y se quedó allí quieto, tan cerca que la cola de Nala se frotaba contra su jersey negro.

—Te preguntaría si quieres comer algo, pero el único sitio en el que sirven comida ahora mismo es el salón de entretenimiento, y no creo que quieras volver allí.

—No, la verdad es que no. Pero de todas formas no tengo hambre. —Lo cual, me di cuenta en cuanto lo dije, era una gran mentira. Ante la mención de comida, de pronto me sentí hambrienta.

—Bueno, ¿te importa si te acompaño de vuelta a tu habitación? —preguntó.

—No —dije, intentando sonar despreocupada.

Stevie Rae, Damien y las gemelas se morirían si me veían con Erik.

No dijimos nada cuando comenzamos a caminar, pero no era un silencio extraño ni incómodo. De hecho, era agradable. De vez en cuando nuestros brazos se rozaban y yo pensaba en lo alto y guapo que era y lo mucho que me gustaría que me tomara la mano.

—Oh —dijo al cabo de un rato—, no terminé de responder tu pregunta de antes. La primera vez que probé la sangre en uno de los rituales de las Hijas de la Oscuridad la odié, pero se volvió mejor y mejor cada vez. No puedo decir que crea que es deliciosa, pero me he acostumbrado a ella. Y desde luego me gusta cómo me hace sentir.

Lo miré de repente.

—¿Mareado y como con las rodillas débiles? Como si estuvieras borracho, aunque sin estarlo.

—Sí. Oye, ¿sabías que es imposible que un vampyro se emborrache? —Negué con la cabeza—. Tiene algo que ver con lo que el cambio provoca en nuestro metabolismo. Es difícil estar colocado incluso para los iniciados.

—¿Así que beber sangre es la forma en que se ponen en pedo los vampyros?

Se encogió de hombros.

—Supongo. De todas formas, los iniciados tienen prohibido beber sangre humana.

—Entonces, ¿por qué nadie ha dicho nada a los profesores de lo que hace Afrodita?

—Ella no bebe sangre humana.

—Eh, Erik, yo estaba allí. Desde luego había sangre en el vino y procedía de ese chico, Elliott. —Me estremecí—. Y vaya elección más asquerosa.

Pero él no es humano —dijo Erik.

—Espera... está prohibido beber sangre humana —dije despacio. (¡Oh, mierda! Eso es lo que yo acabo de hacer)—. Pero, ¿está bien beber la sangre de otro iniciado?

—Solo si es de mutuo acuerdo.

—Eso no tiene sentido.

—Claro que sí. Es normal que la sed de sangre se desarrolle mientras nuestros cuerpos cambian, así que necesitamos desahogarnos. Los iniciados se curan con rapidez, así no hay posibilidades reales de que alguien salga herido. Y no hay efectos secundarios, como cuando un vampyro se alimenta de un humano vivo.

Lo que decía golpeaba mi cabeza como la música irritante y demasiado alta de Wet Seal y me agarré a lo primero en lo que podía pensar con claridad:

—¿Humano vivo? —dije con un chillido—. Dime que no lo estás comparando con alimentarse de un cadáver. —Sentía náuseas de nuevo.

Se rió.

—No, me refiero a comparado con sangre para beber recogida de los donantes de sangre de los vampyros.

—Nunca había oído hablar de algo así.

—Ni tampoco la mayoría de los humanos. No aprenderás sobre eso hasta que llegues a quinto.

Entonces, algo más de lo que él había dicho atravesó la confusión en mi cabeza.

—¿A qué te referías con efectos secundarios?

—Acabamos de empezar a estudiarlo en sociología vampýrica. Parece que cuando un vampyro adulto se alimenta de un humano vivo, puede formarse un fuerte vínculo. No siempre por parte del vampyro, pero los humanos se encaprichan con mucha facilidad. Es peligroso para el humano. Bueno, piénsalo. Ya solo la pérdida de sangre no es algo bueno. Y luego añade el hecho de que vivimos décadas más que los humanos, a veces incluso siglos. Míralo desde el punto de vista de un humano. La verdad es que sería un asco estar totalmente enamorado de alguien que parece no envejecer nunca mientras tú te vuelves viejo y arrugado y al final mueres.

Una vez más pensé en la forma aturdida pero intensa en que Heath me había mirado, y sabía que, por muy duro que pudiera ser, tendría que contarle todo a Neferet.

—Sí, eso sería lo peor —dije débilmente.

—Ya hemos llegado.

Me sorprendió ver que nos habíamos detenido frente a los dormitorios de las chicas. Levanté la mirada hacia él.

—Bueno, gracias por seguirme... supongo —dije, con una sonrisa irónica.

—Oye, cuando quieras que alguien meta las narices sin ser invitado, yo soy tu hombre.

—Lo recordaré —dije—. Gracias. —Me subí a Nala a la cadera y comencé a abrir la puerta.

—Oye, Z —me llamó.

Me di la vuelta.

—No le devuelvas el vestido a Afrodita. Al incluirte en el círculo esta noche, te ha ofrecido formalmente un puesto en las Hijas de la Oscuridad, y es tradición que la alta sacerdotisa en prácticas haga un regalo al nuevo miembro en su primera noche. Me imagino que no quieres unirte a ellas, pero aun así sigues teniendo derecho a quedarte con el vestido. Sobre todo porque te queda mucho mejor de lo que jamás le haya quedado a ella. —Estiró el brazo y me tocó la mano (la que no sujetaba a mi gata), y le dio la vuelta de forma que mi muñeca estuviera hacia arriba. Después, recorrió con el dedo la vena cercana a la superficie, haciendo que mi pulso saltara enloquecido.

—Y también deberías saber que soy tu hombre si en algún momento decides que te gustaría probar otro sorbo de sangre. Recuerda eso también.

Erik se inclinó y, todavía mirándome a los ojos, mordió ligeramente la zona donde latía la muñeca antes de besar el punto con suavidad. Esta vez, la sensación de mariposas en el estómago fue más intensa. Provocó un hormigueo en el interior de mis muslos e hizo que mi respiración fuera más profunda. Con los labios aún en mi muñeca me miró a los ojos y sentí una sacudida de deseo recorrer mi cuerpo. Sabía que él podía sentir cómo temblaba. Pasó la lengua por mi muñeca, lo que me hizo estremecer de nuevo. Luego me sonrió y se alejó hacia la luz previa al amanecer.

19

Aún sentía un cosquilleo en la muñeca por el inesperado beso (y mordisco y lengua) de Erik, y no estaba segura de poder hablar todavía, así que me sentí aliviada al ver que solo había unas cuantas chicas en el gran vestíbulo y que apenas me miraron antes de volver a lo que parecía *La nueva Top Model americana*. Entré deprisa en la cocina y dejé caer a Nala al suelo, esperando que no saliera corriendo mientras me hacía un sándwich. No lo hizo. De hecho me siguió por toda la habitación como un perrito anaranjado, protestando con su extraño *no-miau*. Yo seguí diciéndole "lo sé" y "lo comprendo" porque supuse que me chillaba por lo estúpida que había sido esa noche, y, bueno, tenía razón.

Con el sándwich hecho, tomé una bolsa de galletitas saladas (Stevie Rae tenía razón, no encontraba comida basura decente en ninguno de los armarios), alguna bebida de cola (no me importa demasiado de cuál, mientras sea de cola y no *light*... aj) y a mi gata, y me deslicé escaleras arriba.

—¡Zoey! ¡Estaba tan preocupada por ti! Cuéntamelo todo.
—Acurrucada en la cama con un libro, era obvio que Stevie Rae me esperaba despierta. Llevaba puesto el pijama que tenía sombreros de *cowboy* a lo largo del lateral de los pantalones de algodón, y su pelo corto estaba de punta de un lado como si se hubiera quedado dormida sobre él. Juro que aparentaba unos doce años.

—Bueno —dije alegremente—. Parece que tenemos mascota.

—Me giré para que Stevie Rae pudiera ver a Nala aplastada contra mi cadera—. Ven, ayúdame antes de que se me caiga algo. Si es la gata, es probable que no pare de protestar jamás.

—¡Es adorable! —Stevie Rae se levantó de un salto y se acercó a toda prisa para intentar coger a Nala, pero la gata se aferró a mí como si alguien fuera a matarla si me dejaba, así que Stevie Rae me tomó la comida en su lugar y la puso en mi mesilla.

—Oye, ese vestido es increíble.

—Sí, me cambié antes del ritual. —Lo cual me recordó que iba a tener que devolvérselo a Afrodita. Sí. No iba a quedarme con el regalo, a pesar de que Erik dijera que debería hacerlo. De cualquier forma, devolverlo parecía una buena manera de "agradecerle" que "olvidara" avisarme de lo de la sangre. Maldita bruja.

—Entonces... ¿cómo fue?

Me senté en la cama y le di a Nala una galletita que de inmediato comenzó a mordisquear (al menos había parado de protestar), y luego di un mordisco grande al sándwich. Sí, tenía hambre, pero también estaba ganando tiempo. No sabía qué debía contarle a Stevie Rae y qué no. Lo de la sangre era tan confuso... y tan asqueroso. ¿Pensaría que yo era horrible? ¿Se asustaría de mí?

Tragué y decidí orientar la conversación hacia un tema más seguro.

—Erik Night me ha acompañado hasta aquí.

—¡No lo creo! —Dio brincos arriba y abajo sobre la cama como el muñeco de una caja de sorpresas—. Cuéntamelo todo.

—Me ha besado —dije, arrugando las cejas.

—¡Tienes que estar de broma! ¿Dónde? ¿Cómo? ¿Ha estado bien?

—Me ha besado la mano. —Decidí no decir la verdad. No quería explicar todo el tema muñeca/pulso/sangre/mordisco—. Y ha sido entonces cuando me ha dado las buenas noches. Estábamos justo frente a los dormitorios. Y, sí, ha estado bien. —Sonreí mientras daba otro bocado del sándwich.

—Apuesto a que Afrodita se cagó en todo cuando te fuiste del salón con él.

—Bueno, en realidad me fui antes que él y luego me alcanzó. Salí, eh, a dar un paseo junto al muro, que es donde encontré a Nala. —Rasqué la cabeza de la gata. Se acurrucó a mi lado, cerró los ojos y empezó a ronronear—. A decir verdad, creo que fue ella la que me encontró a mí. Total, que yo había trepado a lo alto del muro porque pensé que necesitaba que la rescataran y entonces —no te lo vas a creer— vi lo que parecía el fantasma de Elizabeth, y además aparecieron mi casi ex novio del instituto, Heath, y mi ex mejor amiga.

—¿Qué? ¿Quién? Más despacio. Empieza por el fantasma de Elizabeth.

Negué con la cabeza y mastiqué. Entre trozos de sándwich, le expliqué:

—Fue bastante escalofriante y muy extraño. Yo estaba sentada arriba en el muro acariciando a Nala y algo captó mi atención. Miré hacia abajo y allí estaba esa chica de pie, no muy lejos de donde yo me encontraba. Levantó la vista, me miró con unos ojos rojos brillantes y te juro que era Elizabeth.

—¡No puede ser! ¿Te asustaste mucho?

—Muchísimo. En cuanto me vio, soltó aquel horrible chillido y después salió corriendo.

—Yo me hubiera cagado de miedo.

—Y yo, pero apenas tuve tiempo de pensar en ello cuando aparecieron Heath y Kayla.

—¿A qué te refieres? ¿Cómo podían estar aquí?

—No, aquí no, estaban fuera del muro. Debieron escucharme intentando tranquilizar a Nala después que se volviera loca al ver el fantasma de Elizabeth, porque vinieron corriendo.

—¿Nala también lo vio?

Asentí.

Stevie Rae se estremeció.

—Entonces debe haber estado realmente allí.

—¿Estás segura de que ha muerto? —Mi voz fue apenas un susurro—. ¿No podría haber sido un error que se ha cometido y que esté todavía con vida, pero vagando por la escuela? —Sonaba ridículo, pero no mucho más que yo viendo un auténtico fantasma.

Stevie Rae tragó con fuerza.

—Está muerta. Yo la vi morir. Todos los de la clase lo vieron.

Parecía que iba a llorar y todo aquel tema me estaba asustando, así que cambié a otra cosa que diera menos miedo—. Bueno, podría estar equivocada. Quizá no era más que una chica de ojos extraños que se parecía a ella. Estaba oscuro y de repente Heath y Kayla aparecieron allí.

—¿Y de qué iba todo eso?

—Heath dijo que venían a sacarme de aquí. —Puse los ojos en blanco—. ¿Te imaginas?

—¿Son idiotas?

—Eso parece. Oh, y entonces Kayla, mi ex mejor amiga, ¡dio señales inequívocas de que iba detrás de Heath!

Stevie Rae dio un grito ahogado.

—¡Puta!

—Va en serio. En fin, que les dije que se marcharan y no volvieran jamás, y entonces me disgusté, que es cuando Erik me encontró.

—¡Hmm! ¿Fue dulce y romántico?

—Sí, bueno, algo así. Me llamó Z.

—Oooh, un apodo es una muy buena señal.

—Eso es lo que pensé.

—¿Así que después te acompañó a las habitaciones?

—Sí, me dijo que me llevaría a comer algo, pero que lo único que estaba abierto era el salón de entretenimiento y yo no quería volver allí. —Ah, mierda. Supe en el momento que no debería haber dicho eso.

—¿Se portaron mal las Hijas de la Oscuridad?

Miré a Stevie Rae con sus enormes ojos de cervatillo y supe que no podía decirle lo de que había bebido sangre. Todavía no.

—Bueno, ¿te acuerdas de lo sexi, guapa y con estilo que parecía Neferet?

Stevie Rae asintió.

—Afrodita hizo básicamente lo que había hecho Neferet, pero parecía una puta.

—Siempre he pensado que era repugnante —dijo Stevie Rae, meneando la cabeza con desagrado.

—Dímelo a mí. —Miré a Stevie Rae y solté:

—Ayer, justo antes de que Neferet me trajera aquí a la habitación, vi a Afrodita intentando hacerle una mamada a Erik.

—¡Qué dices! Aaaj, que tipa más asquerosa. Espera, has dicho que intentaba hacerlo. ¿Qué quieres decir con eso?

—Él decía que no y la apartaba. Él dijo que ya no la quería.

Stevie Rae soltó una risita.

—Apuesto a que eso hizo que perdiera la poca cabeza que le queda.

Recordé cómo se había echado sobre él, incluso cuando le decía con toda claridad que no.

—En realidad, me hubiera dado pena si no fuera tan... tan... —Luché por encontrar las palabras.

—¿Bruja del Infierno? —Stevie Rae sugirió para ayudarme.

—Sí, supongo que es eso. Tiene esa actitud, como si tuviera derecho a ser tan mala y desagradable como quiera y todos debamos limitarnos a inclinarnos ante ella y aceptarla.

Stevie Rae asintió.

—Así es como son sus amigos también.

—Sí, ya he conocido al horrible triplete.

—¿Te refieres a Belicosa, Terrible y Avispa?

—Exacto. ¿En qué estaban pensando cuando escogieron esos nombres tan horrendos? —dije, echándome galletitas en la boca.

—Pensaban exactamente en lo que todas en ese grupo piensan: que son mejores que los demás e intocables porque la asquerosa de Afrodita va a ser la próxima alta sacerdotisa.

Pronuncié las siguientes palabras a medida que las oía susurrar en mi cabeza:

—No creo que Nyx permita eso.

—¿A qué te refieres? Ya son "el" grupo, y Afrodita ha sido la líder de las Hijas de la Oscuridad desde que su afinidad se hizo evidente durante su año de quinto.

—¿Qué es la afinidad?

—Tiene visiones, como de futuras tragedias —dijo Stevie Rae, poniendo mala cara.

—¿Tú crees que las finge?

—¡Oh, joder, no! Es increíblemente precisa. Lo que yo creo, y Damien y las gemelas están de acuerdo conmigo, es que solo cuenta sus visiones cuando a su alrededor hay gente que no son de su grupito.

—Espera, ¿estás insinuando que sabe que van a pasar cosas malas con tiempo de evitarlas, pero que no hace nada al respecto?

—Sí. La semana pasada tuvo una visión durante la comida, pero las brujas cerraron filas a su alrededor y la condujeron fuera del comedor. Si Damien no se hubiera chocado con ellas porque llegaba tarde y entraba a toda prisa para comer, haciéndolas dispersarse de forma que vio que Afrodita estaba en mitad de una visión, nadie lo hubiera sabido jamás. Y todo un avión lleno de gente con toda probabilidad habría muerto.

Me atraganté con una galletita. Entre toses, farfullé:

—¡Un avión lleno de gente! ¿Pero qué coño...?

—Sí, Damien estaba seguro que Afrodita tenía una visión, así que fue a ver a Neferet. Afrodita tuvo que contarle la visión, la cual consistía en un avión que se estrellaba después del despegue. Sus visiones son tan claras que podría describir el aeropuerto y leer los números de la cola de la nave. Neferet anotó esa información y contactó al aeropuerto de Denver. Revisaron el avión y encontraron algún problema del que no se habían percatado antes, y dijeron que si no lo hubieran arreglado, este se hubiese estrellado de inmediato después de despegar. Pero estoy más que segura que Afrodita no hubiese dicho una sola palabra si no la hubieran pillado, a pesar de que se inventó la gran mentira de que sus amigas la estaban sacando del comedor porque sabían que ella querría ser llevada enseguida ante Neferet. Una pura patraña.

Empecé a decir que no podía creer que incluso Afrodita y sus brujas permitieran a propósito la muerte de cientos de personas, pero entonces recordé todas las cosas odiosas que habían dicho aquella noche: "Los hombres humanos dan asco... Deberían morir todos" y me di cuenta que no hablaban por hablar. Lo decían en serio.

—Entonces, ¿por qué Afrodita no mintió a Neferet? Ya sabes, ¿por qué no le dijo un aeropuerto diferente o cambió los números del vuelo o algo?

—Es casi imposible mentir a los vampyros, en especial cuando te hacen una pregunta directa. Y, recuerda, Afrodita quiere ser alta sacerdotisa más que cualquier otra cosa. Si Neferet creyera que es tan retorcida como en realidad es, dañaría seriamente sus planes de futuro.

—Afrodita no debería llegar a ser una alta sacerdotisa. Es egoísta y odiosa, y sus amigas también.

—Ya, bueno, Neferet no lo cree así, y además fue su mentora.

Parpadeé con gesto de sorpresa.

—¡Tienes que estar de broma! ¿Y no es capaz de ver toda la bazofia de Afrodita? —Aquello no podía ser cierto. Neferet es mucho más lista que eso.

Stevie Rae se encogió de hombros.

—Se comporta de forma diferente cuando está cerca de Neferet.

—Pero aun así...

—Y tiene una poderosa afinidad, lo cual tiene que significar que Nyx tiene planeado algo especial para ella.

—O puede que sea un demonio del Infierno y que obtenga su poder del lado oscuro. ¡Hola! ¿Es que nadie ha visto *La guerra de las galaxias*? Era difícil de creer que Anakin Skywalker se pasara al otro lado, y mira lo que ocurrió ahí.

—Eh, Zoey. Eso es más bien pura ficción.

—De todas formas, creo que es buen ejemplo.

—Bueno, intenta contarle eso a Neferet.

Mastiqué el sándwich y reflexioné sobre ello. Quizá debiera hacerlo. Neferet me parecía demasiado lista para caer en los jueguecitos de Afrodita. Probablemente ya sabía que algo pasaba con las brujas. Quizá lo único que necesitaba era que alguien se decidiera y le dijese algo.

—Entonces, ¿nadie ha intentado nunca contarle a Neferet lo de Afrodita? —pregunté.

—No que yo sepa.

—¿Por qué no?

Stevie Rae pareció incómoda.

—Bueno, creo que parecería ser un soplón o algo así. De todas formas, ¿qué íbamos a decirle a Neferet? Que creemos que Afrodita podría estar ocultando sus visiones, pero que la única prueba que tenemos es que es una zorra odiosa. —Stevie Rae negó con la cabeza—. No, la verdad es que no veo que eso vaya a funcionar con Neferet. Además, si por alguna razón milagrosa nos creyera, ¿qué iba a hacer ella? No es que vaya a echarla a patadas de la escuela para que se muera en la calle. Seguiría por aquí con su banda de brujas y todos esos tipos que harían cualquier cosa por ella con tan solo chascar sus pequeñas garras. Supongo que simplemente no vale la pena.

El de Stevie Rae era un buen argumento, pero a mí no me gustaba. No me gustaba nada de nada.

Las cosas podrían ser diferentes si un iniciado más poderoso ocupara el lugar de Afrodita como líder de las Hijas de la Oscuridad.

Di un respingo de culpabilidad y lo disimulé dando un gran trago de la bebida. ¿En qué estaba pensando? No estaba hambrienta de poder. No quería ser una alta sacerdotisa ni verme envuelta en una incómoda lucha con Afrodita y media escuela (la mitad más atractiva, en este caso). Tan solo quería encontrar mi propio lugar en esta nueva vida, un lugar en el que sentirme en casa... un lugar en el que encajara y fuese como el resto de los chicos.

Entonces recordé las sacudidas eléctricas que había sentido durante la invocación de ambos círculos y cómo los elementos parecían chisporrotear a través de mi cuerpo, y también cómo había tenido que obligarme a mí misma a permanecer en el círculo y no unirme a Afrodita en la invocación.

—Stevie Rae, cuando se invoca en el círculo, ¿se siente algo? —pregunté de repente.

—¿A qué te refieres?

—Bueno, a algo como cuando se llama al fuego en el círculo. ¿Se llega a sentir calor?

—No. Vamos, a mí me gusta el rollo del círculo, y a veces cuando Neferet reza siento un golpe de energía que lo recorre, pero nada más.

—¿Así que nunca has sentido una brisa cuando se invoca al viento u olido lluvia con el agua o sentido hierba bajo tus pies con la tierra?

—Para nada. Solo una alta sacerdotisa con una gran afinidad con los elementos podría... —Se calló de pronto y sus ojos se hicieron enormes—. ¿Estás diciendo que tú sentiste esas cosas? ¿Alguna de esas cosas?

Puse gesto avergonzado.

—Quizá.

—¡Quizá! —chilló—. ¡Zoey! ¿Tienes la menor idea de lo que podría significar eso?

Negué con la cabeza.

—Esta semana pasada hemos estudiado en clase de sociología a las vampyras altas sacerdotisas más famosas de la historia. No ha habido una sacerdotisa con afinidad con los cuatro elementos desde hace cientos de años.

—Cinco —dije abatida.

—¡Los cinco! ¡También has sentido algo con el espíritu!

—Sí, eso creo.

—¡Zoey! Esto es increíble. No creo que haya habido jamás una alta sacerdotisa que haya sentido los cinco elementos. —Hizo un gesto con la cabeza hacia mi Marca—. Es por eso. Significa que eres diferente, y de hecho lo eres.

—Stevie Rae, ¿podemos mantener esto entre nosotras durante un tiempo? Es decir, ¿ni siquiera decírselo a Damien o a las gemelas? Solo... Solo quiero asimilar todo esto un poco. Siento como si todo esto ocurriera demasiado rápido.

—Pero Zoey, yo...

—Y puede que me equivoque —la interrumpí enseguida—. ¿Y si no fue más que la excitación y los nervios de no haber estado en el ritual con anterioridad? ¿Sabes la vergüenza que me daría decir a la gente "oye, soy la única iniciada que ha tenido afinidad con todos los elementos" y que luego resultara ser por los nervios?

Stevie Rae chascó la lengua.

—No lo sé, aun así creo que deberías contárselo a alguien.

—Claro, y entonces Afrodita y su séquito estarían allí para regodearse si resultase que me lo estaba imaginando todo.

Stevie Rae se puso pálida.

—Oh, Dios. Tienes toda la razón. Eso sí que sería horrible. No diré nada hasta que estés preparada. Prometido.

Su reacción me recordó algo.

—Oye, ¿qué es lo que te ha hecho Afrodita?

Stevie Rae bajó la mirada a su regazo, juntó las manos y encorvó los hombros como si de pronto sintiera un escalofrío.

—Me invitó a un ritual. No llevaba aquí demasiado tiempo, tan solo un mes o así, y estaba algo emocionada con la idea de que el grupo de moda me quisiera. —Negó con la cabeza, todavía sin mirarme—. Fue una estupidez por mi parte, pero aún no conocía a casi nadie, y pensé que quizá serían mis amigos. Así que fui. Pero no querían que fuera una de ellos. Querían que fuera una... una... donante de sangre para su ritual. Incluso me llamaron "nevera", como si no valiese para otra cosa que para suministrarles sangre. Me hicieron llorar y cuando dije que no, se rieron de mí y me echaron a patadas. Así es como conocí a Damien, y luego a Erin y Shaunee. Estaban dando una vuelta juntos y me vieron salir corriendo del salón de entretenimiento, así que me siguieron y me dijeron que no me preocupara por ello. Han sido mis amigos desde entonces. —Al fin me miró—. Lo siento. Te hubiera dicho algo antes, pero sabía que no intentarían algo así contigo. Eres demasiado fuerte y Afrodita siente demasiada curiosidad por tu Marca. Además, eres lo suficientemente bonita para ser una de ellas.

—¡Oye, y tú también! —Sentí el estómago revuelto de pensar en Stevie Rae en aquella silla como Elliott... de pensar en beber la sangre de Stevie Rae.

—No, tan solo soy mona. No soy como ellos.

—¡Yo tampoco soy como ellos! —grité, provocando que Nala se despertara y refunfuñase otra vez.

—Ya sé que no. No me refería a eso. Lo que quiero decir es que sabía que te querrían en su grupo, y que por eso no intentarían utilizarte de esa manera.

No, lo que consiguieron fue engañarme e hicieron todo lo posible por volverme loca. Pero, ¿por qué? ¡Espera! Ya sabía qué es lo que pretendían. Erik dijo que la primera vez que probó la sangre la había odiado y había salido corriendo a vomitar. Tan solo llevaba allí dos días. Querían hacerme algo que me desagradara tanto que me mantuviese alejada de ellos y de su ritual para siempre.

No querían que me uniera a la Hijas de la Oscuridad, pero tampoco querían decirle a Neferet que no me querían. En vez de eso, querían que yo rechazara unirme a ellas. Por la retorcida razón que fuese, la abusona de Afrodita quería mantenerme fuera de las Hijas de la Oscuridad. Los abusones siempre me han tocado las narices, lo cual quería decir, por desgracia, que sabía lo que debía hacer.

Oh, mierda. Iba a unirme a las Hijas de la Oscuridad.

—Zoey, no estás disgustada conmigo, ¿verdad? —dijo Stevie Rae en voz muy baja.

Parpadeé, intentando aclarar mis ideas.

—¡Claro que no! Tenías razón, Afrodita no intentó que hiciera algo como donar sangre. —Me eché el último bocado de sándwich en la boca, masticando deprisa—. Oye, estoy molida. ¿Crees que podrás ayudarme a encontrar una caja para que Nala pueda dormir un poco?

La mirada de Stevie Rae se iluminó al instante y bajó de la cama de un salto con su habitual animación.

—Mira esto. —Casi llegó al lateral de la habitación de un salto y levantó una enorme bolsa verde que llevaba escrito en gruesas letras blancas: "Tienda agrícola sureña de Felicia, 2616 Harvard, Tulsa". Sacó de ella una caja, platos para comida y agua, una caja de comida para gatos de Friskies (con protección extra para bolas de pelo) y un saco de arena.

—¿Cómo lo sabías?

—No lo sabía. Estaba frente a nuestra puerta cuando llegue de la cena. —Buscó en el fondo de la bolsa y sacó un sobre y un adorable collar de cuero rosa que tenía diminutas púas plateadas alrededor.

—Toma, esto es para ti.

Me tendió el sobre, en el cual ahora podía ver mi nombre impreso, mientras le ponía el collar a Nala. Dentro, escrita en una letra preciosa y fluida sobre papel de color hueso, había una línea.

Skylar me dijo que iba a venir.

Estaba firmada con una única letra: N.

20

Iba a tener que hablar con Neferet. Pensé en ello mientras Stevie Rae y yo tomábamos el desayuno a toda prisa a la mañana siguiente. No quería contarle nada sobre mi supuesta extraña reacción hacia los elementos. Es decir, no había mentido. Puede que lo hubiera imaginado todo. ¿Y si se lo contaba a Neferet y ella me hacía pasar alguna extraña prueba de afinidad (en esta escuela, vete a saber) y descubría que no tengo otra cosa que no sea una imaginación demasiado activa? De ninguna manera quería pasar por algo así. Me limitaría a mantener la boca cerrada hasta que descubriera algo más al respecto. Tampoco quería decirle nada sobre que pensaba que había visto el fantasma de Elizabeth. ¿Es que quería que Neferet creyera que yo era una estúpida? Neferet era genial, pero era una adulta, y casi podía oír la charla de "no fue más que tu imaginación porque has pasado por muchos cambios" que me echaría si decía haber visto un fantasma. Pero sí que necesitaba hablar con ella del tema de la sed de sangre. (*Aj...* si me había gustado tanto, ¿por qué la sola idea me hacía sentir mareada?).

—¿Tú crees que te seguirá a clase? —dijo Stevie Rae, señalando a Nala.

Miré a mis pies, donde la gata yacía acurrucada, ronroneando con satisfacción —. ¿Puede hacerlo?

—¿Te refieres a si se le permite?

Asentí.

—Claro, los gatos pueden ir a donde quieran.

—Ah —dije, agachándome para rascarle la cabeza—. Entonces supongo que podría seguirme todo el día a cualquier parte.

—Bueno, me alegro que sea tuya y no mía. Por lo que he visto cuando apagué la alarma, es una auténtica acaparadora de almohada.

Reí.

—Tienes razón en eso. No sé cómo una pequeñita como ella puede echarme de mi propia almohada. —Le rasqué la cabeza una vez más—. Vamos. Llegaremos tarde.

Me levanté con el tazón en la mano y casi me choqué con Afrodita. Estaba, como de costumbre, flanqueada por Terrible y Belicosa. Avispa no estaba a la vista (quizá se había dado una ducha por la mañana y se había derretido cuando el agua la tocó... jeje). La desagradable sonrisa de Afrodita me recordó a una piraña que había visto en el acuario de Jenks cuando mi clase de biología fue de visita el año pasado en una excursión.

—Hola, Zoey. Dios, te fuiste tan deprisa anoche que no tuve la oportunidad de despedirme. Siento que no lo pasaras bien. Es una lástima, pero la Hijas de la Oscuridad no son para cualquiera. —Miró a Stevie Rae y retorció el labio.

—De hecho, lo pasé muy bien anoche, ¡y me encanta el vestido que me diste! —dije, deshaciéndome en agradecimientos—. Gracias por la invitación de unirme a las Hijas de la Oscuridad. Acepto. Sin duda.

La sonrisa salvaje de Afrodita se aplanó.

—¿En serio?

Sonreí como una completa idiota ignorante.

—¡En serio! ¿Cuándo es la próxima reunión o ritual o lo que sea? ¿O debo simplemente preguntárselo a Neferet? Voy a ir a verla esta mañana. Sé que se alegrará de oír la grata bienvenida que me diste anoche y que ahora soy una Hija Oscura.

Afrodita dudó durante un instante. Luego, sonrió de nuevo e imitó a la perfección mi tono despistado.

—Sí, apuesto que Neferet se alegrará de oír que te has unido a nosotras, pero yo soy la líder de las Hijas de la Oscuridad y conozco nuestro calendario de memoria, así que no hace falta que la molestes con preguntas tontas. Mañana es nuestra celebración del Samhain. Ponte tu vestido —dijo enfatizando el "tu", y mi sonrisa se ensanchó. Había querido picarla y lo había conseguido—. Y reúnete conmigo en el salón justo después de la cena, a las cuatro y media en punto.

—Genial. Allí estaré.

—Bien, qué grata sorpresa —dijo con habilidad. Después, seguida por Terrible y Belicosa (que parecían ligeramente aturdidas), abandonó con ellas la cocina.

—Brujas del Infierno —murmuré en voz baja. Miré a Stevie Rae, que me miraba con una expresión afligida en la cara.

—¿Te vas a unir a ellas? —susurró.

—No es lo que piensas. Vamos, te lo contaré de camino a clase. —Coloqué nuestros platos del desayuno en el lavaplatos y conduje a la demasiado silenciosa Stevie Rae fuera de los dormitorios. Nala caminaba detrás de nosotras, bufando de vez en cuando a cualquier gato que se atreviera a caminar demasiado cerca de mí por la acera—. Estoy reconociendo el terreno, justo como tú dijiste anoche —expliqué.

—No. No me gusta —dijo, negando con la cabeza con tanta fuerza que hizo que su pelo corto botara alocado.

—¿Has oído alguna vez el viejo dicho "ten a tus amigos cerca y aún más cerca a tus enemigos"?

—Claro, pero...

—Eso es todo lo que estoy haciendo. Afrodita se está librando de demasiada mierda. Es mala. Es egoísta. No puede ser lo que Nyx espera de una alta sacerdotisa.

Stevie Rae abrió mucho los ojos.

—¿Vas a detenerla?

—Bueno, voy a intentarlo. —Y mientras hablaba, sentí un cosquilleo en la luna creciente color zafiro de mi frente.

—Gracias por las cosas que me diste para Nala —dije.

Neferet levantó la vista del ensayo que estaba calificando y sonrió.

—Nala... Es un bonito nombre para ella, pero debes agradecérselo a Skylar, no a mí. Él es quien me dijo que iba a venir. —Entonces miró a la bola de pelo naranja que se enroscaba impaciente entre mis piernas—. Parece muy unida a ti. —Sus ojos miraron de nuevo hacia arriba para encontrarse con los míos—. Dime, Zoey, ¿alguna vez escuchas su voz en tu cabeza o sabes con exactitud dónde se encuentra, incluso cuando no está en la misma habitación que tú?

Parpadeé. ¡Neferet pensaba que yo podría tener afinidad con los gatos!

—No, y-yo no la oigo en mi cabeza. Pero se me queja a menudo. Y no sabría decir si sé o no dónde está cuando no está conmigo. Siempre está conmigo.

—Es encantadora. —Neferet hizo una seña a Nala con el dedo y dijo:

—Ven aquí, pequeña.

Al instante, Nala caminó hacia ella y saltó sobre el escritorio de Neferet, esparciendo los papeles por todas partes.

—Oh, Dios, lo siento, Neferet. —Intenté levantar a Nala, pero Neferet me hizo un gesto de que me alejara. Rascó la cabeza de Nala y la gata cerró los ojos y ronroneó.

—Los gatos son siempre bienvenidos y los papeles son fáciles de reorganizar. Ahora, ¿de qué querías hablarme en realidad, pajarito?

Su uso del apodo de mi abuela me provocó una punzada en el

corazón y de repente la eché de menos con una intensidad que me hizo luchar por contener las lágrimas.

—¿Echas de menos tu viejo hogar? —preguntó Neferet con dulzura.

—No, en realidad no. Bueno, a excepción de la abuela, pero he estado tan ocupada que supongo que no me he dado cuenta hasta ahora —dije, sintiéndome culpable.

—No echas de menos a tu padre y a tu madre.

No es que lo hubiera dicho como una pregunta, pero sentí la necesidad de contestar.

—No. Bueno, en realidad no tengo padre. Nos dejó cuando yo era pequeña. Mi madre volvió a casarse hace tres años y, bueno...

—Puedes contármelo. Te doy mi palabra de que lo entenderé —dijo Neferet.

—¡Lo odio! —dije con más rabia de la que esperaba sentir—. Desde que se unió a nuestra familia —dije la última palabra con sarcasmo— nada ha estado bien. Mi madre cambió por completo. Es como si no pudiera ser su mujer y mi madre al mismo tiempo. Ha dejado de ser mi hogar hace mucho tiempo.

—Mi madre murió cuando yo tenía diez años. Mi padre no volvió a casarse. En vez de eso, empezó a usarme a mí como su mujer. Desde que tenía diez años hasta que Nyx me salvó marcándome cuando tenía quince, él abusó de mí. —Neferet hizo una pausa y dejó que yo asimilara el impacto de lo que estaba diciendo antes de continuar—. Así que, como ves, cuando digo que comprendo lo que es que tu hogar se convierta en un lugar insoportable, no lo digo por decir.

—Eso es horrible. —No sabía qué más decir.

—Lo era entonces. Ahora no es más que otro recuerdo. Zoey, los humanos de tu pasado, e incluso de tu presente y futuro, se volverán menos y menos importantes para ti hasta que, en un momento dado, sientas muy poco hacia ellos. Lo comprenderás mejor a medida que vayas cambiando.

Había una fría rotundidad en su voz que me hizo sentir rara, y me escuché decir:

—No quiero que deje de preocuparme mi abuela.

—Pues claro que no. —Volvía a ser cálida y afectuosa de nuevo—. Todavía son las nueve, ¿por qué no la llamas? Puedes llegar tarde a la clase de teatro. Le diré a la profesora Nolan que tienes permiso.

—Gracias, me encantaría. Pero no es de eso de lo que venía a hablarte. —Respiré hondo—. Bebí sangre anoche.

Neferet asintió.

—Sí, las Hijas de la Oscuridad a menudo mezclan sangre de iniciados con su vino ritual. Es algo que le gusta hacer a los jóvenes. ¿Te disgustó mucho, Zoey?

—Bueno, no supe nada hasta después. Entonces, sí, me disgustó.

Neferet frunció el ceño.

—No fue muy ético por parte de Afrodita el no decírtelo con anticipación. Debiste haber tenido la opción de elegir antes de participar. Hablaré con ella.

—¡No! —dije un poco demasiado rápido, y después intenté sonar más calmada—. No, en realidad no hay necesidad. Yo me ocuparé. He decidido unirme a las Hijas de la Oscuridad, así que no quiero empezar causándole problemas a Afrodita.

—Puede que tengas razón. Afrodita puede ser bastante temperamental, y me fío de que puedes ocuparte de ello tú sola, Zoey. Nos gusta animar a los iniciados a resolver los problemas que tienen entre ellos siempre que sea posible. —Me estudió, con clara preocupación en su rostro—. Es normal que las primeras veces la sangre no sepa muy apetitosa. Sabrías eso si llevaras más tiempo con nosotros.

—No es eso. S-sabía realmente bien. Erik me dijo que la mía era una reacción inusual.

Las cejas perfectas de Neferet se elevaron de repente.

—Lo es, ciertamente. ¿Te sentiste también mareada o eufórica?

—Las dos cosas —dije con suavidad.

Neferet me miró la Marca.

—Eres única, Zoey Redbird. Bueno, creo que será mejor sacarte de esta clase de sociología y pasarte a la de cuarto.

—La verdad es que preferiría que no lo hicieras —dije con rapidez—. Ya me siento bastante rara con todo el mundo observando la Marca y mirando a ver si hago algo extraño. Si me cambias a una clase con chicos que llevan aquí tres años, pensarán que soy verdaderamente rara.

Neferet dudó, rascando la cabeza de Nala mientras reflexionaba.

—Entiendo a lo que te refieres, Zoey. Hace casi cien años que ya no soy una adolescente, pero los vampyros tienen recuerdos precisos y duraderos y aún recuerdo lo que es pasar por el cambio. —Suspiró—. De acuerdo, ¿por qué no hacemos un trato? Dejaré que te quedes en esa clase de sociología, pero quiero darte el libro de texto que se estudia en el nivel avanzado y que te comprometas a leer un capítulo cada semana y que me prometas que comentarás conmigo cualquier duda que tengas.

—Trato hecho —dije.

—Sabes, Zoey, a medida que transcurre el cambio, te conviertes en un ser diferente por completo. Un vampyro no es un humano, pero lo es en sus valores. Puede sonarte como algo censurable ahora, pero tu deseo de sangre es tan normal en tu nueva vida como lo ha sido tu deseo por —hizo una pausa y sonrió— las bebidas de cola en la antigua.

—¡Jesús! ¿Lo sabes todo?

—Nyx me ha concedido dones con generosidad. Además de mi afinidad con nuestros encantadores felinos y mis habilidades curativas, también soy muy intuitiva.

—¿Puedes leer mi mente? —pregunté con nerviosismo.

—No exactamente. Pero puedo recoger pedazos y fragmentos de cosas. Por ejemplo, sé que hay algo más que necesitas contarme de anoche.

Respiré hondo.

—Estaba disgustada cuando descubrí lo de la sangre, así que salí corriendo del salón. Así es como encontré a Nala. Estaba en un árbol muy cercano al muro de la escuela. Pensé que estaba atrapada allí, así que trepé a lo alto del muro para levantarla y, bueno, mientras hablaba con ella dos chicos de mi antigua escuela me encontraron.

—¿Qué ocurrió? —La mano de Neferet se había detenido. Ya no acariciaba a Nala y tenía toda su atención.

—No fue bien. Ellos... ellos estaban dopados, puestos y borrachos. —¡Ay, no pretendía soltar eso!

—¿Intentaron hacerte daño?

—No, nada de eso. Eran mi ex mejor amiga y mi casi ex novio. Neferet me miró levantando las cejas de nuevo.

—Bueno, había dejado de salir con él, pero él y yo todavía sentíamos algo el uno por el otro.

Asintió como si comprendiera.

—Sigue.

—Kayla y yo medio nos peleamos. Ella me ve ahora de forma diferente y supongo que yo también a ella. A ninguna de las dos nos gusta la nueva versión. —Al decir aquello me di cuenta que era cierto. No era que K hubiese cambiado... de hecho, era exactamente la misma. Era simplemente que las pequeñas cosas que acostumbraba a ignorar, como su parloteo sin sentido y su lado malvado, eran ahora de repente demasiado irritantes para soportarlas—. El caso es que se marchó y me quedé a solas con Heath. —Me detuve ahí, no muy segura de cómo seguir con el resto.

Neferet entrecerró los ojos.

—Sentiste sed de sangre hacia él.

—Sí —susurré.

—¿Bebiste su sangre, Zoey? —Su voz era severa.

—Tan solo probé una gota. Lo había arañado. No pretendía hacerlo, pero cuando escuché su pulso latiendo... me hizo arañarlo.

—¿Entonces no bebiste en realidad de la herida?

—Empecé a hacerlo, pero Kayla regresó y nos interrumpió. Se puso totalmente histérica y así es como conseguí que Heath se marchara.

—¿Él no quería?

Negué con la cabeza.

—No. No quería irse. —Sentí de nuevo como si fuese a llorar—. ¡Neferet, lo siento! Yo no quería. Ni siquiera sabía lo que estaba haciendo hasta que Kayla gritó.

—Por supuesto que no te diste cuenta de lo que ocurría. ¿Cómo se supone que iba a saber algo sobre la sed de sangre una iniciada recién marcada? —Me tocó el hombro en un gesto tranquilizador y maternal—. Es probable que no conectaras con él.

—¿Conectar?

—Es lo que suele ocurrir cuando los vampyros beben directamente de los humanos, en especial si hay un lazo establecido entre ellos previo a la toma de sangre. Esa es la razón por la cual está prohibido que los iniciados beban la sangre de los humanos. En realidad, se desaconseja también que los vampyros adultos se alimenten de humanos. Hay una secta entera de vampyros que lo consideran moralmente incorrecto y desearían hacerlo ilegal —dijo.

Observé cómo sus ojos se oscurecían mientras hablaba. La expresión que había en ellos me puso de repente nerviosa e hizo que me estremeciera. Entonces Neferet parpadeó y sus ojos volvieron a ser normales. ¿O es que simplemente había imaginado aquella extraña oscuridad en ellos?

—Pero esa es una discusión que es mejor que dejemos para mi clase de sociología de sexto.

—¿Qué hago con Heath?

—Nada. Dímelo si intenta verte de nuevo. Si te llama, no contestes. Si empieza a conectar, incluso el sonido de tu voz lo afectará y funcionará como reclamo para atraerlo hacia ti.

—Suena como algo sacado de *Drácula* —murmuré.

—¡No tiene nada que ver con ese maldito libro! —me cortó—. Stoker envileció a los vampyros, lo que ha causado a los nuestros innumerables problemas con los humanos.

—Lo siento, no pretendía...

Hizo un gesto con la mano quitándole importancia.

—No, no debería haber dejado salir mi frustración con el libro de ese viejo estúpido delante de ti. Y no me preocupa tu amigo Heath. Estoy segura que estará bien. ¿Dices que estaba bebido y fumado? Supongo que te refieres a marihuana.

Asentí.

—Pero yo no fume —añadí—. De hecho, él no solía y tampoco Kayla. No entiendo qué es lo que les ocurre. Creo que están saliendo con esos futbolistas drogadictos de Unión, y ninguno de ellos tiene la sensatez suficiente para decir simplemente que no.

—Bueno, su reacción hacia ti puede haber tenido más que ver con su nivel de intoxicación que con una posible conexión. —Hizo una pausa, sacando una libreta del cajón de su escritorio y ofreciéndome un lápiz—. Pero por si acaso, por qué no escribes el nombre completo de tus amigos y dónde viven. Oh, y añade los nombres de los futbolistas de Unión también, si los conoces.

—¿Para qué ibas a necesitar sus nombres? —Sentí cómo se me caía el alma a los pies—. ¿No vas a llamar a sus padres, verdad?

Neferet se rió.

—Claro que no. El mal comportamiento de adolescentes humanos no es algo que me preocupe. Solo lo quiero para poder concentrar mis pensamientos en el grupo y quizá recoger algún indicio entre ellos de una posible conexión.

—¿Y qué ocurre si es así? ¿Qué pasará con Heath?

—Es joven y la conexión será débil, así que el tiempo y la distancia deberían hacer que acabara desapareciendo. Si está conectado por completo, hay formas de romperlo. —Estaba a punto de decir que quizá debería hacer lo que quiera que tuviera que hacer para romper la conexión, cuando ella prosiguió—. Ninguna de esas formas es placentera.

—Oh, OK.

Escribí los nombres y direcciones de Kayla y Heath. No tenía ni idea de dónde vivían los chicos de Unión, pero recordaba sus nombres. Neferet se puso en pie y fue al fondo del aula para tomar un grueso libro de texto en el cual se leía en letras plateadas el título SOCIOLOGÍA 4.

—Empieza por el capítulo uno y ve recorriendo todo el libro. Hasta que lo hayas terminado, vamos a considerarlo tus tareas en lugar del trabajo que mando al resto de la clase de Sociología 1.

Levanté el libro. Era pesado y la cubierta se notaba fría en mi mano caliente y nerviosa.

—Si tienes alguna pregunta, la que sea, ven a verme enseguida. Si no estoy aquí, puedes venir a mi apartamento en el templo de Nyx. Entra por la puerta principal y sigue las escaleras de la derecha. Soy la única sacerdotisa de la escuela en estos momentos, así que todo el segundo piso me pertenece. Y que no te preocupe molestarme. Eres mi iniciada... es tu trabajo molestarme —dijo con una cálida sonrisa.

—Gracias, Neferet.

—Trata de no preocuparte. Nyx te ha tocado y la diosa se preocupa por los suyos. —Me abrazó—. Ahora, voy a decirle a la profesora Nolan qué es lo que te ha entretenido. Adelante, usa el teléfono de mi escritorio para llamar a tu abuela. —Me abrazó de nuevo y luego cerró la puerta de la clase con suavidad al irse.

Me senté en su escritorio y pensé en la genial que era y el tiempo que hacía que mi madre no me abrazaba así. Y por alguna razón, empecé a llorar.

21

—Hola, Abuela, soy yo.

—¡Oh! ¡Mi pajarito! ¿Estás bien, cariño?

Sonreí y me froté los ojos.

—Estoy bien, Abuela. Lo que pasa es que te extraño.

—Pajarito, yo también te extraño. —Hizo una pausa y luego dijo:

—¿Te ha llamado tu madre?

—No.

La abuela suspiró.

—Bueno, cariño, quizá no quiere molestarte mientras te adaptas a tu nueva vida. Le conté que Neferet me había explicado que tus días y noches se invertirían.

—Gracias, Abuela, pero no creo que esa sea la razón por la que no me ha llamado.

—Quizá lo ha intentado y no has visto la llamada. Yo te llamé al móvil ayer, pero me saltaba el buzón de voz.

Sentí una punzada de remordimiento. Ni siquiera había comprobado los mensajes del móvil.

—Olvidé enchufarlo. Lo tengo en la habitación. Siento que se me pasara tu llamada, Abuela. —Entonces, para hacer que se sintiera mejor (y para que dejase de hablar de ello), dije:

—Lo miraré cuando vuelva a la habitación. Quizá Mamá me haya llamado.

—Puede que sí, cariño. Así que, dime, ¿cómo te va por ahí?

—Está bien. Sí, hay muchas cosas que me gustan de esto. Las clases son muy buenas. Sabes, abuela, incluso tengo clases de esgrima y de equitación.

—¡Eso es maravilloso! Recuerdo cuánto te gustaba montar a Conejito.

—¡Y tengo un gato!

—Oh, pajarito, estoy tan contenta. Siempre te han encantado los gatos. ¿Has hecho amistad con otros chicos?

—Sí, mi compañera, Stevie Rae, es genial. Y ya me gustan sus amigos también.

—Entonces, si todo va bien, ¿por qué lloras?

Debía haber sabido que no podía ocultar nada a mi abuela.

—Es solo... solo que hay algunas cosas del cambio que son muy duras de afrontar.

—Estás bien, ¿verdad? —La preocupación era intensa en su voz—. ¿Tu cabeza está bien?

—Sí, no tiene que ver con eso. Es... —Me detuve. Quería contárselo. Tenía tantas ganas de contárselo que iba a explotar, pero no sabía cómo. Y tenía miedo... miedo de que ya no me volviera a querer. Bueno, Mamá había dejado de quererme, ¿no? O, al menos, Mamá me había cambiado por un nuevo marido, lo cual de alguna manera era peor que dejar de quererme. ¿Qué iba a hacer si la abuela me abandonaba también?

—Pajarito, sabes que puedes contarme cualquier cosa —dijo con dulzura.

—Es difícil, Abuela. —Me mordí el labio para no llorar.

—Entonces deja que te lo haga más fácil. No hay nada que puedas decir que haga que deje de quererte. Soy tu abuela ahora, mañana y el año que viene. Seré tu abuela incluso después de unirme a nuestros ancestros en el mundo de los espíritus, y desde ahí todavía te seguiré queriendo, pajarito.

—¡Bebí sangre y me gustó! —solté.

Sin un atisbo de duda, la abuela dijo:

—Bueno, cariño, ¿no es eso lo que hacen los vampyros?

—Sí, pero yo no soy un vampyro. Tan solo soy una iniciada desde hace unos días.

—Eres especial, Zoey. Siempre lo has sido. ¿Por qué debería cambiar eso ahora?

—No me siento especial. Me siento como un monstruo.

—Entonces recuerda esto. Aún sigues siendo tú. No importa que hayas sido marcada. No importa que estés pasando por el cambio. En tu interior, tu espíritu sigue siendo tu espíritu. En el exterior puede que parezcas una extraña familiar, pero no necesitas más que mirar en el interior para descubrir el yo que has conocido durante estos dieciséis años.

—La extraña familiar... —susurré—. ¿Cómo sabes eso?

—Eres mi niña, cariño. Eres hija de mi espíritu. No es difícil comprender lo que estás pasando... es muy parecido a lo que imagino que yo sentiría.

—Gracias, Abuela.

—De nada, *U-we-tsi a-ge-hu-tsa.*

Sonreí, enamorada de la manera en que sonaba la palabra cheroqui para hija... Tan mágica y especial, como si fuera un título concedido por una diosa. Concedido por una diosa...

—Abuela, hay algo más.

—Dime, pajarito.

—Creo que puedo sentir los cinco elementos cuando se invoca un círculo.

—Si eso es verdad, te ha sido otorgado un gran poder, Zoey. Y sabes que un enorme poder conlleva una enorme responsabilidad. Nuestra familia tiene una rica historia de los ancianos de la tribu, chamanes y mujeres sabias. Ten la precaución, pajarito, de pensar antes de actuar. La diosa no te habría concedido poderes especiales por un simple capricho. Úsalos con cuidado y haz que Nyx, y también tus ancestros, te miren y sonrían.

—Lo haré lo mejor que pueda, Abuela.

—Eso es lo único que te pediría, pajarito.

—Hay una chica aquí que también tiene poderes especiales, pero es repugnante. Es una abusona y una mentirosa. Abuela, creo... creo... —Respiré hondo y dije lo que había estado cociéndose en mi cabeza toda la mañana—. Creo que soy más fuerte que ella y pienso que Nyx me marcó para que pudiera desbancarla de la posición en la que está. P-pero eso significaría que tengo que tomar su lugar, y no sé si estoy preparada para eso, ahora no. Quizá nunca.

—Sigue lo que te dicte tu espíritu, pajarito. —Titubeó y luego dijo—: Cariño, ¿recuerdas el ritual de purificación de nuestra gente?

Pensé en ello. No podía contar las veces que había ido con ella al pequeño arroyo detrás de casa de la abuela y la había visto darse un baño ritual en la corriente de agua, pronunciando el rezo de purificación. En ocasiones me metía en el arroyo con ella y repetía la oración. La oración se había entrelazado con mi infancia, repetida en los cambios de estación, en agradecimiento por la cosecha de lavanda, o como preparación para la llegada del invierno, así como cada vez que la abuela se enfrentaba a decisiones difíciles. A veces no sabía por qué se purificaba y rezaba la oración. Simplemente había ocurrido desde siempre.

—Sí —dije—. Lo recuerdo.

—¿Hay agua corriente dentro de los terrenos de la escuela?

—No lo sé, abuela.

—Bueno, si no la hay, busca algo para usarlo como manojo de hierbas rituales. Salvia y lavanda mezcladas es lo mejor, pero puedes utilizar incluso pino fresco si no tienes otra opción. ¿Sabes lo que hacer, pajarito?

—Ahumarme, comenzando por los pies y subiendo por todo mi cuerpo, por delante y por detrás —recité, como si fuera de nuevo una niña pequeña y la abuela me estuviese aleccionando en las costumbres de nuestra gente—. Y después mirar al este y hacer el rezo de purificación.

—Bien, lo recuerdas. Pide la ayuda de la diosa, Zoey. Creo que te escuchará. ¿Podrás hacerlo antes del amanecer de mañana?

—Creo que sí.

—Yo también realizaré el ritual y añadiré mi plegaria para pedir a la diosa que te guíe.

Y de pronto me sentí mejor. La abuela nunca se equivocaba con este tipo de cosas. Si ella creía que iría bien, entonces iría bien de verdad.

—Rezaré la oración antes de que amanezca. Lo prometo.

—Bien, pajarito. Ahora será mejor que esta anciana te deje marchar. Estás ahora mismo en mitad de tu jornada escolar, ¿no es así?

—Sí, voy ahora a clase de teatro. Y, Abuela... tú nunca serás vieja.

—No mientras pueda oír tu joven voz, pajarito. Te quiero, *U-we-tsi a-ge-hu-tsa.*

—Yo también te quiero, Abuela.

Hablar con la abuela había aligerado un tremendo peso de mi corazón. Aún estaba asustada e histérica por el futuro, y no es que me volviera loca la idea de derrocar a Afrodita. Por no hablar de que en realidad no tenía ni idea de cómo iba a conseguirlo. Pero tenía un plan. Sí, quizá no era un plan, pero al menos era algo que hacer. Llevaría a cabo la oración purificadora y luego... bueno... luego pensaría en lo que hacer después de eso.

Sí, eso funcionará. O al menos eso era lo que me decía a mí misma sin parar durante las clases de la mañana. A la hora de comer decidí el lugar que usaría para mi ritual: bajo el árbol junto al muro en el que había encontrado a Nala. Pensé en ello mientras me abría camino por la barra de ensaladas detrás de las gemelas.

Los árboles, en especial los robles, eran sagrados para los cheroqui, así que aquella parecía una buena elección. Además, estaba apartado y era de fácil acceso. Claro, Heath y Kayla me habían encontrado por allí, pero no planeaba sentarme en lo alto del muro de nuevo, y no podía imaginar a Heath apareciendo al amanecer dos días seguidos, estuviera conectado o no. Quiero decir que hablamos del tipo que dormía hasta las dos de la tarde en verano, todos los días. Hacían falta dos despertadores y el grito de su madre para que se levantara para ir a la escuela. El chico no iba a estar levantado antes del amanecer otra vez. Probablemente tardaría meses en recuperarse de lo de la noche anterior. No, de hecho, es probable que se escabullera de su casa para encontrarse con K (salir a hurtadillas siempre había sido sencillo para ella, sus padres no se enteraban de nada) y que estuvieran levantados toda la noche. Lo cual significaría que iba a faltar a la escuela y que jugaría enfermo y estaría dormido durante los próximos dos días. Daba igual, no me importaba que pudiera aparecer.

—¿No crees que el maíz tierno da miedo? Hay algo en esas diminutas formas que no me gusta.

Di un respingo y casi se me cayó el cucharón del aliño ranchero en el recipiente de líquido blanco. Levanté la vista hasta encontrarme con los risueños ojos azules de Erik.

—Oh, hola —dije—. Me has asustado.

—Z, creo que me estoy acostumbrando a aparecer de repente ante ti.

Solté una risilla nerviosa, totalmente consciente de que las gemelas observaban cada uno de nuestros movimientos.

—Pareces recuperada de lo de ayer.

—Sí, no pasa nada. Estoy bien. Y esta vez no miento.

—También he oído que te has unido a las Hijas de la Oscuridad.

Shaunee y Erin inspiraron a la vez. Tuve cuidado de no mirar hacia ellas.

—Sí.

—Eso es genial. Ese grupo necesita algo de sangre nueva.

—Dices "ese grupo" como si no pertenecieras a él. ¿No eres un Hijo Oscuro?

—Sí, pero no es lo mismo que ser una Hija Oscura. Estamos sólo de adorno. Algo así como a la inversa de como es en el mundo de los humanos. Todos saben que estamos allí para decorar y tener a Afrodita entretenida.

Lo miré y leí algo más en sus ojos.

—¿Y eso es lo que haces aún, entretener a Afrodita?

—Como dije anoche, ya no, lo cual es una razón por la que en realidad no me considero un miembro del grupo. Estoy seguro que me echarían a patadas si no fuera por esa cosilla que hago de interpretación.

—Te refieres con "cosilla" a eso que ha despertado el interés de Broadway y Los Ángeles por ti.

—A eso me refiero. —Me sonrió—. No es real, ¿sabes? Actuar es todo fingir. No es lo que yo soy en realidad. —Se inclinó para susurrarme al oído—. En serio, soy un tonto.

—Oh, vamos ya. ¿Te funciona esa actitud?

Exageró el gesto de estar ofendido.

—¿Actitud? No, Z. No es una actitud y puedo probarlo.

—Seguro que sí.

—Sí que puedo. Ven al cine conmigo esta noche. Veremos mis DVD favoritos.

—¿Y qué demuestra eso?

—Es *La guerra de las galaxias,* las películas originales. Me sé todos los diálogos de todos los personajes. —Se acercó aún más y volvió a susurrarme—. Incluso puedo hacer las partes de Chewbacca.

Me reí.

—Tienes razón. Eres un tonto.

—Ya te lo he dicho.

Habíamos llegado al final de la barra de ensaladas y caminó

conmigo hacia la mesa en la que ya estaban sentados Damien, Stevie Rae y las gemelas. Y, no, no intentaban ocultar el hecho de que todos ellos nos miraban boquiabiertos.

—Entonces, ¿irás... conmigo... esta noche?

Pude oír a los cuatro contener el aliento. Literalmente.

—Me gustaría, pero esta noche no puedo. Yo, eh, ya tengo planes.

—Oh. Sí. Bueno... quizá la próxima vez. Nos vemos. —Saludó con la cabeza a los de la mesa y se marchó.

Me senté. Todos me estaban mirando.

—¿Qué? —dije.

—Has perdido por completo la cabeza —dijo Shaunee.

—Justo lo que yo opino, gemela —dijo Erin.

—Espero que tengas una razón verdaderamente buena para rechazarlo —dijo Stevie Rae—. Está claro que has herido sus sentimientos.

—¿Crees que me dejará consolarlo? —preguntó Damien, todavía siguiendo a Erik con una mirada soñadora.

—Olvídalo —dijo Erin.

—No juega en tu liga —añadió Shaunee.

—¡Shhh! —dijo Stevie Rae. Se giró y me miró directamente a los ojos—. ¿Por qué le has dicho que no? ¿Qué podría ser más importante que una cita con él?

—Librarse de Afrodita —dije sencillamente.

22

—Parece una buena razón —dijo Damien.

—Se ha unido a las Hijas de la Oscuridad —dijo Shaunee.

—¡Qué! —chilló Damien, elevando la voz casi ocho octavas.

—Déjala en paz —dijo Stevie Rae, saliendo en mi defensa al instante—. Está reconociendo el terreno.

—¡Reconociendo el terreno!, ¡joder! Si se ha unido a las Hijas de la Oscuridad está entablando combate directo con el enemigo —dijo Damien.

—Pues se ha unido a ellos —dijo Shaunee.

—Ya lo hemos oído —dijo Erin.

—¡Hola! Sigo estando aquí —dije.

—¿Y qué es lo que vas a hacer? —me preguntó Damien.

—En realidad aún no lo sé —contesté.

—Más te vale tener un plan, y que sea rápido o esas brujas se te van a merendar —dijo Erin.

—Sí —dijo Shaunee, masticando con ferocidad su ensalada para enfatizar.

—¡Oye! No tiene por qué hacer todo esto sola. Nos tiene a nosotros. —Stevie Rae se cruzó de brazos y fulminó con la mirada a las gemelas.

Sonreí a Stevie Rae en agradecimiento.

—Bueno, tengo una especie de idea.

—Bien. Cuéntanos y lo estudiaremos —dijo Stevie Rae.

Todos me miraron con expectación. Suspiré.

—Bueno. Hmm... —Comencé vacilante, temerosa de sonar como una estúpida, y después decidí que lo mejor era contarles lo que me había estado rondando por la cabeza desde que hablé con la abuela, así que acabé a toda prisa—. Había pensado en llevar a cabo un antiguo ritual de purificación basado en la costumbre cheroqui y pedir la ayuda de Nyx para idear un plan.

El silencio en la mesa pareció durar eternamente. Entonces, Damien dijo por fin:

—Pedir la ayuda de Nyx no es mala idea.

—¿Eres cheroqui? —preguntó Shaunee.

—Pareces cheroqui —dijo Erin.

—¡Hola! Su apellido significa Pájaro Rojo. Es cheroqui —dijo Stevie Rae de modo tajante.

—Bien, eso es bueno —dijo Shaunee, aunque parecía tener dudas.

—Simplemente creo que Nyx podría escucharme y, tal vez, darme algún tipo de pista sobre lo que debo hacer con la horrible Afrodita. —Miré a cada uno de mis amigos—. Algo en mi interior me dice que está mal dejar que se salga con la suya en todo lo que hace.

—¡Déjame contárselo! —dijo de pronto Stevie Rae—. No se lo contarán a nadie. En serio. Y ayudaría que lo supieran.

—¿El qué? —dijo Erin.

—Ves, ahora sí que no tienes más remedio —dijo Shaunee, y señaló a Stevie Rae con el tenedor—. Ella sabía que si decía eso te acosaríamos de tal manera que al final tendrías que contarnos eso de lo que está hablando.

Miré a Stevie Rae frunciendo el ceño y ella se encogió de hombros con cara de estar avergonzada y dijo:

—Lo siento.

De mala gana, bajé la voz y me incliné hacia delante.

—Prométanme que no se lo contarán a nadie.

—Prometido —dijeron.

—Creo que puedo sentir los cinco elementos cuando se convoca un círculo.

Silencio. Se me quedaron mirando. Tres de ellos impactados, Stevie Rae con aire de suficiencia.

—Entonces, ¿aún piensan que no puede derrocar a Afrodita? —dijo Stevie Rae.

—¡Sabía que pasaba algo más con tu Marca aparte de lo de caerte y golpearte la cabeza! —dijo Shaunee.

—Uau —dijo Erin—. Hablando de un chisme bueno.

—¡Nadie debe saberlo! —repliqué enseguida.

—Por favor —dijo Shaunee—. Lo que estamos diciendo será un chisme fantástico algún día.

—Sabemos cómo esperar para los chismes grandes —dijo Erin.

Damien ignoró a ambas.

—No creo que haya antecedentes de una alta sacerdotisa que haya tenido afinidad con los cinco elementos. —La voz de Damien fue ganando en emoción a medida que hablaba—. ¿Sabes lo que significa eso? —No me dio la oportunidad de responder—. Significa que podrías llegar a ser la alta sacerdotisa más *puissante* que los vampyros hayan conocido nunca.

—¿Eh? —dije. ¿*Puissante*?

—Fuerte... poderosa —dijo con impaciencia—. ¡Incluso podrías ser capaz de echar a Afrodita!

—Bueno, esas sí que son noticias buenas de verdad —dijo Erin, al tiempo que Shaunee asentía con entusiasmo.

—Entonces, ¿cuándo y dónde vamos a hacer la cosa esa de la purificación? —preguntó Stevie Rae.

—¿Vamos? —dije.

—No estás sola en esto, Zoey —dijo ella.

Abrí la boca para protestar; es decir, ni siquiera estaba segura de lo que iba a hacer yo. No quería involucrar a mis amigos en algo que podría resultar —de hecho, es probable que lo fuera— un auténtico desastre. Pero Damien no me dio tiempo para decirles que no.

—Nos necesitas —se limitó a decir—. Incluso la más poderosa alta sacerdotisa necesita su círculo.

—Bueno, en realidad no había pensado en formar un círculo. Tan solo iba a llevar a cabo una especie de oración purificadora.

—¿Y no puedes formar el círculo y luego rezar tu oración y pedir la ayuda de Nyx? —preguntó Stevie Rae.

—Suena lógico —dijo Shaunee.

—Además, si de verdad tienes afinidad con los cinco elementos, apuesto a que seremos capaces de sentirlo cuando formes tu propio círculo. ¿No es así, Damien? —dijo Stevie Rae. Todos miraron al erudito gay de nuestro grupo.

—Me parece bastante lógico —dijo.

Todavía pensaba discutir, a pesar de que en mi interior me sentía aliviada, feliz y agradecida de que mis amigos estuvieran allí a mi lado, de que no me dejaran afrontar toda aquella incertidumbre sola.

Estímalos mucho. Son perlas de gran valor.

La familiar voz flotó en mi cabeza y me di cuenta que no debía cuestionar aquel nuevo instinto dentro de mí que parecía haber nacido cuando Nyx me besó la frente y cambió para siempre mi Marca y mi vida.

—OK, voy a necesitar un manojo de hierbas rituales. —Me miraron sin comprender y continué para explicárselo—. Es para la parte de la purificación en el ritual, porque no tengo una corriente de agua a mano. ¿O sí?

—¿Te refieres a un arroyo, un río o algo así? —preguntó Stevie Rae.

—Sí.

—Bueno, hay un pequeño arroyo que recorre el patio fuera del comedor y desaparece en algún lugar por debajo de la escuela —dijo Damien.

—Eso no sirve, no hay suficiente privacidad. Tendremos que usar el manojo de hierbas rituales. Lo que mejor funciona es lavanda seca y salvia mezcladas, pero si es necesario puedo usar también pino.

—Puedo conseguir la salvia y la lavanda —dijo Damien—. Tienen ese tipo de cosas en la tienda de suministros de la escuela para la clase de hechizos y rituales de quinto y sexto. Diré que estoy ayudando a un alumno de último curso recogiendo alguno de esos componentes. ¿Qué más necesitas?

—Bueno, en el ritual de purificación la abuela siempre daba las gracias a las siete direcciones que el pueblo cheroqui honra: norte, sur, este, oeste, sol, tierra y el yo. Pero creo que voy a hacer la oración más específica hacia Nyx. —Me mordí el labio, pensativa.

—Eso me parece buena idea —dijo Shaunee.

—Sí —añadió Erin—. Es decir, Nyx no está aliada con el sol. Ella es la noche.

—Creo que deberías seguir tu instinto —dijo Stevie Rae.

—Una de las primeras cosas que aprende a hacer una alta sacerdotisa es a confiar en sí misma —dijo Damien.

—De acuerdo, entonces también voy a necesitar una vela por cada uno de los cinco elementos —decidí.

—Pan comido —dijo Shaunee.

—Sí, el templo nunca está cerrado y hay miles de velas para el círculo allí.

—¿Está bien tomarlas? —Desde luego, robar en el templo de Nyx no parecía una buena idea.

—Está bien siempre y cuando las devolvamos —dijo Damien—. ¿Qué más?

—Eso es todo. —Eso creo. Joder, no estaba segura. No es que supiera exactamente lo estaba haciendo.

—¿Cuándo y dónde? —preguntó Damien.

—Después de la cena. Digamos a las cinco. Y no podemos ir juntos. Lo último que necesitamos es que Afrodita o cualquiera de las otras Hijas de la Oscuridad piensen que tenemos algún tipo de reunión y sientan curiosidad por nosotros. Así que nos encontraremos en el roble enorme junto al muro este. —Les sonreí torciendo la boca—. Es fácil de encontrar si finges que acabas de salir corriendo de uno de los rituales de las Hijas de la Oscuridad en el salón de entretenimiento y quieres alejarte lo más posible de las brujas.

—Para eso no hace falta fingir demasiado —dijo Shaunee.

Erin resopló.

—De acuerdo, traeremos el material —dijo Damien.

—Sí, nosotros traeremos las cosas y tú trae tu parte *pisante* —dijo Shaunee, dirigiendo a Damien una mirada de jodona.

—Esa no es la forma correcta de la palabra. En serio, deberías leer un poco más. Quizá tu vocabulario mejoraría —dijo Damien.

—Tu madre necesita leer más —dijo Shaunee, y luego ella y Erin se deshicieron en risitas ante el chiste malo sobre su madre.

Por una vez, estaba contenta de que cambiaran el tema de mí a otra cosa y me puse a comer la ensalada y a pensar con relativa intimidad mientras ellos seguían discutiendo. Masticaba e intentaba recordar todas las palabras del ritual de purificación cuando Nala subió de un salto junto a mí en el banco. Me miró con sus ojos grandes y después se apoyo contra mí y empezó a ronronear como el motor de un avión. No sé por qué, pero me hizo sentir mejor. Cuando sonó la campana y todos salimos corriendo a clase, cada uno de mis cuatro amigos me sonrió, me guiño un ojo en secreto y dijo: "Hasta luego, Z". También me hicieron sentir mejor, a pesar de que su pronta adopción del apodo con el que Erik se dirigía a mí hizo que el corazón me diera un vuelco.

La clase de español pasó volando: toda una clase para aprender cómo decir las cosas que nos gustan o no nos gustan. La profe Garmy me mataba de risa. Decía que cambiaría nuestras vidas. *Me gustan los gatos. Me gusta ir de compras. No me gusta cocinar.*

No me gusta levantar al gato. Esas eran las frases preferidas de la profe Garmy, y pasábamos la hora buscando las nuestras.

Intenté no garabatear cosas como *me gusta Erik...* y *no me gusta el hag-o Afrodita.* Sí, seguro que *el hag-o* no es como se dice "bruja" en español, pero bueno. En fin, la clase fue divertida y de hecho entendí lo que decíamos. La clase de equitación no pasó tan rápido. Limpiar las caballerizas era bueno para pensar —repasé una y otra vez el rezo de purificación—, pero la hora desde luego pareció durar una hora. Esta vez Stevie Rae no tuvo que venir por mí. Estaba demasiado ansiosa para perder la noción del tiempo. En cuanto sonó la campana ya estaba dejando la almohaza, contenta de que Lenobia me hubiera dejado cepillar a Perséfone de nuevo y preocupada porque también me había dicho que a partir de la siguiente semana creía que ya podría empezar a montarla. Salí a toda prisa de los establos, deseando que la hora no fuera tardía allá en el mundo "real". Me hubiera encantado llamar a la abuela y contarle lo bien que me iba con los caballos.

—Sé lo que está pasando.

Juro que casi me ahogo.

—¡Dios, Afrodita! ¡Podrías hacer ruido o algo! ¿Qué eres, medio araña? Me has dado un susto de muerte.

—¿Qué pasa? —ronroneó—. ¿Remordimiento de conciencia?

—Eh, cuando te acercas a hurtadillas por detrás a la gente, los asustas. La culpa no tiene nada que ver con ello.

—¿Entonces no eres culpable?

—Afrodita, no sé de qué estás hablando.

—Sé lo que estás planeando para esta noche.

—Pues todavía sigo sin saber de lo que estás hablando. *—¡Oh, mierda! ¿Cómo es posible que lo haya descubierto?*

—Todo el mundo piensa que eres tan condenadamente encantadora e inocente y están condenadamente impresionados por esa extraña Marca tuya. Todos menos yo. —Se giró para mirarme de frente y nos detuvimos en mitad de la acera. Sus ojos azules se estrecharon y se le retorció el rostro hasta volverse como el de una bruja aterradora. Um. Me pregunté (brevemente) si las gemelas eran conscientes de lo preciso que era el apodo con el que se referían a ella—. No importa la basura que hayas oído, él sigue siendo mío. Siempre será mío.

Mis ojos se abrieron de par en par y sentí un baño de alivio tan intenso que me hizo reír. ¡Hablaba de Erik, no del ritual de purificación!

—Uau, hablas como si fueras la madre de Erik. ¿Sabe él que lo espías?

—¿Parecía la madre de Erik cuando me viste comerle la pija en el pasillo?

Así que lo sabía. Qué más daba. Supongo que era inevitable que tuviéramos esa conversación.

—No, no parecías su madre. Parecías lo que eres —una desesperada— cuando intentabas de modo patético tirarte encima de un tipo que te decía de forma clara que ya no te quería.

—¡Maldita zorra! ¡Nadie me habla de ese modo!

Levantó la mano y, en forma de garra, la lanzó para cortarme en la cara. Entonces el mundo pareció detenerse, dejándonos a ambas en una pequeña burbuja a cámara lenta. Agarré su muñeca, deteniéndola con facilidad... demasiada facilidad. Fue como si ella fuera una niña pequeña y enferma que había atacado con rabia, pero que era demasiado débil para hacer daño alguno. La mantuve así durante un momento, mirando a sus odiosos ojos.

—No vuelvas a intentar pegarme jamás. No soy uno de esos chicos de los que puedes abusar. A ver si te das cuenta de esto, y que sea ahora: no te tengo miedo. —Entonces lancé su muñeca lejos de mí y me quedé asombrada por completo de ver cómo se tambaleaba hacia atrás varios pasos.

Frotándose la muñeca, me fulminó con la mirada.

—No te molestes en aparecer mañana. Considérate no invitada y fuera de las Hijas de la Oscuridad.

—¿En serio? —Me sentía increíblemente tranquila. Sabía que llevaba el triunfo en la partida y jugué mi carta—. ¿Así que quieres explicarle a mi mentora, la alta sacerdotisa Neferet, la vampyra que tuvo en primer lugar la idea de que me uniera a las Hijas de la Oscuridad, que me has echado porque tienes celos de que le guste a tu ex novio?

Su cara palideció.

—Oh, y ten por seguro que estaré total y absolutamente disgustada cuando Neferet me pregunte por ello. —Con un mohín, sollocé un poco como si fingiera llorar.

—¿Sabes lo que es pertenecer a algo y no tener a nadie más en el grupo que te quiera allí? —gruñó entre sus dientes apretados.

Sentí una presión en el estómago y tuve que hacer un esfuerzo para ocultarle que había tocado nervio. Sí, sabía perfectamente lo que era ser parte de algo —una supuesta familia— y sentir como si nadie me quisiera allí, pero Afrodita no iba a saberlo. En vez de eso sonreí y dije con mi voz más dulce:

—¿Por qué? ¿A qué te refieres, Afrodita? Erik es uno de los Hijos de la Oscuridad y precisamente hoy en la comida me ha dicho lo feliz que estaba de que me hubiera unido a las Hijas de la Oscuridad.

—Ven al ritual. Finge ser parte de las Hijas de la Oscuridad. Pero más te vale recordar esto. Son mis Hijas de la Oscuridad. Tú eres una extraña; la que no es bienvenida. Y recuerda esto también. A Erik Night y a mí nos une un lazo que nunca comprenderás. No es mi ex nada. No te quedaste a ver el final de nuestro jueguecito del pasillo. Él era entonces, y es ahora, justo lo que yo quiero que sea. Mío. —Entonces se echó hacia atrás su largo y rubísimo pelo y se largó sin decir más.

Unos dos segundos después, Stevie Rae asomó la cabeza desde detrás de un viejo roble que no estaba muy lejos de la acera y dijo:

—¿Se ha marchado?

—Afortunadamente. —La miré negando con la cabeza—. ¿Qué haces ahí detrás?

—¿Estás de broma? Me escondo. Me da un miedo que te cagas. Venía a encontrarme contigo y las vi a las dos discutiendo. Chica, ¡intentó pegarte!

—Afrodita tiene un serio problema de control de la ira.

Stevie Rae rió.

—Esto..., Stevie Rae, ya puedes salir de ahí detrás.

Todavía riendo, Stevie Rae casi saltó sobre mí y enganchó su brazo al mío.

—¡Le hiciste frente de verdad!

—Pues la verdad es que sí.

—Te odia a muerte.

—Ya te digo.

—¿Sabes lo que eso significa? —dijo Stevie Rae.

—Sí. Que ahora ya no tengo elección. Voy a tener que acabar con ella.

—Sí.

Pero sabía que no había tenido elección incluso antes de que Afrodita intentara arrancarme los ojos. No había tenido elección desde que Nyx colocara su Marca sobre mí. Mientras Stevie Rae y yo caminábamos juntas en la noche generosamente iluminada por la luz de gas, las palabras de la diosa se repetían una y otra vez en mi cabeza: "Eres mayor de lo que indican tus años, pajarito. Cree en ti misma y encontrarás tu camino. Pero recuerda, la oscuridad no siempre equivale al mal, así como la luz no siempre trae el bien".

23

—Espero que el resto puedan encontrarlo —dije, mirando alrededor mientras Stevie Rae y yo esperábamos junto al gran roble—. No parecía estar tan oscuro la noche pasada .

—No lo estaba. Esta noche está bastante nublado, así que la Luna tiene problemas para filtrar su resplandor. Pero no te preocupes, el cambio está aportando grandes cosas a nuestra visión nocturna. Joder, creo que puedo ver tan bien como Nala. —Stevie Rae rascó la cabeza de la gata de manera afectuosa y Nala cerró los ojos y ronroneó—. Nos encontrarán.

Me apoyé contra el árbol, preocupada. La cena había estado bien —pollo asado rico de verdad, arroz con especias y guisantes enanos (una cosa podía decirse del sitio y es que sabían cocinar bien)—; sí, todo había estado genial. Hasta que Erik se había acercado a nuestra mesa y había dicho "hola". OK, en realidad no fue un saludo de "hola, Z, todavía me gustas". Fue un "hola, Zoey". Punto. Sí. Eso fue todo. Había tomado su comida y caminaba junto a otro par de muchachos a los que las gemelas llamaron macizos. Admito que ni me fijé en ellos. Estaba demasiado ocupada fijándome en Erik. Vinieron a nuestra mesa. Levanté la vista y sonreí. Él me miró a los ojos durante un milisegundo, dijo "hola, Zoey" y siguió caminando. Y de repente el pollo ya no me supo ni mucho menos tan delicioso.

—Has herido su ego. Sé agradable y volverá a pedirte que salgas con él —dijo Stevie Rae, trayéndonos a mis pensamientos y a mí de vuelta al presente, bajo el árbol.

—¿Cómo sabías que pensaba en Erik? —pregunté. Stevie Rae había dejado de acariciar a Nala, así que bajé la mano y le rasqué la cabeza antes de que empezara a protestar.

—Porque eso es en lo que yo estaría pensando.

—Bueno, debería estar pensando en el círculo que tengo que invocar pero que no he invocado nunca antes en toda mi vida y en el ritual de purificación que tengo que realizar, y no en cualquier chico.

—No es cualquier chico. Es un bueeen chico —dijo Stevie Rae, arrastrando la palabra y haciéndome reír.

—Deben estar hablando de Erik —dijo Damien, saliendo de la sombra del muro—. No te preocupes. Vi la forma en que te miraba hoy en la comida. Te pedirá salir de nuevo.

—Claro, fíate de lo que dice —dijo Shaunee.

—Es el experto del grupo en todo lo referente a los penes —dijo Erin mientras se reunían bajo el árbol.

—Así es —dijo Damien.

Antes de que me provocaran dolor de cabeza, cambié de tema.

—¿Has conseguido las cosas que necesitamos?

—Tuve que mezclar la salvia seca y la lavanda yo mismo. Espero que sirva como las he atado. —Damien sacó el manojo de hierbas secas de la manga de su chaqueta y me lo tendió. Era espeso y de casi treinta centímetros de largo, y casi al instante percibí el familiar olor dulce de la lavanda. Lo había atado todo bien apretado en un extremo con lo que parecía hilo extragrueso.

—Es perfecto. —Le sonreí.

Pareció aliviado y luego dijo, con algo de timidez:

—He usado el hilo de mi punto de cruz...

—Oye, ya te he dicho que no tienes por qué avergonzarte de

que te guste el punto de cruz. Creo que es una afición muy linda. Además, se te da muy bien —dijo Stevie Rae.

—Ojalá mi padre pensara lo mismo —dijo Damien.

Odiaba oír esa tristeza en su voz.

—Me gustaría que me ensañaras alguna vez. Siempre he querido aprender a hacer punto de cruz —mentí, y me alegró ver cómo la cara de Damien se iluminaba.

—Cuando quieras, Z —dijo.

—¿Y qué hay de las velas? —pregunté a las gemelas.

—Eh, ya te lo dijimos. Pan... —Shaunee abrió su bolso y sacó votivos verdes, amarillos y azules en sus correspondientes copas de cristal coloreado.

—...comido. —De su bolso, Erin sacó votivos de color rojo y morado con el mismo tipo de recipientes.

—Bien. Perfecto, veamos. Pongámonos aquí, un poco apartados del tronco, pero lo suficientemente cerca para que sigamos estando bajo las ramas. —Me siguieron a medida que me alejaba unos pasos del árbol. Observé las velas. ¿Qué debía hacer? Quizá debería... Y mientras pensaba en ello, lo supe. Sin parar a preguntarme cómo o por qué o cuestionar el conocimiento intuitivo que de repente me había llegado, me limité a actuar—. Voy a darles una vela a cada uno. Luego, igual que las vampyras en el Ritual de la Luna Llena de Neferet, van a representar ese elemento. Yo seré el espíritu. —Erin me pasó el votivo morado—. Yo soy el centro del círculo. Cada uno se situará en su puesto alrededor de mí. —Sin dudarlo, levanté la vela roja de Erin y se la di a Shaunee—. Tú serás el fuego.

—Eso suena bien. Es decir, todos saben lo caliente que soy. —Sonrió y fue contorneándose hasta el borde sur del círculo.

La vela verde era la siguiente. Me giré hacia Stevie Rae.

—Tú eres la tierra.

—¡Y el verde es mi color favorito! —dijo ella, moviéndose alegremente hasta detenerse frente a Shaunee.

—Erin, tú eres el agua.

—Bien. Solía gustarme estar tumbada al sol, lo cual implica darse un baño cuando necesitaba refrescarme. —Erin fue hasta la posición Oeste.

—Entonces yo debo ser el aire —dijo Damien, tomando la vela amarilla.

—Lo eres. Tu elemento abre el círculo.

—Al igual que me gustaría poder abrir las mentes de la gente —dijo, situándose en la posición Este.

Le dirigí una cálida sonrisa.

—Sí. Algo así.

—Bien. ¿Qué es lo siguiente? —preguntó Stevie Rae.

—Bueno, usemos el humo del manojo ritual para purificarnos. —Coloqué la vela morada a mis pies para poderme concentrar en el manojo ritual. Entonces puse los ojos en blanco—. Vaya, maldita sea. ¿Alguien se ha acordado de traer unas cerillas o un mechero o lo que sea?

—Pues claro —dijo Damien, sacando un encendedor de su bolsillo.

—Gracias, aire —dije.

—No hay de qué, alta sacerdotisa —dijo él.

No dije nada, pero cuando me llamó eso, un cosquilleo de emoción recorrió mi cuerpo.

—Así es como se usa el manojo ritual —dije, contenta de que mi voz sonara mucho más calmada de lo que en realidad me sentía. Me situé frente a Damien, decidiendo que debía empezar donde el círculo daría comienzo. Me di cuenta que estaba imitando de manera extraña a mi abuela y las lecciones de mi infancia, y empecé a explicar el proceso a mis amigos—. Ahumar es una forma ritual de limpiar a una persona, un lugar o un objeto de energías negativas, espíritus o influencias. La ceremonia de ahumado consiste en quemar plantas sagradas especiales y resinas de hierbas, pasando un objeto a través del humo o abanicando el humo alrededor de una persona o lugar. El espíritu de la planta purifica lo que quiera que se esté ahumando. —Sonreí a Damien—. ¿Listo?

—Afirmativo —dijo al típico estilo Damien.

Encendí el manojo ritual y dejé que el fuego quemara las hierbas secas durante unos instantes, y después soplé para apagarlas de forma que todo lo que quedara fuese una bonita ascua humeante. Luego, empezando por los pies de Damien, envié humo hacia arriba por su cuerpo mientras continuaba mi explicación de la ancestral ceremonia.

—Es muy importante recordar que estamos pidiendo a los espíritus de las plantas sagradas que usamos que nos ayuden, y debemos mostrarles el respeto adecuado reconociendo sus poderes.

—¿Qué es lo que hacen la lavanda y la salvia? —preguntó Stevie Rae desde el otro lado del círculo.

Mientras recorría el cuerpo de Damien hacia arriba, contesté a Stevie Rae.

—La salvia blanca se usa mucho en ceremonias tradicionales. Expulsa las energías negativas, los espíritus y las influencias. En realidad, la salvia del desierto hace lo mismo, pero me gusta más la salvia blanca porque tiene un aroma más dulce. —Había llegado a la cabeza de Damien y le sonreí—. Buena elección, Damien.

—A veces pienso que puede que sea un poco adivino —dijo Damien.

Erin y Shaunee resoplaron, pero las ignoramos.

—Sí, ahora date vuelta en el sentido de las agujas del reloj y terminaré con tu espalda —le dije. Se dio vuelta y proseguí—. Mi abuela siempre usa lavanda en todos sus manojos rituales. Estoy segura que en parte se debe a que tiene una granja de lavanda.

—¡Qué fabuloso! —dijo Stevie Rae.

—Sí, es un lugar increíble. —La miré sonriente por encima del hombro, pero seguí ahumando a Damien—. La otra razón por la que usa lavanda es porque es capaz de restablecer el equilibrio y crear una atmósfera tranquila. También atrae la energía afectuosa y los espíritus positivos. —Palmeé el hombro de Damien para que se diera la vuelta—. Ya estás listo. —Después, me moví alrededor del círculo hacia Shaunee, que representaba el elemento del fuego, y comencé a ahumarla.

—¿Espíritus positivos? —dijo Stevie Rae, sonando como una niña asustada—. No sabía que llamaríamos a otra cosa que no fueran los elementos del círculo.

—Por favor. Vamos, Stevie Rae —dijo Shaunee, frunciendo el ceño por el humo —. No puedes ser un vampyro y tener miedo a los fantasmas.

—No. Ni siquiera suena lógico —dijo Erin.

Dirigí una mirada a Stevie Rae al otro lado del círculo y nuestros ojos se encontraron durante un instante. Ambas pensábamos en mi encuentro con lo que podría haber sido el fantasma de Elizabeth, pero ninguna de las dos parecía dispuesta a hablar de ello.

—No soy una vampyra. Todavía no. Tan solo soy una iniciada. Así que es normal para mí tener miedo de los fantasmas.

—Espera, ¿no habla Zoey de espíritus cheroqui? Puede que no presten demasiada atención a una ceremonia llevada a cabo por una panda de vampyros iniciados que superan el cheroquismo de nuestra alta sacerdotisa por cuatro a uno —dijo Damien.

Terminé con Shaunee y pasé a Erin.

—No creo que importe tanto lo que somos por fuera —dije, sintiendo al instante que lo que decía era lo correcto—. Creo que lo que importa es el propósito. Es algo así: Afrodita y su grupo son algunos de los chicos y chicas más guapos y con más talento de esta escuela, y las Hijas de la Oscuridad debería ser un club fantástico. Pero en vez de eso, las llamamos brujas y son básicamente una panda de abusonas y de niñatas consentidas. —Me pregunto cómo encajaba Erik en todo aquello. ¿Pasaba en realidad del grupo como me dijo o estaba más implicado en él que eso, como insinuaba Afrodita?

—O chicos que han sido forzados a unirse y que están ahí por estar —dijo Erin.

—Exacto. —Intenté despejarme la cabeza. No era momento para soñar despierta con Erik. Terminé de ahumar a Erin y avancé hasta situarme frente a Stevie Rae—. A lo que me refiero es a que creo que los espíritus de mis ancestros pueden oírnos, igual que creo que los espíritus de la salvia y la lavanda funcionan para nosotros. Pero no creo que tengas nada de lo que tener miedo, Stevie Rae. Nuestra intención no es llamarlos para que vengan aquí y podamos usarlos para patear el culo de Afrodita. —Paré de ahumarla y añadí—: Aunque la chica desde luego necesita una buena patada en el culo. Y no creo que haya ningún fantasma al que temer rondando por aquí esta noche —dije con firmeza, y después le entregué a Stevie Rae el manojo ritual y dije—: OK, ahora házmelo tú a mí. —Ella empezó a imitar mis movimientos y me relajé con el familiar aroma dulce del humo mientras me recorría.

—¿No vamos a pedirles ayuda para que nos ayuden a patearle el culo? —preguntó Shaunee, con un claro tono de decepción.

—No. Nos estamos purificando para poder solicitar el consejo de Nyx. No quiero darle una paliza a Afrodita. —Recordé lo bien que me había sentido al empujarla para apartarla de mí y amedrentarla—. Bueno, sí, puede que lo fuera a disfrutar, pero lo cierto es que eso no soluciona el problema de las Hijas de la Oscuridad.

Stevie Rae ya había acabado conmigo. Volví a tomar el manojo y lo froté con cuidado en el suelo. Luego, regresé al centro del círculo donde Nala estaba acurrucada con satisfacción, formando una bola anaranjada junto a la vela del espíritu. Miré alrededor a mis amigos.

—Es verdad que no nos gusta Afrodita, pero creo que es importante no centrarse en cosas negativas como patearle el culo o echarla de las Hijas de la Oscuridad. Eso es lo que ella haría en nuestro lugar. Lo que queremos es hacer lo correcto. Más justicia que venganza. Somos distintos a ella y, si de alguna manera conseguimos arrebatarle el puesto en las Hijas de la Oscuridad, ese grupo será diferente también.

—¿Lo ves? Por eso tú serás la alta sacerdotisa y Erin y yo seremos tan solo tus atractivas compañeras. Porque somos superficiales y lo único que queremos es arrancarle esa cabeza de chorlito de los hombros —dijo Shaunee al tiempo que Erin asentía.

—Solo pensamientos positivos, por favor —dijo Damien, cortante—. Estamos en mitad de un ritual de purificación.

Antes de que Shaunee pudiera lanzarle una mirada de odio a Damien, Stevie Rae dijo alegremente:

—¡Eso mismo! Estoy pensando solo en cosas positivas, como lo fantástico que sería si Zoey fuera líder de las Hijas de la Oscuridad.

—Buena idea, Stevie Rae —dijo Damien—. Yo estoy pensando en lo mismo.

—¡Oye! Ese es mi pensamiento alegre también —dijo Erin—. Únete a mí, gemela —llamó a Shaunee, que paró de mirar mal a Damien y dijo:

—Ya sabes que siempre estoy lista para pensamientos alegres. Y sería genial si Zoey estuviera a cargo de las Hijas de la Oscuridad y de camino a ser una alta sacerdotisa de verdad.

"Alta sacerdotisa de verdad"... Me pregunté por un momento si era algo bueno o malo que aquellas palabras me hicieran sentir como si fuese a vomitar. Otra vez. Con un suspiro, encendí la vela morada.

—¿Listos? —pregunté a los cuatro.

—¡Listos! —dijeron al unísono.

—De acuerdo, agarren sus velas.

Sin dudarlo (lo cual también significaba que no me daba tiempo a mí misma para echarme atrás), llevé la vela hasta Damien. No tenía la experiencia ni la brillantez de Neferet, ni tampoco era seductora ni tenía la confianza de Afrodita. Tan solo era yo misma. Solo Zoey... aquella extraña familiar que había pasado de ser una chica de instituto casi normal a una iniciada vampyra verdaderamente inusual. Respiré hondo. Como diría mi abuela, lo único que podía hacer era intentar hacerlo lo mejor posible.

—El aire está en todas partes, así que lo lógico es que sea el primer elemento en ser llamado al círculo. Te pido que me escuches, aire, y te convoco a este círculo. —Encendí la vela amarilla de Damien con la mía morada y al instante la llama comenzó a parpadear enloquecida. Observé cómo Damien abría los ojos de par en par, asustado, cuando el viento azotó de repente en un pequeño torbellino alrededor de nuestros cuerpos, levantándonos el pelo y rozándonos suavemente la piel.

—Es cierto —susurró, mirándome—. Puedes hacer manifestarse a los elementos de verdad.

—Bueno —le devolví el susurro, algo aturdida—, al menos a uno de ellos. Intentemos el segundo.

Avancé hacia Shaunee. Levantó su vela con entusiasmo y me hizo sonreír cuando dijo:

—Estoy lista para el fuego... ¡haz que salga!

—El fuego me recuerda las frías noches de invierno y el calor y la seguridad de la chimenea que calienta la cabaña de mi abuela. Te pido que me escuches, fuego, y te convoco a este círculo. —Encendí la vela roja y la llama ardió, mucho más brillante de lo que hubiera sido posible en un votivo ordinario. El aire que nos rodeaba a Shaunee y a mí se llenó de pronto con una rica esencia de madera y la hogareña calidez de una chimenea rugiente.

—¡Uau! —exclamó Shaunee mientras sus ojos oscuros bailaban con el reflejo de la resplandeciente llama de la vela—. ¡Oye, eso es genial!

—Van dos —oí decir a Damien.

Erin sonreía cuando me coloqué frente a ella.

—Estoy lista para el agua —dijo con presteza.

—El agua es el alivio en un cálido día de verano en Oklahoma. Es el asombroso océano que me encantaría ver algún día, y es la lluvia que hace crecer la lavanda. Te pido que me escuches, agua, y te convoco a este círculo.

—Encendí la vela azul y sentí un frescor instantáneo sobre mi piel, así como el olor de una esencia limpia y salada que solo podía ser el océano que nunca había visto.

—Increíble. Increíble de verdad —dijo Erin, inspirando profundamente el aire del océano.

—Con ese van tres —dijo Damien.

—Ya no tengo miedo —dijo Stevie Rae cuando me situé frente a ella.

—Bien —dije. Entonces, me concentré en el cuarto elemento, la tierra—. La tierra nos apoya y nos rodea. No seríamos nada sin ella. Te pido que me escuches, tierra, y te convoco a este círculo.

—La vela verde se encendió con facilidad, y de repente a Stevie Rae y a mí nos abrumó la dulce esencia de césped recién cortado. Escuché el susurro de las hojas del roble y miramos hacia arriba para ver cómo el gran roble literalmente inclinaba sus ramas sobre nosotras como si nos protegiera de todo daño.

—Absolutamente increíble —dejó escapar Stevie Rae.

—Cuatro —dijo Damien con la voz cargada de emoción.

Caminé rápidamente hacia el centro del círculo y levanté mi vela morada.

—El último elemento es aquel que colma todo y a todos. Nos hace especiales e insufla vida en todas las cosas. Te pido que me escuches, espíritu, y te convoco a este círculo.

De forma increíble, pareció de repente que me rodeaban los cuatro elementos y que estaba en medio de un torbellino hecho de aire, fuego, agua y tierra. Pero no daba miedo, en absoluto. Me llenaba de paz y, al mismo tiempo, sentí un arrebato candente de poder y tuve que apretar los labios con fuerza para evitar reír de pura felicidad.

—¡Miren! ¡Miren el círculo! —gritó Damien.

Parpadeé para aclararme la vista y al instante sentí los elementos apaciguarse, como si fueran gatitos juguetones que se sentaban a mi alrededor, esperando alegres a que los llamara para jugar. Sonreía ante la comparación cuando vi la luz resplandeciente que envolvía la circunferencia del círculo, uniéndose a Damien, Shaunee, Erin y Stevie Rae. Era clara y brillante, y del luminoso plateado de la luna llena.

—Y con ese hacen cinco —dijo Damien.

—¡Joder! —solté, no muy al estilo de una alta sacerdotisa, y los cuatro rieron, llenando la noche con el sonido de la alegría. Y comprendí, por primera vez, por qué Neferet y Afrodita habían bailado durante los rituales. Quería bailar y reír y gritar de felicidad. *En otra ocasión*, me dije a mí misma. Aquella noche teníamos cosas más serias que hacer.

—Entonces, voy a decir la oración de purificación —dije a mis cuatro amigos—. Y mientras lo hago, me pondré frente a cada uno de los elementos, uno cada vez.

—¿Qué quieres que hagamos? —preguntó Stevie Rae.

—Que se concentren en la oración. Concéntrense. Crean que los elementos la llevarán hasta Nyx y que la diosa contestará ayudándome a saber lo que debo hacer —dije con mucha más certeza de la que sentía.

Una vez más me puse de cara al este. Damien sonrió para darme ánimos. Entonces comencé a recitar la antigua plegaria de purificación que había repetido tantas veces con la abuela... con algunos pequeños cambios que había decidido previamente.

Gran Diosa de la Noche, cuya voz escucho en el viento y que in-funde el aliento de la vida a sus Hijos. Óyeme. Necesito tu fuerza y sabiduría.

Hice una breve pausa mientras me giraba hacia el sur.

Deja que camine bella, y haz que mis ojos contemplen el crepúsculo que llega antes de la belleza de tu noche. Haz que mis manos respeten las cosas que tú has hecho y agudiza mis oídos para escuchar tu voz. Hazme sabia para que pueda comprender las cosas que has enseñado a los tuyos.

Me giré de nuevo hacia la derecha y noté mi voz aún más fuerte a medida que caía en el ritmo de la oración.

Ayúdame a mantener la calma y a ser fuerte ante todo lo que me llegue. Haz que aprenda las lecciones que has ocultado en cada hoja y en cada roca. Ayúdame a encontrar pensamientos puros y a actuar con la intención de ayudar a los demás. Ayúdame a encontrar la compasión sin que la empatía me abrume.

Miré a Stevie Rae, cuyos ojos estaban cerrados con fuerza como si se estuviera concentrando con todas sus ganas.

Busco la fuerza, no para ser más grande que otros, sino para luchar contra mi mayor enemigo, las dudas en mi interior.

Caminé de vuelta al centro del círculo, acabé la oración y, por primera vez en mi vida, sentí un arrebato de sensaciones cuando el poder de las palabras ancestrales salió de mí a toda prisa hacia lo que esperaba con todo mi corazón y mi alma que fuera la diosa que me escuchaba.

Haz que esté siempre preparada para llegar a ti con las manos lim-
pias y la mirada recta. De forma que, cuando la vida se apague,
como se apaga el atardecer, mi espíritu pueda llegar a ti sin
vergüenza.

Técnicamente, ese era el final del ritual cheroqui que mi abuela me había enseñado, pero sentí la necesidad de añadir:

—Y, Nyx, no comprendo por qué me marcaste ni por qué me has concedido el don de la afinidad con los elementos. Ni siquiera tengo que saberlo. Lo que quiero pedir es tu ayuda para saber hacer lo correcto y que me des el valor para hacerlo. —Y terminé la oración como recordaba que Neferet había completado el ritual: "¡Bendita seas!"

24

—¡Ha sido la invocación de círculo más prodigiosa que jamás haya experimentado! —Damien se deshizo en elogios después de que se cerrara el círculo y nos pusiéramos a recoger las velas y las hierbas rituales.

—Pensaba que "prodigioso" quería decir "grande" —dijo Shaunee.

—También sirve para mostrar asombro emocionado y se puede referir a algo formidable y monumental —dijo Damien.

—Por una vez no voy a discutir contigo —le contestó Shaunee, sorprendiendo a todos salvo a Erin.

—Sí, el círculo ha sido prodigioso —dijo Erin.

—¿Sabes que de verdad pude sentir la tierra cuando Zoey la llamó? —dijo Stevie Rae—. Era como si estuviera de repente rodeada por un campo de trigo que crecía. No, era más que estar rodeada por él. Era como ser de pronto parte de él.

—Sé exactamente a lo que te refieres. Cuando invocó a la llama fue como si el fuego explotara en mi interior —dijo Shaunee.

Intenté entender lo que estaba sintiendo mientras los cuatro hablaban alegremente entre ellos. Desde luego estaba feliz, pero abrumada y algo más que un poco confundida. Así que era cierto, tenía algún tipo de afinidad con los cinco elementos.

¿Por qué?

¿Solo para derribar a Afrodita? (Lo cual, por cierto, todavía no tenía la menor idea de cómo hacer). No, no lo creía. ¿Por qué iba Nyx a tocarme con aquel don tan inusual solo para que pudiera arrebatar a una abusona malcriada el liderazgo de un club?

Sí, las Hijas de la Oscuridad eran algo más que un consejo de estudiantes o lo que fuera, pero aun así.

—Zoey, ¿estás bien?

La preocupación en la voz de Damien hizo que levantara la vista de Nala, y me di cuenta que estaba sentada en el centro de lo que había sido el círculo, con la gata en mi regazo, absorbida por completo por mis propios pensamientos mientras le rascaba la cabeza.

—Oh, sí. Lo siento. Estoy bien, solo un poco distraída.

—Deberíamos volver. Se está haciendo tarde —dijo Stevie Rae.

—De acuerdo. Tienes razón —dije, y me puse en pie, todavía con Nala en mis brazos. Pero no pude hacer que mis pies los siguieran cuando empezaron a caminar de vuelta a los dormitorios.

—¿Zoey?

Damien, el primero en notar mi titubeo, se detuvo y me llamó, y luego mis otros amigos se pararon, mirándome con expresiones que iban desde preocupadas hasta confundidas.

—Eh... ¿por qué no siguen, chicos? Me voy a quedar aquí fuera sólo un ratito más.

—Podemos quedarnos contigo y... —comenzó a decir Damien, pero Stevie Rae (bendita sea su cabecita de campesina) lo interrumpió.

—Zoey necesita pensar un rato a solas. ¿No lo necesitarías tú si acabaras de descubrir que eres el único iniciado de la historia en tener afinidad con los cinco elementos?

—Supongo —dijo Damien a regañadientes.

—Pero no olvides que habrá luz muy pronto —dijo Erin.

Les sonreí de modo tranquilizador.

—No lo haré. Volveré a los dormitorios enseguida.

—Te haré un sándwich y buscaré unas papitas fritas para acompañar tu bebida de cola no *light*. Es importante que una alta sacerdotisa coma después de llevar a cabo un ritual —dijo Stevie Rae con una sonrisa y un gesto de despedida mientras se llevaba a los otros con ella.

Di las gracias a Stevie Rae mientras desaparecían en la oscuridad. Después, caminé hasta el árbol y me senté, apoyando la espalda contra su grueso tronco. Cerré los ojos y acaricié a Nala. Su ronroneo era normal, familiar e increíblemente relajante, y pareció ayudar a tranquilizarme.

—Sigo siendo yo —le susurré a mi gata—. Justo como dijo la abuela. Todo lo demás puede cambiar, pero lo que realmente era Zoey —lo que he sido yo durante dieciséis años— sigue siendo Zoey.

Quizá si me lo repetía a mí misma una y otra vez, llegaría a creérmelo. Apoyé la cara sobre una mano, rasqué a mi gata con la otra y me dije a mí misma que seguía siendo todavía yo... todavía yo... todavía yo...

—¡Mira cómo apoya la mejilla en la mano! ¡Oh, quién fuera un guante en esa mano!

Nala maulló, en protesta por mi respingo de sorpresa.

—Parece que sigo encontrándome contigo junto a este árbol —dijo Erik, que me sonreía desde arriba y parecía un dios.

Me hacía sentir mariposas en el estómago, pero esta noche también me hacía sentir algo más. Exactamente, ¿por qué seguía "encontrándome"? Y exactamente, ¿cuánto tiempo llevaba mirando esta vez?

—¿Qué haces aquí fuera, Erik?

—Hola, también me alegro de verte. Y, sí, me encantaría sentarme, gracias —dijo mientras empezaba a sentarse a mi lado.

Me puse en pie, haciendo que Nala me refunfuñara otra vez.

—La verdad es que estaba a punto de regresar a los dormitorios.

—Oye, no quería entrometerme o lo que sea. Es que no podía concentrarme con las tareas y decidí dar una vuelta. Supongo que mis pies me trajeron por aquí sin que yo se lo dijera, porque lo siguiente que recuerdo es que estábamos aquí tú y yo. No te estoy acechando, de verdad. Lo prometo.

Se metió las manos en los bolsillos y pareció totalmente incómodo. Bueno, totalmente guapo e incómodo, y recordé lo mucho que habría querido decirle que sí anteriormente, cuando me pidió que fuera a ver películas tontas con él. Y ahora ahí estaba yo, rechazándole y haciéndolo sentir incómodo de nuevo. Es un milagro que el chico me hubiera vuelto a hablar. Estaba claro que me estaba tomando el tema de la alta sacerdotisa demasiado en serio.

—¿Qué tal si me acompañas de vuelta a la habitación de nuevo? —pregunté.

—Suena bien.

Esta vez Nala protestó cuando intenté llevarla. En vez de eso, trotó detrás de nosotros mientras Erik y yo caminábamos juntos con tanta facilidad como antes. No dijimos nada durante un rato. Quería preguntarle por Afrodita, o al menos contarle lo que ella me había dicho de él, pero no pude encontrar la mejor manera de decir algo sobre lo que probablemente no tenía derecho a preguntarle.

—¿Y qué estabas haciendo aquí fuera esta vez? —preguntó.

—Estaba pensando —dije, lo cual técnicamente no era una mentira. Había estado pensando. Mucho. Antes, durante y después del ritual del círculo, el cual convenientemente no iba a mencionar.

—Oh, ¿estás preocupada por ese tal Heath?

Lo cierto era que no había pensado en Heath o Kayla desde que hablara con Neferet, pero me encogí de hombros, no queriendo especificar en qué había estado pensando.

—Me refiero a que supongo que es bastante duro romper con alguien sólo porque te han marcado —dijo.

—No rompí con él porque me hubieran marcado. Él y yo ya habíamos terminado mucho antes de eso. La Marca solo lo hizo definitivo. —Miré a Erik y respiré hondo—. ¿Y qué hay de Afrodita y tú?

Parpadeó con sorpresa.

—¿A qué te refieres?

—Me refiero a que hoy me dijo que nunca serás su ex porque siempre serás suyo.

Entrecerró los ojos y pareció bastante molesto.

—Afrodita tiene un serio problema a la hora de decir la verdad.

—Bueno, no es que sea asunto mío, pero...

—Sí que lo es —se apresuró a decir. Y entonces, sorprendiéndome por completo, me tomó la mano—. Al menos me gustaría que fuera asunto tuyo.

—Oh —dije—. OK, bueno, de acuerdo. —Una vez más, estaba segura de estar dejándolo atónito con mis ingeniosas dotes de conversación.

—¿Entonces no estabas intentando evitarme esta noche? ¿Tan solo necesitabas estar sola para pensar? —preguntó despacio.

—No te estaba evitando. Es solo que tengo... —dudé, no muy segura de cómo demonios explicar algo que estaba segura que no debía explicarle—. Tengo un montón de cosas en la cabeza en estos momentos. Todo esto del cambio es bastante confuso a veces.

—Luego mejora —dijo, apretándome la mano.

—De algún modo, dudo que sea así para mí —murmuré.

Rió y tocó mi Marca con el dedo.

—Ya estás por delante de algunos de nosotros. Es duro al principio, pero, créeme, se irá haciendo más fácil... incluso para ti.

Suspiré.

—Eso espero. —Pero lo dudaba.

Nos detuvimos frente a los dormitorios y se giró hacia mí, su voz de repente era baja y seria.

—Z, no creas la basura que dice Afrodita. Ella y yo hace meses que no estamos juntos.

—Pero lo estaban —dije.

Él asintió y su rostro pareció tenso.

—No es muy buena persona, Erik.

—Lo sé.

Y entonces me di cuenta de lo que realmente me había estado inquietando y decidí que (oh, bueno, qué diablos) lo iba a decir.

—No me gusta el hecho de que hayas estado con alguien que es tan malvado. Hace que me sienta mal queriendo estar contigo. — Abrió la boca para decir algo y seguí hablando, no queriendo oír excusas que no estaba segura de que debería o podría creer—. Gracias por acompañarme a la habitación. Me alegro que me encontraras de nuevo.

—Yo también me alegro de haberte encontrado —dijo—. Me gustaría verte de nuevo, Z, y no sólo por accidente.

Titubeé. Y me pregunté por qué dudaba. Quería verlo de nuevo. Necesitaba olvidarme de Afrodita. Siendo realista, ella es realmente guapa y él es un muchacho. Es probable que cayera en sus (calientes) garras de bruja antes de que se diera cuenta de lo que pasaba. Vamos, que me recordaba a una especie de araña. Debería estar contenta de que no le hubiera arrancado la cabeza de un mordisco y hubiera dado al chico una oportunidad.

—Sí, ¿qué te parece si veo esas películas malas contigo el sábado? —dije antes de que me diera por poner una extraña excusa para no salir con el tipo más guapo de la escuela.

—Tenemos una cita —dijo.

Dándome tiempo de forma obvia para apartarme si así lo deseaba, Erik se inclinó lentamente y me besó. Sus labios eran cálidos y olía realmente bien. El beso fue dulce y bonito. A decir verdad, hizo que quisiera que me besara más. Acabó demasiado pronto, pero él no se apartó de mí. Nos mantuvimos cerca, y me di cuenta que mis manos estaban apoyadas en su pecho. Las suyas descansaban con suavidad sobre mis hombros. Le sonreí.

—Me alegro que me hayas pedido salir de nuevo —dije.

—Me alegro que por fin hayas dicho que sí —contestó él.

Entonces me besó de nuevo, aunque esta vez no titubeó. El beso se hizo más profundo y mis brazos subieron para rodear sus hombros. Sentí, más que oí, que él gemía y, mientras me daba un beso largo y con fuerza, fue como si pulsara un interruptor en alguna parte en mi interior, provocando que una descarga eléctrica, caliente y dulce, me recorriera por dentro. Fue enloquecedor e increíble, y más de lo que ningún otro beso me había hecho sentir jamás. Me encantaba la forma en que mi cuerpo se acoplaba al suyo, duro contra blando, y me apreté contra él, olvidándome de Afrodita, del círculo que acababa de invocar y del resto del mundo. Esta vez, cuando paramos de besarnos, ambos respirábamos de forma pesada y nos miramos. A medida que iba recuperando los sentidos me di cuenta que estaba totalmente apretada contra él y que había estado ahí frente a los dormitorios montándomelo como una putilla. Empecé a separarme de sus brazos.

—¿Qué ocurre? ¿Por qué de pronto pareces cambiada? —dijo él, apretando sus brazos alrededor de mi cuerpo.

—Erik, no soy como Afrodita. —Tiré con más fuerza y me solté.

—Ya sé que no lo eres. No me gustarías si fueses como ella.

—No me refiero solo a mi personalidad. Me refiero a que estar aquí montándomelo contigo no es un comportamiento normal en mí.

—De acuerdo. —Acercó una mano hacia mí como si quisiera llevarme de vuelta a sus brazos, pero luego pareció cambiar de idea y dejó caer la mano—. Zoey, me haces sentir diferente de lo que cualquiera me haya hecho sentir antes.

Sentí cómo mi cara enrojecía y no podía decir si era de rabia o de vergüenza.

—No seas condescendiente conmigo, Erik. Te vi en el pasillo con Afrodita. Está claro que has sentido este tipo de cosas antes, y más.

Negó con la cabeza y percibí el dolor en sus ojos.

—Lo que Afrodita me hacía sentir era todo físico. Lo que tú me haces sentir tiene que ver con llegar al corazón. Conozco la diferencia, Zoey, y pensaba que tú también.

Me le quedé mirando... miré aquellos preciosos ojos azules que parecieron tocarme la primera vez que me miró.

—Lo siento —dije con dulzura—. Ha estado mal por mi parte. Conozco la diferencia.

—Prométeme que no dejarás que Afrodita se interponga entre nosotros.

—Lo prometo. —Me daba miedo, pero lo dije en serio.

—Bien.

Nala apareció de la oscuridad y empezó a dar vueltas alrededor de mis piernas, protestando.

—Será mejor que la pase dentro y la meta en la cama.

—OK. —Sonrió y me dio un beso rápido—. Te veo el sábado, Z.

Tuve un cosquilleo en los labios durante todo el camino hasta mi habitación.

25

El día siguiente comenzó con lo que más tarde recordaría como una normalidad sospechosa. Stevie Rae y yo fuimos a desayunar, todavía chismeando entre susurros lo bueno que estaba Erik e intentando decidir lo que iba a ponerme para nuestra cita del sábado. Ni siquiera vimos a Afrodita ni al trío de brujas, Belicosa, Terrible y Avispa. La clase de sociología vampýrica fue tan interesante —habíamos pasado de las amazonas a estudiar un antiguo festival vampýrico griego llamado Correia— que había parado de pensar en el ritual de las Hijas de la Oscuridad planeado para esa tarde y, durante un rato, había dejado de preocuparme de lo que iba a hacer con Afrodita. La clase de teatro también estuvo bien. Decidí hacer uno de los soliloquios de Kate de *La fierecilla domada* (siempre me había encantado esa obra desde que vi la vieja película protagonizada por Elizabeth Taylor y Richard Burton). Luego, cuando me iba de clase, Neferet me enganchó en el pasillo y me preguntó hasta dónde había leído en el libro de sociología vampýrica de nivel avanzado. Tuve que contarle que en realidad no había leído mucho (traducción: no había leído nada) todavía, y me distrajo por completo su evidente decepción cuando me fui a toda prisa a la clase de inglés. Acababa de sentarme entre Damien y Stevie Rae cuando se liberaron todos los elementos y cualquier cosa con un mínimo parecido a lo normal en ese día tocó a su fin.

Pentesilea leía: "Tú ve, que yo me quedo un rato", capítulo cuatro de *La última noche del Titanic*. Es un libro realmente bueno y todos escuchábamos, como de costumbre, cuando ese estúpido de Elliott comenzó a toser. Jesús, era total y absolutamente irritante.

En algún momento en mitad del capítulo y de las repugnantes toses, empecé a oler algo. Era empalagoso y dulce, delicioso y fugaz. De forma automática, inhalé con fuerza, intentando aún concentrarme en el libro.

La tos de Elliott empeoró y, al tiempo que el resto de la clase, me volví para dirigirle una mirada asesina. Vamos, por favor. ¿Es que no podía tomarse algo para la tos o beber agua o lo que fuera?

Y entonces vi la sangre.

Elliott no estaba en su habitual postura, repantigado y dormido. Estaba sentado recto y se miraba la mano, que estaba cubierta de sangre fresca. Cuando lo miré, tosió de nuevo, haciendo un ruido desagradable y húmedo que me recordó el día en que fui marcada. Salvo porque cuando Elliott tosió, una brillante sangre de color escarlata salió a borbotones de su boca.

—¿Qu...? —dijo con un gorgoteo.

—¡Traigan a Neferet! —Pentesilea soltó la orden al tiempo que abrió uno de los cajones de su escritorio, sacó de un tirón una toalla cuidadosamente doblada y se dirigió con rapidez por el pasillo hacia Elliott. El chico que estaba sentado más cerca de la puerta salió pitando.

En absoluto silencio vimos a Pentesilea llegar hasta Elliott justo en el momento de su siguiente tos sanguinolenta, la cual contuvo con la toalla. Él la apretó contra su cara, tosiendo, escupiendo y atragantándose. Cuando al fin alzó la cabeza, lágrimas ensangrentadas corrían por su rostro redondo y pálido, y la sangre surgía de su nariz como si fuera un grifo que alguien se hubiese dejado abierto. Cuando giró la cabeza para mirar a Pentesilea, observé que también le salía un hilo de sangre del oído.

—¡No! —dijo Elliott con más emoción de la que jamás le había visto mostrar—. ¡No! ¡No quiero morir!

—Shhh — lo calmó Pentesilea, apartando de su sudorosa cara el pelo anaranjado y echándoselo hacia atrás—. Tu dolor terminará pronto.

—P-pero, no, yo... —Comenzó a protestar de nuevo, con una voz llorona que sonaba más como la suya, y luego lo interrumpió otra tanda de toses ásperas. Se atragantó otra vez, en esta ocasión vomitando sangre en la ya empapada toalla.

Neferet entró en el aula, seguida de cerca por dos vampyros altos de aspecto poderoso. Llevaban una camilla plana y una sábana. Neferet tan solo llevaba un vial lleno de un líquido de color lechoso. Apenas dos segundos después, *Dragón* Lankford irrumpió en la sala.

—Ese es su mentor —susurró Stevie Rae de forma casi inaudible. Asentí, recordando cuando Pentesilea había reprendido a Elliott por fallar a Dragón.

Neferet tendió a Dragón el vial que sostenía. Después se situó detrás de Elliott. Puso las manos sobre sus hombros. Al instante, sus arcadas y toses cesaron.

—Bebe esto enseguida, Elliott —le dijo Dragón. Cuando empezó a negar débilmente con la cabeza, añadió con delicadeza—: Hará que termine tu dolor.

—¿Te... te quedarás conmigo? —jadeó Elliott.

—Por supuesto —dijo Dragón—. No dejaré que estés solo ni un instante.

—¿Llamarás a mi madre? —susurró Elliott.

—Lo haré.

Elliott cerró los ojos durante un segundo, y luego, con manos temblorosas, se acercó el vial a los labios y bebió. Neferet dirigió un gesto de asentimiento a los dos hombres, que lo levantaron y lo colocaron sobre la camilla como si fuera una muñeca y no un chico moribundo. Con Dragón a su lado, salieron a toda prisa del aula. Antes de seguirlos, Neferet se volvió hacia la horrorizada clase de tercero.

—Podría decirles que Elliott se pondrá bien, que se recuperará, pero eso sería mentir. —Su voz era serena, pero llena de una fuerza imponente—. La verdad es que su cuerpo ha rechazado el cambio. En cuestión de minutos sufrirá la muerte permanente y no madurará hasta ser un vampyro. Podría decirles que no se preocupen, que no les ocurrirá a ustedes. Pero eso también sería mentira. Según el promedio, uno de cada diez de ustedes no superará el cambio. Algunos iniciados mueren pronto, en su primer año, como Elliott. Algunos de ustedes serán más fuertes y durarán hasta sexto, para luego enfermarse y morir de forma repentina. No les cuento esto para que vivan con miedo. Se los cuento por dos razones. Primero, quiero que sepan que como su alta sacerdotisa no les mentiré, pero sí ayudaré a aliviarlos en su paso al otro mundo si llega el momento. Y segundo, quiero que vivan como quisieran que se los recordaran si muriesen mañana, porque podría suceder. Así, si se mueren, su espíritu podrá descansar en paz sabiendo que dejaron atrás un honroso recuerdo. Si no se mueren, entonces habrán sentado las bases para una larga vida llena de integridad. —Me miró directamente a los ojos mientras terminaba y dijo:

—Pido que la bendición de Nyx los conforte hoy, y que recuerden que la muerte es una parte más de la vida, incluso para la vida del vampyro. Porque algún día todos debemos regresar al seno de la diosa. —Salió cerrando la puerta tras ella con un sonido que pareció añadir un toque definitivo a sus palabras.

Pentesilea trabajó rápido y con eficiencia. Con total naturalidad, limpió las salpicaduras de sangre que manchaban el pupitre de Elliott. Cuando todo rastro del chico moribundo había desaparecido, regresó al frente del aula y nos condujo en un minuto de silencio por Elliott. Luego, tomó el libro y comenzó a leer donde lo había dejado. Intenté escuchar. Intenté apartar la visión de Elliott sangrando por los ojos, orejas, nariz y boca. Y también intenté no pensar en el hecho de que el delicioso aroma que había percibido había sido, sin lugar a dudas, la esencia vital de Elliott escapándose de su cuerpo moribundo.

Sé que se supone que las cosas continúen como de costumbre cuando un iniciado muere, pero parece que era inusual que dos chicos murieran en tan corto espacio de tiempo y todo el mundo permaneció en un silencio poco natural durante el resto del día. La comida fue silenciosa y deprimente, y me percaté que la mayor parte de los alimentos eran picoteados más que comidos. Las gemelas ni siquiera discutieron con Damien, lo cual hubiera sido un agradable cambio si no hubiera conocido la horrible razón que había detrás de ello. Cuando Stevie Rae puso una mala excusa para irse del comedor temprano y volver a la habitación antes de que diera comienzo la quinta hora, estuve más que contenta de decir que me iba con ella.

Caminamos por la acera en la espesa oscuridad de otra noche nublada. Esa noche la luz de gas no resultaba alegre y cálida. Más bien parecía fría y de un brillo insuficiente.

—A nadie le gustaba Elliott, y de alguna manera creo que eso lo hace aún peor —dijo Stevie Rae—. Fue de una facilidad extraña con Elizabeth. Al menos podíamos ser honestos al sentir lástima de que se hubiera ido.

—Sé a lo que te refieres. Me siento triste, pero sé que en realidad estoy triste porque vi lo que puede ocurrirnos y ahora no puedo apartarlo de mi cabeza, y no porque el chico haya muerto.

—Por lo menos ocurre rápido —dijo con suavidad.

Me estremecí.

—Me pregunto si duele.

—Te dan algo... esa cosa blanca que bebió Elliott. Hace que deje de dolerte, pero te deja consciente hasta el final. Y Neferet siempre ayuda con el momento de la muerte.

—Es aterrador, ¿verdad? —dije.

—Sí.

No dijimos nada más durante un rato. Entonces la luna se asomó entre las nubes, tiñendo las hojas del árbol con un fantasmagórico brillo acuoso y plateado, y recordándome de repente a Afrodita y su ritual.

—Hay alguna posibilidad de que Afrodita cancele el ritual de Samhain esta noche?

—Ni hablar. Los rituales de las Hijas de la Oscuridad no se cancelan nunca.

—Vaya, mierda —dije. A continuación miré a Stevie Rae—. Él era su nevera.

Me miró con asombro.

—¿Elliott?

—Sí, fue realmente asqueroso, y se comportaba de forma extraña y como si estuviera drogado. Debía estar empezando a rechazar el cambio ya entonces. —Hubo un incómodo silencio y después continué—. No quise decirte nada antes, sobre todo desde que me contaste lo de... bueno... ya sabes. ¿Estás segura que Afrodita no cancelará lo de esta noche? Quiero decir que qué pasa con lo de Elizabeth y ahora Elliott.

—No importa. A las Hijas de la Oscuridad no les preocupa lo que le pase al chico que utilizan de nevera. Se limitarán a elegir a otra persona. —Titubeó—. Zoey, he estado pensando. Quizá no deberías ir esta noche. Oí lo que Afrodita te dijo ayer. Se va a asegurar que nadie te acepte. Será muy, muy malvada contigo.

—Estaré bien, Stevie Rae.

—No, tengo un mal presentimiento. Todavía no tienes un plan, ¿verdad?

—Bueno, no. Todavía estoy en la fase de reconocimiento —dije, intentando aligerar la conversación.

—Pues haz el reconocimiento otro día. Hoy ha sido un día horrible. Todo el mundo está triste. Creo que deberías esperar.

—No puedo limitarme a no aparecer, sobre todo después de lo

que Afrodita me dijo ayer. Pensará en lo que me dijo y que ahora puede intimidarme.

Stevie Rae respiró hondo.

—Bueno, entonces creo que deberías llevarme contigo. —Empecé a negar con la cabeza, pero ella siguió hablando—. Ahora eres una Hija Oscura. Técnicamente, puedes invitar a gente a los rituales. Así que invítame a mí. Iré y vigilaré tu espalda.

Pensé en cuando bebí sangre y me gustó tanto que fue evidente, incluso para Belicosa y Terrible. E intenté (y fallé en el intento) no pensar en el aroma de la sangre... la de Heath y la de Erik e incluso la de Elliott. Stevie Rae descubriría algún día cómo me afectaba la sangre, pero no sería esa noche. Es más, si podía evitarlo, no sería en ningún momento cercano. No quería arriesgarme a perderlos a ella, a las gemelas o a Damien... y tenía miedo de que así fuera. Sí, sabían que yo era "especial", y me aceptaban porque esa singularidad significaba para ellos una alta sacerdotisa, y eso era algo bueno. Mi sed de sangre no era algo tan bueno. ¿Aceptarían eso con tanta facilidad?

—Ni hablar, Stevie Rae.

—Pero, Zoey, no debes meterte sola en esa banda de brujas.

—No estaré sola. Erik estará allí.

—Sí, pero el era el novio de Afrodita. Quién sabe lo capaz que será de enfrentarse a ella si se pone odiosa del todo contigo.

—Cariño, puedo defenderme.

—Lo sé, pero... —Se calló y me dirigió una mirada divertida—. Z, ¿estás vibrando?

—¿Eh? ¿Que si estoy qué? —Y entonces pude oírlo también y empecé a reír—. Es mi móvil. Lo metí en mi bolso después de cargarlo anoche. —Lo saqué del bolso y miré la hora en el frontal—. Ya es más de medianoche, quién diablos... —Abrí la tapa del móvil y me quedé sorprendida al ver que tenía quince nuevos mensajes y cinco llamadas perdidas—. Jesús, alguien ha estado llamando y llamando, y ni siquiera me he dado cuenta. —Comprobé los mensajes primero y sentí una presión en el estómago mientras los leía.

Zo yamame
Aun t kiero
Zo yamame x favr
Tngo q brt
Tu y yo
M yamaras?
Kiero ablar cntigo
Zo!
Yamame

No necesitaba leer el resto. Todos decían básicamente lo mismo.
—Ah, mierda. Son todos de Heath.
—¿Tu ex?
Suspiré.
—Sí.
—¿Qué es lo que quiere?
—Por lo que parece, a mí. —De mala gana, tecleé el código para acceder a los mensajes del contestador y la voz atolondrada y entrañable de Heath me asombró por lo elevada y animada que sonaba.
"¡Zo! Llámame. Vaya, sé que es tarde, pero... espera. No es tarde para ti, pero sí lo es para mí. Pero no pasa nada porque no me importa. Solo quiero que me llames. Sí. Eso. Adiós. Llámame".
Gruñí y lo borré. El siguiente sonaba aún más frenético.
"¡Zoey! Está bien. Tienes que llamarme. De verdad. Y no te enfades. Oye, ni siquiera me gusta Kayla. Es una fracasada. Todavía te amo, Zo, solo a ti. Así que llámame. No me importa cuándo. Me despertaré".

—Ay, qué cosa —dijo Stevie Rae al escuchar los lamentos del efusivo Heath—. El chico está obsesionado. No me extraña que lo dejaras.

—Ya —mascullé, borrando rápidamente el segundo mensaje. El tercero era muy parecido a los otros dos, aunque más desesperado. Bajé el volumen y moví el pie con impaciencia mientras oía los cinco mensajes, sin pararme a escuchar salvo para ver cuándo podía borrar y pasar al siguiente—. Tengo que ir a ver a Neferet —dije, más para mí que para Stevie Rae.

—¿Y eso? ¿Quieres evitar que te llame o algo?

—No. Sí. Algo así. Tan solo necesito hablar con ella sobre, bueno, sobre lo que debo hacer. —Evité la mirada curiosa de Stevie Rae—. Es decir, ya se ha presentado aquí en una ocasión. No quiero que vuelva a aparecer de nuevo y que cause problemas.

—Oh, sí, eso es verdad. Sería un problema si se encontrara con Erik.

—Sería horrible. Sí, será mejor que me apresure e intente encontrar a Neferet antes de la quinta hora. Te veré después de clase.

No esperé a la despedida de Stevie Rae y salí a toda velocidad en dirección al despacho de Neferet. ¿Podía ir peor el día? Elliott muere y me siento atraída por su sangre. Tengo que ir al ritual de Samhain por la noche con una banda de chicos y chicas que me odian y quieren asegurarse de que lo note, y es probable que haya provocado una Conexión con mi ex novio.

Sí. Era verdaderamente un asco de día.

26

Si no hubiera sido porque los bufidos y gruñidos de Skylar captaron mi atención, nunca hubiese visto a Afrodita tirada en el pequeño rincón al fondo del pasillo donde estaba el despacho de Neferet.

—¿Qué pasa, Skylar? —Levanté la mano con cautela, recordando lo que había dicho Neferet sobre la fama de mordedor de su gato. También me alegraba de verdad que Nala no estuviera pegada a mí como de costumbre; Skylar seguramente se merendaría a mi pobre gatita. "Gatito, gatito". El gran gato anaranjado me dirigió una mirada pensativa (probablemente decidiendo si pegarme un mordisco en la mano o no). Después tomó una decisión, dejó de erizarse, y luego trotó hasta mí. Se frotó alrededor de mis piernas y después soltó un nuevo bufido hacia el rincón antes de largarse, desapareciendo por el pasillo en dirección al despacho de Neferet.

—¿Qué demonios le pasaba? —Miré titubeante hacia el rincón, preguntándome qué podría hacer que un gato con tan mal genio como Skylar se erizara y bufase, y entonces me di un buen susto. Ella estaba sentada en el suelo, difícil de ver bajo la sombra de la cornisa que sostenía una bonita estatua de Nyx. Tenía la cabeza echada hacia atrás, y sus ojos estaban dados la vuelta de forma que solo se veía lo blanco. Me dio un susto de muerte. Me sentí paralizada, esperando ver en cualquier momento sangre corriendo por su rostro. Entonces gimió y murmuró algo que no pude entender mientras sus globos oculares daban vueltas detrás de sus párpados cerrados como si estuviera presenciando una escena. Me di cuenta de lo que estaba pasando. Afrodita estaba teniendo una visión. Probablemente la había sentido llegar y se había ocultado en el rincón para que nadie pudiera encontrarla y quedarse de forma miserable para sí misma con la información sobre la muerte y la destrucción que podría evitar. Arpía. Bruja.

Bueno, ya me había cansado de que se saliera con la suya. Me agaché y, cogiéndola por debajo de los brazos, tiré de ella hasta ponerla en pie. (Déjame decirte que pesa mucho más de lo que parece).

—Ven —gruñí, medio llevándola mientras se tambaleaba a ciegas hacia delante conmigo—. Hagamos un pequeño viaje al final del pasillo y veamos qué tipo de tragedia quieres mantener en silencio.

Por suerte, el despacho de Neferet no estaba muy lejos. Entramos tambaleándonos y Neferet se incorporó de un salto desde detrás de su escritorio y vino corriendo hasta nosotras.

—¡Zoey! ¡Afrodita! ¿Qué...? —Pero en cuanto echó un vistazo a Afrodita, su alarma cambió a tranquila comprensión—. Ayúdame a traerla hasta mi silla. Estará más cómoda ahí.

Llevamos a Afrodita hasta el gran sillón de cuero de Neferet y dejamos que se desplomara en él. Luego, Neferet se puso en cuclillas a su lado y cogió su mano.

—Afrodita, con la voz de la diosa te ruego que cuentes a su Sacerdotisa qué es lo que ves. —La voz de Neferet era suave pero persuasiva, y pude sentir el poder en su orden.

Los párpados de Afrodita comenzaron a temblar al instante y jadeó de forma ahogada y profunda. Entonces, se abrieron de repente. Sus ojos me parecieron enormes y vidriosos.

—¡Tanta sangre! ¡Hay tanta sangre brotando de su cuerpo!

—¿Quién, Afrodita? Concéntrate. Centra y aclara la visión —ordenó Neferet.

Afrodita jadeó de nuevo.

—¡Están muertos! No. No. ¡No puede ser! No está bien. No. ¡No es normal! No lo entiendo... No... —Parpadeó de nuevo y su mirada pareció aclararse. Miró a su alrededor, como si no reconociera nada de la habitación. Sus ojos se fijaron en mí—. Tú... —dijo débilmente—. Tú lo sabes.

—Sí —dije, pensando que desde luego sabía que estaba intentando ocultar su visión, pero todo lo que dije fue:

—Te encontré en el pasillo y... —La mano en alto de Neferet me detuvo.

—No, aún no ha terminado. No debería recuperar la conciencia tan pronto. La visión todavía es demasiado abstracta —me dijo Neferet rápidamente, y luego bajó la voz de nuevo y volvió a adoptar el tono autoritario e imperativo—. Afrodita, vuelve atrás. Contempla lo que se supone que debías presenciar y lo que se supone que debías cambiar.

¡Ja! Ya te tengo. No pude evitar un pequeño sentimiento de suficiencia. Después de todo, ella había intentado arrancarme los ojos el día anterior.

—Los muertos... —Cada vez más difícil de entender, Afrodita murmuró algo que sonó como: "Túneles... matan... a alguien allí... yo no... no puedo...". Estaba desesperada, y casi sentí lástima por ella. Estaba claro que, fuera lo que fuese lo que estaba viendo, la estaba asustando. Entonces, su mirada inquisitiva encontró a Neferet y vi un atisbo de reconocimiento en ella, así que comencé a relajarme. Estaba volviendo en sí y toda aquella locura se aclararía. Justo cuando pensaba eso, los ojos de Afrodita, que parecían estar fijos en Neferet, se abrieron de forma increíble. Una mirada de puro terror hizo palidecer su cara y gritó.

Neferet cerró sus manos sobre los hombros temblorosos de Afrodita.

—¡Despierta!

Apenas me miró durante un instante por encima del hombro para decirme:

—Vete ahora, Zoey. Su visión es confusa. La muerte de Elliott la ha afectado. Necesito asegurarme que es ella misma de nuevo.

No necesitaba que me lo dijera dos veces. Con la obsesión de Heath olvidada, salí a toda vapor de allí y me dirigí a la clase de español.

No pude concentrarme en la escuela. Seguía viendo una y otra vez la extraña escena con Neferet y Afrodita en mi cabeza. Era obvio que había tenido una visión sobre gente muriendo, pero por la reacción de Neferet no había transcurrido como una visión normal (si es que había algo así). Stevie Rae había dicho que las visiones de Neferet eran tan claras que podía llevar a la gente al aeropuerto exacto e incluso al avión concreto que había visto estrellarse. Pero hoy, de repente, nada estaba claro. Bueno, nada salvo verme y decir cosas raras y luego gritar como una loca a Neferet. Eso tampoco tenía mucho sentido. Casi estaba expectante por ver cómo se iba a comportar por la noche. Casi.

Puse a un lado los cepillos de Perséfone y recogí a Nala, que había estado encaramada sobre el comedero del caballo, mirando y lanzándome sus extraños maullidos, y caminé despacio de vuelta a los dormitorios. Esta vez Afrodita no me fastidió, pero cuando doblé la esquina junto al viejo roble, Damien y las gemelas estaban apiñados en incesante charla... que se detuvo de pronto cuando aparecí ante su vista. Todos me miraron con gesto culpable. Era bastante sencillo adivinar de quién habían estado hablando.

—¿Qué? —dije.

—Estábamos esperándote —dijo Shaunee.

—Estamos preocupados por ti —dijo Erin.

—¿Qué pasa con tu ex? —preguntó Damien.

—Me da la lata, solo eso. Si no me diera la lata, no sería mi ex. —Traté de sonar despreocupada, sin mirar a ninguno de los cuatro a los ojos demasiado tiempo. (Nunca he sido particular-mente buena mintiendo).

—Creemos que debo ir contigo esta noche —dijo Stevie Rae.

—En realidad, creemos que debemos ir todos contigo esta noche —corrigió Damien.

Los miré frunciendo el ceño. De ninguna manera quería que los cuatro me vieran beber la sangre del perdedor de turno que consiguieran mezclar con el vino por la noche.

—No.

—Zoey, ha sido un día especialmente malo. Todo el mundo está tenso. Además, Afrodita está suelta e irá por ti. Lo más sen-sato es que permanezcamos unidos esta noche —dijo Damien de manera lógica.

Ya, era lógico, pero no conocían toda la historia. Y no quería que supieran toda la historia. Todavía. Lo cierto era que me im-portaban demasiado. Me hacían sentir aceptada y segura... hacían que sintiera que encajaba allí. No me podía arriesgar a perder eso justo ahora, no cuando todo aquello era todavía tan nuevo y tan aterrador. Así que hice lo que había aprendido a hacer demasiado bien en casa cuando estaba asustada y preocupada y no sabía qué hacer: me enojé y me puse a la defensiva.

—¿Así que dicen que tengo poderes que algún día me conver-tirán en su alta sacerdotisa? —Todos asintieron con entusiasmo y me sonrieron, lo cual hizo que se me encogiera el corazón. Apreté los dientes e hice que mi voz sonara muy fría—. Entonces tienen que escucharme cuando digo que no. No quiero que estén allí esta noche. Esto es algo a lo que tengo que enfrentarme yo. Sola. Y no quiero hablar más de ello.

Y luego me alejé de ellos pisando con fuerza.

Por supuesto, al cabo de media hora estaba arrepentida de haberme comportado tan mal. Me paseé de un lado a otro bajo el gran roble que de alguna manera se había convertido en mi santuario, enfureciendo a Nala y deseando que Stevie Rae apareciera para poderme disculpar. Mis amigos no sabían por qué no quería que estuvieran allí. Tan solo querían protegerme. Quizá... quizás entenderían lo de la sangre. Erik parecía entenderlo. Se suponía que todos debíamos pasar por ello. Se suponía que todos debíamos empezar a ansiar la sangre... o moríamos. Me animé un poco y rasqué la cabeza de Nala.

—Cuando la alternativa es la muerte, beber sangre no parece tan malo, ¿verdad?

Ronroneó, así que lo tomé como un sí. Comprobé la hora en mi reloj. Mierda. Tenía que volver a la habitación, cambiarme de ropa e ir a reunirme con las Hijas de la Oscuridad. Con desgana, comencé a seguir el muro para volver. Era una noche nublada otra vez, pero no me importaba la oscuridad. De hecho, estaba empezando a gustarme la noche. Debería. Iba a ser mi elemento durante largo tiempo. Si sobrevivía. Como si pudiera leer mis morbosos pensamientos, Nala maulló malhumorada al tiempo que trotaba a mi lado.

—Sí, lo sé. No debería ser tan negativa. Trabajaré en ello justo después de...

El leve gruñido de Nala me sorprendió. Se había detenido. Tenía la espalda arqueada y el pelo de punta, haciéndola parecer una pequeña bola gorda y peluda. Pero sus ojos como rendijas no tenían gracias, y tampoco el feroz bufido que surgía de su boca.

—Nala, ¿qué...?

Un terrible escalofrío me recorrió la espalda incluso antes de girarme para mirar en la misma dirección que mi gata. Más tarde, no pude comprender por qué no grité. Recuerdo que mi boca se abrió para tragar aire, pero permanecí absolutamente muda. Parecía que me había quedado atontada, pero eso era imposible. Si lo hubiera estado no hubiese sido posible que me quedara tan completamente petrificada.

Elliott se encontraba a menos de tres metros de mí, en la oscuridad que hacía sombra en el espacio junto al muro. Debía ir por la misma dirección que Nala y yo llevábamos cuando oyó a Nala y medio se volvió hacia nosotras. Ella lo bufó de nuevo y, con un movimiento terriblemente rápido, dio un giro y se situó de frente a nosotras.

Juro que no podía respirar. Era un fantasma... tenía que serlo, pero parecía tan sólido, tan real. Si no hubiera visto su cuerpo rechazando el cambio, simplemente hubiese pensado que parecía especialmente pálido y... y... raro. Tenía un anormal color blanco, pero había más cosas que no encajaban además de eso. Sus ojos habían cambiado. Reflejaban la poca luz que había y tenían un terrible brillo rojizo, como la sangre seca.

Justo como habían brillado los ojos del fantasma de Elizabeth.

Había otra cosa diferente en él también. Su cuerpo parecía extraño... más delgado. ¿Cómo era eso posible? Entonces me llegó el olor. Viejo, seco y fuera de lugar, como un armario que no ha sido abierto durante años o un sótano escalofriante. Era el mismo olor que había percibido justo antes de ver a Elizabeth.

Nala gruñó y Elliott se puso en una postura medio agachada y devolvió el bufido. Luego mostró los dientes y pude ver que ¡tenía colmillos! Dio un paso hacia Nala como si fuese a atacarla. No pensé, tan solo reaccioné.

—¡Déjala en paz y lárgate de aquí! —Me sorprendió que sonara como si no estuviese haciendo nada más que chillarle a un perro malo, porque desde luego estaba cagada de miedo.

Su cabeza se giró en dirección a mí y el brillo de sus ojos me tocó por primera vez. *¡Error!* La intuitiva voz en mi interior que ya se había convertido en familiar me gritaba. *¡Es una abominación!*

—Tú... —Su voz era aterradora. Era ronca y gutural, como si algo hubiera dañado su garganta—. ¡Serás mía! —Y comenzó a avanzar hacia mí.

El puro miedo me envolvió como un viento cortante.

El maullido belicoso de Nala desgarró la noche mientras se lanzaba contra el fantasma de Elliott. Observé con completo asombro, esperando que la gata escupiera y arañara tan solo el aire. En vez de eso, aterrizó sobre su muslo, con las garras sacadas, arañando y aullando como un animal tres veces más grande. Él gritó, la agarró por el pescuezo y la lanzó lejos. Entonces, con velocidad y fuerza imposibles, saltó prácticamente a lo alto del muro y desapareció en la noche que rodeaba la escuela.

Temblaba con tanta fuerza que me tambaleé.

—¡Nala! —sollocé—. ¿Dónde estás, pequeña?

Con el pelo erizado y gruñendo, regresó hasta mí, con los ojos todavía como rendijas fijos en el muro. Me agaché a su lado y con manos temblorosas la inspeccioné para asegurarme que estaba en una pieza. No parecía lastimada, así que la levanté y corrí lejos del muro tan rápido como pude.

—Está bien. Estamos bien. Ya se ha ido. Qué chica más valiente has sido. —Continué hablándole. Se encaramó a mi hombro para poder mirar a nuestra espalda y siguió gruñendo.

Cuando llegué a la primera farola, no muy lejos del salón de entretenimiento, me detuve y cambié a Nala de posición para poderla mirar más de cerca y ver si estaba bien de verdad. Lo que vi me oprimió el estómago con tanta fuerza que pensé que iba a vomitar. En sus patas había sangre. Solo que no era de Nala. Y no olía deliciosa como me había olido otra sangre. En vez de eso, tenía la esencia seca y mohosa de los sótanos viejos. Hice un esfuerzo para contener las arcadas mientras le limpiaba las patas en la hierba invernal. Luego volví a levantarla en brazos y caminé a toda prisa por la acera que llevaba a los dormitorios. Nala no paró en ningún momento de mirar hacia atrás y de gruñir.

Stevie Rae, las gemelas y Damien estaban claramente ausentes de los dormitorios. No estaban viendo la tele... no estaban en la sala de computadoras ni en la biblioteca, ni tampoco en la cocina.

Subí con rapidez por las escaleras, deseando desesperadamente que al menos Stevie Rae estuviera en nuestra habitación. No tuve esa suerte.

Me senté en mi cama, acariciando a la todavía angustiada Nala. ¿Debía intentar encontrar a mis amigos? ¿O debía limitarme a estar allí? Stevie Rae volvería en algún momento a la habitación. Miré su reloj giratorio de Elvis. Tenía unos diez minutos para cambiarme e ir al salón de entretenimiento. Pero, ¿cómo podía ir al ritual después de lo que acababa de ocurrir?

¿Qué es lo que acababa de ocurrir?

Un fantasma había intentado atacarme. No. No era cierto. ¿Cómo iban a sangrar los fantasmas? Pero, ¿había sido sangre? No olía como la sangre. No tenía ni idea de lo que estaba pasando.

Debería ir directamente a Neferet y contarle lo que había sucedido. Debería levantarme en ese mismo momento y llevarnos a mi asustada gata y a mí hasta Neferet y contarle lo de Elizabeth de la noche anterior y lo de Elliott de esta noche. Debería... debería...

No. Esta vez no fue un grito en mi interior. Era la fuerza de la certeza. No podía contárselo a Neferet, al menos no en este momento.

—Tengo que ir al ritual. —Dije en alto las palabras que se repetían en mi cabeza—. Tengo que estar en este ritual.

Mientras me ponía el vestido negro y buscaba en el armario mis bailarinas, sentí cómo me invadía la calma. Las cosas allí no se regían por las mismas reglas que en mi antiguo mundo —en mi antigua vida— y era hora de aceptarlo y empezar a acostumbrarse a ello.

Tenía afinidad con los cinco elementos, lo cual significaba que había sido obsequiada con increíbles poderes por una antigua diosa. Como la abuela me había recordado, un gran poder conlleva una gran responsabilidad. Quizá se me permitía ver cosas —como fantasmas que no se comportaban o tenían el aspecto u olían como deberían los fantasmas— por alguna razón. No sabía lo que significaba todavía. De hecho, no sabía gran cosa aparte de los dos pensamientos que estaban más claros en mi cabeza: no se lo podía contar a Neferet y que tenía que ir al ritual.

Dirigiéndome a toda prisa al salón de entretenimiento, intenté al menos pensar de forma positiva. Quizás Afrodita no aparecería esta noche, o estaría allí y se olvidaría de meterse conmigo.

Resultó, dada mi suerte, que no se dio ninguno de los dos casos.

27

—Bonito vestido, Zoey. Es como si fuera uno mío. ¡Oh, espera!
Antes era mío. —Afrodita soltó una de esas risas guturales de "soy
tan mayor y tú eres tan niña". Odio de verdad cuando las chicas
hacen eso. Vamos, sí, ella es mayor, pero yo también tengo tetas.

Sonreí, poniendo a propósito una dosis extra de ignorancia en
mi voz y solté una mentira descomunal, la cual creo que improvisé
bastante bien teniendo en cuenta lo mala que soy mintiendo, que
acababa de ser atacada por un fantasma y que todo el mundo nos
miraba y escuchaba lo que decíamos.

—¡Hola, Afrodita! Caramba, estaba leyendo en el libro de Sociología de cuarto que Neferet me dio el capítulo sobre lo importante que es que la líder de las Hijas de la Oscuridad haga que todo
nuevo miembro del grupo se sienta bienvenido y aceptado. Debes
estar orgullosa de estar haciendo tan bien tu trabajo. —Entonces
di un paso para acercarme un poco más a ella y bajé la voz para
que solo ella pudiera oírme—. Y debo decir que tienes mejor aspecto que la última vez que te vi. —Vi cómo palidecía y estaba segura que el miedo se reflejaba en sus ojos. Sorprendentemente, no
hizo que me sintiera victoriosa y altiva. Tan solo me hizo sentir
malvada, superficial y cansada. Suspiré—. Lo siento, no debería
haber dicho eso.

Su gesto se endureció.

—Que te den, monstruo —siseó. Luego se rió como si acabara

de hacer un buen chiste (a mi costa), me dio la espalda y, con un gesto de desprecio, se echó el pelo hacia atrás y se dirigió al centro del salón.

Bueno, ya no me sentía mal. Maldita arpía. Levantó uno de sus delgados brazos y todos los que me habían estado mirando boquiabiertos ahora dirigieron su atención (afortunadamente) hacia ella. Llevaba puesto un vestido de seda roja de estilo antiguo que se le ajustaba como si se lo hubieran pintado. Me gustaría saber de dónde sacaba la ropa. ¿De una tienda para putitas góticas?

—Un iniciado murió ayer y otro ha muerto hoy.

Su voz era fuerte y clara, y sonaba casi compasiva, lo cual me sorprendió. Durante un instante, la verdad es que me recordó a Neferet, y me pregunté si diría algo profundo y con tono de líder.

—Todos conocíamos a ambos. Elizabeth era agradable y tranquila. Elliott había sido nuestra nevera durarte los últimos siete rituales. —Sonrió de pronto. Fue salvaje y malévolo, y cualquier parecido que pudiera haber tenido con Neferet terminó—. Pero eran débiles, y los vampyros no necesitan la debilidad en su grupo. —Encogió sus hombros cubiertos de escarlata—. Si fuéramos humanos lo llamaríamos la supervivencia del más fuerte. Gracias a la diosa no somos humanos, así que llamémosle simplemente Destino, y alegrémonos esta noche de que no nos tocó a nosotros.

Me sentí totalmente asqueada al oír en general voces que estaban de acuerdo. No había conocido mucho a Elizabeth, pero había sido simpática conmigo. De acuerdo, admito que no me gustaba Elliott... a nadie le gustaba. El chico era irritante y con poco atractivo (y su fantasma o lo que fuese parecía seguir teniendo esas cualidades), pero no me alegraba de su muerte. *Si alguna vez llego a ser líder de las Hijas de la Oscuridad no me reiré de la muerte de un iniciado, sin importar lo insignificante que sea.* Me lo prometí a mí misma, pero también lo lancé de forma consciente a modo de oración. Esperaba que Nyx me escuchara, y esperaba que lo aprobase.

—Pero ya está bien de pesimismo —decía Afrodita—. ¡Es Samhain! La noche en la que celebramos el final de la temporada de cosecha y, aún mejor, es el momento en el que recordamos a nuestros ancestros, todos los grandes vampyros que han vivido y han muerto antes que nosotros. —El tono de su voz daba miedo, como si se estuviera metiendo demasiado en el papel de la representación que llevaba a cabo, y puse los ojos en blanco mientras ella proseguía—. Es la noche en la que el velo entre la vida y la muerte es más delgado y cuando es más probable que los espíritus caminen por la tierra. —Hizo una pausa y recorrió su audiencia con la mirada, poniendo cuidado en ignorarme (como hacían todos los demás). Tuve un momento para reflexionar sobre lo que acababa de decir. ¿Tendría lo ocurrido con Elliott algo que ver con que el velo entre la vida y la muerte fuera más delgado, y con el hecho de que había muerto durante Samhain? No tuve más tiempo para pensar en ello porque Afrodita elevó la voz y gritó:

—Entonces, ¿qué es lo que vamos a hacer?

—¡Salir! —gritaron en respuesta las Hijas e Hijos de la Oscuridad.

La risa de Afrodita tenía un tono demasiado sexual para ser apropiada, y juro que se tocó. Allí mismo, delante de todo el mundo. Jesús, qué repugnante era.

—Eso es. He elegido un sitio formidable para nosotros esta noche, e incluso tenemos una pequeña nevera nueva esperándonos allí con las chicas.

Aj. ¿Con "las chicas" se refería a Belicosa, Terrible y Avispa? Eché un vistazo rápido a la sala. No las veía por ninguna parte. Genial. No quería ni imaginar lo que esas tres y Afrodita consideraban "formidable". Y ni siquiera quería pensar en el pobre chico al que habían convencido de alguna manera para que fuera su nueva nevera.

Y, sí, iba a negar el hecho de que se me había hecho la boca agua cuando Afrodita mencionó que había una nevera esperándonos, lo cual quería decir que iba a tener que beber sangre otra vez.

—Entonces, salgamos de aquí. Y recuerden, permanezcan en silencio. Concentren sus mentes en ser invisibles, y cualquier humano que resulte estar despierto todavía simplemente no nos verá.

—A continuación, me miró directamente—. Y que Nyx no tenga piedad con aquel que nos delate, porque nosotros no lo haremos.

—Sonrió con suavidad al grupo de nuevo—. ¡Síganme, Hijas e Hijos de la Oscuridad!

En silenciosos pequeños grupos y parejas, todos siguieron a Afrodita afuera por la puerta trasera del salón de entretenimiento. Por supuesto, me ignoraron. Estuve a punto de no seguirlos. Lo cierto es que no quería. Me refiero a que ya había tenido demasiadas emociones por una noche. Debería volver a los dormitorios y disculparme con Stevie Rae. Después, podríamos buscar a las gemelas y a Damien y podría contarles lo de Elliott (paré para comprobar si un presentimiento me prevenía en contra de contárselo a mis amigos, pero permaneció en silencio). De acuerdo. Entonces, podía contárselo. Eso parecía mucha mejor idea que seguir a la maldita Afrodita y a un grupo de chicos que no me soportaba. Pero mi intuición, que había estado callada cuando pensé en hablar con mis amigos, de repente se revolucionó otra vez. Tenía que ir al ritual. Suspiré.

—Vamos, Z. No querrás perderte el espectáculo, ¿verdad?

Erik se encontraba junto a la puerta trasera, igualito que Superman con sus ojos azules y sonriéndome.

Bueno, qué demonios.

—¿Estás de broma? Chicas odiosas, dramatismo totalmente exclusivista y la posibilidad de pasar vergüenza y de que haya una sangría. ¿Cómo podría no gustarme? No me perdería ni un solo minuto. —Erik y yo salimos juntos por la puerta detrás del grupo.

Todos caminaban en silencio hacia el muro que había detrás del salón de entretenimiento, que estaba demasiado cercano al lugar donde había visto a Elizabeth y Elliott para que me sintiera tranquila. Y luego, de manera extraña, me pareció que los chicos desaparecían a través del muro.

—¿Pero qué...? —susurré.

—No es más que un truco. Ya lo verás.

Y lo vi. En realidad era una trampilla oculta. Como las que ves en esas películas viejas de asesinatos, salvo que en lugar de una puerta en la pared de una biblioteca o dentro de una chimenea (como en una de las películas de Indiana Jones... sí, soy una tonta), esta trampilla era una pequeña sección del muro grueso y de aspecto sólido de la escuela. Parte de ella osciló hacia fuera, dejando un espacio abierto lo suficientemente grande para que una persona (o iniciado, o vampyro o incluso algún fantasma extrañamente sólido o dos) pudiera colarse por él. Erik y yo fuimos los últimos en cruzar. Oí un suave ruido de deslizamiento y miré hacia atrás a tiempo de ver la pared encajar a la perfección.

—Funciona con un mando a distancia, como la puerta de un coche —susurró Erik.

—Ah. ¿Y quién sabe de su existencia?

—Cualquiera que haya sido una Hija o Hijo Oscuro.

—Ah. —Sospechaba que eran probablemente la mayoría de los vampyros adultos. Eché un vistazo alrededor. No vi a nadie mirándonos, o siguiéndonos.

Erik se percató de mi mirada.

—No les importa. Es una tradición de la escuela que nos escapemos para algunos de los rituales. Mientras no hagamos algo demasiado estúpido, fingen que no saben dónde vamos. —Se encogió de hombros—. Supongo que funciona bien así.

—Mientras no hagamos algo demasiado estúpido —dije.

—¡Shhh! —Siseó alguien delante de nosotros. Cerré la boca y decidí concentrarme en hacia dónde íbamos.

Eran sobre las cuatro y media de la mañana. Bueno, nadie estaba despierto. Qué sorpresa. Era raro caminar por esta parte tan exclusiva de Tulsa —un vecindario lleno de mansiones construidas con el viejo dinero del petróleo— y que nadie se percatara de nuestra presencia. Estábamos cruzando un paisaje de increíbles jardines y ni siquiera nos ladraban los perros. Era como si fuésemos sombras... o fantasmas... Ese pensamiento me produjo un escalofrío. La luna que un rato antes había estado oscurecida en su mayoría por las nubes, ahora tenía un brillo blanco plateado sobre un cielo inesperadamente despejado. Juro que incluso antes de que me marcaran podría haber leído bajo su luz. Hacía frío, pero no me molestaba como lo hubiera hecho justo una semana antes. Intenté no pensar en lo que eso indicaba sobre el cambio que se estaba produciendo en mi cuerpo.

Cruzamos una calle y luego nos colamos sin hacer ruido entre dos jardines. Oí correr agua antes de ver el pequeño puente. La luz de la luna iluminaba la corriente como si alguien hubiera derramado mercurio por encima de su superficie. Me capturó su belleza y de forma automática disminuí el paso, recordándome a mí misma que la noche era mi nuevo día. Esperaba no acostumbrarme nunca a su oscura majestuosidad.

—Vamos, Z —susurró Erik desde el otro lado del puente.

Lo miré. Su silueta se dibujaba frente a una increíble mansión que se extendía por la colina que había tras él, con sus enormes terrazas de césped y su lago, sus gazebos, sus fuentes y cascadas (estaba claro que esta gente tenía desde luego demasiado dinero), y me vino a la mente uno de esos héroes románticos sacados de la historia, como... como... bueno, los únicos dos héroes que se me ocurrían eran Superman y el Zorro, y ninguno de ellos era histórico de verdad. Pero parecía muy caballeresco y romántico. Y entonces, me di cuenta con exactitud de en qué asombrosa mansión nos estábamos colando y crucé a toda prisa el puente hacia él.

—Erik —susurré asustada—, ¡este es el Museo Philbrook! Nos vamos a meter en un lío de verdad si nos pillan husmeando por aquí.

—No nos descubrirán.

Lo seguí a duras penas. Él caminaba deprisa, mucho más deseoso que yo de alcanzar al silencioso y fantasmal grupo.

—Oye, esto no es solo la casa de un tipo rico. Esto es un museo. Aquí hay guardias de seguridad las veinticuatro horas del día.

—Afrodita ya los habrá drogado.

—¡Qué!

—Shhh. No les dolerá. Estarán atontados durante un rato y después se irán a casa y no recordarán nada. No hay problema.

No repliqué, pero la verdad es que no me gustaba que tuviera esa actitud de indiferencia sobre drogar a guardias de seguridad. No me parecía que estuviera bien, a pesar de que entendía que era necesario. Nos estábamos colando. No quería que nos descubrieran. Así que había que drogar a los guardias. Lo entendía. Pero no me gustaba, y parecía una cosa más que estaba pidiendo ser cambiada en las Hijas de la Oscuridad y sus actitudes de superioridad. Cada vez me recordaban más y más a las Gentes de Fe, lo cual no era precisamente una comparación aduladora. Afrodita no era Dios (o Diosa, a esos efectos), por mucho que se autodenominase así.

Erik había parado de caminar. Nos unimos al grupo en el lugar en el que habían formado un amplio círculo alrededor de un gazebo con cúpula situado al final de la suave cuesta que llevaba al museo. Estaba cerca del estanque decorativo que acababa justo donde empezaban las terrazas que conducían al museo. Era un lugar increíblemente bonito. Había estado allí dos o tres veces de excursión, y en una de las ocasiones, con mi clase de arte, incluso me había sentido con la inspiración para hacer un boceto de los jardines, a pesar de que está claro que no sé dibujar. En esta ocasión, la noche lo había hecho cambiar de un lugar con jardines bonitos y bien cuidados y detalles de mármol a un reino de hadas mágico bañado por la luz de la luna y sombreado por capas de grises, plateados y azules de medianoche.

El propio gazebo era increíble. Descansaba en lo alto de unas enormes escaleras redondas, a modo de trono, para que tuvieras que subir hasta lo alto para llegar a él. Estaba hecho de columnas blancas talladas y la cúpula estaba iluminada por debajo, de forma que pareciese algo que podía haberse rescatado de la antigua Grecia y luego haberse restaurado a su gloria original, iluminándolo de noche para ser contemplado.

Afrodita subió las escaleras para ocupar su lugar en el centro del gazebo, lo cual restó de inmediato parte de su magia y belleza. Por supuesto, Belicosa, Terrible y Avispa estaban allí también. Había otra chica con ellas, a la cual no reconocí. Desde luego podía haberla visto miles de veces y no recordarla... No era más que otra Barbie rubia (aunque su nombre probablemente significara algo como "Retorcida" u "Odiosa"). Habían montado una pequeña mesa en el centro del gazebo y la habían cubierto con una tela negra. Parecían haber puesto un puñado de velas sobre ella y algunas cosas más, incluido un cáliz y un cuchillo. Un pobre chico estaba desplomado con la cabeza sobre la mesa. Le habían puesto una capa encima, de forma que le cubriera el cuerpo, y recordaba mucho a Elliott en la noche en la que había sido la nevera.

Tiene que agotar mucho a un chico que le drenen la sangre para los rituales de Afrodita, y me pregunté si eso había sido un factor en la muerte de Elliott. Aparté de mi cabeza el hecho de que se me empezaba a hacer la boca agua cuando pensaba en la sangre del chico mezclada con el vino del cáliz. Era extraño cómo algo podía darme tanto asco y al mismo tiempo hacerme desearlo tanto.

—Invocaré el círculo y llamaré a los espíritus de nuestros ancestros para que bailen en su interior con nosotros —dijo Afrodita. Habló con suavidad, pero su voz viajó a nuestro alrededor como una niebla venenosa. Era espeluznante pensar que los fantasmas serían traídos al círculo de Afrodita, sobre todo después de mis experiencias recientes con fantasmas, pero debo admitir que me intrigaba casi tanto como me asustaba. Quizás estaba tan segura de que debía estar ahí porque se suponía que recibiría alguna pista sobre Elizabeth y Elliott esa noche. Además, era obvio que el ritual era algo que las Hijas de la Oscuridad llevaban haciendo algún tiempo. No podía ser tan terrible ni tan peligroso. Afrodita se comportaba con grandeza y estilo, pero tenía la sensación de que todo era una actuación. Por debajo de eso, era lo que todos los abusones son: insegura e inmadura. Los abusones también tienden a evitar a otros más fuertes que ellos, así que era lógico que si Afrodita iba a convocar a los espíritus en un círculo, eso significara que eran inofensivos e incluso agradables. Afrodita, desde luego, no iba a enfrentarse a un monstruo grande y malvado.

O a algo tan verdaderamente extraño como en lo que se había convertido Elliott.

Me relajé al empezar a sentir lo que ya se había vuelto un familiar zumbido de poder cuando las cuatro Hijas de la Oscuridad tomaron las velas que correspondían al elemento que representaban y luego se situaron en el sitio correcto del minicírculo del gazebo. Afrodita llamó al viento, y mi pelo se elevó con suavidad con una brisa que sólo yo pude sentir. Cerré los ojos, adorando la electricidad que me cosquilleaba la piel. En realidad, a pesar de Afrodita y de sus estiradas Hijas de la Oscuridad, yo ya empezaba a disfrutar el inicio del ritual. Y Erik se encontraba junto a mí, lo cual ayudaba a que no me importara que nadie más de allí me hablase.

Me relajé más, segura de repente de que el futuro no iba a ser tan malo. Me reconciliaría con mis amigos, averiguaríamos juntos qué demonios estaba pasando con esos extraños fantasmas y quizás incluso conseguiría un novio que estaba muy bueno. Todo iría bien. Abrí los ojos y observé a Afrodita caminar alrededor del círculo. Cada uno de los elementos chisporroteó en mi interior y me pregunté cómo podía Erik estar tan cerca y no notarlo. Incluso le lancé una mirada furtiva, medio esperando que me estuviera mirando mientras los elementos jugaban con mi piel, pero, al igual que todos los demás, miraba a Afrodita. (Aquello la verdad es que me cabreaba... ¿no se suponía que debería lanzarme miraditas a mí también?). Entonces Afrodita comenzó el ritual de llamada a los espíritus ancestrales e incluso yo no pude apartar la mirada de ella. Se encontraba junto a la mesa, sosteniendo una larga trenza de hierba seca sobre la llama morada del espíritu, para que se prendiera con rapidez. La dejó arder durante un breve rato y luego la apagó de un soplido. La agitó con suavidad a su alrededor mientras comenzaba a hablar, llenando el lugar de anillos de humo. Lo olí, reconociendo la esencia de la hierba dulce, una de las hierbas ceremoniales más sagradas porque atraía la energía espiritual. La abuela la usaba a menudo en sus oraciones. Entonces fruncí el ceño y sentí de repente preocupación. La hierba dulce solo debía usarse después de quemar salvia para limpiar y purificar el área; si no, podría atraer cualquier energía... y "cualquiera" no siempre significaba buena. Pero ya era demasiado tarde para decir algo, incluso aunque hubiera podido detener la ceremonia. Ella ya había comenzado a llamar a los espíritus, y su voz había tomado un tono fantasmagórico y cantarín que de algún modo era intensificado por el humo que formaba espesas volutas a su alrededor.

En esta noche de Samhain, escuchen mi antigua llamada, oh espíritus de nuestros ancestros. En esta noche de Samhain, dejen que mi voz llegue con este humo al Otro Mundo, donde los brillantes espíritus juegan en la dulce hierba de las brumas del recuerdo. En esta noche de Samhain no llamo a los espíritus de nuestros ancestros humanos. No, dejo que reposen; no tengo necesidad de ellos en la vida ni en la muerte. En esta noche de Samhain llamo a los ancestros mágicos —los ancestros místicos—, aquellos que en una

ocasión fueron más que humanos, y los cuales, en la muerte, son
más que humanos.

En completo trance, observé con todos los demás que el humo se arremolinaba, cambiaba y comenzaba a adquirir formas. Al principio pensé que veía cosas e intenté aclararme la visión guiñando los ojos, pero enseguida comprendí que lo que estaba viendo no tenía nada que ver con una visión borrosa. Se estaban formando figuras entre el humo. No se las distinguía, eran más contornos de cuerpos que cuerpos de verdad, pero a medida que Afrodita seguía agitando la hierba dulce se volvían más sustanciales y el círculo se llenó de repente de figuras espectrales de ojos oscuros y cavernosos y bocas abiertas.

No se parecían en nada a Elizabeth o Elliott. De hecho, tenían justo el aspecto que imaginaba que tendrían los fantasmas: humeante, transparente y aterrador. Olí el aire. No, desde luego no olía como un asqueroso sótano viejo.

Afrodita dejó la hierba aún humeante y levantó el cáliz. Incluso desde mi posición, me pareció que tenía una palidez inusual, como si hubiera adquirido algunas de las características físicas de los fantasmas. Su vestido rojo despedía un brillo casi doloroso de entre el círculo de neblina y humo gris.

—Los saludo, espíritus ancestrales, y pido que acepten nuestra ofrenda de vino y sangre para que puedan recordar lo que es saborear la vida. —Levantó el cáliz y las figuras de humo se agitaron y vibraron con evidente entusiasmo—. Los saludo, espíritus ancestrales, y desde la protección de mi círculo yo...

—¡Zo! ¡Sabía que te encontraría si me esforzaba lo suficiente!

La voz de Heath rasgó la noche, interrumpiendo las palabras de Afrodita.

28

—¡Heath! ¡Qué demonios estás haciendo aquí!

—Bueno, no me devolviste la llamada. —Ignorando al resto, me abrazó. No necesitaba la brillante luz de la luna para ver sus ojos inyectados en sangre—. ¡Te he extrañado, Zo! —soltó, echándome encima el aliento a cerveza.

—Heath. Tienes que irte...

—No. Que se quede —Afrodita me interrumpió.

La mirada de Heath se desplazó hacia ella, e imaginé lo que parecería a los ojos de él. Se encontraba bajo el baño de luz causado por los focos del gazebo, que brillaban a través del humo de la hierba dulce, iluminándola casi como si estuviera bajo el agua. El vestido rojo de seda pegado a su cuerpo. Su cabello rubio era espeso y le caía por la espalda. Sus labios estaban arqueados con una sonrisa malévola, lo cual estoy segura que Heath malinterpretaría y pensaría que estaba siendo agradable. Bueno, es probable que ni siquiera se percatara de los fantasmas de humo que habían dejado de flotar alrededor del cáliz y que ahora habían vuelto sus ojos en blanco hacia él. Tampoco se daría cuenta que la voz de Afrodita tenía un sonido hueco y extraño y que sus ojos estaban vidriosos y lo miraban fijamente. Joder, conociendo a Heath, no se fijaría en nada salvo en sus enormes tetas.

—Genial, una piba vampyro —dijo Heath, dándome por completo la razón.

—Sáquenlo de aquí. —La voz de Erik sonaba tensa de preocupación.

Heath apartó los ojos de las tetas de Afrodita para mirar a Erik.

—¿Y tú quién eres?

Oh, mierda. Reconocía aquel tono. Era el que Heath usaba cuando estaba a punto de tener un ataque de celos. (Otra razón por la que era mi ex).

—Heath, tienes que salir de aquí —dije.

—No. —Se acercó más a mí y me puso el brazo alrededor de los hombros en gesto posesivo, pero no me miró. Seguía mirando a Erik—. He venido a ver a mi novia, y voy a ver a mi novia.

Ignoré el hecho de que podía sentir el pulso de Heath donde su brazo reposaba sobre mis hombros. En vez de hacer algo absolutamente asqueroso y desagradable, como morderle la muñeca, no hice caso de su brazo y di un tirón de él de forma que tuviera que mirarme a mí y no a Erik.

—No soy tu novia.

—Oh, Zo, lo dices por decir.

Apreté los dientes. Dios, que estúpido era. (Otra razón más por la que era mi ex).

—¿Eres idiota? —dijo Erik.

—Mira, puto chupasangre, yo... —empezó a decir Heath, pero la extraña voz resonante de Afrodita ahogó sus palabras.

—Sube aquí, humano.

Como si nuestros ojos fueran imanes atraídos por su perturbadora atracción, Heath, Erik y yo (y, por extensión, el resto de Hijas e Hijos de la Oscuridad) levantamos la mirada hacia ella. Su cuerpo tenía un aspecto extraño. ¿Parecía estar latiendo? ¿Cómo era posible? Se echó el pelo hacia atrás y recorrió su cuerpo con una mano como una *stripper* asquerosa, tocándose el pecho y luego bajando hasta tocarse entre las piernas. Levantó la otra mano e hizo un gesto con el dedo, llamando a Heath.

—Ven a mí, humano. Deja que te pruebe.

Aquello era malo... aquello estaba mal. Algo terrible iba a sucederle a Heath si subía allí y entraba en aquel círculo.

En trance a causa de su influjo, Heath avanzó tambaleándose sin dudarlo (y sin sentido común). Le agarré un brazo, y me complació ver que Erik le agarraba el otro.

—¡Para, Heath! Quiero que te vayas. Ahora. No perteneces a esto.

Con gran esfuerzo, Heath apartó sus ojos de Afrodita. Se soltó el brazo de la mano de Erik de un tirón y casi le gruñó. Luego, se volvió hacia mí.

—¡Me estás engañando!

—¿Es que no escuchas? Es imposible que te esté engañando. ¡No estamos juntos! Y ahora sal de...

—Si rehúsa nuestro llamamiento, entonces iremos nosotros a él.

Levanté la cabeza y vi cómo el cuerpo de Afrodita se convulsionaba mientras volutas grises salían de ella. Dejó escapar una exclamación ahogada, a medio camino entre un sollozo y un grito. Los espíritus, incluidos los que era evidente que la habían poseído, avanzaron a toda velocidad hacia el borde del círculo, empujando en un esfuerzo por liberarse y llegar hasta Heath.

—Detenlos, Afrodita. ¡Si no lo haces lo matarán! —gritó Damien mientras salía de detrás de un seto decorativo que bordeaba el estanque.

—Damien, qué... —empecé a decir, pero él negó con la cabeza.

—No hay tiempo de explicaciones —me dijo rápidamente antes de volver de nuevo su atención hacia Afrodita—. Sabes lo que son —gritó hacia donde estaba ella—. Tienes que contenerlos dentro del círculo o él morirá.

Afrodita estaba tan pálida que también parecía un fantasma. Se alejó de las figuras de humo, que todavía intentaban empujar la barrera invisible del círculo, hasta que topó con un borde de la mesa.

—No los detendré. Si lo quieren, pues es de ellos. Mejor él que yo... o cualquiera de nosotros —dijo Afrodita.

—¡Sí, no queremos nada de ese tipo de basura! —dijo Terrible antes de dejar caer su vela, la cual chisporroteó y se apagó. Sin más palabras, salió corriendo del círculo y bajó las escaleras del gazebo. Las otras tres chicas que se suponía que personificaban los elementos la siguieron, desapareciendo a toda velocidad en la noche y dejando sus velas tiradas y apagadas.

Horrorizada, observé cómo una de las figuras grises comenzaba a atravesar el círculo. El humo que formaba su espectral cuerpo comenzó a escurrirse escaleras abajo y me recordó a una serpiente mientras se deslizaba en nuestra dirección. Noté el revuelo entre las Hijas e Hijos de la Oscuridad y miré alrededor. Retrocedían con nerviosismo y los gestos de temor retorcían sus rostros.

—Te toca, Zoey.

—¡Stevie Rae!

Se encontraba vacilante en el centro del círculo. Se había quitado la capa que la cubría y reparé en las vendas blancas de sus muñecas.

—Te dije que debíamos estar juntas. —Me sonrió débilmente.

—Será mejor que nos demos prisa —dijo Shaunee.

—Esos fantasmas están haciendo que tu ex se cague de miedo —dijo Erin.

Miré por encima de mi hombro y vi a las gemelas junto a Heath, que tenía la cara pálida y la boca abierta, y sentí una sacudida de pura felicidad. ¡No me habían abandonado! ¡No estaba sola!

—Acabemos con esto —dije—. Retenlo aquí —le dije a Erik, que me miraba con evidente asombro.

Sin necesidad de mirar atrás para asegurarme que mis amigos me seguían, subí a toda prisa las empinadas escaleras hasta el gazebo lleno de fantasmas. Cuando alcancé el límite del círculo, dudé durante un instante. Los espíritus lo cruzaban poco a poco, su atención centrada por completo en Heath. Respiré hondo y crucé la barrera invisible, sintiendo un horrible escalofrío cuando los muertos se frotaron sin cesar contra mi piel.

—No tienes derecho a estar aquí. Este es mi círculo —dijo Afrodita, recobrando la compostura lo suficiente para mirarme, arrugar el labio y bloquearme el paso hacia la mesa y hacia la vela del espíritu, que era la única que aún estaba encendida.

—Era tu círculo. Ahora debes cerrar la boca y apartarte —le dije.

Afrodita me miró arrugando los ojos.

Oh, mierda. No tenía tiempo para eso.

Cabeza de pompón, tienes que hacer lo que Zoey dice. Llevo dos años deseando patearte el culo —dijo Shaunee, subiendo para situarse a mi lado.

—Yo también, sucio putón —dijo Erin, situándose a mi otro lado.

Antes de que las gemelas pudieran abalanzarse sobre ella, el grito de Heath quebró la noche. Me di vuelta. La neblina trepaba por las piernas de Heath, dejando rasgones largos y finos en sus pantalones que de inmediato comenzaron a sangrar. Presa del pánico, soltaba patadas y chillaba. Erik no había salido corriendo, pero también golpeaba la niebla, a pesar de que cada vez que lo tocaba le rasgaba la ropa y le arañaba la piel.

—¡Rápido! Colóquense en sus sitios —grité antes de que el seductor olor de sus sangres afectara mi concentración.

Mis amigos corrieron hacia las velas abandonadas. A toda prisa, las recogieron y esperaron en sus posiciones.

Rodeé a Afrodita, que miraba a Heath y Erik con la mano sobre la boca como si intentara contener los gritos. Agarré la vela morada y corrí hacia Damien.

—¡Viento! Te llamo a este círculo —grité, tocando la vela amarilla con la morada. Quise llorar de alivio cuando el familiar torbellino se elevó de repente, arremolinándose alrededor de mi cuerpo y levantando mi pelo alocadamente.

Protegiendo la vela morada con la mano, corrí hacia Shaunee.

—¡Fuego! ¡Te llamo a este círculo! —El calor golpeó con el remolino de aire cuando encendí la vela roja. No me detuve, sino que seguí moviéndome alrededor del círculo en el sentido de las agujas del reloj—. ¡Agua! ¡Te llamo a este círculo! —Allí estaba el mar, salado y dulce al mismo tiempo—. ¡Tierra! ¡Te llamo a este círculo! —Toqué la llama de la vela de Stevie Rae, intentando no flaquear al ver las vendas que cubrían sus muñecas. Tenía un color pálido fuera de lo habitual, pero sonrió cuando el aire se llenó con la esencia del heno recién cortado.

Heath gritó de nuevo; corrí de vuelta al centro del círculo y levanté la vela morada.

—¡Espíritu! ¡Yo te llamo a este círculo! —La energía chisporroteó dentro de mí. Miré alrededor el borde de mi círculo y, en efecto, pude comprobar cómo la franja de poder marcaba su circunferencia. Cerré los ojos durante un instante. *¡Oh, gracias, Nyx!*

A continuación, deposité la vela sobre la mesa y recogí el cáliz de vino ensangrentado. Me coloqué frente a Heath, Erik y la horda de fantasmas.

—¡Aquí está su sacrificio! —grité, vertiendo el líquido del cáliz en un arco a mi alrededor, de modo que formara un círculo de color sanguinolento en el suelo del gazebo—. No se los convocó aquí para matar. Se los llamó porque es Samhain y queríamos honrarlos. —Derramé más vino, haciendo un esfuerzo para ignorar la seductora esencia de la sangre fresca mezclada con vino.

Los fantasmas detuvieron su ataque. Me concentré en ellos, no queriendo distraerme con el terror en los ojos de Heath y el dolor en los de Erik.

—*Preferimos esta sangre joven y fresca, Sacerdotisa.* —El eco de la voz fantasmagórica llegó hasta mí y provocó un escalofrío en mi piel. Juro que pude oler su aliento, que apestaba a carne podrida.

Tragué saliva.

—Lo comprendo, pero no les corresponde a ustedes tomar esas vidas. Esta noche es una noche de celebración, no de muerte.

—*Y aún así elegimos la muerte... nos es más grata.* —Una risa fantasmal flotó en el aire con el humo contaminado de la hierba dulce, y los espíritus comenzaron a reunirse otra vez contra Heath.

Tiré el cáliz al suelo y levanté las manos.

—Entonces ya no se los pido, se los exijo. ¡Viento, fuego, agua, tierra y espíritu! Ordeno en el nombre de Nyx que cierren este círculo, trayendo de vuelta a él a los muertos a los que se les ha permitido escapar. ¡Ahora!

El calor recorrió mi cuerpo y salió disparado de mis manos estiradas. En una racha de viento ardiente y de aroma salado, una brillante niebla verde salió despedida de mí escaleras abajo y azotó alrededor de Heath y Erik, haciendo que sus ropas y pelo se agitaran con violencia. El viento mágico atrapó a las figuras de humo, las arrancó de sus víctimas y, con un rugido ensordecedor, los succionó de vuelta dentro de los límites de mi círculo. De repente estaba rodeada por formas fantasmales, de las cuales podía sentir peligro y hambre de forma tan clara como había sentido la sangre de Heath con anterioridad. Afrodita estaba acurrucada sobre la silla, muerta de miedo ante los espectros. Uno de ellos se rozó contra ella, haciendo que dejara escapar un gritito, lo que pareció agitarlos aún más y se apretujaron con violencia alrededor de mí.

¡Zoey! —Stevie Rae gritó mi nombre, su voz temblorosa de miedo. Vi cómo ella daba un paso titubeante hacia mí.

—¡No! —dijo bruscamente Damien—. No rompas el círculo. No pueden hacer daño a Zoey... no pueden hacernos daño a ninguno, el círculo es demasiado fuerte. Pero solo si no lo rompemos.

—No iremos a ninguna parte —dijo Shaunee.

—No. Me gusta donde estoy —dijo Erin, sonando un poquito falta de aliento.

Sentí su lealtad, su fe y su aceptación como si fuera un sexto elemento. Me llenó de confianza. Estiré la espalda y miré a los arremolinados y enojados fantasmas.

—Pues... nosotros no nos vamos. Lo que quiere decir que ustedes tienen que irse, chicos. —Señalé la sangre y el vino derramados en el suelo—. Tomen su sacrificio y váyanse de aquí. Esa es toda la sangre que se les debe esta noche.

La horda humeante cesó en su irritación. Sabía que ya los tenía. Respiré hondo y terminé.

—Con el poder de los elementos se los ordeno: ¡Márchense!

De repente, como si un gigante invisible los aplastara, se disolvieron en el suelo empapado de vino del gazebo, absorbiendo de alguna manera el líquido teñido de sangre y haciéndolo desaparecer con ellos.

Solté un largo e irregular suspiro de alivio. De forma automática, me volví hacia Damien.

—Gracias, viento. Puedes marcharte. —Él empezó a soplar su vela, pero no hizo falta, ya que una pequeña ráfaga de aire, sorprendentemente juguetona, lo hizo por él. Damien me sonrió. Y entonces, sus ojos se pusieron enormes y redondos.

—¡Zoey! ¡Tu Marca!

—¿Qué? —Levanté la mano hasta mi frente. Notaba un cosquilleo, al igual que en los hombros y el cuello (lo cual encajaba, pues siempre tenía dolor de cuello y hombros cuando estaba estresada), y además el resto de mi cuerpo todavía se estremecía con los efectos del poder de los elementos, así que ni me había dado cuenta.

Su mirada de asombro cambió a felicidad.

—Termina de cerrar el círculo. Después puedes usar uno de los muchos espejos de Erin para ver lo que ha sucedido.

Me volví hacia Shaunee para despedir al fuego.

—Uau... increíble —dijo Shaunee, mirándome fijamente.

—Oye, ¿cómo sabes que tengo más de un espejo en mi bolso? —Erin se quejaba a Damien desde el otro lado del círculo cuando me volví hacia ella y despedí al agua. Sus ojos también se abrieron de par en par cuando pudo echarme un vistazo—. ¡La hostia puta! —dijo.

—Erin, no deberías maldecir en un círculo sagrado. Ya saben que no es... —decía Stevie Rae en su dulce acento de Oklahoma cuando me giré para despedir a la tierra, y sus palabras se cortaron de repente cuando soltó un grito ahogado—. ¡Oh, Dios mío!

Suspiré. *Joder, ¿y ahora qué pasaba?* Volví a la mesa y levanté la vela del espíritu.

—Gracias, espíritu. Puedes marcharte —dije.

—¿Por qué? —Afrodita se puso en pie de forma tan brusca que tiró la silla. Como todos los demás, me miraba fijamente con una ridícula expresión de asombro—. ¿Por qué tú? ¿Por qué no yo?

—Afrodita, ¿de qué estás hablando ahora?

—Habla de esto. —Erin me tendió una polvera que sacó del bolso de cuero que siempre llevaba colgado del hombro.

La abrí y miré. Al principio no comprendí lo que estaba viendo... era demasiado ajeno, demasiado sorprendente. Entonces, desde mi lado, Stevie Rae susurró:

—Es precioso...

Y me di cuenta que tenía razón. Era precioso. Se había añadido algo a mi Marca. Un delicado tatuaje azul zafiro en espiral enmarcaba mis ojos. No tan complejo y alargado como el de un vampyro adulto, pero nunca presente antes en un iniciado. Dejé que mis dedos recorrieran el diseño ondulado y pensé que parecía algo que debería decorar el rostro de una exótica princesa extranjera... o quizás el de la alta sacerdotisa de una diosa. Miré con intensidad el yo que no era yo... aquella extraña que se estaba volviendo cada vez más y más familiar.

—Y eso no es todo, Zoey. Mira tu hombro —dijo Damien con suavidad.

Bajé la mirada hacia el amplio escote palabra de honor de mi vestido personalizado y sentí cómo un escalofrío recorría mi cuerpo. Mi hombro también estaba tatuado. Extendiéndose desde mi cuello, bajando por el hombro y hacia la espalda, había tatuajes azul zafiro en un patrón en espiral muy parecido al que tenía en la cara, salvo porque las marcas azules sobre mi cuerpo parecían aún más antiguas, aún más misteriosas, porque estaban entrelazadas con símbolos con forma de letras.

Abrí la boca, pero las palabras no me salían.

—Z, necesita ayuda. —Erik interrumpió mi trance y miré por encima de mi hombro. Entró tambaleándose en el gazebo, llevando a rastras a un inconsciente Heath.

—Da igual. Déjalo ahí —dijo Afrodita—. Alguien lo encontrará por la mañana. Tenemos que salir de aquí antes que los guardias se despierten.

Me acerqué a ella.

—¿Y todavía preguntas por qué yo y no tú? Quizá porque Nyx está harta de tu actitud egoísta, malcriada, consentida, odiosa,... —Hice una pausa, tan cabreada que no podía pensar en más adjetivos.

—¡Sucia! —Erin y Shaunee añadieron a la vez.

—Eso, sucia y abusona. — Di un paso más hacia ella y le hablé a la cara—. Todo esto del cambio es lo suficientemente duro sin alguien como tú. A menos que queramos ser tus —miré a Damien y sonreí— adláteres, nos haces sentir como si no perteneciésemos aquí... como si no fuéramos nada. Eso se acabó, Afrodita. Lo que has hecho esta noche ha estado total y absolutamente mal. Casi has provocado que Heath muera. E incluso Erik y quién sabe quién más, y todo ha sido por tu egoísmo.

—No ha sido culpa mía que tu novio te haya seguido hasta aquí —chilló.

—No, lo de Heath no ha sido culpa tuya, pero es lo único de lo que no has tenido la culpa esta noche. Ha sido culpa tuya que las que llamas amigas no se quedaran a tu lado para mantener el círculo fuerte. Y también ha sido culpa tuya que los espíritus negativos encontraran el círculo. —Parecía confusa, lo cual me cabreó aún más—. ¡Salvia, maldita bruja! Se supone que hay que usar salvia para limpiar la energía negativa antes de utilizar la hierba dulce. Así que no es sorprendente que trajeras espíritus tan horribles.

—Sí, porque tú eres horrible —dijo Stevie Rae.

—Tú no tienes una mierda que opinar en esto, nevera —dijo Afrodita con desdén.

—¡No! —Le puse un dedo ante la cara—. Esta mierda de la nevera es lo primero que se va a acabar.

—Oh, así que ahora vas a fingir que no ansías el sabor de la sangre más que ninguno de nosotros?

Miré a mis amigos. Nuestras miradas se encontraron sin decir palabra. Damien me sonrió dándome ánimos. Stevie Rae asintió. Las gemelas me guiñaron el ojo. Y entonces me di cuenta que había sido una idiota. No iban a rechazarme. Eran mis amigos. Debería haber confiado más en ellos, incluso aunque no hubiera aprendido todavía a confiar en mí misma.

—Todos tendremos ansia de sangre en algún momento —dije simplemente—. O moriremos. Pero eso no nos convierte en monstruos, y es hora de que las Hijas de la Oscuridad dejen de comportarse como tales. Estás acabada, Afrodita. Ya no eres la líder de las Hijas de la Oscuridad.

—Y supongo que ahora crees que tú eres la líder, ¿no?

Asentí.

—Lo soy. No vine a La Casa de la Noche pidiendo estos poderes. Todo lo que deseaba era un sitio en el que encajar. Bien, pues supongo que esta es la manera de Nyx de contestar a mi plegaria. —Sonreí a mis amigos y me devolvieron la sonrisa—. Está claro que la diosa tiene sentido del humor.

—Zorra estúpida, no puedes limitarte a tomar el mando de las Hijas de la Oscuridad. Solo una alta sacerdotisa puede cambiar su liderazgo.

—Entonces parece apropiado que yo esté aquí, ¿no? —dijo Neferet.

29

Neferet salió de entre las sombras y entró en el gazebo, yendo a toda prisa hacia Heath y Erik. Primero, tocó la cara de Erik e inspeccionó las marcas ensangrentadas de sus brazos, con los que había peleado de forma inútil para apartar a los fantasmas de Heath. Cuando pasó las manos sobre las heridas pude ver cómo la sangre se secaba. Erik dejó escapar un suspiro de alivio, como si su dolor hubiera desaparecido.

—Se curarán. Ven a la enfermería cuando regresemos y te daré algún bálsamo que calme el picor de tus heridas. —Le dio unos golpecitos en la mejilla y él se puso rojo como un tomate—. Has mostrado el valor de un guerrero vampyro al quedarte a proteger al chico. Estoy orgullosa de ti, Erik Night, y también lo está la diosa.

Sentí una oleada de placer ante su aprobación; yo también estaba orgullosa de él. Entonces oí un murmullo de acuerdo a nuestro alrededor y me di cuenta que las Hijas e Hijos de la Oscuridad habían regresado y se aglomeraban en las escaleras del gazebo. ¿Cuánto hacía que miraban? Neferet dirigió su atención hacia Heath y me olvidé de todos los demás. Ella levantó las piernas de vaqueros rasgados y examinó las marcas ensangrentadas que tenía allí y sobre los brazos. Después, cubrió su rostro pálido y rígido con las manos y cerró los ojos. Observé cómo su cuerpo se tensaba aún más y se convulsionaba, y a continuación él suspiró y, al igual que Erik, se relajó. Momentos después, parecía estar durmiendo plácidamente en vez de luchando en silencio contra la muerte. Todavía de rodillas a su lado, Neferet dijo:

—Se recuperará, y no recordará nada de esta noche excepto que se emborrachó y luego se perdió intentando encontrar a su casi ex novia. —Levantó la mirada hacia mí mientras decía la última parte, con una mirada amable y llena de comprensión.

—Gracias —susurré.

Neferet asintió levemente antes de dirigirse a Afrodita.

—Soy tan responsable de lo que ha ocurrido aquí esta noche como tú. Hace años que sé de tu egoísmo, pero elegí pasarlo por alto, ya que esperaba que la edad y el toque de la diosa te hiciera madurar. Me equivoqué. —La voz de Neferet adquirió el tono claro y poderoso de una orden—. Afrodita, te relevo de forma oficial de tu puesto al frente de las Hijas e Hijos de la Oscuridad. Has dejado de estar en preparación para ser alta sacerdotisa. Desde ahora, ya no eres diferente de cualquier otro iniciado. —Con un movimiento ágil, Neferet estiró la mano, agarró el collar de plata y granate de rango que pendía entre los pechos de Afrodita y lo arrancó de su cuello. Afrodita no emitió sonido alguno, pero su cara estaba blanca como la cal y miraba a Neferet sin pestañear.

La alta sacerdotisa dio la espalda a Afrodita y se acercó a mí.

—Zoey Redbird, sabía que eras especial desde el día en que Nyx me permitió conocer que serías marcada. —Me sonrió y puso un dedo bajo mi barbilla, levantando mi cabeza para poder ver mejor el nuevo añadido a mi Marca. Luego, me apartó el pelo hacia un lado para que los tatuajes que habían aparecido sobre mi cuello, hombros y espalda pudieran verse también. Oí cómo las Hijas e Hijos de la Oscuridad soltaban un grito ahogado cuando pudieron ver también mis inusuales marcas—. Extraordinario, realmente extraordinario —musitó, dejando caer la mano de nuevo a su costado mientras continuaba—. Esta noche has probado la sabiduría de la diosa, que ha elegido dotarte con poderes especiales. Te has ganado la posición de líder de las Hijas e Hijos de la Oscuridad y de aprendiz de alta sacerdotisa gracias a tus dones concedidos por la diosa, así como por tu compasión y sabiduría. —Me entregó el collar de Afrodita. Noté su peso y calor en mis manos—. Lleva esto con mayor sabiduría de lo que lo hizo tu predecesora. —A continuación hizo un gesto realmente asombroso. Neferet, alta sacerdotisa de Nyx, me saludó con el puño cerrado sobre el corazón e inclinó la cabeza de modo formal, de acuerdo con la señal de respeto de los vampyros. Todo el mundo a nuestro alrededor, salvo Afrodita, la imitó. Las lágrimas me empañaron los ojos cuando mis cuatro amigos me sonrieron y se inclinaron junto con las demás Hijas e Hijos de la Oscuridad.

Pero incluso en mitad de aquella perfecta felicidad sentí la sombra de la confusión. ¿Cómo podía haber dudado por un solo momento de que podía contarle a Neferet cualquier cosa?

—Vuelve a la escuela. Yo me ocuparé de lo que sea necesario hacer aquí —me dijo Neferet. Me abrazó con rapidez y me susurró algo al oído—. Estoy muy orgullosa de ti, pajarito. —Luego me dio un pequeño empujón hacia mis amigos—. ¡Den la bienvenida a la nueva líder de las Hijas e Hijos de la Oscuridad! —dijo.

Damien, Stevie Rae, Shaunee y Erin encabezaron los vítores. Después todos me rodearon y pareció como si me arrastrara del gazebo una exuberante ola de risas y felicitaciones. Asentí y sonreí a mis nuevos "amigos", pero no era idiota. En silencio me recordé a mí misma que tan solo un momentos antes habían estado de acuerdo con todo lo que Afrodita decía.

Desde luego llevaría tiempo cambiar las cosas.

Llegamos al puente y recordé a los que ahora estaban a mi cargo que debíamos ir en silencio mientras recorríamos el vecindario de vuelta a la escuela, indicándoles que pasaran delante de mí. Cuando Stevie Rae, Damien y las gemelas comenzaban a cruzar el puente, susurré:

—No, chicos, ustedes caminan conmigo.

Con una sonrisa tan amplia que parecían atontados, los cuatro permanecieron junto a mí. Mis ojos se encontraron con la mirada radiante de Stevie Rae.

—No debiste presentarte voluntaria para ser la nevera. Sé lo asustada que estabas. —La sonrisa de Stevie Rae se borró de su cara ante el tono de reproche de mi voz.

—Pero si no lo hubiera hecho, no hubiésemos sabido dónde se iba a celebrar el ritual, Zoey. Lo hice para poder enviar un mensaje a Damien y que él y las gemelas pudieran encontrarse aquí conmigo. Sabíamos que nos necesitarías.

Levanté las manos y paró de hablar, pero parecía a punto de llorar. Le sonreí con ternura.

—No me has dejado terminar. Iba a decir que no deberías haberlo hecho, pero estoy muy feliz de que lo hicieras. —La abracé y sonreí entre lágrimas a los otros tres—. Gracias... me alegro de que estuvieran allí.

—Oye, Z, eso es lo que hacen los amigos —dijo Damien.

—Sí —dijo Shaunee.

—Exacto —añadió Erin.

Y se cerraron alrededor de mí en un enorme y asfixiante abrazo grupal... el cual me encantó.

—Oye, ¿puedo unirme a esto?

Levanté la mirada y vi que Erik se encontraba cerca.

—Sí, claro, desde luego que puedes —dijo alegremente Damien.

Stevie Rae se deshizo en risitas y Shaunee suspiró y dijo:

—Olvídalo, Damien. Es de otro equipo, ¿recuerdas? —Entonces Erin me empujó fuera del centro del grupo hacia Erik—. Dale un abrazo al chico. Ha intentado salvar a tu novio esta noche.

—Mi ex novio —me apresuré a decir, cayendo en los brazos de Erik, más que abrumada por la mezcla de la esencia de la sangre fresca aún presente en él y el hecho de que estaba, bueno, abrazándome. Después, para acabar de rematarlo, Erik me besó con tanta fuerza que juro que pensé que mi cabeza iba a salir despedida.

—Oh, vamos, por favor —oí cómo decía Shaunee.

—¡Vayan a una habitación! —dijo Erin.

Damien soltó una risilla cuando al fin me aparté de los brazos de Erik.

—Me muero por comer algo —dijo Stevie Rae—. Todo esto de la nevera te deja hambrienta.

—Bueno, vayamos a buscarte algo de comer —dije.

Mis amigos empezaron a cruzar el puente y podía oír a Shaunee discutiendo con Damien sobre si deberíamos comer pizza o sándwiches.

—¿Te importa si camino a tu lado? —preguntó Erik.

—No, ya me estoy acostumbrando a ello —dije sonriéndole.

Él se rió y caminó hacia el puente. Entonces, proveniente de la oscuridad que había a mi espalda, oí un inconfundible y enojado "¡Mi-aaauf!".

—Continúa, los alcanzaré en un minuto —dije a Erik, y luego volví en dirección a las sombras, al borde de los jardines del Philbrook—. ¿Nala? Gatito, gatito, gatito... —llamé. Y, por supuesto, una descontenta bola de pelo salió trotando de los arbustos, quejándose todo el tiempo. Me incliné y la levanté en brazos, y de inmediato empezó a ronronear—. A ver, chica tonta, ¿por qué me has seguido hasta aquí si no te gusta alejarte tanto? Como si no hubieras pasado ya por lo suficiente esta noche —murmuré, pero antes de que pudiera volver al puente, Afrodita salió de las sombras y me bloqueó el paso.

—Puede que hayas ganado esta noche, pero esto aún no ha acabado —me dijo.

Me hizo sentir realmente cansada.

—No intentaba "ganar" nada. Tan solo intentaba hacer lo correcto.

—¿Y eso es lo que crees que has hecho? —Sus ojos iban con nerviosismo adelante y atrás de mí al camino que llevaba al gazebo, como si alguien la hubiera seguido—. En realidad no tienes ni idea de lo que ha ocurrido aquí esta noche. Tan solo has sido utilizada... todos hemos sido utilizados. Somos marionetas, eso es todo lo que somos. —Se frotó la cara con enfado y me di cuenta que estaba llorando.

—Afrodita, no tiene por qué ser así entre nosotras —dije con dulzura.

—¡Claro que sí! —me cortó—. Son los papeles que se supone que debemos interpretar. Ya lo verás... ya lo verás... —Afrodita comenzó a alejarse.

Un pensamiento surgió de forma inesperada de mi memoria. Era sobre Afrodita, durante su visión. Como si estuviera ocurriendo de nuevo, pude oírla decir: *¡Están muertos! No. No. ¡No puede ser! No está bien. No. ¡No es natural! No lo entiendo... No... Tú... tú lo sabes.* Su grito de terror dejó un eco fantasmagórico en mi cabeza. Pensé en Elizabeth... en Elliott... en el hecho de que se me habían aparecido a mí. Demasiado de lo que decía tenía sentido.

—¡Afrodita, espera! —Me miró por encima del hombro—. La visión que tuviste hoy en el despacho de Neferet, ¿de qué iba en realidad? —Lentamente, negó con la cabeza.

—Tan solo es el principio. Se volverá mucho peor. —Se dio vuelta y de repente titubeó. Su camino estaba bloqueado por cinco chicos... mis amigos.

—No pasa nada —les dije—. Déjenla marchar.

Shaunee y Erin se apartaron. Afrodita levantó la cabeza, se echó el pelo hacia atrás y pasó ante ellos como si fuera la dueña del mundo. Observé cómo cruzaba el puente, con el estómago en un puño. Afrodita sabía algo sobre Elizabeth y Elliott, y en algún momento iba a tener que averiguar lo que era.

—Oye —dijo Stevie Rae.

Miré a mi compañera de habitación y nueva mejor amiga.

—Pase lo que pase, estamos en esto juntas.

Sentí cómo se liberaba el nudo de mi estómago.

—Vámonos —dije.

Rodeada por mis amigos, nos fuimos todos a casa.

THE BEST QUOTES ON
BUSINESS, LEADERSHIP, & LIFE

D0110718

Preface

The Best Quotes on Business, Leadership, & Life has been an
almost unconscious work-in-progress for more than 15 years.
As I have encountered these quotes over the years, I have found
they have a unique ability to educate, enlighten and inspire.
Whether spoken more than 200 years ago by the founding
fathers of our country or by the political and business leaders
of today, these quotes are memorable both in their power to
persuade and because of their crisp, succinct nature. I hope
they resonate in your life as much as they have in mine.

David A. Bell

THE BEST QUOTES ON

BUSINESS, LEADERSHIP, & LIFE

David A. Bell

WE THE PEOPLE PUBLISHING, L.L.C.

Success in marriage is much more than
  finding the right person; it is being the
  right person.

B.R. BRICKNER (1842 - 1914)

We make a living by what we get,
  but we make a life by what we give.

WINSTON CHURCHILL (1874 - 1965)

The secret of success lies not in doing
   your own work but in recognizing the
   right man to do it.

ANDREW CARNEGIE (1835 - 1919)

Everyone has a plan until they
get punched in the face.

MIKE TYSON (1966 -)

Things may come to those who wait,
but only the things left by those
who hustle.

ABRAHAM LINCOLN (1809 - 1865)

It is easy to sit up and take notice.
What is difficult is getting up and
taking action.

HONORE DE BALZAC (1799 - 1850)

Corporation: An ingenious device
for obtaining profit without
individual responsibility.

Ambrose Bierce (1842 - 1914)

To sit back hoping that someday, some way, someone will make things right is to go on feeding the crocodile, hoping he will eat you last, but eat you he will.

RONALD REAGAN (1911 – 2004)

My goal in life is to be half the person my dog thinks I am.

UNKNOWN

Never confuse motion with action.

BENJAMIN FRANKLIN (1706 - 1790)

But he that dares not grasp the thorn
should never crave the rose.

ANNE BRONTE (1820 - 1849)

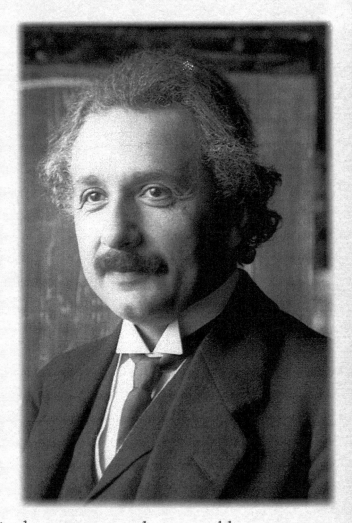

A clever person solves a problem.
A wise person avoids it.

ALBERT EINSTEIN (1879 - 1955)

Men judge us by the success of our efforts.
God looks at the efforts themselves.

CHARLOTTE BRONTE (1816 - 1855)

No man has a good enough memory to be a successful liar.

ABRAHAM LINCOLN (1809 - 1865)

Well done is better than well said.

BENJAMIN FRANKLIN (1706 - 1790)

A bone to the dog is not charity. Charity is the bone shared with the dog, when you are just as hungry as the dog.

JACK LONDON (1876 - 1916)

It has been said that politics is the second oldest profession. I have learned that it bears a striking resemblance to the first.

RONALD REAGAN (1911 - 2004)

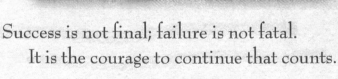

Success is not final; failure is not fatal.
  It is the courage to continue that counts.

WINSTON CHURCHILL (1874 - 1965)

What we have done for ourselves alone
dies with us; what we have done for
others and the world remains and
is immortal.

ALBERT PIKE (1809 - 1891)

Often the difference between a successful marriage and a mediocre one consists of leaving about three or four things a day unsaid.

Harlan Miller

The U.S. Constitution doesn't guarantee happiness, only the pursuit of it. You have to catch up with it yourself.

Benjamin Franklin (1706 - 1790)

We can only give our children two things
of lasting value. One is roots, and
the other is wings.

UNKNOWN

We occasionally stumble over the truth,
but most of us pick ourselves up and
hurry off as if nothing had happened.

WINSTON CHURCHILL (1874 - 1965)

It is a damn poor mind indeed which
can't think of at least two ways to
spell any word.

ANDREW JACKSON (1767 - 1845)

To become truly great, one has to stand
with people, not above them.

Baron de Montesquieu (1689 - 1755)

I never drink coffee at lunch. I find it keeps me awake for the afternoon.

RONALD REAGAN (1911 - 2004)

Wealth is like sea water; the more we drink, the thirstier we become; and the same is true of fame.

ARTHUR SCHOPENHAUER (1788 - 1860)

Beer is living proof that God loves us and wants us to be happy.

BENJAMIN FRANKLIN (1706 - 1790)

I can make more generals, but horses cost money.

ABRAHAM LINCOLN (1809 - 1865)

Every truth has two sides; it is well
to look at both, before we commit
ourselves to either.

AESOP (620 BCE - 564 BCE)

If you don't say anything, you won't be called on to repeat it.

CALVIN COOLIDGE (1872 - 1933)

A man who trims himself to suit everybody
will soon whittle himself away.

CHARLES SCHWAB (1862 - 1939)

The difference between the right word
and almost the right word is the
difference between lightning and the
lightning bug.

MARK TWAIN (1835 - 1910)

I am not a Marxist.

KARL MARX (1818 - 1883)

Those who are too smart to engage in
politics are punished by being governed
by those who are dumber.

PLATO (428/427 BCE - 348/347 BCE)

Dog is not considered a good dog because he
is a good barker. A man is not considered
a good man because he is a good talker.

BUDDHA (563 BCE – 460 BCE)

I hear and I forget. I see and I remember.
I do and I understand.

CONFUCIUS (551 BCE - 479 BCE)

I get up every morning determined to both change the world and have a hell of a good time.

E.B. WHITE (1899 - 1985)

Talent is God-given. Be humble.
Fame is man-given. Be grateful.
Conceit is self-given. Be careful.

JOHN WOODEN (1910 - 2010)

We shall show mercy, but we shall not
ask for it.

WINSTON CHURCHILL (1874 - 1965)

A consensus means that everyone
agrees to say collectively what no one
believes individually.

ABBA EBAN (1915 - 2002)

Credit is a system whereby a person who cannot pay gets another person who cannot pay to guarantee that he can pay.

CHARLES DICKENS (1812 - 1870)

None are so eager to gain new experience
as those who don't know how to
make use of the old ones.

MARIE VON EBNER-ESCHENBACH (1830 – 1916)

It is the mark of an educated mind to
be able to entertain a thought without
accepting it.

ARISTOTLE (384 BC - 322 BCE)

Learn to say "no" to the good
so you can say "yes" to the best.

JOHN C. MAXWELL (1947 -)

Remember that failure is an event,
not a person.

ZIG ZIGLAR (1926 -)

Never hold discussions with the monkey
when the organ grinder is in the room.

WINSTON CHURCHILL (1874 - 1965)

For too long we've been told about "us" and "them." Each and every election we see a new slate of arguments and ads telling us that "they" are the problem, not "us." But there can be no "them" in America. There's only "us."

BILL CLINTON (1946 -)

He has the most who is most content with the least.

Diogenes (412 BCE - 323 BCE)

It is a clear gain to sacrifice pleasure
in order to avoid pain.

ARTHUR SCHOPENHAUER (1788 - 1860)

Beware of little expenses. A small leak
will sink a great ship.

BENJAMIN FRANKLIN (1706 - 1790)

He who steals a little, steals with the same
    wish as he who steals much, but with
    less power.

PLATO (428/427 BCE - 348/347 BCE)

No arsenal, or no weapon in the arsenals
    of the world, is as formidable as the
    will and moral courage of free men
    and women.

RONALD REAGAN (1911 - 2004)

Don't let your ego get too close to your position, so that if your position gets shot down, your ego doesn't go with it.

Colin Powell (1937 -)

Affairs that depend on many rarely succeed.

FRANCESCO GUICCIARDINI (1483 - 1540)

We cannot do everything at once,
but we can do something at once.

CALVIN COOLIDGE (1872 - 1933)

The greatest mistake you can make in life
is continually fearing that you'll
make one.

ELBERT HUBBARD (1856 - 1915)

We excuse our sloth under the pretext
of difficulty.

MARCUS FABIUS QUINTILIAN (ca. 35 - ca. 100)

That action is best which procures
the greatest happiness for the
greatest numbers.

FRANCIS HUTCHESON (1694 - 1746)

Time is the fairest and toughest judge.

EDGAR QUINET (1803 - 1875)

A little inaccuracy sometimes saves a ton
of explanation.

HECTOR HUGH MUNRO (1870 - 1916)

...I know it's hard when you're up to your
    armpits in alligators to remember you
    came here to drain the swamp.

Ronald Reagan (1911 - 2004)

He that is of the opinion money
    will do everything may well be suspected
    of doing everything for money.

Benjamin Franklin (1706 - 1790)

Leaders must be close enough to relate to others, but far enough ahead to motivate them.

JOHN C. MAXWELL (1947 -)

There is more hope for fools than for people who think they are wise.

PROVERBS 26:12

The world is moving so fast these days that the man who says it can't be done is generally interrupted by someone doing it.

Elbert Hubbard (1856 - 1915)

45

A wise man gets more use from his enemies than a fool from his friends.

BALTASAR GRACIAN (1601 - 1658)

Those who can lose the most usually
do the least to change that.

RONALD REAGAN (1911 - 2004)

When the best leader's work is done,
the people say, "We did it ourselves."

LAO TZU (570 BCE - 490 BCE)

One should never forbid what one has
   the power to prevent.

NAPOLEAN BONAPARTE (1769 - 1821)

The right word may be effective,
   but no word was ever as effective as a
   rightly timed pause.

MARK TWAIN (1835 - 1910)

Truth is the cry of all but the game of few.

George Berkeley (1685 – 1753)

We should not judge people by their peak of excellence, but by the distance they have traveled from the point where they started.

Henry Ward Beecher (1813 - 1887)

I have hardly ever known a mathematician who was capable of reasoning.

PLATO (428/427 BCE - 348/347 BCE)

Do not let what you cannot do interfere with what you can do.

JOHN WOODEN (1910 - 2010)

Everyone has his day, and some days last longer than others.

WINSTON CHURCHILL (1874 - 1965)

A slip of the foot you may soon recover, but a slip of the tongue you may never get over.

BENJAMIN FRANKLIN (1706 - 1790)

Life is not a matter of holding good cards,
but sometimes playing a poor hand well.

Jack London (1876 - 1916)

How often misused words generate
misleading thoughts.

HERBERT SPENCER (1820 - 1903)

If you do not change direction, you may
end up where you are heading.

LAO TZU (570 BCE - 490 BCE)

To be trusted is a greater compliment
than to be loved.

GEORGE MACDONALD (1824 - 1905)

No problem can be solved until
    it is reduced to some simple form. The
    changing of a vague difficulty into a
    specific, concrete form is a very essential
    element in thinking.

J.P. MORGAN (1837 - 1913)

This report, by its very length,
    defends itself against the risk
    of being read.

WINSTON CHURCHILL (1874 - 1965)

Three can keep a secret if two of them are dead.

BENJAMIN FRANKLIN (1809 - 1891)

It was hard to make fun of him because
he seemed to have so much fun
making fun of himself.

JAMES BARRON (1768 – 1851)

We must all hang together, or assuredly
we shall all hang separately.

BENJAMIN FRANKLIN (1706 - 1790)

The test of leadership is not to put
greatness into humanity, but to elicit it,
for the greatness is already there.

JAMES BUCHANAN (1791 - 1868)

All men having power ought to be
distrusted to a certain degree.

JAMES MADISON (1751 - 1836)

We have met the enemy and he is us.

WALT KELLY (1913 - 1973)

Guilt has very quick ears to an accusation.

HENRY FIELDING (1707 - 1754)

Acquaint yourself with your own ignorance.

Isaac Watts (1674 - 1748)

He has all of the virtues I dislike and
none of the vices I admire.

WINSTON CHURCHILL (1874 - 1965)

Wise men talk because they have
something to say; fools, because they
have to say something.

PLATO (428/427 BCE - 348/347 BCE)

Surround yourself with the best people you can find, delegate authority, and don't interfere as long as the policy you've decided upon is being carried out.

RONALD REAGAN (1911 - 2004)

Controversy equalizes fools and wise men – and the fools know it.

OLIVER WENDELL HOLMES (1809 - 1894)

It is a sad thing when men have neither
the wit to speak well nor the judgment
to hold their tongues.

JEAN DE LA BRUYERE (1645 - 1696)

The truth will set you free, but first it will make you miserable.

JAMES GARFIELD (1831 - 1881)

Everyone, more or less, loves power, yet those who most wish for it are seldom the fittest to be trusted with it.

SAMUEL RICHARDSON (1689 - 1761)

A man is what he thinks about all day long.

RALPH WALDO EMERSON (1803 - 1882)

Those who stand for nothing, fall
for anything.

ALEXANDER HAMILTON (1757 - 1804)

We should never permit ourselves to do
anything that we are not willing to see
our children do.

BRIGHAM YOUNG (1801 - 1877)

J.J. ROUSSEAU.

Plant and your spouse plants with you;
weed and you weed alone.

JEAN-JACQUES ROUSSEAU (1712 - 1778)

My pessimism extends to the point
of even suspecting the sincerity of
the pessimists.

JEAN ROSTAND (1894 - 1977)

It is better to sleep on things beforehand
than lie awake about them afterwards.

BALTASAR GRACIAN (1601 - 1658)

All that we are is the result of what we
have thought. The mind is everything.
What we think we become.

BUDDHA (563 BCE - 483 BCE)

Nothing in the world can take the place of persistence. Talent will not; nothing is more common than unsuccessful men with talent. Genius will not; unrewarded genius is almost a proverb. Education will not; the world is full of educated derelicts. Persistence and determination alone are omnipotent. The slogan "Press On" has solved and always will solve the problems of the human race.

CALVIN COOLIDGE (1872 - 1933)

There are two educations. One should teach us how to make a living and the other how to live.

JOHN ADAMS (1735 - 1826)

Money will buy a pretty good dog, but it won't buy the wag of his tail.

JOSH BILLINGS (1818 - 1885)

Before you try to convince anyone else,
   be sure you are convinced, and if
   you cannot convince yourself,
  drop the subject.

JOHN HENRY PATTERSON (1867 - 1947)

To sin by silence when they should protest
makes cowards of men.

ABRAHAM LINCOLN (1809 - 1865)

Things turn out best for the people
who make the best of the way things
turn out.

JOHN WOODEN (1910 - 2010)

They say hard work never hurt anybody,
but I figure why take the chance.

RONALD REAGAN (1911 - 2004)

A man can fail many times but he isn't a failure until he begins to blame somebody else.

John Burroughs (1837 - 1921)

An executive is a person who always decides. Sometimes he decides correctly, but he always decides.

JOHN HENRY PATTERSON (1844 - 1922)

What it lies in our power to do, it lies in our power not to do.

ARISTOTLE (384 BCE- 322 BCE)

A friend is one who has the same enemies as you have.

ABRAHAM LINCOLN (1809 - 1865)

Choose today whom you will serve.

Joshua 24:15

It is not the cares of today, but the cares of
tomorrow, that weigh a man down.

George Macdonald (1824 - 1905)

S: Richardson
Author of Clarissa.

Necessity may well be called the mother of invention, but calamity is the test of integrity.

Samuel Richardson (1689 - 1761)

A man always has two reasons for
   doing anything: a good reason and
   the real reason.

J.P. MORGAN (1837 - 1913)

He is rich or poor according to what he is,
not according to what he has.

HENRY WARD BEECHER (1813 - 1887)

Socialism only works in two places:
heaven where they don't need it and
hell where they already have it.

RONALD REAGAN (1911 - 2004)

You can build a throne with bayonets,
but you can't sit on it for long.

BORIS YELTSIN (1931 - 2007)

Whenever two good people argue
over principles, they are both right.

MARIE VON EBNER-ESCHENBACH (1830 - 1916)

If your actions inspire others to dream more,
learn more, do more and become more,
you are a leader.

JOHN QUINCY ADAMS (1767 - 1848)

It is even better to act quickly and err,
than to hesitate until the time
of action is past.

KARL VON CLAUSEWITZ (1780 - 1831)

Courage is like love; it must have hope
    for nourishment.

NAPOLEON BONAPARTE (1769 - 1821)

When you are laboring for others,
    let it be with the same zeal as if it were
    for yourself.

CONFUCIUS (551 BCE - 479 BCE)

By failing to prepare, you are preparing
to fail.

BENJAMIN FRANKLIN (1706 - 1790)

In a moment of decision, the best thing
you can do is the right thing.
The worst thing you can do
is nothing.

THEODORE ROOSEVELT (1858 - 1919)

Sell a man a fish, he eats for a day.
Teach a man how to fish, you ruin
a wonderful business opportunity.

KARL MARX (1818 - 1883)

Neutrality is at times a graver sin
than belligerence.

Louis D. Brandeis (1856 - 1941)

A hero is no braver than an ordinary man,
but he is brave five minutes longer.

RALPH WALDO EMERSON (1803 - 1882)

Invincibility lies in the defense;
the possibility of victory in the attack.

SUN TZU (722 BCE - 481 BCE)

When you can't make them see the light,
make them feel the heat.

RONALD REAGAN (1911 - 2004)

Because power corrupts, society's demands
for moral authority and character
increase as the importance of the
position increases.

JOHN ADAMS (1735 - 1826)

Titles of honor are like the impressions
   on coins, which add no value to gold or
   silver, but only render brass current.

LAURENCE STERNE (1713 - 1768)

Whenever I hear anyone arguing for slavery, I feel a strong impulse to see it tried on him personally.

ABRAHAM LINCOLN (1809 - 1865)

When you reach the end of your rope,
tie a knot in it and hang on.

THOMAS JEFFERSON (1743 - 1826)

Honor has not to be won; it must only
not be lost.

ARTHUR SCHOPENHAUER (1788 - 1860)

People ask the difference between a leader
and a boss. The leader works in the
open and the boss in covert.
The leader leads, and the boss drives.

THEODORE ROOSEVELT (1858 – 1919)

Nearly all men can stand adversity,
but if you want to test a man's character,
give him power.

ABRAHAM LINCOLN (1809 – 1865)

People may doubt what you say, but
they will believe what you do.

Lewis Cass (1782 - 1866)

That which is not good for the beehive
cannot be good for the bees.

MARCUS AURELIUS (121 - 180)

Deal with the faults of others as gently as
with your own.

HENRICHS

Out of suffering come the strongest souls.
God's wounded often make his best soldiers.

GERALDINE OWEN DELANEY

You must learn from the mistakes of others.
You can't possibly live long enough to
make them all yourself.

SAM LEVINSON (1911 - 1980)

Government's view of the economy could
be summed up in a few short phrases:
If it moves, tax it. If it keeps moving,
regulate it. And if it stops moving,
subsidize it.

RONALD REAGAN (1911 - 2004)

If one does not know to which port one is sailing, no wind is favorable.

Lucius Annaeus Seneca (4 BCE - CE 65)

A laugh costs too much when bought at
the expense of virtue.

Marcus Fabius Quintilian (ca. 35 - ca. 100)

Hate is like acid. It can damage the vessel in which it is stored as well as destroy the object on which it is poured.

ANN LANDERS (1918 - 2002)

It has been said that democracy is the worst form of government except all the others that have been tried.

WINSTON CHURCHILL (1874 - 1965)

You can have everything in life you want,
    if you will just help other people get
    what they want.

ZIG ZIGLAR (1926 -)

Peace is not absence of conflict; it is
    the ability to handle conflict by
    peaceful means.

RONALD REAGAN (1911 - 2004)

The risk of a wrong decision is preferable to the terror of indecision.

MAIMONIDES (1135 - 1204)

Le R. P. DOMINIQUE BOUHOURS de la Compagnie de Jesus.
né à Paris, y est mort le 27. de May 1702. agé de 75. ans.

Money is a good servant but a poor master.

DOMINIQUE BOUHOURS (1628 - 1702)

He who falls in love with himself
will have no rivals.

BENJAMIN FRANKLIN (1706 - 1790)

If you trust, you don't worry.
If you worry, you don't trust.

UNKNOWN

He who is to be a good ruler must have first been ruled.

ARISTOTLE (384 BCE - 322 BCE)

Don't be afraid to ask dumb questions. They're easier to handle than dumb mistakes.

WILLIAM WISTER HAINES (1908 - 1989)

Being powerful is like being a lady. If you have to tell people you are, you aren't.

MARGARET THATCHER (1925 -)

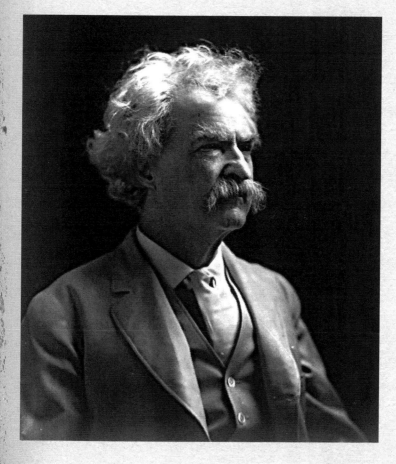

Keep away from people who try to belittle
your ambitions. Small people always
do that, but the really great make you
feel that you, too, can become great.

Mark Twain (1835 - 1910)

110

Look for a partner who will calm the
turbulence in your soul rather than
challenge it to a battle.

UNKNOWN

The trouble with trouble is that
it starts out as fun.

NAOMI JUDD (1946 -)

A beast does not know that he is a beast,
and the nearer a man gets to being a
beast, the less he knows it.

GEORGE MACDONALD (1824 - 1905)

Tact is the ability to describe others
as they see themselves.

ABRAHAM LINCOLN (1809 - 1865)

He who accepts evil without protesting against it is really cooperating with it.

MARTIN LUTHER KING, JR. (1929 - 1968)

The great man is he who does not lose his child's heart.

MENCIUS (372 BCE - 289 BCE)

To handle yourself, use your head.
To handle others, use your heart.

ELEANOR ROOSEVELT (1884 - 1962)

Sooner or later we all sit down to a
banquet of consequences.

ROBERT LOUIS STEVENSON (1850 - 1894)

Destiny has two ways of crushing us –
by refusing our wishes and
by fulfilling them.

HENRI FREDERIC AMIEL (1821 - 1881)

If you lie down with dogs, you'll get up
with fleas.

C. J. LEVER (1806 - 1872)

The price of inaction is far greater than the cost of making a mistake.

MEISTER ECKHART (1260 - 1327)

Do not trust the cheering, for those persons would shout as much if you or I were going to be hanged.

<small>OLIVER CROMWELL (1599 - 1658)</small>

We are stripped bare by the curse of plenty.

WINSTON CHURCHILL (1874 - 1965)

The problem is not the problem. The problem is my attitude about the problem.

UNKNOWN

Educators take something simple and make it complicated. Communicators take something complicated and make it simple.

John C. Maxwell (1947 -)

We don't have a trillion-dollar debt because we haven't taxed enough; we have a trillion-dollar debt because we spend too much.

Ronald Reagan (1911 - 2004)

Ignorance is the softest pillow on which
a man can rest his head.

MICHEL DE MONTAIGNE (1533 - 1592)

When a man says that he approves of
something in principle, it means
he hasn't the slightest intention of
putting it in practice.

OTTO VON BISMARCK (1815 - 1898)

No grand idea was ever born in a conference,
but a lot of foolish ideas have died there.

F. Scott Fitzgerald (1896 - 1940)

A cardinal principle of Total Quality
escapes too many managers:
you cannot continuously improve
interdependent systems and
processes until you progressively
perfect interdependent,
interpersonal relationships.

Stephen Covey (1932 -)

There is a time for everything,
a season for every activity under
heaven. A time to cry and a time
to laugh.

ECCLESIASTES 3:4

As you go your way, be kind.
Everyone you meet is carrying
some kind of burden.

UNKNOWN

That's the nature of women, not to love when we love them, and to love when we love them not.

MIGUEL DE CERVANTES (1547 - 1616)

The measure of a man is what he does
with power.

PLATO (428 - 427 BCE 348 - 347 BCE)

In the business world, everyone is paid in two coins: cash and experience. Take the experience first; the cash will come later.

HAROLD S. GENEEN (1910 - 1997)

Effective leadership is putting first things first. Effective management is discipline, carrying it out.

STEPHEN COVEY (1932 -)

The inherent vice of capitalism is the unequal sharing of blessings; the inherent virtue of socialism is the equal sharing of miseries.

WINSTON CHURCHILL (1874 - 1965)

In this world, nothing can be said to be certain except death and taxes.

BENJAMIN FRANKLIN (1706 - 1790)

Never interrupt your enemy when
he is making a mistake.

NAPOLEON BONAPARTE (1769 - 1821)

If a man measures life by what others do for him, he is going to be very disappointed; but if he measures life by what he does for others, there is no time for despair.

WILLIAM JENNINGS BRYAN (1860 - 1925)

America has believed that in
    differentiation, not in uniformity,
    lies the path of progress. It acted on
    this belief; it has advanced human
    happiness, and it has prospered.

LOUIS D. BRANDEIS (1856 - 1941)

I've never let my schooling interfere with
    my education.

MARK TWAIN (1835 - 1910)

Good executives never put off until
tomorrow what they can get someone
else to do today.

JOHN C. MAXWELL (1947 -)

The final test of a leader is that he
leaves behind him in other men the
conviction and the will to carry on.

WALTER LIPPMANN (1889 - 1974)

No enterprise is more likely to succeed
than one concealed from the enemy
until it is ripe for execution.

NICCOLO MACHIAVELLI (1469 - 1527)

I cannot trust a man to control others
who cannot control himself.

ROBERT E. LEE (1807 - 1870)

The first responsibility of a leader is
  to define reality. The last is
  to say thank you. In between, the
  leader is a servant.

MAX DE PREE (1924 -)

The herd instinct among forecasters makes
  sheep look like independent thinkers.

EDGAR R. FIEDLER (1929 - 2003)

To command is to serve, nothing more
and nothing less.

ANDRE MALRAUX (1901 - 1976)

History is written by the victors.

WINSTON CHURCHILL (1874 - 1965)

You can give without loving, but you can never love without giving.

Robert Louis Stevenson (1850 – 1894)

It is the safeguard of the strongest that he lives under a government which is obliged to respect the voice of the weakest.

ROBERT PURVIS (1810 - 1898)

It's not the critic who counts, not the man who points out how the strong man stumbled, or when the doer of deeds could have done better. The credit belongs to the man who is actually in the arena; whose face is marred by dust and sweat and blood; who strives valiantly; who errs and comes short again and again; who knows the great enthusiasms, the great devotions and spends himself in a worthy cause; who at the best, knows in the end the triumph of high achievement; and who at the worst if he fails, at least fails while daring greatly, so that his place shall never be with those cold and timid souls who know neither victory or defeat.

THEODORE ROOSEVELT (1858 - 1919)

Policies are many, principles are few,
    policies will change, principles never do.

JOHN C. MAXWELL (1947 -)

The truth is incontrovertible. Malice may
    attack it, ignorance may deride it, but
    in the end, there it is.

WINSTON CHURCHILL (1874 - 1965)

Better be killed than frightened to death.

ROBERT SMITH SURTEE (1805 - 1864)

Sallustius

Ambition breaks the ties of blood and forgets the obligations of gratitude.

SALLUST (86 BCE - 34 BCE)

If you just set out to be liked, you would
    be prepared to compromise on
    anything at any time, and you would
    achieve nothing.

MARGARET THATCHER (1925 -)

For every sale you miss because you're too
    enthusiastic, you will miss a hundred
    because you're not enthusiastic enough.

ZIG ZIGLAR (1926 -)

If you would only recognize that life is hard,
 things would be so much easier for you.

Louis D. Brandeis (1856 - 1941)

A man can be himself only so long as he
 is alone.

Arthur Schopenhauer (1788 - 1860)

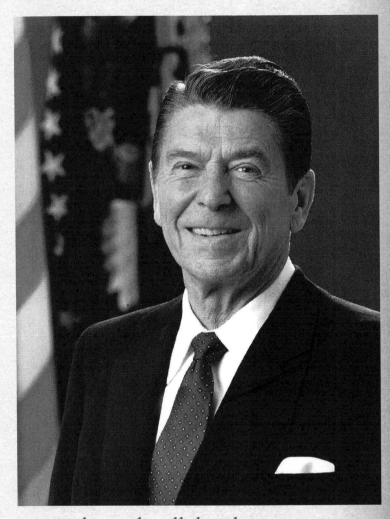

Some people wonder all their lives
if they've made a difference.
The Marines don't have that problem.

RONALD REAGAN (1911 - 2004)

People may oppose you, but when they realize you can hurt them, they'll join your side.

CONDOLEEZZA RICE (1954 -)

People buy into the leader before they buy into the vision.

JOHN C. MAXWELL (1947 -)

Play the game for more than you can afford to lose... only then will you learn the game.

WINSTON CHURCHILL (1874 - 1965)

Judgment comes from experience, and experience comes from bad judgment.

SIMON BOLIVAR (1783 - 1830)

You can always count on Americans to
do the right thing - after they've tried
everything else.

WINSTON CHURCHILL (1874 - 1965)

If we ever forget that we're one nation
under God, then we will be a nation
gone under.

RONALD REAGAN (1911 - 2004)

A friend is one who comes in when
the whole world has gone out.

GRACE PULPIT

Genius is the ability to put into effect
what is on your mind.

F. SCOTT FITZGERALD (1896 - 1940)

It is better to suffer a wrong than to do it, and happier to be sometimes cheated than not to trust.

SAMUEL JOHNSON (1844 - 1922)

Many who seem to be struggling with adversity are happy; many amid affluence are utterly miserable.

TACITUS (CE 56 - CE 117)

There are numerous bugbears in the
profession of a politician. Firstly,
ordinary life suffers. Second, there are
many temptations to ruin you and those
around you. And I suppose third,
and this is rarely discussed, people at the
top generally have no friends.

Boris Yeltsin (1931 - 2007)

It is the cause, not the death,
that makes the martyr.

Napoleon Bonaparte (1769 - 1821)

He that fights and runs away, may turn and
fight another day; but he that is in battle
slain, will never rise to fight again.

Arthur Schopenhauer (1788 - 1860)

After all is said and done, more is said
than done.

Aesop (620 BCE - 564 BCE)

Forgotten is forgiven.

F. Scott Fitzgerald (1896 - 1940)

We all admire the wisdom of people
who come to us for advice.

ARTHUR SCHOPENHAUER (1788 - 1860)

Never allow someone to be your priority
while allowing yourself to be their option.

MARK TWAIN (1835 - 1910)

Beware how you take away hope from
another human being.

OLIVER WENDELL HOLMES (1809 - 1894)

Initial success or total failure.

MOTTO OF U.S. ARMY 20TH SUPPORT COMMAND, IED DIVISION

It is sadder to find the past again and find it inadequate to the present than it is to have it elude you and remain forever a harmonious conception of memory.

F. SCOTT FITZGERALD (1896 - 1940)

CITED BY WRITER MATT LABASH IN HIS "THE WEEKLY STANDARD" ARTICLE "DOWN WITH FACEBOOK!"

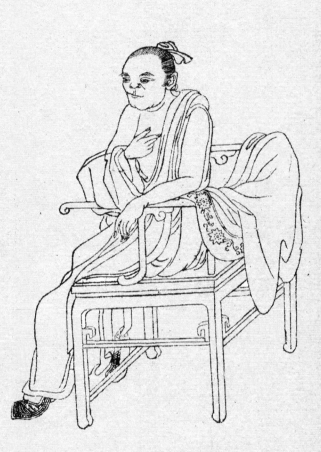

Though bitter, good medicine cures illness.
Though it may hurt, loyal criticism
will have beneficial effects.

SIMA QIAN (135 BCE - 86 BCE)

Far and away the best prize that life
    has to offer is the chance to work hard
at work worth doing.

THEODORE ROOSEVELT (1858 - 1919)

All truth passes through all three stages.
　First, it is ridiculed.
　Second, it is violently opposed.
　Third, it is accepted as being self-evident.

ARTHUR SCHOPENHAUER (1788 - 1860)

Anyone who trades liberty for security
　deserves neither liberty nor security.

BENJAMIN FRANKLIN (1706 - 1790)

People have to really suffer before
    they can risk doing what they love.

CHUCK PALAHNIUK (1962 -)

Do unto others as though you were
    the others.

UNKNOWN

By taking revenge a man is but even with his enemy, but in passing it over, he is superior.

Sir Francis Bacon (1561 - 1626)

The greatest weapon against stress is
our ability to choose one thought
over another.

WILLIAM JAMES (1842 - 1910)

Enjoy yourself. It is later than you think.

CHINESE PROVERB

I must study politics and war, that my
sons may have the liberty to study
mathematics and philosophy, natural
history and naval architecture, in
order to give their children a right
to study painting, poetry, music,
architecture, tapestry, and porcelain.

JOHN ADAMS (1735 - 1826)

I may not have been the greatest president, but I've had the most fun eight years.

BILL CLINTON (1946 -)

Personality is to a man what perfume is to a flower.

CHARLES SCHWAB (1862 - 1939)

Innovation distinguishes between a leader
and a follower.

STEVE JOBS (1955 -)

One must verify or expel his doubts and convert them into the certainty of Yes or No.

THOMAS CARLYLE (1795 - 1881)

I have fought a good fight, I have finished
the race, and I have remained faithful.

THE APOSTLE PAUL, 2 TIMOTHY 4:7

Progress always involves risk;
you can't steal second base and
keep your foot on first.

FREDERICK WILCOX (1881 - 1958)

Anger is momentary madness, so control
your passion or it will control you.

HORACE (65 BCE - 8 BCE)

I hope you're all Republicans.

RONALD REAGAN TO SURGEONS AS HE ENTERED THE
OPERATING ROOM, MARCH 30, 1981

Show respect to all people, but grovel to none.

TECUMSEH (1768 - 1813)

I disapprove of what you say, but I will
defend to the death your right to say it.

VOLTAIRE (1694 - 1778)

Lord grant me the serenity to accept the things I cannot change, the courage to change the things I can, and the wisdom to know the difference.

REINHOLD NEIBUHR (1892 - 1971)

Some people regard private enterprise as a predatory tiger to be shot. Others look on it as a cow they can milk. Not enough people see it as a healthy horse, pulling a sturdy wagon.

WINSTON CHURCHILL (1874 - 1965)

Courage is fear holding on a minute longer.

GEORGE S. PATTON (1885 - 1945)

The world is a dangerous place, not because of those who do evil, but because of those who look on and do nothing.

ALBERT EINSTEIN (1879 - 1955)

Nothing can stop the man with the right mental attitude from achieving his goal; nothing on earth can help the man with the wrong mental attitude.

THOMAS JEFFERSON (1801 - 1809)

People don't follow titles, they follow courage.

WILLIAM WELLS BROWN (1816 - 1884)

A prudent person foresees the danger
    ahead and takes precautions.
    The simpleton goes blindly on and
    suffers the consequences.

    PROVERBS 27:12

Storms make oaks take deeper root.

    GEORGE SANTAYANA (1863 - 1952)

Courage without conscience is a wild beast.

ROBERT GREEN INGERSOLL (1833-1899)

It is better to be the widow of a hero than the wife of a coward.

DOLORES IBARRURI (1895 - 1989)

Half the money I spend on advertising is wasted; the trouble is, I don't know which half.

JOHN WANAMAKER (1838 - 1922)

Right actions in the future are the best apologies for bad actions in the past.

Tyron Edwards (1809 - 1894)

When you shoot an arrow of truth, dip its point in honey.

ARABIC PROVERB

What's done to children they will do to society.

DR. KARL MENNINGER (1893 - 1990)

It is better to deserve honors and not
  have them than to have them and not
  deserve them.

MARK TWAIN (1835 - 1910)

Man is not free unless government
  is limited.

RONALD REAGAN (1911 - 2004)

EFFIGIES D. THOMÆ AQVINATIS

If the highest aim of a captain were to preserve his ship, he would keep it in port forever.

THOMAS AQUINAS (1225 - 1274)

Nobody can make you feel inferior
without your permission.

ELEANOR ROOSEVELT (1884 – 1962)

We shall defend our island, whatever
the cost may be, we shall fight on the
beaches, we shall fight on the landing
grounds, we shall fight in the fields
and in the streets, we shall fight in the
hills; we shall never surrender.

WINSTON CHURCHILL (1874 - 1965)

We are all the President's men.

HENRY KISSINGER (1923 -)

Let Wall Street have a nightmare and the whole country has to help them back to bed again.

WILL ROGERS (1879 - 1935)

True genius resides in the capacity for evaluation of uncertain, hazardous, and conflicting information.

WINSTON CHURCHILL (1874 - 1965)

The more you sweat in peace, the less you bleed in war.

GEORGE S. PATTON (1885 - 1945)

There are three classes of people: those who see, those who see when they are shown, and those who do not see.

LEONARDO DA VINCI (1452 - 1519)

Lost time is never found again.

BENJAMIN FRANKLIN (1706 - 1790)

At eighteen our convictions are hills from which we look; at forty-five they are caves in which we hide.

F. SCOTT FITZGERALD (1896 - 1940)

All men desire peace, but very few desire
those things that make for peace.

THOMAS A. KEMPIS (1380 – 1471)

Prayer is the contemplation of the facts of
life from the highest point of view.

RALPH WALDO EMERSON (1803 – 1882)

Success is to be measured not so much by
the position that one has reached in
life as by the obstacles which he has
overcome while trying to succeed.

BOOKER T. WASHINGTON (1856 - 1915)

He who insists on seeing with perfect clearness before he decides, never decides.

HENRI FREDERIC AMIEL (1821 - 1881)

Be suspicious of your sincerity when you
are the advocate of that upon which
your livelihood depends.

JOHN LANCASTER SPALDING (1840 – 1916)

It's a wise man who lives with money
in the bank; it's a fool who dies
that way.

FRENCH PROVERB

If I am not for myself, who will be for me?
If I am not for others, what am I? And
if not now, when?

RABBI HILLEL (30 BCE - 9 CE)

The greatest use of a life is to spend it
doing something that outlasts it.

WILLIAM JAMES (1842 - 1910)

A nation's greatness is measured by how it treats its weakest members.

Mahatma Ghandi (1869 - 1948)

Dealing with bureaucracy is like trying to nail jelly to the wall.

JOHN F. KENNEDY (1917 - 1963)

If you owe the bank $100, that's your
    problem. If you owe the bank $100
    million, that's the bank's problem.

J. PAUL GETTY (1892 - 1976)

...the moral test of government is how
    that government treats those who are
    in the dawn of life, the children; those
    who are in the twilight of life, the
    elderly; those who are in the shadows
    of life, the sick, the needy and the
    handicapped.

HUBERT H. HUMPHREY (1911 - 1978)

It had long since come to my attention
    that people of accomplishment rarely
    sat back and let things happen to them.
    They went out and happened to things.

LEONARDO DA VINCI (1452 - 1519)

How do you tell a communist? Well,
    it's someone who reads Marx and
    Lenin. And how do you tell an
    anti-communist? It's someone who
    understands Marx and Lenin.

RONALD REAGAN (1911 - 2004)

We're surrounded. That simplifies the problem!

CHESTY PULLER (1898 - 1971)

I've always felt that a person's intelligence is directly reflected by the number of conflicting points of view he can entertain simultaneously on the same topic.

ABIGAIL ADAMS (1744 -1818)

The great defense against the air menace
    is to attack the enemy's aircraft as near
    as possible to their point of departure.

WINSTON CHURCHILL (1874 – 1965)

There's nothing wrong with the younger
    generation that becoming taxpayers
    won't cure.

DAN BENNETT

We are masters of the unsaid words, but
slaves of those we let slip out.

WINSTON CHURCHILL (1874 - 1965)

The test of courage comes when we are
in the minority. The test of tolerance
comes when we are in the majority.

RALPH W. SOCKMAN (1889 - 1970)

In this world there are only two tragedies.
One is not getting what you want, and
the other is getting it.

Oscar Wilde (1854 -1900)

When you love someone, you do not love
them all the time, in exactly the same
way, from moment to moment. It is
an impossibility. It is even a lie to
pretend to. And yet this is exactly
what most of us demand. We have so
little faith in the ebb and flow of life,
of love, of relationships. We leap at the
flow of life and resist in terror its ebb.
We are afraid it will never return. We
insist on permanency, on duration, on
continuity; when the only continuity
possible, in life as in love, is in growth,
in fluidity – in freedom, in the sense
that the dancers are free, barely
touching as they pass, but partners in
the same pattern.

continued on next page

The only real security is not in owning
or possessing, not in demanding
or expecting, not in hoping, even.
Security in a relationship lies
neither in looking back to what was
in nostalgia, nor forward to what it
might be in dread or anticipation, but
living in the present relationship and
accepting it as it is now. Relationships
must be like islands, one must accept
them for what they are here and
now, within their limits - islands,
surrounded and interrupted by the sea,
and continually visited and abandoned
by the tides.

ANNE MORROW LINDBERGH (1906-2001)

FROM: 'GIFT FROM THE SEA'

RALPH WALDO EMERSON (1803 - 1882)

To laugh often and much;
    to win the respect of intelligent people
        and the affection of children;
    to earn the appreciation of honest critics
        and endure the betrayal of false friends;
    to appreciate beauty;
    to find the best in others;
    to leave the world a bit better,
        whether by a healthy child,
        a garden patch,
        or a redeemed social condition;
    to know even one life has breathed easier
        because you have lived.
This is to have succeeded.

———

Index

continued...

continued...

Acknowledgements

I gratefully acknowledge the following for their help in the creation of this book: Brittany, Trent and Ivy Bell for their patience during the more-than-expected nights and weekends spent reviewing the many stages of development and production (each time claiming that this would be the last); Nancy (Editor-In-Chief) Bell, Ph.D.; Paul Lavelle, whose mutual interest supplied great content; and Dariusz Janczewski (the book's architect) from Rattlesnake Studio in Missoula. I'd also like to thank Paulette Van-Lowe, John McCarrick, Garin Gustafson, Susan Gustafson, Gale Gustafson and Gerrit VandeKemp for their help.

About David A. Bell

David is the Chief Operating Officer of Allied World Assurance Company, Ltd. (NYSE: AWH). Previously he worked for Chubb Insurance, where he managed an underwriting operation, in addition to overseeing Chubb's corporate lobbying efforts in the state of Florida.

David has served as president of PLUS (Professional Liability Underwriting Society), the largest insurance industry association focused on education. He serves on the board of the Mansfield Center in Missoula, MT, which promotes better understanding of Asia and of U.S. relations with Asia. He has presented to the Council on Foreign Relations (CFR), focusing on expropriation and kidnap/ransom in Asia and the Middle East, and he has spoken and written extensively on the subject of insurance risk transfer. He is a member of the Young Presidents' Organization (YPO).

David holds a degree in Finance from the University of Montana. He and his wife Brittany have two children, Trent and Ivy.

Made in the USA
San Bernardino, CA
28 December 2014